새미비평칼럼선 7

김선학 칼럼 · 산문집

문학적 사유로 본 사회

김선학 지음

새미

책머리에

여기 모은 칼럼과 산문들은 지난 세기 말에서 21세기 들머리까지 살아온 나의 문학적 행적과 연결되어 있다. 캠퍼스 너머로 바라보았던 사회와 세상의 모습, 정치적이고 이념적인 격랑이 대학까지 밀려왔던 시절에 분노하고 절망하면서 언어에 각인해 갔던 거친 생각의 조각들이 글 속에는 박혀 있다.

강보에 싸여 광복을 맞고, 동족상잔의 6·25 전쟁을 이 나라의 남쪽 끝에서 뭔지 모른 채 바라보기만 했던 유년기. 형님의 전사통지서를 받아들고 오열하던 어머니 곁에 그저 멍하니 서 있을 수밖에 없었던 소년기.

자유당 독재와 4·19, 5·16군사정권의 전체주의와 개발독재를 거쳐 유신과 민권항쟁의 역사적 파고에 사정없이 휩쓸리고 내몰리면서 살아온 것이 나의 시대가 아니었던가.

자신이 살아온 시대에 절망하지 않은 사람이 어디 있는가.

그래도 살아온 시대를 희망과 행복의 복된 시절이었다고 나는 아무래도 말할 수가 없다.

　전환기에 상아탑에 몸담을 수 있었던 것은 선택받은 일이고 행운이었는지도 모른다. 또한, 도피였었는지도 모르겠다. 강단에서 문학을 생각하고 문학적 사유로 사회를 바라보기만 하고 행동하지 않았던 것은 현실과 역사 앞에 직무유기를 한 일은 아니었는지 더더구나 모르겠다. 그러나 생각하고 느끼면서 바라본 내 시대의 모습을 언어에 담으려고 부단히 노력한 것을 숨기고 싶지는 않다. 그 자취를 여기 모은 글들에서 읽을 수 있으면 얼마나 다행이겠는가.

　3부의 「전파에 실은 문학수첩」이 '속(續)'으로 된 것은 졸저(拙著) 『범부의 문학과 생활주변』에 그 앞부분이 실렸었기 때문이다. 여기의 글들은 그 이후 방송된 부분이다. 상업주의와 관능적 쾌락에 점령당하고 있는 듯한 공중파의 한 켠에 이 같은 칼럼을 마련한 분들에게 고개를 숙이고 싶다. 그들 중 한 분은 이미 고인이 되셨다고 한다. 삼가 명복을 빈다.

　PC도 없고 워드프로세스도 없던 시절에 쓴 글들도 이 책 속에는 있다. 누렇게 뜬 200자 원고지 뭉치를 뒤지고, 낡아빠지고 바래져 판독하기 힘든 스크랩 속의 글들을 타이핑한 김상수 조교의 고마움은 말할 것

도 없고, '새미' 편집부, '국학자료원' 여러분과 모든 원고의 분량을 정리
한 이주현 조교의 수고에 고개를 숙인다.

온 세상에 꽃이 피어 바람에 흩날린다.
'꽃이 지는 아침은 울고 싶어라' 이 구절이 왜 이리 가슴을 치는가.

2012. 4. 11.
지은이

차 례

책머리에

1부 문학적 사유로 건진 생각

1장 이 간섭 없음과 어머니

2부 도전과 응전

1장 분단 · 유신 · 물신주의

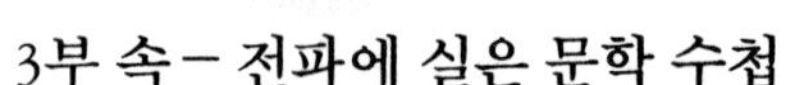

<h1 style="text-align:center">3부 속 — 전파에 실은 문학 수첩</h1>

1장 소설의 상품 만들기

1부
문학적 사유로 건진 생각

1장

이 간섭 없음과 어머니

새출발의 설렘과 땀방울

'세계는 넓고 할 일은 많다'라고 말한 사람이 있다. 새롭게 출발하는 사람들에게 이 말은 금과옥조로 삼아도 좋을 것이다. 넓은 세계에서 혼신의 힘을 다해 끊임없이 노력하고 자기 갱신을 통해 가야 할 길의 설정과 이루어야 할 앞날의 설계를 충실히 하라는 뜻이 그 말 속에는 담겨 있다.

지난 20세기가 그 성격을 제대로 형성한 것은 1920년경이었다고 문명사가들은 말한다. 19세기다운 성격의 형성은 1830년경이라고도 한다. 한 세기 동안 변화의 속도가 빨라져 20세기는 19세기 보다 변화가 10년쯤 앞당겨 진 1920년경이었다고 이해된다.

20세기가 19세기 보다 변화의 속도가 10년쯤 앞당겨졌다면 21세기의 시작은 사실상 2010년. 지금부터가 아니겠는가.

　대학의 기능을 교육, 연구, 봉사로 단순화 시켜 대학의 본질을 말하던 훔볼트의 시대는 행복한 시대였는지 모른다. 지금 이 시대는 전자와 정보, 실용주의에 의한 환전換錢 우선이 삶의 중심부를 차지하고 있다. 모든 것이 계량화에 의해 평가되는 그런 시대이다. 천박한 자본주의의 물질만능에 인간성이 마멸되어 간다고 한탄하는 것은 투정으로밖에 취급되지 않는 시대이다.

　편안함과 안락함 그리고 여가를 향유하며 삶을 단순화하려는 대중들은 스포츠로 빨려든다. 즐기는 스포츠가 아니라 보고 느끼면서 열광하는 스포츠. 생활 스포츠가 아니라 전문화된 기능 위주의 스포츠는 신기록 갱신과 승부에만 열을 올린다. 요컨대 우리가 사는 지금의 시대는 이러한 시대이다. 이 시대의 속악성을 극복하고 진정한 21세기의 새 모형을 모색해야 할 당위성을 여기서 찾게 된다.

　새로운 출발점에 쓴 대학의 새내기들은 원효와 최치원, 이규보에서부터 정약용과 박지원 등에 이르는 한국 지성과 장자, 노자, 공자, 사마천 등에서 곽말약에 이르는 중국의 지성, 플라톤과 아리스토텔레스에서 헤겔과 사르트르 등에 이르는 서구의 지성들로부터 이 새로운 세기의 새로운 가치의 모형을 모색하는 가시밭길을 가야 한다. 입고출신入古出新과 법고창신法古創新을 찾아나서야 한다.

　고전을 섭렵하고 답사하는 것은 교양의 축적만이 아니다. 당대의 인간성을 해치는 가치를 혁파하기 위한 필요에서다. 인문학의 중요성은 단지 인간 본성으로 회귀하기 위한 방편으로서만이 아니다. 그것은 미래의 인간을 구원하기 위한 모형을 찾기 위한 모색의 첫 단계이다.

　대학의 새내기들 앞에는 고전의 밀림이 놓여져 있다. 이 밀림을 뚫고 새로운 지평에로 나아가기 위해 '세계는 넓고 할 일은 많다'는 말을 '새

가치 창조와 모형을 만들기 위해 할 일은 너무 많다'로 바꾸어도 좋을 것이다.

새로운 출발은 늘 가슴을 설레이게 한다. 설레이게 하는 그만큼 앞으로 노력의 땀방울이 더욱 요구된다는 것을 잊어서는 안된다.

▶ 2010.2.27. 동대신문 칼럼

허물어진 오늘날 선생님의 위상

'선생'이란 말의 일반적인 의미는 '가르치는 사람을 두루 일컫는다'는 것이다. 이 뜻 말고 '학문과 인품 덕행 등을 두루 갖추고 있으면서 업적이 후세인들에게 사표師表가 될만하다고 인정이 되었을 때, 유림儒林들이 회의를 거친 뒤 붙여주는 칭호'라는 것이 있다. 유교의 가치관이 지배하던 조선조朝鮮朝에서부터 행해져 왔던 관습이다.

우리가 정작 주목해야 할 선생에 대한 의미는 후자의 것이다. 선생이란 학식이 있어 사람을 가르치는 일을 하면서 인품, 덕행 등에서 다른 사람의 모범이 되어야 한다는 뜻을 머금고 있기 때문이다.

학식만 갖추고 있다고 누구나 선생이라고 할 수 없다는 것을 그것은 가리키고 있다. 선생이란 엄청나고 훌륭한 사람을 말하는 것이고 그런 사람이 된다는 것은 실제 얼마나 힘들고 어려운가를 함께 말해주고 있다고 보아야 할 것이다.

선생의 뒤에 '님'을 붙여 선생님이라 하는 것은 높여 부르는 말이고 '스승'이라고도 한다.

이 시대에 이같은 의미의 선생님이 있기나 한가.

이러한 의구심을 가지면서 오늘날 선생님이 서 있는 모습 그 위상을 생각할 필요가 있다.

우리가 살고 있는 이 시대는 정신적인 것보다 물질적인 것이 가치의 중심에 놓여 있는 시대다. 그것을 조금 과장해서 말한다면 물질만능의 시대다. 정신적인 것과 물질적인 사항을 나란히 놓지 않고 물질적인 것이 정신적인 것을 지배하는, 정신적인 것을 물질적인 가치의 종속구조로 생각하는 그런 시대임을 부인할 수는 없다. 물질적인 것을 절대적인 가치의 하나로 여기는 물신주의物神主義가 팽배되어 있는 시대이다.

물질적인 것으로 지향하려는 주요한 덕목은 능률 위주와 기능 중심의 사고다.

무엇이든지 능률적으로 해결되어야 하고 그러기 위해서는 고도의 기능을 요구하게 된다. 학교를 배움의 공동체라고 한다면 이 공동체는 가르치는 사람과 배우는 사람이 구성원의 중심이다. 이들 구성원들의 관계 역시 능률과 기능의 연장에서 생각하려 한다.

가르치는 선생을 기능과 능률의 면에서 자리매김하려 한다. 배우는 학생에게 기능과 능률을 습득하게 하는 일이 무엇보다 우선한다고 생각하기 때문에 가르치는 선생에게 그것을 요구하게 된다. 공교육公敎育 기관이라고 하는 학교가 피폐해지고, 학교 교육이 위기에 봉착한 원인도 따지고 보면 능률과 기능을 최우선으로 학교가 하고 있지 못하다는 학부모들의 불만에서 비롯된다. 학원이라고 불리는 사교육私敎育 기관이 창궐하고 문전성시를 이루는 이유의 많은 부분도 여기에 있다.

학교는 물질적인 가치만이 아니라 정신적인 가치도 아울러 가르쳐야 한다는 전통적인 생각은 낡은 것이 되어 버렸다. 능률 중심주의 앞에서 학식은 기능을 위한 도구가 되어버린 형국이다. 인품과 덕행을 교육에서 도외시 하지 않으려는 전통적인 공교육은 그래서 학생들의 부모로부터 외면당할 수밖에 없다. 끊임없이 교단에서 가르치는 선생을 향해 학부모들은 능률과 기능 중심의 수업을 강요하고 있다고 해도 과언이 아니다.

이러한 이 시대의 상황에서 선생님과 스승의 진정한 모습을 찾을 수 있겠는가.

선생은 학부모의 요구를 외면할 수만은 없고, 그 선생이 교육의 주체가 되어 있는 학교의 공교육은 물질 위주의 가치와 정신적인 가치관이 충돌하고 있는 현장이 되어 버렸다. 사교육인 학원이 이 틈을 비집고 들어와 학부모들 관심의 표적이 된다. 연간 사교육비가 얼마나 엄청난가 하는 것을 따지는 것은 이제 어리석은 짓이 되고 말았다.

학교의 선생님들이 능률과 기능위주인 물질만능의 가치관으로 기울어져 버린 곳에는 이 시대를 지배하는 물신주의에 매달려 있는 학부모들의 책임이 많은 부분 있다는 것을 간과할 수는 없다. 학부모들의 강한 요구는 선생님들의 위상을 허물어지게 할 수밖에 없지 않은가.

교육이 나아가야 할 방향과 목적을 설정하는 것이 교육당국이다. 교육당국은 가치관이 바뀐 현실을 직시할 필요가 있다. 물질중심주의적 가치관이 지배하고 있는 시대적 상황을 학교 교육이 외면하지 않게 학교 교육의 목적과 방향을 유연하게 변화시킬 필요가 있을 것이다. 능률과 기능위주의 물질주의적 가치관을 정신주의적 가치관과 상충하는 것으로만 생각할 것이 아니라 이 둘이 서로 보완할 수 있는 것으로 공교육의 제도와 형태를 말의 정확한 의미에서 혁신할 필요 또한 있을 것이다. 그래야 학부모들에 의해 허물어지고 있는 이 시대 선생님의 위상을 제대로 설 수 있게 할 것이 아니겠는가.

교단의 선생님들 또한 학교의 피폐해져 가는 공교육 모습을 수수방관하고 강한 학부모들의 요구에만 귀 기울일 일이 아니다. 자신들의 현실적 이익과 신분관계에만 매달리고 있는 듯한 교사들의 단체도 이 점을 깊이 헤아릴 필요 또한 있을 것이다.

학생을 미완未完의 인격체라고 하는 말에는 선생님들의 역할이 학생에게 얼마나 중요한가를 잘 말해주고 있다. 능률과 기능의 물질주의적 가치가 정신적 가치관인 인품, 덕행과 함께 하지 않을 때 인간은 완성될 수 없음을 강단에서 학생들에게 이해시키고 설득하는 교육에 살신성인殺身成仁해야 할 것이다.

이 시대 선생님의 위상은 말씀이 아닐대로 허물어져 있는 것을 숨기지 말자.

그 원인이 교육당국, 학부모, 선생 그리고 이 시대의 소금이 되지 못하고 물신주의에만 급급하고 있는 우리 모두에 있음을 겸허하게 인정하자. 진부할대로 진부해진 말이지만 학생은 가르치기에 따라서 얼마든지 변화되는 미완의 인격체임을 확인할 필요가 우리 모두에게 있지 않은가. 선생에 대한, 학식만이 아닌 인품과 덕행을 함께하는 참 스승의 모습을 유교적 가치관의 낡은 것이라고 치부할 수만은 없다. 온고지신溫故知新이란 말을 결코 잊어서도 안될 것이다. 그럴 때 이 시대 선생님의 위상은 제대로의 자리를 확보할 것이라 생각된다.

▶ 2005.4. 현대미포조선 사보

'일체중생실유불성一切衆生悉有佛性'과 '심즉시불心卽是佛'

중국의 문학자이며 사학자에 첸무錢穆가 있습니다. 이름의 한자를 우리말로 읽으면 전목입니다. 장쑤성江蘇省의 우시無錫에서 태어났습니다.

그는 『중국문화사도론中國文化史導論』 등 60권의 저서를 남긴 현대 중국의 대표적 학자의 한 사람입니다. 경제적으로 불우한 환경에서 태어나 공식적인 교육은 초등학교를 다닌 것이 전부입니다. 그러나 독학으로 공부하여 누구보다 훌륭한 학자가 된 입지전적 인물이기도 합니다. 1967년 이후에는 타이완에서 살았습니다.

첸무는 앞에 말한 『중국문화사도론』에서 문화와 문명의 차이를 설명하면서 세계의 문화권을 농경문화권, 유목문화권, 상업문화권 등 크게 셋으로 나누고 있습니다.

세계의 4대 문화 발상지인 중국의 황하 유역, 인도의 간디스강 유역, 에집트의 나일강 유역, 메소포타이아의 티그리스, 유프라네스강 유역은 모두 농경문화권이었습니다. 말하자면 농경문화는 비옥한 땅을 가진 강 유역에서 발상하게 되었습니다.

그것은 농경문화권이 가진 특성과 관계하고 있습니다. 계절의 구분이 비교적 확실하고, 순후한 기후 탓에 이들 유역의 농경문화권 민족들은 파종播種을 하여 가을에 추수하는 기간 동안 비교적 많은 시간적 여유를 가지게 됩니다. 뿐만 아니라 넉넉한 양식을 준비하게 되므로 경제적인 어려움을 극복하게도 됩니다. 따라서 정착적이 될 수밖에 없고, 보수적인 성향을 가지게 되며 타민족을 지배하려는 전투적인 것에는 관심이 없게 됩니다. 따라서 평화적인 기질을 갖게 되며 동적動的이기보다는 정적靜的인 성향을 가지게 됩니다.

시간적인 여유와 경제적인 여유 그리고 평화를 사랑하게 되는 이들 농경문화권의 민족에게서 인류 최초이 문화가 발상 되었다는 점을 첸무는 지적합니다. 그들 농경문화권의 민족들은, 따라서 비교적 서로서로 평등하게 상호 협력하며 생활을 꾸려가게 됩니다.

유목문화권의 민족들은 아무래도 시간적으로나 경제적으로 결핍의 구조를 가지지 않을 수 없습니다. 양 떼를 이끌고 이 초원에서 저 초원으로 이동하지 않을 수 없고, 열악한 자연환경으로 인해 그들은 동적이며 전투적인 기질을 가지지 않을 수 없게 됩니다. 그래서 진취적이고 능동적이며, 보다 효율적인 이동을 위해 분명한 위계질서位階秩序를 가진 집단이 되지 않으면 안 될 것입니다.

상업문화권의 민족 역시 부존자원賦存資源의 결핍에 있어서는 유목문화권의 민족과 다를 바 없습니다. 부존자원의 결핍이 결국 교환을 위주로 하는 상업문화권을 형성하게 된 것입니다. 그래서 기질과 성향에 있어 상업문화권은 유목문화권과 매우 흡사하다고 첸무는 설명합니다.

첸무의 이러한 문화권의 분류와 그 기질적 특성에 대한 논구論究가 문제점을 가지지 않은 것은 아닙니다. 그러나 농업문화권으로 말해질 수 있는 동양과 유목 상업문화권으로 형성된 서구의 근세까지의 행적을 보면 수긍되는 면이 없지 않습니다.

서구의 제국주의와 팽창주의, 결핍에서 비롯되는 불만족으로 끊임없이 변화해야 하는 과학기술 문명에 대한 맹신, 세계를 전쟁의 소용돌이로 몰고 간 지난 세기의 1, 2차 세계 대전은 모두 유목, 상업문화권이 주축이 된 서구에서 비롯된 것이었습니다.

오늘날 우리가 살고 있는 이 시대는 아무래도 세계를 서구의 유목, 상업문화권이 지배하고 있다고 보아야 할 것입니다. 끊임없이 동적으로 움직이고, 변화와 진보를 미덕으로 하는 과학기술에 대한 맹신은 아무래도 유목, 상업문화권적 기질에서 온 것이라고 파악할 수밖에 없습니다.

불교와 유교가 농업문화권에 뿌리를 둔 종교라고 한다면, 기독교와 회교는 유목문화권에 근원을 둔 종교입니다. 각각의 종교가 갖고 있는 특성과 특질을 두고 우열優劣을 가린다는 것은 있을 수 없습니다. 그것은 우열을 가릴 수 있는 성질의 것이 아닙니다.

그러나 불교와, 가장 현실적인 것을 추구한 종교라고 말할 수 있는 유교의 특성은 아무래도 수동적이고 보다 정적인 반면에 기독교와 회교는 보다 능동적이고 동적인 것만은 사실입니다. 그것은 그들 종교의 예배장소인 건물의 양식에서도 손쉽게 볼 수 있는 것입니다.

불교의 사찰과 유교 교당의 건물은 공간적인 넓이에 의존한 평퍼짐한 양식을 취합니다. 대부분의 기독교 성당과 교회 그리고 회교의 교당은 하늘로 뾰족하거나 우뚝 솟는 시체말로 튀는 건축양식을 가지고 있습니다. 불교와 유교의 집회소가 수평적이라면 기독교와 회교의 교당은 입체적이고 수직적인 양식을 지향하고 있습니다.

그런 면에서 유추하면 불교는 아무래도 수평적인 구조 속에서 깨우침을 중시하는 종교라고 말할 수 있습니다. 석가세존釋迦世尊인 여래如來는 인간으로 이 세상에 오셨습니다. 그래서 우주 삼라만상의 진리를 구도求道에 의해 체득한 분이십니다. 석가는 '샤카족'의 음역音譯이고, 모니는 처음으로 깨달았다는 '무니'의 음역입니다. 즉 석가모니 부처님의 이름은 샤카족에서 제일 먼저 진리를 깨달은 사람이란 뜻에서 붙여진 이름입니다. 결국 이 명명命名 속에는 누구나 깨우치면 부처 즉 깨달은 사람이 될 수 있다는 뜻이 내포되어 있습니다.

경전에서 '일체중생실유불성一切衆生悉有佛性'이란 말은 이것을 구체적으로 설명해 주는 대목입니다. 모든 생명 있는 존재는 다 부처님이 될 수 있는 성질을 가지고 있다는 것이 이 말의 뜻입니다. 보다 간단하게 '심즉시불心卽是佛' 즉 마음이 곧 부처라는 말 역시 같은 의미입니다.

다만, 중생들인 세속世俗의 사람들은 이 불성佛性을 탐욕과 분노와 어리석음인 삼독三毒과 오욕칠정五慾七情이란 업장業障의 구름 속에 가두어 두고 있을 따름입니다. 삼독과 오욕칠정이란 업장의 구름을 벗겨 내어 깨달은 사람인 부처가 되는 것은 쉬운 일이 아닙니다.

착한 선업善業을 항시 행하고, 집착에 얽매이지 말고, 자신을 낮추고 이웃과 화목하게 사는 상생相生의 평화 정신을 실천하면서 구도에 용맹정진할 때 가능한 것입니다. 요컨대 진실하고 바르게, 나 보다는 남을 먼저 생각하는, 권리보다는 의무를 먼저 실천하는 그런 일상생활에서의 태도가 깨우친 사람 즉 자신의 마음속에 있는 불성을 현실 속에 구현시키는 첫 걸음이 될 것입니다.

그때 우리는 다시 한번 '일체중생실유불성'과 '심즉시불'의 참뜻을 헤아리게 될 것입니다.

▶ 2004.10. 경주문화

국사교육을 필수화해야 한다

강탈당했다가 도로 찾아 자유롭게 되었다는 의미가 '해방'이다. '광복'이란 말에는 일제에 저항 국내에서 혹은 망명의 땅에서 풍찬노숙 국권회복을 위해 분투한 선열들의 피끓는 저항으로 독립이 쟁취되었다는 핏자국이 흥건하게 배여있다. '풀어서 자유롭게 한다'는 뜻의 '해방'이란 말은 '잃었던 국권을 도로 찾다'는 '광복'의 의미보다는 그러므로 수동적이다.

일제로부터의 국권회복은 강대국에 의해 주어진 것이 아니다. 그것은 순국선열들의 가열찬 불굴의 항일투쟁에서 획득되어진 것. <해방>이란 말로 통용되는 8·15를 <광복>으로 불러야 하는 절실한 까닭이다.

1910년 8월 29일은 국치일. 광복된 1945년 8월 15일 까지는 35년에서 일주일 정도 모자라는 기간. 35년에서 일주일 모자라는 동안이 일제강점기. '일제 36년 동안'이란 표현이 '일제 35년 동안'으로 말해져야 하는 이유이다.

『삼국사기』가 어떤 책인지를 말하라. 이 물음에 직장인의 70% 정도가 제대로 대답을 못했다는 통계가 있었다. 『삼국유사』가 무슨 책인지

를 함께 물었다든가,『삼국사기』와『삼국유사』를 한자漢字로 써 보라
고 했다면 더 놀랄만한 결과가 나왔을지 모른다.

『三國史記』는 김부식이 고려 때 편찬한 신라, 고구려, 백제의 정사正
史.『三國遺事』는 '遺事'라는 말이 의미하듯이 삼국시대의 남겨진 이야
기들—설화를 모은 야사野史에 해당하는 책. 고려 때 일연스님의 저서
이다. 정사든 야사든 그것이 역사책임을 확실하게 알아야 우리의 지난
날을 제대로 파악할 수가 있다. 과거를 알아야 현재를 알고 미래를 건설
한다고 한 것은 E.H. 카이다. 어떤 책인지 모른다는 것은 성격은 물론
책의 내용에 대해서도 제대로 교육받지 않았고, 교육하지도 않았다는
것을 의미한다.

자기 나라의 역사를 제대로 배우도록 장치하지 않고 나라 바로 세우
기를 한다는 것은 어버이의 은혜를 가르치지 않고 효도를 강요하는 것
과 다르지 않다. 우리의 역사인『국사』가 고등학교에서는 선택으로 대
학에서는 전공자들만, 공무원의 임용고시에서는 선택으로 밀려난 지
오래다. 이 지경으로 만들어 놓고 일본의 국사왜곡, 중국의 동북공정—
고구려사 왜곡에 대응한다는 것은 계란으로 바위치기와 다를 바가 무
엇인가.

역사 서술의 왜곡을 올바로 꿰뚫어 볼 수 있는 기본적 소양을 국사 교
육을 통해 확립해야 한다. 철저한 국사 교육의 바탕에서만 그들의 역사
왜곡 목적이 어디에 있는가를 정확하게 파악할 수 있다. 그때 민족과 국
가를 제대로 보위할 수 있는 정신적 자세가 확립된다는 것은 상식에 속
하는 사항이다.

과거사를 정리하겠다는 것도 이러한 사항들이 전제되어야 하고, 과
기사에 관한 정리작업도 역사를 연구하는 전문기관에 맡겨야 그 공정
성을 담보할 수 있다. 정치권에서 현역 정치인들이 과거사를 들추어 정

리하고 역사를 바로 세우겠다는 발상은 그 의미의 진정성이 타당하다고 하더라도 정략적인 목적에 의해 특정인이나 집단을 부관참시하고 공격하겠다는 혐의에서 결코 자유로울 수가 없다.

역사의 용어에는 그 시대를 살았던 사람들 모습과 자취가 배여 있다. 역사용어의 명명에도 그것이 배어나게 깊은 천착이 전제되어야 함은 아무리 강조해도 지나치지 않다. 일상에서 다반사로 말해지는 광복과 해방의 의미 차이를 돌아보는 일이 그래서 필요하고, 35년과 36년의 일제치하 어느 것이 합당한가를 헤아리는 일이 무엇보다 필요한 시점이다.

또다시 일본의 명문고교가 왜곡된 역사책을 교재로 선택하고, 중국의 동북공정은 아예 고구려사를 중국의 변방사로 만들려 하고 있다. 이 땅의 정치인들은 진정성을 명분으로 과거사 정리를 나라 바로 세우기에 정략적으로 이용할 듯한 모습이다. 국사 교육의 강화—초등학교에서부터 대학 교양과정까지 임용고시에서의 국사 과목 필수화가 시급함을 착잡하고 답답한 심정으로 강조하지 않을 수 없다.

▶ 2004.8.30. 동대신문칼럼

어디에 있었습니까

신라의 경덕왕은 재위 기간(742~765) 왕권 강화를 위해 정치개혁을 시도했다. 불교 중흥을 이루고 신라문화의 전성시대를 이루어 내었다. 충담사와 경덕왕의 만남이 향가 「안민가」를 탄생시켰다. 왕이 스님을 모셔 오게 하여 백성을 편안하게 살도록 다스리는 노래 한 수를 지어 달라고 했다. 그래서 「안민가」에는 나라를 다스리는 요체가 압축되어 있다. 10구체 즉 10줄인 이 노래 주제는 후반부에 있다.

지도자가 지도자답게, 지도자의 참모들이 참모답게 정치를 해야 한다, 그러면 국민들은 나라를 버리고 떠날 생각을 않을 것이라는 의미가 「안민가」에는 응축되어 있다. 국민들 또한 제각각 맡은 바 직분에 충실해야 할 것이란 말도 빠뜨리지 않고 있다.

한가위 바로 이어 태풍 <매미>가 한반도를 강타했다. 태풍은 닥치는 대로 황폐화 시켰다. 사망한 사람만 백 명을 훨씬 웃돌았고 수많은 국민들이 삶의 터전을 잃고 이재민이 되었다. 태풍 <매미>의 위력이 어떤 것이며 여기에 대비해야 할 것이란 기상대의 예보가 시시각각 전달되었다.

집을 떠나 있었을 수밖에 없었던 가장도 수시로 집안의 사정을 전화로나마 점검하였을 것이다. 가장다운 것이 그러한 것이고 가장답게 해야만 가족의 평안은 획득되기 때문이다. 국가의 가장은 통치권자다. 대통령이 국민들 삶의 터전을 '조지려고' 다가오는 태풍의 진로를 점검하면서 대비책을 참모들과 숙의하고 지시해야 할 것이란 말은 원론이다. 그렇게 하는 것이 대통령'답게' 통치권을 행사하는 일이다. 그것은 권리와 함께 대통령에게 부여된 책무이기도 하다.

휴가 간 참모들을 불러 모아 그들을 태풍의 진로로 예상되는 곳에 포진시켜 만에 하나 보고의 허술함이 없도록 해야 한다. 국민이 국가권력 행사에 참여하는 일컬어 '참여정부'의 구호에 앞서 행정권을 행사하는 통치권자와 그 참모들이 먼저 재난을 막기 위한 현장에 '참여'해야 한다. <매미>가 몰려 올 그때 통치권자는 '어디에 있었습니까'라는 물음은 그러므로 당연히 제기될 수밖에 없다.

태풍이 오는 시각에 우리의 통치권자는 극장에서 뮤지컬을 감상하고 있었다. 부총리는 골프장에 있었다. 이라크전쟁 때 미국의 통치권자가 별장에서 휴가를 보냈다거나, 프랑스의 대통령이 더위로 국민들이 쓰러져 갈 때 휴가 중이었다는 것을 말하면서 이 사실을 흐지부지하게 할 수는 결코 없다. 미국과 프랑스는 한국이 아니다. 무엇보다 그것은 대통령'답지' 않은 통치행위이기 때문이다.

대통령이 그에 합당한 책무를 수행하지 않을 때 참모와 국민에게 그들 '답게' 해 줄 것을 요구할 수는 없다. 통치권자도 그 참모도 국민도 각각 그들 '답지' 않게 살아갈 때 우리의 나라는 어떤 모습이 될 것인가. '이 땅을 버리고'라는 「안민가」의 구절은 그래서 가슴에서 메아리가 되고 통곡이 된다.

<이민>이라는 상품을 내걸고 상담에 응한 관광회사가 문전성시를 이루었다거나, 이제 비밀이 아닌 <원정출산>, <기러기 아빠>로 상징되는 '이 나라 교육으로부터의 도피' 등을 설명할 수 있는 근거를 냉정한 시각으로 이 시점에서 통치권자를 비롯한 위정자들―지도계층의 가치관과 그 '답지 않음'에서 찾는다는 것이 결코 무리한 것만은 아니라는 판단이다.

경덕왕이 정치개혁을 시도하고 신라를 전성기로 만든 데는 임금답게 통치하고 그의 참모인 신하들을 신하답게 종사하도록 독려하여 백성은 백성답게 생업에 종사할 수 있게 했던 곳에서 찾을 수 있다. 예나 지금이나 개혁은 그 시대를 올곧게 살아가려 하는 사람에게 있어 영원한 아젠다다.

그것의 실현을 위해 전제되어야 하는 것은 공동체 구성원 모두를 통합시키는 일이다. 그것은 구성원들이 각각 제 위치에서 '답게' 사는 일에서부터 출발되어야 한다. 이 사실에 대한 뼈아픈 성찰과 실천 없이 우리의 나라가 오늘날 직면한 문제들을 해결하여 '늘 태평할 것'을 기대하기는 힘들다.

너와 나를 막론하고 맹성猛省을 통한 '답게' 사는 일에 용맹정진이 요구되는 시점이다.

▶ 2003.9.29. 동대신문

이 간섭 없음과 어머니
- 나는 왜 불교를 좋아하는가

늦은 봄이었던가. 산모롱이 돌아돌아 어머니 따라 가는 길은 무척 숨이 찼다. 시냇물이 흐르고, 바람에 신록의 잎이 하늘거리고, 어디선가 뻐꾹새가 자지러지게 울고 있던 화창한 날씨. 초파일. 어머니는 좀 빨리 걸으라고 채근하곤 하셨다.

집에서 출발한 한참 후에야 당도한 곳은 절. 어머니는 연신 합장을 하셨다. 연등이 걸린 절 마당에는 사람들이 붐볐다. 깊은 산골에 왠 사람이 이렇게 많은지 먼 길을 걸어 왜 여기까지 왔는지가 궁금했다. 숨가쁘게 따라온 것을 생각하니 부아가 날 수밖에.

법당에 들어갔다. 금빛 커다란 부처님을 향해 절하는 법을 어머니는 가르쳐 주신다. 분위기는 장중했고 어머니는 진지했다. 분위기의 엄숙함과 어머님의 진지함에 압도되어 따를 수밖에 없었다. 돌아오는 길에 하시던 어머니 말씀.

　　－부처님 원(願)으로 너는 태어났단다. 부처님께서는 저 세상
　　에 계신 아버지도 잘 보살펴 주실게다. 네가 오늘 부처님께 합장

1부 문학적 사유로 건진 생각 29

하고 정성을 다해 절하였으니 반드시 그러실게다.

불교와의 만남은 어머니로 해서 출발했다. 아버지의 왕생극락과 부처님께 기원한 어머니의 바람이 얼마나 이루어졌는지는 알 길이 없다. 그러나 어머니를 생각하면 부처님을, 불교를 말하면 이제는 이승을 떠나신 그 어머니와 마음속에서 만난다.

불교는 나에게 어머니와 같다. 그 품에 안기면 평안하고 느긋하고 다사롭고 온갖 어려움과 고뇌와 고통이 사라진다. 안온하고 편안해지는 것을 어쩌랴. 어머니가 이승을 떠나신 후 절과 경전을 더 자주 찾게 되는 이유도 부처님을 뵈면 어머니의 모습을 더욱 또렷하게 떠올릴 수 있기 때문인지 모르겠다.

불교는 분명 수평적인 종교다. 중생실유불성衆生悉有佛性ㅡ모든 살아 있는 것에는 부처님처럼 깨달을 수 있는 품성이 있다는 말이나, 심즉시불心卽是佛ㅡ마음이 곧 부처라는 언표에서 더욱 이러한 생각은 굳어지게 된다.

누구나 깨달으면 부처가 될 수 있고 마음이 곧 부처라는 것은 불교가 인간을 중심으로 깨달음을 말하는 신앙이라는 것을 말해준다. 그러므로 불교는 부처와 인간의 수평적 관계 설정에 바탕을 두고 있는 것이 아닌가. 절대자인 신이 있고 그 신의 아들이 있고 그 아래에 길을 잃고 헤매는 중생이 있다는 식의 체계가 수직적이라면 누구나 용맹정진으로 구도하면 부처가 될 수 있다는 것은 수평적이지 않고 무엇인가.

수평적인 것은 평등을 의미하고 평등은 바로 인본주의에 바탕하고 있다. 그러므로 불교는 휴머니즘이다. 생명 있는 모든 것을 사랑하는 불교의 정신이 환경론으로 더욱 확장하기를 바라지만 그보다 앞서 이 수평적인 종교가 가진 휴머니즘을 나는 좋아하지 않을 수 없다.

허무를 극복하는 초인으로서의 인간을 말한 철학의 근간도 불교의 인간관에 기초하고 있다고 말할 수는 없겠는가. 불교는 무엇보다 인간을 신뢰한다. 일체유심조—切唯心造—모든 것은 인간과 그 마음에서 비롯한다는 것을 무엇보다 강조하는 것이 불교가 아닌가. 일체의 간섭 없이 스스로의 판단과 사유에 의해 모든 것이 이루어진다는 이 간섭 없음과 자유가 나는 무엇보다 좋고, 이러한 사유체계에 바탕하고 있는 불교가 그래서 좋다.

'지루한 장마끝에 언뜻언뜻 보이는 푸른하늘은 누구의 얼굴입니까'라고 만해 한용운은 말한다. 오랜 사색과 구도 뒤에 만나는 그 누군가의 얼굴—부처님의 모습이 있는 불교가 좋다. 부처님을 만나면 어머니를 만날 수 있고, 어머니를 만나면 어린시절의 순진무구한 나로 돌아갈 수 있어 더욱 좋다.

▶ 2003.8.14. 불교신문

시적이고 감동적인 여행기
-『걸었다 노래했다 그리고 사랑했다』

여행기란 여행하는 곳의 풍물과 풍광을 이야기하는 것이 일반적이다. 일본의 하이쿠 시인 마유즈미 마도카의 한국종단기인 이 책은 그러한 일반적인 여행기와는 다른 색다른 기행문이다. 부산에서 서울까지 걸어서 종단했다는 것, 걸으면서 한국의 심장부인 자연의 그 깊숙한 곳에 살고 있는 한국인들과의 만남을 감동적인 언어로 풀어 놓았다.

여행기란 여행하는 곳의 풍물과 풍광을 이야기하는 것이 일반적이다. 일본의 하이쿠 시인 마유즈미 마도카의 한국 종단기인 이 책은 그러한 일반적인 여행기와는 다른 색다른 기행문이다.

부산에서 서울까지 걸어서 종단했다는 것, 걸으면서 한국의 심장부인 자연의 그 깊숙한 곳에 살고 있는 한국인들과의 만남을 감동적인 언어로 풀어 놓았다는 것, 짤막짤막한 여행기의 앞머리에 세계에서 가장 짧은 일본의 정형시 하이쿠를 첨부하여 여행한 곳을 시인의 감각으로 형상화한 것 등등이 읽는 사람의 가슴에 감동으로 다가 온다.

그래서 이 책은 결코 평범한 여행기라고 할 수 없다.

풍물과 풍광을 감싸 안으면서 한국인들의 다사로운 인간성과 기질을 짧은 표현으로 촌철살인하고 있다. 그러므로 이 책은 문제적 여행기라 아니 할 수 없다.

결코 길다고 할 수 없는 쉰여덟 편의 여행 이야기는 그 하나하나가 한 편의 시처럼 감동적이다. 저자가 하이쿠의 시인이라는 것에서 비롯하겠지만, 극도로 축약하여 서술한 기행문은 일반적인 여행기에서 보게 되는 것과는 사뭇 다른 감동을 안겨준다. 굳이 말한다면 시로 쓴 여행기를 읽는 느낌이다. 시를 읽는 것 같은 이 여행기는 그래서 일본의 젊은 이가 가진 서정적 정서의 극한이 한국의 자연과 한국인들과의 만남을 통해 어떻게 수용되고 융합되면서 깊이를 더해가고 있는가를 축약된 언어적 표현으로 극명하게 드러내 주고 있다.

「능소화가 핀 대문에 놓여 있는 나무의자 둘」, 「초가을 해변으로 밀려난 조가비 껍질」, 「새 지저귀는 산길이 끝난 곳은 파아란 하늘」 등등 하이쿠가 가진 압축된 언어가 주는 감동을 얻을 수 있는 것도 이 여행기가 가진 덕목의 하나가 아니겠는가.

마유즈미 마도카의 『걸었다 노래했다 그리고 사랑했다』는 누구에게 추천해도 좋을 특이하고 개성적이며 시적인 여행기임에 틀림없다. 거기에서 우리는 미처 생각지 못했던 한국과 한국인을 이국인의 젊고 발랄하고 시적인 시각에서 분명 재발견하게도 될 것이다.

▸ 2003.8.1. 교보문고 리뷰

항도港都의 프로메테우스
- 내가 만난 이유식 선생님

고등학교 학생이었던 눈에 부산은 회색 도시였다.

60년대 초 염색한 군복 바지를 입고 자갈치 시장에서 산 중고 군화를 신고 다녔던 그 시절 부산은 회색으로 뒤범벅된 소란하고 낯설어 보이는 항구 도시였다. 이 항도港都를 배회하며 시를 쓰고 싶었다. 시가 무엇인지 명료하게 정리되지 않았지만 시 같은 것을 써 보고 싶었다.

바다가 보이는 창가에서 수업은 아랑곳하지 않고 머릿속에서 시 구절을 가다듬고는 했다. 그때 문학은 떠도는 내게 있어 피난처였고 고향이었다. 문학이 무엇인지 알 듯 모를 듯했지만 안착하고 싶은 귀항지 같은 것으로 생각하였다.

나처럼 방황하고 문학의 열병을 앓고 있던 또래의 고등학생들이 모였다.

<부산문우회>를 만들어 '시화전'이며 '문학의 밤' 같은 것을 하기도 했다. 『학원』이란 학생 월간지에 습작을 투고하여 아주 드물게 실리기도 했고, 최계락 시인이 문화부장으로 계셨던 『국제신보』의 학생문예란에 보낸 작품이 활자화되기도 했다. 소설가가 된 유익서, 언론인이 된 최화수, 편집회사를 하는 출판인 김형윤, 까치사 대표 박종만, 영문학자가 된 정진농 · 김재환, 출판인이 된 유인기, 벌써 고인이 된 소설가 이석호, 시인 하일, 지금은 소식조차 모르는 정봉익 · 이영숙 · 김혜자 등등이 그들이었다.

꿈은 작가나 시인이 되는 것이었고, 시인이고 작가라면 무조건 선망의 표적이었다. 우리들 대부분은 자기 학교 교지의 편집을 맡았고, 자주 열리곤 했던 백일장에서 문학적 기량을 겨루기도 했다. 문우회의 멤버들이 대부분 입상을 했고, 입상한 사람들을 보면서 낙방을 한 나는 한없이 작아지는 스스로를 추스르며 그들을 얼마나 부러워했던지.

그 무렵 보수동, 경남중학교 부근의 협성 인쇄소인가 하는 곳에서 학교 교지를 인쇄했다. 편집을 맡고 있던 나는 지도선생님과 함께 그곳에서 교정을 보면서 얼쩡거렸다. 인쇄소의 책임을 맡고 있던 분은 부산대학 약대를 다니셨던 것으로 기억된다. 지금은 이름조차 희미한 그분의 대학 친구들이 땅거미가 짙어질 무렵이면 인쇄소에 모여들곤 했다. 기억이 정확하다면 훗날 고전시가를 전공하여 부산대학에 계신 김승찬 교수도 그 일행이었을 것이다. 대부분 문학에 많은 관심을 가진 분들이었고 실제 문과에서 문학활동을 하는 분들이 많았던 것으로 기억된다. 문학 이야기에 매료되어 곁에서 그들 담론에 귀를 곤두세우고는 했다.

하루는 그들의 화제가 이유식 선생님이었다.

『현대문학』지에 문학평론으로 등단하였다는 것이다. 부산대학 영문과 학생으로 군대에 갔다 와 그들보다 나이는 좀 많고, 진주출신인데 대단한 학구파라는 것, 부산에서도 이제 본격적인 신진 비평가를 한 사람 배출했다는 것은 감격적이란 것이 대화의 요지였다.

시와 소설에만 정신이 팔렸던 우리에게 문학평론이란 낯선 장르였다. 낯설다기보다 감히 평론을 쓴다는 것은 엄두조차 내지 못하였다. 그것은 고도의 문학적 소양과 체계화된 문학적 이론을 구유한 사람에게만 가능한, 그래서 고교생인 우리에게는 다가갈 수 없는 그런 장르라고 생각했다.

이유식 선생님과의 만남은 이렇게 소문으로부터 시작되었다.

책방으로 달려가 『현대문학』을 사서 선생님의 평론과 마주한 것이 두 번째 만남이었다.

「프로메테우스적 인간상」이란 평론을 밑줄 그어가며 읽었다. 이해할 수 있는 부분보다 알아들을 수 없는 부분이 훨씬 많았던 것을 고백하지 않을 수 없다. 문학이론에 우리는 백지상태였다.

학교의 문예부를 맡고 계셨던 선생님은 타계하신 시인 살매 김태홍 선생님이셨다. 용기를 내어 이해되지 않는 부분을 어렵사리 어쭈어 보았다. 소상하게 설명하신 후 선생님은 너희들은 아직 문학이론을 더 공부해야만 비평을 쓸 수 있을 것이란 말씀도 덧붙였다. 다시 한 번 오르지 못할 나무는 쳐다보지 말아야 한다고 다짐하고 문학평론과 이유식 선생님에 대한 생각을 접었다.

이유식 선생님과의 세 번째 만남은 자갈치의 어느 주막집이었다.

갓 술을 배운 우리들이 소주 한 잔을 하자고 들어간 그 주막에 한 무리의 사람들이 문학에 대해 열변을 토하고 있었다. 거기에 아는 선배가 있어 억지로 그들 옆에 우리들을 앉힌 다음 거기에 계셨던 이유식 선생님을 소개하고 너희가 문학평론을 알겠느냐고 취중에 빈정대기도 했다. 주막집 바로 앞에 철썩거리는 파도소리가 왜 그리 높게 우리들 가슴 속으로 파고들었던지.

이유식 선생님은 유달리 흰 얼굴에 높지 않으나 단호한 어조로 우리들에게 문학이 무엇이며 왜 비평이 중요한가를 조목조목 설명해주셨다. 선생님의 한 마디 한 마디는 우리에게는 미답의 경작지를 파는 쟁기소리처럼 둔탁하게 때로는 힘찬 우렛소리같이 다가왔다. 존경과 부러움은 소주의 취기를 가시게 하고 우리를 긴장시켰다. 그 무렵부터 문학이론서들을 읽고 읽고 또 읽었다.

'김 형, 날 기억하겠소. 정말 오래 만이오. 나 이유식이오. 김
형이 안장현 선생 제자라는 것을 오늘 처음 알았소. 내 안 선생
과 무교동서 술 한잔 나누고 있소.'

얼마 오래전이 아니다. 밤중에 전화가 왔었다.

그 자리에 가지 못한 것이 왜 이렇게 회한으로 남아버렸는지—얼마
후 안장현 선생님은 유명을 달리 하고 말았으니.

같은 길을 가는 사람을 불교적 레토릭으로는 도반道伴이라고 한다든
가. 그러나 같은 일을 하면서 삶의 행로를 같이 간다고 해서 어디 꼭 같
은 급수級數일까.

이유식 선생님을 생각할 때마다 나는 선생님과는 같은 문학평론가가
절대로 아니라는 것을 확인하곤 한다. 이유식 선생님은 내가 결코 감당
할 수 없는 문학적 고지를 먼저 선점하셨다. 그 아래쪽 능선에서 나는
지금도 헐떡거리면서 주저앉아 있을 따름이다. 선생님이 닦으신 문학
적 자취에 족탈불급足脫不及임을 언제나 곱씹고 있을 뿐이다.

이유식 선생님은 문학평론이란 불을 60년대 초 회색의 도시—저 황
폐한 것으로만 우리들 마음에 각인되었던 항도에 훔쳐와 지피신 것이
아닌가. 그 불을 비평의 불모지와 진배없던 60~70년대 한국의 평단에
서 요원燎原의 불길로 타오르게 하신 것이 아니었던가.

코카서스 언덕에서 독수리에게 간을 파먹히면서 결박당하고 있던 프
로메테우스처럼 이유식 선생님은 그 시절 문학 소년이었던 우리에게
영원한 선구자—선망의 표적, 가까이할 수조차 없는 저 하늘의 별이 아
니셨던가.

부디 선생님의 건강과 건필이 계속되기를 합장한다.

▶ 2003.7. 이유식선생고희회고집

산과 사람이 하나가 된 경지

활짝 핀 벚꽃이 부는 바람에 어지럽게 날리던 때였다. 봄이 누리에 무르익어 있었다. 월하 김달진 선생의 시비가 진해에 세워지던 해였다. 김종길, 김윤식, 최동호 교수 등과 함께 시비 제막식에 장호 선생님도 참석하셨다. 동국대학교의 전신인 혜화전문의 선배고, 『시인부락』동인으로 생명파의 한 사람인 시인 김달진 선생을 생전에 제일 잘 아셨고, 가장 가까운 거리에서 자주 대하셨던 분이 장호 선생님이었다. 이런 사정을 누구보다 잘 아는 월하 선생의 서랑인 최동호 교수가 선생님의 참석을 무엇보다 간곡히 당부했던 터였다.

시비 제막식장에서 선생님과 자리를 나란히 하여 앉았다. 대부분의 문학행사나 모임에 가면 나를 보시고는 팔을 끌어 옆자리에 앉히고는 했다. 그날도 예외는 아니었다. 벚꽃이 어지럽게 떨어지고 있었다.

"김 선생, 저쪽에 보이는 산 이름이 무엇인지 알아?"

알 턱이 없는 나는 대답할 수가 없었다.

"저게 말이야, 장복산인데 백두대간이 남쪽으로 뻗어 내리다가는 저곳에서 멈춰버리는 거야. 그런데 김 선생은 이 부근이 고향이면서도 그걸 몰라. 뭘 좀 알아야지."

뒷부분의 말씀은 핀잔 같기도 하고, 어쩌면 놀림 같기도 하고, 농담 같기도 했다. 그렇다. 선생님은 나와의 대화에서는 언제나 핀잔 반 우스개 반으로 말미를 하시곤 했다. 그러면 심기가 다소 불편해진 나는 언제나 반격을 시도했다.

"선생님, 산은 바라보기만 하면 되지 그 이름을 낱낱이 알아서 뭐합니까?"

"허, 이 사람 보게. 산은 바라보고 이름을 기억하고 다음에는 말이야, 발로써 걸어 올라가 봐야 하는 거야. 그래야만 산과 사람이 하나가 되지. 산과 사람이 하나가 될 때 비로소 자신이 완성되는 거야. 뭘 좀 알아야 이야기 상대가 되지. 허허.”

완전하게 판정패 당한 나는 그때 선생님이 신고 계신 신발을 흘낏 보았다. 그것은 구두가 아니라 등산화였다.

“선생님, 신발이 좀 이색적이군요.”

“이제 보았어? 제막식 끝나고 저 산에 오를 거야.”

나는 잠시 얼떨떨했다. 서울서 비행기를 타고 김해공항까지 와서 다시 버스를 타고 반도의 남단인 진해에 도착, 시비 제막식에 참석하고 다시 저 우뚝한 장복산까지 오른다? 내 평범한 생각으로는 도무지 상상할 수 없는 일이었다. 진해에서 자게 된 그날 저녁, 선생님께서는 장복산에 오르셨다가 목욕까지 하시고는 내게 ‘산을 모르는 김 선생하고는 이제 상종하지 말아야지’하시면서 놀리셨다.

누구나 알다시피 장호 선생님은 언제나 그러셨다. 때와 장소를 막론하고 산에 오르는 일을 생활의 한 부분으로 생각하신 분이셨다. 그만큼 산을 좋아했고, 산에 미쳐 있었고, 산에 반해 있었다. 분량에 있어 시집 10권보다 훨씬 많은 산에 관한 에세이를 선생님은 쓰지 않으셨던가. 선생님께서는 산에 올랐다기보다는 산을 당신의 곁으로 끌고 와서 언어를 가지고 다시 마음속에 그 산을 세우지 않았을까. 그래서 산과 하나가 되어 자신을 완성하고자 한 것이 아니었을까.

선생님의 마지막 시집이 『신발산』이다. ‘신발’과 ‘산’을 하나로 아우른 이 특이한 시적 발상도 선생님과 산과의 관계를 이해한다면 결코 이상한 것이 아니다.

“김 선생, 왜 지난번 임 선생 화갑연에는 보이지 않았지. 내 시집이 나와서 김 선생 주려고 가지고 갔다가 그냥 가져오지 않았겠어.”

전화에서 울리는 선생님의 목소리가 좀 힘이 없어 보였다. 당장 선생님을 뵈었다. 조금 야위어지시긴 했어도 생각했던 것만큼 힘없어 보이진 않았다. 시집을 받고 마음속으로 다시 한 번 선생님께 송구스러워 얼굴이 달아올랐다. '고희 기념 시집'으로 되어 있지 않은가. 선생님의 고희를 그만 지나쳐버리고 말았으니. 내색을 할 수도 없고 하여 소줏잔만 거푸 비우고 헤어졌다.

"선하 선생, 제자가 뭐하고 있소. 장호 영감님께서 고희 기념 시집을 내셨는데 한 번 만나기라도 해야 되는 것 아니오." 김윤식 교수의 전화였다. 그래서 김윤식·최동호 교수 등 가깝게 지내는 몇몇 문인들이 2월 초순 경 선생님을 모시고 저녁 자리를 마련하여 조촐하지만 고희 기념 시집 출간 축하자리를 만들기로 했다. 그러나 그 모임은 결코 이루어지지 않고 말았다. 이루어질 수 없게 되고 말았다. 그 해, 그러니까 작년(1999년) 정월 달에 선생님께서 쓰러지시고 말았으니.

누워 계신 서울대학교 병원을 찾았을 때 내 손을 꼬옥 쥐시면서 '설날 전에는 일어나야지. 그래야 손자들 세배를 받을 것 아냐. 시집 출간 축하회도 하고. 안 그래, 김 선생!' 하시면서 어린애처럼 웃으시던 얼굴이 왜 이렇게 자꾸 눈에 밟히는가.

늦기는 했지만 이 글을 쓰기로 김혜숙 교수와 약속을 하고, 어제 경주에서 차를 몰고 진해로 갔다. 아직 봄은 진해만의 파란 물결 위에서 얼쩡거리고 있어 벚꽃은 꽃망울을 터뜨리지 못하고 있었다.

그런데, 그런데, 장복산은 거기 그대로 버티고 있습디다, 선생님!

▸ 2003.3. 장호선생님회고집 – 장호를 기리는 모임 간행.

길끝에서 정상에서

『문학사상』이여, 부디 영원해다오

-『문학사상』창간 30주년 축하 메시지

축!『문학사상』창간 30주년!

더 이상 이어 쓸 말이 왜 떠오르지 않는가.

11세기 해동海東 제일의 시인 김황원金黃元. 평양의 경치를 상찬한 시들을 신통치 않다고 부벽루에 올라 모두 불태우고 스스로 한 편의 시를 짓기로 작정한 뒤 망연자실했던 일. 그 일이 왜 이렇게 가슴을 치는가.

30년의 세월은 태어나서 약관의 10대를 지나 뜻을 세우는 20대를 거치고 스스로 우뚝 자신의 자리에 위상을 정립하는 이립而立의 연륜이다. 30년의 연치를 헤아리게 된『문학사상』이 이제 겨우 제자리를 잡는 나이테를 가졌다고 한다면 그것은 망발이다. 태어날 때부터『문학사상』은 확실한 문학적 입지를 세우고 있었기 때문이다.

초지일관 문학의 다양성과 문학이론의 다원화에 그 편집의 중심 방향을 잡고, 어느 문학이론에도 편향됨이 없이 한국문학의 당대적 면모를 조감할 수 있게 엮어 온 것이『문학사상』의 진면모였다. 한국현대문학사 미답의 영역에 보습을 대어 그 미발표 자료들을 쉼 없이 발굴하면서 한국문학사의 영토를 넓힌 것은『문학사상』이 이룬 업적이 곧바로 한국현대문학사 자체임을 극명하게 보여주는 증표다. 이상문학상, 소월시문학상 등을 통해 문학상의 작품집을 간행하여 순수작품의 잠재독자를 확실하게 개발하고 순수문학작품집도 베스트셀러가 될 수 있음을 확인시켜 준 것이『문학사상』이었다.

『문학사상』이 태어날 당시의 척박했던 시대적 상황을 다만 군사정권의 획일화와 전체주의적 동원으로 한국의 산업화가 이루어지던 시기로만 파악해서는 안 된다. 70년대 들머리가 살벌하리만큼 물신주의에 경배하는 일군의 사람들에 의해 문학의 정신주의가 서서히 무너져 가던 시기였음을 아울러 파악해야만 한다. 『문학사상』은 그런 시대적 현실에서 상처받는 문학을 어루만지고, 상처 난 문학의 몸에 붕대를 감으면서 순수문학을 안타깝도록 처절하게 지켜왔다. 30년 동안 온몸을 내던져 수호해 온 것이다.

이제 『문학사상』은 정보기술화, 자본우월주의에 의해 황폐화 되어가는 문학의 뜨락에 인간정신과 영혼의 씨앗을 깊이 묻어 제대로 된 인간사회의 미래에 언어의 열매를 결실할 수 있게 해야 한다. 그래서 『문학사상』 30년 이후 불을 보듯 환하게 보이는 문학의 길, 그 가시밭 길을 한국의 문학 예술인들과 함께 극복할 수 있어야 한다.

김황원의 일화가 가슴을 치는 이유가 어디에 있는가.

이 험악한 자본과 기술 만능의 시대에 그래도 『문학사상』이 30년 동안 그리고 이후에도 건재할 것이란 확신 때문이 아닌가.

그렇다. 축, 문학사상 창간 30년!

『문학사상』이여, 부디 영원해다오.

▶ 2002.10. 문학사상

『님의 침묵 전편해설』

송욱 선생의 역작 『님의 침묵 전편해설』(1974년 과학사 발행)은 읽고 또 읽는 책 중의 하나다. 『님의 침묵』은 1926년 초판이 간행된 만해 한용운 선사의 유일한 시집이다. 이 시집의 시들을 낱낱이 해설하고 시집 『님의 침묵』의 서지학적 접근까지를 천착하고 있는 것이 『님의 침묵 전편해설』이다

모두 88편의 시와 서문에 해당하는 <군말>과 발문이라고 할 수 있

는 <독자에게>를 포함한다면 총 90편을 수록한 얄팍한 시집이『님의
침묵』이다. 시집 속 이 명편의 시들을 시집보다 백배도 훨씬 넘는 분량
으로 해설하고 있는 것이『님의 침묵 전편해설』이다.

『님의 침묵』의 시들은 이별의 슬픔이나 사랑의 고통을 통해 슬픔과
절망을 변증법적으로 극복하여 인간의 본성을 새롭게 발견하는 구도의
시들이다. 무엇보다 불교의 핵심적 사상을 한문경전이 아닌 쉬운 우리
말과 가락으로 시적 형상화에 성공한 작품들이다. 그래서 시집『님의
침묵』을 불교의 외경전外經典으로 이해하고 싶었다.

송욱 선생의『님의 침묵 전편 해설』을 읽고 이같은 생각이 터무니없
는 것이 아님을 확인할 수가 있었다. 송욱 선생은 만해 선사의 시를 불
교적 방법으로 해석하고, 불교적 방법으로 시의 근원적 의미를 천착하
려 한다. 불교적 방법이란 법보인 경전이 우리에게 가르치고 있는 삶과
인간의 존재론적 관점에서 시를 이해하고자 한다는 의미이다. 때로는
시보다 해설이 더 어려운 듯함을 느끼게 되는 것도 이러한 저자의 의도
에서 비롯된 것으로 이해할 수 있다.

『님의 침묵 전편해설』을 읽으면 만해 선사의 시에 용해된 불교의 사
상을 조목조목 헤아려 볼 수 있게 된다. 한국문학에서 가장 훌륭한 시와
불교정신의 진수를 함께 감상할 수 있는 책이 바로『님의 침묵 전편해
설』이다.

가을은 책을 많이 읽을 수 있는 춥지도 덥지도 않은 호시절好時節.

책을 읽는 사람이 아름답다고 한다.

서가에서 또『님의 침묵 전편해설』을 꺼내 책상 위에 놓는다. 올해
들어 두 번째다.

▶ 2001.10.10. 불교신문

논쟁의 방식

소설은 이야기다. 그러나 소설은 일반적인 이야기와는 다르다. 소설은 작가가 상상력으로 만들어 낸 이야기다. 만들어 내었으므로 꾸며낸 것 즉 허구虛構가 된다.

이야기지만 사실이 아닌 이야기가 바로 소설이다. 소설을 읽는 사람은 작가가 만들어 낸 이야기를 마치 사실인 것처럼 오해하기도 한다. '일어날 수도 있는 일'을 말하고 있기 때문이다. 소설 속의 이야기는 일어날 수도 있는 개연성蓋然性을 가지고 있다.

사실처럼 느껴진다고 해서 소설 속의 세계가 결코 사실의 세계가 아님을 알아야 한다. 제대로 소설을 이해하고 감상하는 첫걸음은 여기서부터다. 소설은 사실이 아닌 이야기라는 것이 속성이고 본래의 모습임을 확인해야 한다. 소설은 일반적인 이야기와는 다르다는 점을 알아야 소설의 이해와 진면목에 다가설 수 있다.

이문열이 『현대문학』 10월호에 소설을 발표했다. 「술 단지와 잔을 끌어 당기며」.

자신을 '곡학아세曲學阿世'로 비판한 민주당 추미애 의원과 명예훼손 혐의로 1억 원 넘는 소송을 제기한 단체 <안티조선> 등과 벌였던 일련의 논쟁이 주요한 모티브動機가 되어 있다. 소설이 사실과 다른 허구라 해도 이 소설을 읽는 독자들은 작가의 창작활동과는 다른 사회적 활동이었던 논쟁사건과 무관하게 이 소설을 읽을 수가 없을 것이다. 논쟁과 소송사건이 바로 얼마 전에 있었던 일이므로 더욱 그렇다.

'이 아무개'라는 이름의 작가가 최근 '세상과 요란한 시비'를 주고 받은 뒤 고향의 '광려산 글 집'으로 낙향해 술과 책으로 회한을 달래는 이야기다. 주인공은 실제 이문열과 성姓이 같고 '광려산 글 집'은 그가 세운 고향의 '광산문학관'과 흡사해 이 소설이 작가가 겪은 사실과 묘한 알레고리象徵로 엮여 있음을 쉬 짐작할 수 있게 한다. 또한 이문열 특유의 의고적인 유장한 문체의 맛은 소설적 재미를 흠씬 맛보게 해준다.

이문열은 소설이 허구임을 이용하여 등장인물들과 배경을 논쟁의 그것과 흡사하게 배치하여 자신이 생각하는 바를 여과 없이 소설 속에서 주인공이 개진하게 한다. 풍자적인 효과까지를 얻기도 하는 소설적 장치는 이문열의 이야기꾼으로서의 솜씨가 약여하게 드러나 있다. 이 소설은 독자가 주인공의 처지와 작가를 동일시하여 읽고 난 후 주인공의 입장에 동조하지 않을 수 없게 이끄는 듯한 소설적 구성을 취하고 있다.

소설이 가공의 이야기인 허구라는 점을 작가는 묘하게 이용하고 있는 셈이다. 허구 속에서 마음대로 자신의 생각이 옳을 수밖에 없음을 독자에게 전달한다. 이 소설을 두고 '나는 소설가임으로 소설이라는 방식으로 말할 수밖에 없지 않느냐'는 투로 토로한 점과 상관하고 있다.

소설이 작가의 문학외적인 목적을 위해 수단으로 사용되는 것은 어떤 경우에도 바람직하지 않다. 그것은 소설의 독자성과 자율성에 상처를 주는 일이고, 소설을 프로파간다宣傳로 전락시켜 문학의 본바닥을 난장판으로 만드는 일이다. 소설적 방식이란 소설이 허구임을 확인한 연후에 사려 깊게 발화發話해야 할 언표言表다.

논쟁은 논쟁의 방식으로 시시비비를 가려야 한다. 이문열의 곡학아세와 소송 등의 논쟁은 처음부터 당사자들이 소설을 써서 그것을 통해 한 것이 아니다. 작가라고 해서 소설로 대응한다면 상대방은 그가 처한 어떠한 방법으로, 그것이 정치적 억압의 방법이라 해도 관계없다는 말과 다르지 않다. 논쟁은 담론의 방식대로 진행되어야 하고 작가라고 해서 사실과 다른 가공의 현실을 다루는 허구인 소설의 양식을 통해 발언한다면 그것은 논쟁의 룰에도 어긋나는 일이다.

소설을 포함하는 문학을, 목적을 위한 수단으로 사용하는 곳에 작가는 저항해야 한다. 그 저항을 통해 문학의 제자리는 지켜진다. 정치적 수단에 문학을 이용하는 것만 목적문학이 아니다. 어떠한 목적이든 그것에 문학을 수단으로 삼는 일이 없어져야만 참다운 문학이 산다.

▸ 2001.10.6. 경북일보

자신감이란 과일

밤하늘을 수놓는 별만큼 많은 꽃들이 피었다가 사라져 간다.

여름이 물러가는 시골집 뜨락 모퉁이에 수줍게 피어 있는 채송화, 맨드라미, 이름조차 알 수 없는 들판의 저 수 많은 풀꽃들. 돌담을 훌쩍 넘는 키에 고개 숙여 매달려 있는 커다란 해바라기, 초가을 파랗게 트여오는 하늘을 향해 선혈을 토하는 듯 서 있는 칸나, 줄기를 말아 올려 아침마다 피는 나팔꽃, 소슬한 바람에도 견디지 못하고 하늘거리는 길가의 코스모스. 화원에 가 보라. 거기 온실에는 장미, 카네이션, 국화, 백합, 사르비아 등등 수없이 많은 꽃들이 있음을 확인할 수 있을 것이다.

이렇게 묻는다.

'당신은 어떤 꽃이 가장 아름답다고 생각하시는지?'

이 물음에는 문제가 있다.

꽃들은 모두 아름답다. 아름다우니까 꽃이다. 아름다운 꽃들에 등위를 매길 수 있을 것인가. 아름다운 꽃들은 제 각각의 아름다움을 가지고 있다. 백합이 갖지 못한 아름다움을 초가지붕 위 땅거미 질 무렵 피어 있는 박꽃은 지니고 있다. 박꽃이 백합의 아름다움을 갖고 있지 못하듯이 백합도 박꽃의 아름다움을 결코 가질 수는 없다. 꽃들의 아름다움에 등위를 매길 수는 없고 매겨서도 안 된다.

앞의 질문은 다음과 같이 바뀌어져야 한다.

‘당신은 어떤 꽃을 가장 좋아하시는지?’

꽃만이 아니다. 세상의 모든 것에는 등위가 있을 수 없다. 제 각각의 존재가치와 의미를 가지고 있기 때문이다. 다만 등위를 매기는 것은 개인적인 가치관과 주관적인 척도尺度에 의해서다. 많은 경우 우리들은 이 사실을 지나치면서 살아가고 있다.

사람들은 세계라고 하는 터전에 모두 제 각각의 의미로 존재한다. 못 났다거나 잘 났다거나, 행복하다거나 불행하다는 것은 그것을 바라보는, 그렇게 생각하는 사람들의 주관적인 ‘생각’에 기인한다. 잘난 사람도 못난 사람도, 행복하거나 불행하다고 하는 판단도 모두 사람의 ‘생각’에서 출발하는 것이고, 주관적인 것이므로 절대적이라고 말할 수 없는 것이다.

사람에게 등위란 있을 수 없다. 다만 자신의 존재를 어떻게 판단하느냐 하는 스스로의 ‘생각’이 있을 뿐이다. 행복도 불행도 생각하기에 따라 그 판별이 달라진다. 부장은 부장대로 과장은 과장대로 평사원은 평사원대로의 존재가치와 의미를 가지고 회사라는 공동체를 형성하고 있는 것이다.

‘무엇이 행복이냐?’가 아니다.

‘무엇을 행복이라고 생각하느냐?’가 올바른 물음이 된다.

각각의 악기가 빚어내는 선율을 화합하는 것이 오케스트라다. 자기의 악기는 곡曲 전편을 연주하는 데 두서너 번밖에 기회가 주어지지 않는다고 하자. 자신의 악기가 연주해야 할 두서너 번의 연주를 보잘것없다고 포기한다면 전체적인 하모니는 엉망이 되고 교향곡은 망쳐버린다. 사정이 이러함에도 오케스트라에서 두서너 번의 연주가 결정적으로 중요하다고 강조하지 않을 수 있겠는가. 세상은 여러 사람이 어울려 삶이란 교향악을 연주하는 오케스트라에 비유할 수 있다.

자동차 엔진의 작은 부분 어느 하나라도 제 몫을 못한다면 움직일 수 없다. 엔진의 나사 하나가 빠졌다고 가정해 보라. 자동차가 제대로 굴러갈 것인가. 보잘것없어 보인다고 해서 가치가 없는 것이 아니다. 그렇게 '생각'하는 마음이 문제일 따름이다. 보잘것없다고 생각하는 것이 엄청난 역할을 감당하고 있으므로 그것은 크고 위대한 것이다. 한 사람 한 사람이 모여 사회의 공동체를 이루는 것은 하나하나의 기계가 자동차의 복잡한 엔진을 구성하는 것과 같다. 사회의 공동체는 세상이란 길 위를 질주해 가는 자동차로 말할 수 있을 것이다. 공동체의 한 사람 한 사람이 패배감에 찌들어 자기의 역할을 감당하지 않을 때 그 공동체와 사회는 나사가 빠진 자동차가 길 위에 멈춰 서듯이 세계 속에서 발전이 정체되고 말 것이다.

사람들 스스로는 다 자기의 역할과 존재해야 하는 이유를 가지고 세계에 놓여 있다. 한 사람 한 사람은 모두 의미 있는 세계의 구성원이며 그 실체다. 그러므로 자신의 존재가치를 확인하고 그 몫을 담당하려 노력할 때 공동체는 발전하고 각자의 자신감 속에서 행복은 획득될 것이다. 등위를 매길 수 없는 사람의 등위를 매기는 억지스러운 생각 때문에 열등감과 열패감과 패배의식과 불행하다는 올가미에 옥죄였던 적이 없었던가. 그것을 벗어나기 위한 자신감의 회복과 복원은 아무리 강조해도 지나치지 않다.

'천재의 작품 속에서 잃어버린 자아自我를 발견 한다'고 에머슨은 말한다. 천재의 작품 속에서 자신과 꼭 같은 생각을 발견한다는 말이다. 이때 자신과 천재의 차이는 존재하지 않으며 사람은 누구나 천재가 될

수 있다는 의미를 머금고 있다. 천재란 스스로의 노력에 의해 드러나느
냐 그렇지 아니한가 라는 문제만 있을 뿐임을 이 말은 일깨워 주고 있다.

가을은 깊이 생각하는 사색의 계절. 독서의 계절이기도 하고 수확의
계절이기도 하다.

이 가을에는 자신이 얼마나 중요한 존재인가를 생각해 보는 시간을
가지도록 하면 어떻겠는가. 위대한 책을 읽고 그 속에서 잃어버린 자신
의 천재를 찾아 확인하고 그것을 드러내어 보이도록 혼신의 노력을 하
면 어떻겠는가. 열등감, 패배감이란 생각의 굴레를 과감히 벗어나 가장
귀중한 스스로의 자신감을 회복하여 복원하는 정신적 과일을 수확하면
또한 어펴하겠는가.

뜨락의 오동잎 지는 소리 속에 가을은 영글어 가고 있다.

▶ 2001.9. 삼창소식

국정감사와 문학전집

「용비어천가龍飛御天歌」는 조선 건국의 당위성을 널리 알리자는 의도
로 지어졌다. 노래로 불릴 때 여민락與民樂이라고 했다. 백성이 감화되
어 함께 즐긴다는 뜻이다. 「용비어천가」는 정부의 선전가요에 해당한
다. 단군 이래 최초로 이루어진 정권의 홍보용 가요였던 셈이다. 노래말
은 곡필아세曲筆阿世의 표본이라 할 만하다.

곡필아세와 어용御用은 권력을 행사하는 힘이 있는 계층에 영합하는
글쓰기의 태도와 그들을 비호하는 행위를 일컫는다. 한 작가가 국가권
력을 좌지우지하는 집권층인 정부와 여당의 정책을 비판한 글을 썼다
고 해서 그에게 곡필아세와 어용이란 면류관을 씌울 수는 없다. 그는 힘

있는 자의 잘못을 비호하고 영합하여 자신의 입신출세를 도모한 것이 아니라 글로서 힘을 가진 자를 질타하고 나무랐기 때문이다. 비판 논리가 앞뒤 모순이라면 궤변이라거나 망발이라고 부를 수는 있다. 그렇게 부를 때도 '놈'이나 '새끼'라는 감정적이며 비속한 언사가 개입된다면 화풀이나 감정배설이 되고 만다. 그것을 이성적 담론이라고 할 수는 없다.

일제에 국권을 강탈당했던 시기 춘원 이광수의 친일행적과 곡필은 한국 현대시에서의 아픈 상처다. 상처는 치유되어야 한다. 치유하기 위해서는 그를 비방하고 모욕하면서 타매하는 것만이 능사가 아니다. 그럴 수밖에 없었던 역사적 및 개인적 사정을 헤아리면서 냉혹하게 비판하고 그 바탕에서 출발하여 그것을 극복하여야 한다. 그것이 지성이고 성숙한 시민의식이다. 작가로서의 개인적인 갈등과 절망과 고뇌의 흔적을 교훈으로 얻을 수 있는 길이기도 하다. 유사한 상황에서 제2의 이광수가 나올 수 없도록 하는 방법이다. 이 시대가 행복하고 매우 바람직한 개혁적 상황이라고 판단한 사람이 그렇게 볼 수 없다는 사람을 향해 제2의 이광수라고 싸잡아 비아냥하는 것은 감정적 대응에 불과하고 메카시적 수법과 많이 닮아 있다.

문예진흥원의 주도로 기획하여 출간을 진행하고 있는『통일문학전집』에 작가 이문열의 작품 수록 자격을 놓고 국정감사장에서 문광위원장인 여당의 국회의원이 시비를 걸었다. 언론사 세무조사와 관련, 신문 시론으로 사회적 물의를 일으킨 장본인 · 개혁을 방해하고 민주화를 가로막으며 평화통일을 저해하는 제2의 이광수 · 곡필 작가라고 싸잡아 그를 매도했다. 문학적 척도가 아닌 다른 잣대로 문학을 가늠하려는 것도 가당찮거니와 국정감사에서 전문가도 아니면서 문학전집의 편집에까지 간여할 만큼 한국의 정치현실이 한가한지를 묻고 싶다.

문학전집의 경우 수록 작가 선정은 문학전공자에도 어렵고 까다로운 문제다. 그것은 전문적이고 고도의 문학사적 안목과 신중성을 요구하는 작업이다. 전집의 편집자는 기획위원, 자료조사위원, 선고위원 등에 해당 전공자를 포진시켜 여러 단계를 거쳐 수록작가와 작품을 선정하려 한다. 수록작가에 대한 평가의 문학사적 객관성을 확보하려 하기 때문이다.

작품 수록에 문제제기를 한 여당인 민주당 위원은 문학의 가치평가를 문학외적인 곳에 두고 있다. 그것은 문학의 자율성에 족쇄를 채웠던 독재자들이나 전체주의자들이 하던 발상이다. 작가가 집권층과 그 체제의 나팔수가 되기를 바라는, 곡필아세와 어용의 표본이 되기를 요구하는 것과 다르지 않다. 위대했던 작가와 작품은 이러한 작태들과 맞서 싸워 왔다. 그들 투쟁의 혈흔이 한국문학사에도 홍건하게 젖어 있다.

집권당인 여당을 비판하는 글이 곡필아세란 말은 아직도 집권당이 야당시절을 그리워하고 있거나, 야당적 방법으로 여당으로서의 국정을 운영하고 있다는 반증이라 할 수는 없겠는가. 그들 국정운영을 비판하는 글쓰기는 곡필아세 어용이니까 선전선동의 찬양글만 쓰라고 한다면 오늘의 작가를 왕조시대의 「용비어천가」 작가들처럼 되어 달라는 것과 무엇이 다른가. 그것은 망발이고 시대착오적 발상이며 충실하게 세금을 납부하고 있는 우리들의 가슴을 더욱 답답하게 만드는 일이다.

▶ 2001.9.20. 경북일보

비석碑石의 한문漢文

조상의 묘소를 찾는 계절이다. 1년 동안 자란 유택의 잡초들을 베어내고 웃자란 잔디를 손질한다. 생전의 모습을 그리면서 상석에 술잔을 올리고 오랜만에 엎드려 인사드린다. 벌초와 성묘를 끝내고 묘비 앞에 선다. 살아생전 이승에 사셨던 자취가 거기 정성으로 각인되어 있다. 그런데 함께 간 누구도 시원하게 비문의 내용을 해독하지 못함에 아득해진다. 비문이 한문으로 쓰였기 때문이다.

기원전 2세기쯤 사용한 한자는 우리 글자와 마찬가지의 무게를 지닌다. 향찰이나 이두, 구결이라고 하는 문자가 없었던 것은 아니다. 하지만 한자의 변용에 불과했다. 훈민정음이란 우리의 글자를 갖게 된 것은 15세기에 이르러서다. 그때까지 2000여 년 동안 한자를 사용하였음에 맹목 할 수는 없다. 그렇게 해서도 안 된다. 그동안 한자로 쓰인 정신적 유산은 엄청난 가치와 무게를 지니고 있음을 결코 간과해서도 안 된다.

언어는 말과 글자를 아우르는 개념이다. 우리의 경우 말과 글자가 따로 놀다가 15세기에 와서야 그 둘이 행복하게 어우러지게 된 것이다. 중국문자인 한자는 중국인의 소리체계와 한국인의 그것이 다름으로 우리의 뜻을 정확하게 나타내기란 사실상 불가능했다. 한국인의 소리체계에 맞는 글자의 탄생은 말과 글이 명실상부한 언어로서 자리하게 된 역사적 사건이다.

만들어 진 후 20세기가 될 때까지 한글은 제대로 공용어 역할을 못했다. 여러 사정이 있었지만, 한자 사용에 익숙해 있던 지배층의 보수적 행태 때문이었다. 한글이 만들어진 후에도 비문과 제문 등 의례양식의 문자행위가 계속 한자를 사용한 한문으로 이루어진 주된 까닭이 여기에 있다.

이제 한글은 공용어임은 물론 일상 속에 뿌리내린 생활의 일부분이다. 의사소통의 모든 수단이 한글을 통해 이루어진다. 당연한 일이고 바람직한 일이다. 그런데 아직도 비문과 제문 등 일컬어 전통적 의례양식의 문자행위에서는 한자로 쓴 한문의 굴레에서 벗어나 있다고 말하기는 어렵다.

　한글로 생활한 세대에 있어 한자로 쓴 한문은 외국어에 다름 아니다. 어지간한 교육적 세례를 받지 않은 일반인들은 한문이 여간 어렵고 힘든 것이 아니다. 대부분 오늘날 세대의 사람에게 한문은 해독할 수 없는 이방의 언어다. 그럼에도 아직 한문으로 비문을 적고 제문을 낭독한다는 것은 무엇인가 잘못되어 있다는 생각을 떨칠 수가 없다.

　비문과 제문, 묘지석을 한글로 표기한 우리의 문장으로 바꾸어야 하는 것은 자연스럽고 당연한 일이다. 이후에 올 후손이 한문으로 된 고인의 행장을 읽고 해독할 수 없을 때 비문의 존재 이유는 소멸하고 말 것이다. 그때 비석은 크고 낯선 돌덩이에 불과하고 만다. 비문이나 제문― 조상을 흠모하고 음덕을 회고하는 글의 내용을 후손이 읽고 해독할 수 없는 한자의 문장으로 적어야 할 까닭을 찾을 수가 없다.

　「○○○의 묘소」 혹은 「○○○ 여기 잠들다. ○○○○년 ○월 ○일 태어나서 ○○○○년 ○월 ○일 이승을 떠났다」「○○○의 유택」 등의 묘비 옆에 고인의 다난하고 보람찼던 삶의 족적을 우리말과 글로 요약해서 정성껏 비석에 새기면 먼 훗날 후손들은 손쉽게 읽고 해독할 것이 아닌가.

　「유세차 모년모일」은 「헤아려 보면 오늘은 ○월 ○일」로 시작되어야 제문도 존재이유와 의미를 새롭게 가질 수 있을 것이다. 세상은 변한다. 변하는 세상과 현실에 걸맞게 모든 의례의 양식도 변해야 하고 그래서 그 시대 사람들에게 일상화되어 육화되어야 한다.

　「장미, 오오 순수한 모순이여. 그 아래 깊이 잠든 행복함이여」

　라이너 마리아 릴케가 생전에 썼던 자신의 묘지명이다. 아름답지 아니한가!

▶ 2001.9.12. 경북일보

버려진 척화비 斥和碑

이의민李義旼을 아시는가. 고려 무신란의 핵심인물 중 한 사람. 정확하게 821년 전 고려 의종 24년, 1170년 9월 정중부 · 이의방 등이 주도한 쿠테타를 성공으로 이끈 행동대의 최일선에 섰던 사람이 이의민이다. 이들 세력은 의종을 거제도로 유배시키고 새 임금으로 명종을 세웠다.

3년 뒤 의종을 복위시키려 경주까지 데려와 놓고 김보당의 역쿠테타는 실패한다. 수도 개경에서 경주로 달려온 이의민은 의종을 곤원사坤元寺 북쪽 연못으로 끌어냈다. 이의민의 다음 행동을 고려사ー열전ー반역 · 2는 이렇게 전한다.

> '술 두어잔을 올린 후 이의민은 왕의 등뼈를 부러뜨렸다. 등뼈 부러지는 소리가 났다. 이의민은 크게 낄낄대며 웃었다. 함께 갔던 박존위가 요로 시체를 둘둘 말아 두 가마솥을 합친 사이에 넣었다. 그리고 연못에 던져 버렸다.'

의종을 직접 죽인 장본인이 이의민이다. 8척尺의 키, 장대한 기골과 힘이 빼어났다는 그는 아버지가 소금과 체를 파는 행상의 아들. 경주 출생. 어머니는 연일현 옥령사의 노비, 천민 출신이었다. 잔인무도한 고려의 이 장수는 아버지가 꿈에 푸른 옷을 입고 황룡사 9층 탑으로 아들이 오르는 것을 보고 뒷날 크게 되리라 짐작했었다고 『고려사』는 설명한다.

경주에는 왜 신라시대만 존재하는 것처럼 생각하는가에 대해서 되물어 본 적이 있으신지.

그것은 신라의 유적과 유물이 지천인 것에서 연유할 것이다. 신라시대 유적 유물이 수 없이 많다고 해서 경주가 신라 천 년의 왕도였던 것만은 아니다.

　　고려와 조선시대의 한국인도 오늘날과 같이 경주의 유적과 유물을 향유하면서 경주의 공간에서 살았다. 신라 이전 시대인 석기, 철기의 선사시대에도 경주는 고대 한국인이 살았던 공간임에 틀림없다. 경주에 신라 천 년의 역사만이 존재하는 것은 아니라는 사실을 짐짓 맹목하고 있는 것은 아닌가. 경주에는 신라 이전 시대와 신라시대, 고려시대, 조선시대 그리고 근대를 거치면서 오늘까지 한국인이 산 자취가 온존하고 있는 삶의 공간이다.

　　한국사를 관통하여 가장 잔인하고 독특한 인물의 한 사람, 왕을 자기 손으로 직접 죽였던 이의민도 800년을 넘어서는 옛날 경주에서 태어나 경주의 들판과 산하를 휘젓고 다녔음에 무심해서는 안된다. 고려 의종이 김보당과 함께 와서 머물었던 곳이 어디이며, 곤원사가 경주의 어디쯤이며, 의종이 죽임을 당한 연못과 부호장을 지냈던 필인이 물고기와 새도 해치지 못한 물가의 의종 시체를 몰래 묻었다는 언덕은 어디이고, 연일현의 옥령사는 어디인가에 대해 경주의 문화재를 담당하고, 경주의 문화와 역사에 대해 생각하는 사람들의 노력과 자취를 보고 듣지 못함은 안타깝다 못해 서글프다. 경주 박물관에는 왜 신라시대의 유적 유물만이 거의 전부를 차지하고 있는가. 역사가 연속하는 유기체적 실체임을 간과하는 무신경에 아연해진다.

　　한국설화의 보물 창고인 명저 『삼국유사』의 가장 오래된 판본이 경주부사였던 이계복에 의해 1512년(조선중종7년) 중간된 것임을 아시는가.

　　이 사실은 경주의 자랑이면서 불교설화와 함께 가치를 심화하고 있는 신라시대 유적을 더욱 의미심장하게 하는 무형의 문화재다. 경주 부사가 집무했던 동헌의 자리에 그 사실을 적시하여 관광자원화 하는 정책은 경주를 더욱 돋보이게 할 것임은 명약관화하다.

독락당과 옥산서원, 용담정과 천도교의 성지, 최제우의 생가 복원, 한국소설의 발상지인 용장사 절터에 대한 보다 구체적인 관광자원화, 임진왜란 때 경주의 항쟁 유적, 한말 경주의병의 유적에 대한 연구, 김동리 작품의 배경과 박목월 시의 배경, 그들 탄생지의 복원, 인구에 회자하는 저 유명한 시 이육사 「청포도」의 배경인 일제 때 포도밭이었던 옛 포항공항 자리에 그것을 알리고 관광자원화 하는 작업은 경주 일원을 신라시대의 것만이 아닌 역동적인 역사적 실체로 파악하는 일이고 신라의 유적 유물을 더욱 돋보이게 하는 것은 아닐는지.

최근 동해 바닷가 풀숲에 나뒹굴어 져 있었다는 대원군의 척화비斥和碑에 대한 소식을 접하면서 더욱 생각하게 하는 대목들이다.

▸ 2001.8.27. 경북일보

석장동, 우리의 캠퍼스가 있는 곳

양지를 아시는가.

그는 조각가. 서예에도 일가를 이룬 화가이기도 했다. 자신을 짝사랑하다 그만 지쳐 잠이 들고만 지귀의 누더기 옷 위에 목걸이를 놓아 주고 돌아섰던 신라의 여왕 선덕. 그 때의 스님이 양지였다. 일연 김견명이 쓴 『삼국유사』 <양지, 석장을 부리다> 항목을 들추어 본다.

'석양지는 그 조상과 고향을 알 수가 없다. 단지 선덕왕 시절에 모습을 세상에 나타냈음을 알 뿐이다. 그가 석장의 머리에 포대을 걸어 두면 석장은 저절로 시주의 집으로 날아가 흔들리며 소리를 낸다. 그러면 그 시주의 집에서는 이를 알아채고 제에 올리는 비용으로 곡식 등을 포대에 넣는다. 포대가 차면 양지의 석

석장은 무엇인가. 스님들이 지니고 다니는 지팡이. 이것을 마음대로
부렸던 스님 양지.

계속해서 『삼국유사』에는 그 자취를 알 길이 없는 서라벌의 영묘사
와 법림사의 현판을 양지가 썼고, 영묘사의 장육존상과 천왕상, 전탑의
기와들을 만들었다고 적어 놓았다. 그 또한 찾을 길 없는 천왕사 탑 아
래 있었다는 팔부신장도 그의 작품. 불법을 수호하는 하늘과 용 등 여덟
개 신장이 팔부신장. 법림사의 금강신도 그가 만든 것이었다고 한다.

기록의 많은 부분이 설화로 채색되어 있는 것이 『삼국유사』. 그래서
역사적 사실과 반드시 일치하지 않는다고 하는 말에 수긍이 간다. 그럼
에도 불구하고 석장사는 존재했던 절임을 경주캠퍼스 박물관 팀이
1986년 찾아내었다. 캠퍼스의 서남쪽 산자락의 이 절터에서 190여 점
의 불상과 벽돌을 발굴했다. 얼굴을 내민 벽돌에는 탑과 불상이 조각되
어 있었다. '석장'이라고 새겨진 조선시대 자기가 발견된 것이 무엇보다
의미심장하다. 『삼국유사』에서 말한 석장사가 신라 때부터 조선 후기
까지 존재한 것을 증명해 주기 때문. 양지 스님이 있었다는 『삼국유사』
기록의 현실성이 확보되었다.

경북 경주시 석장동 707번지, 경주캠퍼스의 이 주소를 모르는 동국
인이 있는가.

'석장동'이란 땅이름에 주목하는 사람은 바로 양지 스님이 있던 석장
사에서 그 명칭이 비롯된 것임을 쉽게 헤아릴 것이다. 가장 보수성을 지
닌 것이 땅이름. 이것은 언어학자들의 증언이다. 땅이름은 그만큼 오래
도록 변하지 않는다는 것.

영상관에서 금장생활관 쪽으로 가는 길목의 코스모스가 바람에 가는

모가지를 하늘거리고 있다. 문득 고개를 들어 하늘을 한 번 쳐다보아라. 거기 혹 곡식을 가득 담은 포대 하나가 파랗게 트여 있는 구만리 장천, 가을 하늘 저쪽으로 떠 날아가고 있는 것은 아닌지. 눈을 크게 한 번 뜨고 바라보아라.

형형한 눈빛의 동국인들이 분주하게 오가던 석장동의 뜨락. 거기에 설화의 세계가 역사 속에서 물안개처럼 피어올라 이우러지면서 고즈넉하게 저물어 간다. 은은하게 깔리는 정각원의 범종 소리가 낮세 낮게 가라앉고 있는 것을.

▶ 2000.9.28. 동대신문

일본학자가 본 '한국문학'

- 실체, 위상 치밀하게 성찰

일본 국립 도쿄외국어대학 외국어학부 사에구사 교수의『한국문학연구』는 한국문학을 '문학' 그것으로 파악하려는 한 외국인 연구자의 문학적 사유에 바탕한 의미심장한 성찰의 집대성이다. 외국인으로서 일본인의 한국문학 연구가 무엇이며 그들의 한국문학 연구는 한국인인 우리에게 어떤 의미를 갖게 하는가를 새삼 생각하게 한다. 일본인을 외국인이라고 하는 것은 한국인과 일본인을 막론하고 얼마간 생소하고 낯설다. 그렇다고 한 · 일 두 나라의 관계를 외국의 관계라고 하지 않을 수도 없다. 반세기가 채 넘어서지 않은 과거에 일본의 하위구조로서 조선만이 존재했다는 시각이 일본인의 의식 속에 자리하는 한국관의 하나라면 사에구사 교수는 이 점에서 벗어나기 위해 부단히 노력하는 문학연구자임을 이 책은 보여준다. 외국문학으로서 '한국문학을 알고 배우기 위해서' 썼다고 굳이 강조하고 있는 것이나 책머리의 '한국문학,

읽지 않아도 되는 까닭—좀비들 세계에서의 대화' 같은 글은 이러한 연장선에서 비롯된 것으로 보인다.

그의 글이 더욱 의미 있는 것은 "일본에서 한국문학사를 기술할 능력이 있는 유일한 연구자로 평가받고 있다"거나, 그가 한 · 일 양국어로 자유롭게 집필할 수 있는 비평가이기 때문만은 아니다. 한국문학을 한국문학 자체의 독립된 문학으로 이해하고 연구하려는 그의 연구 태도에 있다. 그의 한국문학에 대한 연구의 관심권이 국권 상실기였던 식민지시대에서 양귀자 · 윤대녕 · 신경숙 등 현대작가에까지 이르고 있음이 이것을 분명하게 말해주고 있다.

대부분 외국의 한국문학 연구자들은 자국의 문학과 한국문학의 상관관계 혹은 자국의 문학에서 찾을 수 없는 한국문학의 독특한 개성에 초점을 맞추어 논구한다. 요컨대 자국의 문학에 대한 이질적인 요소로서의 한국문학을 자국의 문학에 대한 또다른 실체로서 인식하고자 한다. 저자는 이 점에서 완전히 벗어나 있다. 한국문학 그 자체의 성장 논리에서 한국문학이 문학으로서 자리하고 있는 위상이 어떤 것인가를 정밀하게 분석하고 있음은 경악에 값한다. 만약 이 책의 어느 글도 일본인으로서의 그의 기명記名이 없다면 한국인의 한국문학 연구라고 생각할 만큼 그의 연구에는 문학외적인 요소라고 말할 수 있는 외국인으로서의 한국문학 연구라는 통념을 완전히 깨뜨려버리게 한다.

그러나 그가 이 책에서 한국문학을 한국문학 자체로서 이해하고 파악하고자 하는 것은 동아시아에 있어 지난 시기 일본의 행적이 남긴 상흔과 그 영향이 결코 무시할 수 없이 크고 깊다는 반대급부에서 나온 것임을 간과할 수 없다. 한국문학 자체에 그것이 어떤 형태로든 스며들어 있음을 무시할 수도 없는 노릇이다. 저자도 그 점에서 결코 자유롭지 못한 글쓰기를 하고 있음을 글의 행간에서 얼마든지 읽을 수 있다. 이 점에서 그의 한국문학 연구가 자칫 그것을 애써 외면하려 함으로써 갖게 되는 또 다른 함정에 함몰될 수 있음을 결코 지나쳐서는 안 될 것이라는 파악이다. 이 책은 이 같은 점에서도 의미가 심장한 저서라고 할 만하다.

▶ 2000.5.25. 경향신문

시작된 백 년과 새롭게 펼쳐질 천 년의 소망

새 천년, 새 세기가 시작되었다.

사실 새로운 천 년이라든가, 새로운 세기라고 하는 이 시간적인 규범은 인간이 편의에 의해 만들어 놓은 약속에 불과하다. 새로운 천 년, 새로운 세기라고 해서 동쪽에서 떠오른 태양이 유난스러울 리도 없고, 저 벗은 가지를 흔드는 바람이 유별난 것도 아니다. 유별난 것은 다만 새롭게 시작되는 천 년과, 새롭게 시작되는 한 세기라고 생각하는 우리들의 인식이고 그 인식을 통해 생각하는 우리들 마음의 상태다.

말이 쉬워 그렇지 천 년 혹은 백 년이라고 하는 시간적 단위는 엄청난 길이다.

아직도 사람의 수명은 아주 특별한 경우를 제외하고는 백 년 즉 한 세기를 넘지 못한다. 하물며 천 년이란 시간적 단위는 이러한 사람의 생물학적인 수명으로 견주어 본다면 엄청난 기간에 속한다. 그래서 이러한 엄청난 시간적 길이에 견주어서 사람의 일생을 눈 깜짝할 사이라고 하여 찰나刹那 또는 수유須臾라고 하지 않았던가.

그래서 천 년 전의 일들 혹은 백 년 전의 지난날들을 돌이켜 살펴보면 생각이 미치기 힘들 정도로 많은 일들과 경천동지驚天動地할 만한 경악스런 사건들이 일어났음에 우리는 아연할 수밖에 없게 된다. 그 아연할 수밖에 없는 시간적인 기간이 백 년이며 천 년이다. 그것은 장구長久한 기간이다.

이러한 백 년과 천 년, 새로운 세기와 새 천 년의 문턱에 우리는 이미 발을 들여 놓게 되었다. 그래서 새로운 천 년, 새로운 백 년의 입구에서 무엇인가 바람직하고 보람찬 것들을 역사의 백지 위에 구성하여야 한다.

사람이 움직이고 행동하여 구성하고 무엇인가를 이룩하고 건설하는 행위들은 사람의 생각에서 비롯되어 시작된다. 생각을 다른 말로 표현하면 사상이고, 사상이 체계화되어 형식을 가지면 이념이 된다.

그리고 생각은 눈으로 볼 수 있고 형체를 확인할 수 있는 가시적可視的인 것이 아니라 눈으로 볼 수 없고 형체를 확인할 수 없는 마음 속의 상태를 말한다. 그래서 그것을 형이상학形而上學의 영역에 속한다고 하게 되고, 그것은 사회 현실의 여러 상황과 같이 눈에 보이는 하부구조下部構造가 아니라 상부구조上部構造에 속하는 정신적인 영역이라고 규정한다.

이 같은 생각을 나타내고 표현하는 가장 기본적인 단위는 언어다. 언어는 말 즉 언言과 글자 즉 어語를 함께 일컫는 말이다. 다시 말하면 언어는 말과 글자인 문자를 함께 뜻한다. 그래서 언어의 가장 중요한 기능을 사람이 가진 생각 즉 의사를 소통疏通하는 것에 두게 된다. 언어가 없는 경우를 생각하여 보라. 우리가 가지고 있는 생각과 사상을 다른 사람에게 어떻게 전달할 수 있을 것인가.

언어의 중요성을 독일의 철학자 하이데거는 '존재의 집'이라는 말로 설명하고, 러시아의 문학이론가 바흐찐은 '언어는 이데올로기(이념과 사상)'라는 말로 정의한다. 예사롭지 않게 평범하게 생각하고, 미처 깨닫지 못한 채 사용하는 일상생활의 언어는 이처럼 인간 존재의 근원과 인간의 사상이 담겨진 그릇임을 확인할 필요가 있다. 또한 언어를 통해서 인간 존재의 참 모습을 알게 되고, 확인하게 되며 사상의 핵심에 접근하게 된다는 점을 결코 지나쳐서는 안된다. '말 한 마디로 천냥 빚을 갚는다'는 우리 속담도 이러한 언어의 중요성을 가장 소박하게 정의한 것이라고 할 수 있다.

어떤 사안이나 사항에 대한 명명命名은 언어로서 행해진다. 그래서 우리는 그 명명을 통해 그 사안의 핵심에 접근하게 되고, 그 사안의 전모를 파악하는 열쇠를 가지게 된다. 때문에 사안에 대한 명명, 다시 말하면 사안에 대한 용어로서의 규정은 깊은 사려와 성찰을 통해 이루어져야 한다.

지난 세기 우리 민족의 가장 비극적인 일 중 하나는 이민족異民族에 의해 국권國權이 상실되어 식민지가 된 것이다. '일제 식민지 시대'라고 이 기간을 일반적으로 부르고 있는 것이 과연 올바르게 명명된 것인가.

이 기간의 주체를 일본으로 보았을 때 '일제 식민지 시대'는 올바르다. 그러나 주체를 당시의 조선인 우리로 생각한다면 이 명명은 잘못된 것이다. 우리를 주체로 할 때 그것은 당연히 '국권상실기'로 되어야 할 것이다.

민족적인 치욕이면서 씻을 수 없는 오욕인 이 기간의 주체를 일본으로 파악하는 것은 민족의 정체성正體性을 생각하지 않는 발상이라고 할 수 있다. 민족의 정체성을 생각하지 않을 때 우리가 세계에서 설 자리가 어디인가를 헤아린다면 '일제 식민지 시대'는 '국권상실기'로 바로 잡아 명명되어야 한다. 그래야 이 시기의 일제에 의한 억압과 착취, 살상과 민족에 대한 유린의 본질과 실체에 접근할 수가 있기 때문이다.

‘국권상실기’는 2차 세계대전의 종식과 더불어 마감된다. 1945년 8월 15일이 그 날이다. 그 날을 ‘해방解放’이라 부르는 것이 일반화 되어 있다. 과연 그것은 ‘해방’인가. 누군가에 의해서 우리가 자유롭게 되고 국권을 회복할 수 있었던가.

만주벌판에서 시베리아에서 혹은 유럽과 미국에서 독립과 국권회복을 위해 노심초사勞心焦思 분투하면서 목숨을 내던져 일제와 투쟁했던 선열들의 피와 땀과 눈물과 울분을 ‘해방’이란 말 속에서 찾을 수는 없다. 그것은 우리를 주체로 보지 않은 탓이다. 주체를 우리로 생각한다면 그것은 ‘해방’이란 표현이 되어서는 안 된다. 남에 의해서가 아니라 우리가 회복한 국권이고, 우리가 우리 스스로를 자유롭게 만든 ‘광복光復’으로 명명되어야 한다.

지난 세기인 1910년 8월 29일. 대한제국 즉 조선은 일본에 합병된다. 1945년 8월 15일 우리는 ‘광복’이 되어 나라를 되찾는다. ‘국권상실기’는 35년에서 일 주일 정도 모자란다. 그런데 왜 우리는 그 기간을 36년이라 부르고 있는가. ‘일제 식민지 36년’은 ‘국권상실기 35년’ 혹은 ‘국권상실기 34년’으로 명명되고 규정되어야 한다. 그래야 ‘광복’된 우리 민족은 그 기간 동안의 실체적 진실과 본질을 올바르게 파악할 수 있을 것이다.

‘동해東海’는 분명 ‘일본해日本海’가 아니다. 그것을 세계지리학회에 건의하고 시정을 요구하는 것은 너무 당연한 일이다. 절차와 논의가 여간 까다롭지 않아 ‘일본해’가 ‘동해’로 올바르게 명명되려면 엄청난 외교적 노력과 시간을 필요로 할 것이다. 그러나 우리 스스로가 지금 당장이라도 고쳐 명명할 수 있는 사안에 대해서 우리는 왜 맹목 하는가.

새로운 세기, 새 천 년의 시작에서 우리는 이 간단한 문제부터 바로잡아 올바르게 역사를 파악하는 일에 착수하여 새롭게 사안의 본질에 접근하는 것이 어떤가. 예를 든 몇 가지 사항 이외에도 우리의 언어생활에 숱하게 흩어져 있는 사안의 명명에 대한 용어 규정을 하나하나 검증하는 것이 어떠할까.

세계화를 잘못 파악하여 자국의 언어인 한국어마저 버리고 영어를 공용어로 하자는 헤프닝적인 논의가 지난 세기 말에 잠깐 있었던 것을 기억하는가.

언어는 사람의 존재를 확인시키고 존재를 그 속에 살게 하며 사람의 사상 그 자체를 머금고 있는 기호다.

한국어는 한국인의 존재를 확인시키고, 존재를 그 속에 품고 있는 집이며, 한국인의 사상과 이념 그 자체다. 한국어를 버리고 영어를 사용했을 때 한국인의 모습은 영국인이나 미국인의 모습이 되지도 못한 채 세계 속에서 사라지고 말 것이다.

가장 한국적인 것이 가장 세계적이란 말은 국수주의자의 실없는 소리가 아니다. 그 말은 영원히 퇴색되지 않는 지혜의 말이고 한국인의 정체성을 확인하는 촌철살인寸鐵殺人임을 뼈저리게 깨달아야 할 필요가 있다.

새로운 세기, 새 천 년에는 우리 자신의 존재를 땅 위에 확실하게 자리하게 해주는 언어 즉 한국어가 보다 올바르고 정확하게 사용되어, 우리의 정체성이 확실하게 자리 잡혔으면 하는 작아 보이지만 실상은 엄청나게 큰 소망을 가져본다.

아, 새롭게 전개될 백 년, 새롭게 펼쳐질 천 년이여!

▶ 2000.1. 현대사보

다시 생각하는 우리들의 교가校歌

유치환을 아시는가.

그는 푸른 말이라는 뜻의 청마青馬를 아호雅號로 했던 한국 현대시사의 거목巨木이었다. 그의 시들은 자연과 사물의 미세한 부분까지 관찰하여 서정의 한 극한을 제시하는가 하면, 뜨거운 목소리로 생명의 본질을 끈질기게 파악하려 했다.

사람은 누구나 죽지 않을 수 없는 존재다. 죽음이 인간에게 가져다주는 것은 허무의 깊은 수렁. 참다운 생명체로서 인간이 우주에 자리하려면 허무의 나락에서 벗어나야 한다. 유치환의 시들은 허무로부터의 극복을 인간의 의지에서 찾는다. 유치환을 생명파의 한 사람으로 한국문학사에서 기술한 것은 여기에 연유하고 있음을 알만한 사람은 다 안다.

의지意志의 근육질 질감만이 청마 시에 있는 것은 아니다.

'사랑하였으므로 나는 행복하였네라'로 표상되는 순정純情한 서정의 물결도, '파도야 어쩌란 말이냐'고 이룰 수 없는 사랑의 아픔을 가슴 찢어발기듯이 외치는 절절함도 그의 시에는 있다. 유치환은 의지의 시인이고 사랑의 시인이고 허무로부터의 초극을 말한 니체적 사유思惟의 시적변용을 완성한 한국 현대시사에 우뚝 서 있는 느티나무다.

또 한번 묻고 싶다. 윤이상을 아시는가.

1995년 영면하기까지 현존하는 세계 현대음악의 5대 거장巨匠으로 꼽힌 분이다. 한국이 낳은 가장 세계적인 작곡가가 윤이상이다. 서구음악의 미학에 동양음악의 신비함을 접목시킨 그의 음악세계는 동양적 직관과 서양적 분석, 한국의 전통음악과 서양음악의 기법이 변증법적 긴장관계로 만난다고 평가받는다. 독일에서 눈 감은 파란만장한 생애는 우리 시대가 겪고 있는 분단의 아픔과 민족사적 비애가 응어리져 있음을 모르는 사람은 드물다.

1952년 완성한 부산고교 교가校歌의 노랫말은 유치환이 썼고, 그 작곡자는 윤이상이다. 이 사실이 무엇보다 자랑스럽고, 어떤 것에서보다 긍지를 갖게 한다. 학교마다의 교가를 들춰 보아라. 한국시사의 거목이 작사하고 세계적인 작곡자가 작곡한 교가가 어디에 있는가.

조용히 속으로 교가를 읊조려 보시라.

언뜻 너무 장중하여 접근하기 힘들다는 느낌을 가질 수는 있다. 그러나 그것은 모두 2절로 되어 있는 노랫말과 어우러져 누구도 표상해 내기 어려운 신비함과 힘, 그리고 엄숙함을 마음의 후미진 구석까지 스며들게 하는 힘을 갖고 있다. 그 힘은 우주 속에 우리의 존재를 가장 무게 있는 것으로 자리하게 하는 어떤 것이다. 그때 그 어떤 것은 교육정신일 수도 있고, 교풍일 수도 있고, 한국 현대사에 불세출의 인재를 배출한 부산고의 역사와 전통일 수도 있다. 또한 한국의 역사일 수도 있을 것이며 세계 인류의 현존 단계에 대한 성찰의 자세일 수도 있을 것이다.

노랫말의 어디에도 '부산고'라는 말은 없다. 많은 교가들은 그 짧은 노랫말 속에 자신의 학교 명칭을 몇 번이고 반복하고 있음을 간과하지 말아야 한다. 그것이 잘못된 것은 아니지만 그런 교가가 훌륭한 교가라고 말하기는 어렵다. 한 번도 교가의 노랫말에 학교의 이름을 뇌이지 않게 한 것은 드물다기 보다 없다고 하는 편이 옳다.

우리들 청조인의 교가에는 단 한 번도 '부산고'라는 말이 없다. 그러면서 거기에는 부산고교와 그곳을 거쳐간 모든 사람들을 끌어안아 융섭하면서 함축하여 표현하고 있음에 차라리 경악한다.

'배움의 도가니' 그리고 '불리는 이 슬기' 또 '사나이 크낙한 뜻 바다처럼 호호코저' '연찬에 겨운 배'가 가진 함의含意로써 수 천 번의 '부산고'를 외치는 것보다 더 큰 감동과 결의를 가슴에 인각시켜준다. 마음속으로는 더욱 가슴을 저미게 하면서 수 만 번도 넘게 '부산고'를 외치게 하고 생각하게 해준다. 보편성이 개별성을 끌어안고 있는 절묘한 구조다.

'아스라이 한 겨레가 오천재를 밴 꿈'은 눈망울이 더욱 형형하게 불탔던 젊고 더 어렸을 때 가졌던 그 태산보다 높았던 청운의 꿈. 그 꿈은 '세기의 굽잇물에 산맥처럼 부푸' 높았던 것이 아니었던가. '오륙도 어린 섬들 낙조에 젖어 들고'에서는 창가에 앉아 푸른 바다를 바라보며 가졌던 어린 시절 그 생각의 파편들을 떠올리지 않을 수 없게 한다.

다시 한 번 교가를 마음속으로 불러보시지 않겠는가.

한국이 낳은 거목의 시인과 세계적인 작곡자가 지은 이 아름답고 씩씩하면서 장중한 품격의 청조인靑潮人 교가를 다시 한 번 마음에 새기지 않으시련가.

아, 우리의 모교 우리의 교가 우리 마음의 본향本鄕, 부산고교여!

▶ 2000.1. 청조인 – 재경부산고동문회

'일체유심조一切唯心造'와 '색즉시공色卽是空'

아주 옛날 고개 하나가 있었다. 사람들은 그 고개를 3년 고개라고 불렀다. 그 고개를 오르내리다 굴러 넘어지면 3년밖에 살지 못한다는 전설에서 붙여진 이름이었다. 마을 사람들은 실제로 그 고개에서 넘어져 뒹굴게 되면 3년밖에 살지 못한다고 믿고 있었다.

한 사람이 고개를 넘다가 그만 넘어지고 말았다. 아! 나는 이제 3년밖에 살 수 없구나! 잠을 이루지 못하고 3년으로 다가온 죽음의 공포로 식음까지 전폐하게 되었다. 상심하고 있는 아버지에게 어린 아들이 말했다.

한 번 넘어지면 3년밖에 살 수 없다, 그러니까 두 번을 넘어지면 6년을 살 수 있을 것이고 세 번 넘어지면 9년, 그래서 넘어진 횟수만큼 더

살 수 있을 것이 아니겠느냐고 했다. 옳거니! 자리에서 일어나 고개로 가서 계속 넘어져 뒹굴었다.

결국 피투성이가 된 채 돌아왔다. 넘어져 뒹굴었던 상처 때문에 그 사람은 3년도 살지 못하고 죽어버렸다.

이 이야기가 주는 교훈은 여러 가지다. 그 중에서 가장 중요한 것은 소문에 의해 자신의 처지를 상심한다는 것에 대한 어리석음, 단순한 숫자의 합습이 언제나 진리고 최선일 수는 없다는 것에 대한 성찰이다.

새로운 세기, 새 천 년이 시작되었다. 매일 떠오르는 해가 새로운 세기, 새로운 천 년의 시작이라고 해서 유별나거나 달라진 것은 없다. 다만 사람들이 정해 놓은 어떤 시기의 구분이 무엇인가 새로운 것으로 인식하게 만든 것 뿐이다.

사람들이 만든 시기의 구분을 소문이라고 할 수 있다. 그 소문에 의해 일희—喜하고 일비—悲한다는 것은 소문에 자신을 구속시켜 스스로의 의지와는 관계없이 소문의 소용돌이 속에 자신을 내던져 버리는 결과를 낳게 한다.

물론 새로운 시작이라는 의미를 확인하면서 새 다짐과 각오를 가지는 것은 중요하다. 그러나 새로운 세기임으로 지난날들에 대한 회한이나 폄하로 일관하여 송두리째 지난날을 무시하면서 앞으로 전개될 가능성에 대한 맹신으로 들떠 있어서는 안된다.

요컨대 사실과 현상에 대해 엄정하게 판단하는 냉철함을 가져야 하는 일이 무엇보다 중요하다. 그것을 바탕으로 모든 것이 자신에게서 시작되어 자신의 의지로 해결해야 하는 주체적 인간으로 굳건하게 서야 할 것이란 각오와 다짐이 필요하다.

'모든 것은 자신의 마음에 달렸다—切唯心造'는 말이나, '옛 것을 품어 새로운 것을 알게 된다溫故而知新’는 말들은 이같은 일이 얼마나 중요한 것인가를 일깨워 주는 지혜의 말씀이다. 주체적인 인간, 모든 것이 자신에서 출발하여 스스로에게 귀결된다는 것, 과거의 것을 소중히 간직해야만 새로운 것을 창조할 수 있고 이해할 수 있다는 의미가 이 지혜의 말씀 속에는 온축되어 있다.

3년 고개에서 넘어진 그 사람은 상심하고 공포에만 질려 있을 일이 아니었다. 그 보다 먼저 3년이란 시간을 보다 충실하게 살아야겠다는 투철한 의지와 각오를 앞세워야 했을 일이다. 그런 다음 3년밖에 못 산다는 소문에 정면으로 맞서야 했다. 그래서 과연 소문이 확실한가를 검증해야 했을 일이다. 30년과 3년의 차이란 사실 자신의 마음먹기에 따라서는 동일한 시간일 수도 있다는 지혜를 가졌어야 했다. 시간의 길이가 문제가 아니라 그 시간 동안 무엇을 했는가 하는 내용이 보다 중요한 것이라는 인식을 가졌어야 했다. 얼마나 사느냐는 문제보다 어떻게 사느냐에 대해서 깊이 생각했어야 할 일이다.

산술적인 단순한 합습이 가진 허구성을 3년 고개에서 딩굴었던 사람의 이야기에서 읽게 된다. 그러나 이 산술적인 합습은 사람이 세상에서 살아가는 일에 그대로 최선의 방책으로 통용되는 것만은 아니다. 오히려 그와 같은 합계가 삶의 질을 망가뜨릴 수도 있고, 그 합계에 대한 믿음이 사람을 파멸시킬 수도 있음에 주목해야 한다.

‘있는 것은 없는 것과 같고, 없는 것은 있는 것과 다르지 않다色即是空空即是色)’는 말은 불교 진리의 요체 중 하나다. 있고 없는 것이 다르지 않다는 것은 단순한 합습이 언제나 최선의 진리가 아니라는 것에서 출발한 생각이다. 합한 전체가 결국 아무 것도 없는 결과를 가져온다는 의미로 이해할 수도 있다. 적은 것이 모여 반드시 큰 것이 되는 것이 아니라 모여서 아무 것도 되지 않는다는 의미도 동시에 이 말은 암시하고 있다.

한없는 권력의 욕심이 많은 것을 소유하게 했지만 결국 그 권력의 한없는 합습이 죽음을 불러 아무 것도 없음이 된 것을 카이사르와 박정희에게서 볼 수 있다. 제국주의는 끊임없는 영토의 확장으로 자기 나라의 지배 영역을 한없이 넓혀 나갔던 강대국의 욕망에서 비롯되었다. 그 결과는 많은 사람을 전장 터에 내몰아 죽게 하고 마침내 아무 것도 없이 스스로 망하고 말았다. 독일의 나치스와 일본의 군국주의가 그 대표적인 예다. 끝없는 부富의 축적을 해도 결국은 죽음 앞에서 빈 손으로 달랑 사람들은 이승에서 사라지는 것이 아닌가.

3년 고개에서 넘어진 그 사람이 정작 지혜로웠다면 3년의 계속되는 합계는 결국 0이 되고 만다는 사실을 간파했어야 했다. 그랬다면 그는 상처 입은 몸으로 소문에서 말하는 3년도 채우지 못한 채 죽어가지는 않았을 것이다.

'산은 산이고 물은 물이다'라는 화두話頭는 이 세상의 삼라만상森羅萬象을 있는 그대로 바라보라는 의미를 촌철살인寸鐵殺人하고 있는 말이다. 사람의 삶이 유한하다는 것을 그대로 바라보고, 모든 것은 자신에 의해 창조되고 건설되어 자신에게로 돌아온다는 것을 이성으로 직시하고, 모든 것의 산술적 합습이 반드시 삶의 터전에서는 최선의 것이 아니라는 사실을 똑바로 바라보고 인식할 때 삶의 질은 보다 풍요로워 질 것이다. 그때 새 세기, 새 천년의 의미는 진정한 모습으로 우리에게 다가올 것이다.

새로운 세기, 새 천 년에는 무엇보다 '모든 것은 자신의 마음에 달렸다(一切唯心造)'는 말의 의미와, '있는 것은 없는 것과 같고, 없는 것은 있는 것과 다르지 않다(色卽是空 空卽是色)'는 지혜를 체득하여 자신의 역사를 새롭게 창조하겠다는 각오를 다지는 일이 필요할 것이다.

▶ 2000.1. 나환자협회지

2장
우리의 여왕들

사라진 것들의 복원

소나무의 수령은 몇 년 쯤 일까. 정확하게 그것을 모른다.

민속에서는 영원히 살고 죽지 않는 열가지 물건을 십장생으로 규정했다. 즉 해, 산, 돌, 물, 구름, 불로초, 거북, 학, 사슴과 함께 소나무가 여기에 속한다. 이 십장생 속에는 생물이 아닌 것도 있고, 불로초처럼 존재하지 않는 것도 있다.

미루어 생각컨데 한국인은 소나무가 영생한다고 믿었던 것 같다. 그러나 이러한 민속적인 믿음과 사실 사이에는 거리가 있다. 소나무도 생명 있는 모든 것이 그렇듯이 그 푸른 모습을 영원히 지탱하지 못하고 언젠가는 쓰러져 한줌 흙으로 자연 속에 묻히는 생물임에는 틀림이 없다.

달밤에 진평왕릉에 서서 소나무의 모습을 바라본다. 유현한 곡선으로 이어지는 서쪽 낭산의 능선과 더불어 한 폭의 그림 속에 서 있다는 착각을 하게도 된다. 그러나 능의 주변에 서 있는 소나무들은 진평왕릉이 조성될 당시의 소나무가 아니란 생각은 짐짓 놓치고 마는 경우가 대부분이다.

선덕왕릉을 에워싸고 있는 소나무도 유한한 생명을 가진 생물이라는 점에서는 예외가 아니다. 황성공원의 소나무도, 남산의 소나무도, 탈해왕릉 주위의 소나무도 신라 당시의 그것이 아닌 것은 마찬가지다. 신라 당시에 있었던 모든 나무와 풀들 그리고 돌맹이들은 신라시대에 있었던 그것이 아니다. 신라인들의 모습이 우리와 같았겠지만 우리가 신라 당시의 그 사람들이 아니듯이 경주의 모든 것은 신라 당시의 모습 그대로가 아니다.

신라문화의 보고를 경주라고 말하는 것은 지극히 지당한 말이다. 그러나 신라문화를 구체적으로 보여주는 오늘의 문화유적과 유물들은 신라 당시의 모습에서 많이 변화된, 신라 당시의 모습에서 얼마쯤 달라져 있다는 것을 확실히 하지 않고는 그 유적과 유물을 통해 신라 당시 문화의 진면목을 헤아릴 수가 없다.

보존해야 한다는 측면과 변화된 것을 통해 진면목을 온당하게 파악해야 한다는 것은 얼핏 서로 모순되는 것 같다. 그러나 사실은 이 둘이 동전의 안팎처럼 하나로 묶여져 있는 것임을 간과해서는 안된다. 따라서 문화유적과 유물을 보존해야 한다는 것은 그것의 자연적인 변화를 그것대로 인정하면서 인위적으로 그 유물과 유적을 파손하는 일은 가능한한 막아보자는 것으로 이해해야 할 일이다.

변화와 마모를 아무리 막아본다고 해도 생명이 유한하듯이 그것도 변화하고 인멸된다는 사실 앞에 겸히해야 한다. 신라의 유물 유적 중에 인멸된 것이 얼마나 많을 것인가. 이런 생각의 연장에서 인멸되지 않은

것의 보존과 더불어 인멸된 것을 가능한한 복원시키는 일이 필요하다
는 쪽으로 발상의 전환이 필요한 시기가 아닌가를 생각하게 된다.

그동안 경주에 남아 있는 신라의 문화 유적과 유물을 보존해야 한다
는 강박관념에만 매달려 있지는 않았던가를 돌이켜 볼 필요가 있다. 없
어질 수밖에 없었던 유적과 유물을 복원시킬 수는 없는가를 현존하는
유적 유물의 보존과 함께 생각하는 일은, 따라서, 미래의 언젠가에는 마
모되어 인멸될 유적 유물을 보다 더 보존해야 한다는 당위성의 강조가
되기도 할 것이다.

그것만 불면 나라의 재난과 모든 걱정과 근심이 거센 파도가 잔잔해
지듯이 평온을 되찾았다는 만파식적이란 악기. 진평왕이 하늘로부터
받았다는 옥 띠. 영묘사에 있었다는 장육존상. 이것들은 설화 속에 있는
신라의 세가지 보물이라서 그 실제성이 결여된다고 하면 그만 두자.

선덕여왕의 권위를 바다 건너 왜와 국경을 맞대고 있는 경쟁국이었
던 백제와 고구려에 과시하려고 아비지가 만들었던 황룡사 구층탑을
오늘날의 목조 기술로 복원할 수 없다면 그것은 거짓말이다. 황룡사 절
터 저 황량한 벌판의 가운데 왜 목조 구층탑을 복원해 세우지 못하는가.
예산 탓이라고 한다면 그 많은 유적 유물의 사적지 관람료들은 도대체
어디에 사용되는가. 아니 어디에 사용해야 할 것인가를 폭넓게 논의해
야 할 것은 아닌가.

가서 보았을 것이다. 신라의 왕이 대신들과 더불어 술잔을 띄워 서로
마시며 풍류를 즐겼다는 포석정이 날로 망가지고 있음을 가서 보면 확
인할 수 있을 것이다. 그곳을 복원하여 홈에 물을 채워 옛날을 재현한다
면, 관광객들이 재현하게 한다면 어디 안 될 일이라도 생긴단 말인가.

설화에 얽혀 있는 무형의 이야기들을, 보면서 생각할 수 있는 유형의
구조물로 복원하는 것이 새로운 관광 명소의 창출이 될 것이란 측면을

왜 외면하려고 하는가.

「보현시원가」를 제외한 현존하는 향가 14수는 설화와 얽혀 있다. 그 시詩들의 배경은 모두 지금의 경주 일원임을 『삼국유사』에 속명俗名이 김견명인 일연선사께서는 소상히 적어 놓고 있다. 그곳에 아름다운 시비詩碑의 조형물을 세우고, 자그마한 시 공원이라도 조성하면 그것이 바로 명소가 될 것은 아닌가.

찾아서 정리하고 생각해서 헤아리면 인멸된 것의 복원, 신라문화의 유적과 유물의 당대화는 경주를 보면서 생각하는 관광지, 살아있는 역사의 교육장으로 만들 수 있을 것이다. 무한한 무형의 보물들을 오늘의 우리는 경주에 그대로 방치하고 있으면서 경주의 세계화만을 막연히 말하고 있지는 않은가를 심각하게 되물어 볼 때다. 현재 보이는 유적 유물로 관광 '사업'에만 전념하려고 하지는 않고 있는지 냉철하게 생각해 볼 때다. 경주를 관광 '수입'의 측면에서만 보려고 하는 것은 아닌지를 반성해 볼 때다.

소나무의 수령이 얼마인지를 확실하게 모른다.

다만 그것이 언젠가는 비바람에 시달리다가 생명을 다할 것임을 안다. 그러면 또 다른 소나무가 자라날 것이다. 분명 신라시대의 소나무가 아닌 소나무를 보면서 우리는 그것이 신라시대의 것이 아님을 확인해야 한다. 그러나 신라시대의 소나무나 지금의 소나무나 소나무라는 점에서는 다를 바가 없음도 헤아려 보아야 한다. 신라시대의 인멸된 문화 유적과 유물의 복원은, 그러므로, 그때의 것과 지금의 것이라는 차이는 있지만 다를 바가 없는 신라시대의 모습임을 인식할 필요가 있다.

▶ 1996.3. 경주시발연기관지

신라의 선덕善德, 진덕眞德, 진성眞聖. 이 세 사람의 여왕을 떠올려 본다. 개국開國 이래로 여자가 왕위에 오른 것은 신라밖에 없다.

선덕여왕이 즉위한 서기 632년은 아라비아에서 이슬람의 교주 마호메트가 유명幽明을 달리한 해이기도 하다. 신라의 국력이 상승할 때 선덕여왕이 즉위한 것으로 알려져 있지만, 소상히 짚어보면 그녀의 재위 15년 동안 고구려, 백제에게 적잖은 시달림을 받았음을 알 수가 있다. 또 성골聖骨의 남자가 없어 왕에 즉위했지만 여자였기에 왕권의 도전을 많이 받았던 것 같다. 죽은 해였던 647년에는 비담과 염종 등이 쿠테타를 시도했으니 내부 권력쟁투가 얼마나 격심했나를 미루어 헤아릴 수 있다.

선덕에 이어 또 다시 진덕이 여자로 왕위에 오른다. 권력투쟁의 와중에서 차선책으로 여왕을 선택한 것은 아니었을까. 7년밖에 안 됐던 재위기간 동안 김춘추를 당나라와의 외교 선봉장에 세우고 김유신을 국력배양의 견인차로 삼아 삼국통일의 기틀을 다졌다. 진덕이 선덕보다 무난하게 왕권을 수행했던 것은 아니었을까.

9세기말 신라의 국력이 쇠미해지던 때 진성여왕은 10년 동안 치세治世했다. 궁예가 침범하고 견훤이 후백제를 세워 신라를 압박하던 시대였다. 사생활이 복잡했다고 하지만 향가집『삼대목』을 편찬하게 할 정도로 예술을 아는 국왕이기도 했다. 화장하여 유골을 경주 서쪽 미황산에 뿌렸다고 한다.

가끔씩 선덕과 진덕여왕의 무덤을 찾는다. 낭산 남쪽 끝자리에 선덕은 누워 있다. 파란만장했을 그녀의 모습을 떠올리면 권력이 영광만은 아니라는 생각에 사로잡힌다. 영천으로 넘어가는 산고개 서편, 저 안쪽 키 작은 소나무 숲을 한참 지나면 낮은 산 정상에 진덕은 누워 있다. 문득 서악西岳의 산그늘에 스캔들의 여왕 진성의 흙이 됐을 유골과 함께 떠올리게 된다.

아, 권력과 영광과 아름다움의 부질없음을 허허로운 솔바람 소리 들으며 뼈저리게 느끼는 것을.

▶ 1996.4.30. 조선일보. 일사일언

화무십일홍花無十日紅

찬 바람 속에서 동백꽃이 수줍은 듯 파르르 떨고 있던 것이 어제 같은데 개나리가 샛노란 꽃망울을 터뜨렸다. 큰 꽃잎을 달고 목련이 핀다. 하얀 목련의 모습에서 봄이 완연함을 확인한다. 골목길을 걷다가 담 너머 눈부시게 흰 목련이 바람에 흔들리는 것을 본다. 누리에 봄이 무르익었다.

이때쯤 진달래는 온 산을 빨갛게 물들이고 있을 것이다. 고향 집 뜨락에는 복사꽃 살구꽃이 활짝 피었으리라. 살구꽃 핀 마을은 어디나 고향 같고, 누구의 집을 찾아 들어가도 반겨줄 것이라는 말이 가슴에 다가온다.

그러나 머잖아 이들은 꽃잎을 아물고 떨어져 갈 것이다. 진달래가 진 산에는 철쭉이 휘늘어지게 피어나리라. 목련의 큰 꽃잎이 칙칙하게 떨어진 그 옆에 벚꽃이 화사한 모습으로 마구 필 것이다. 벚꽃이 지면 연초록 잎사귀들이 나무에서 돋아날 것이고, 피를 머금은 듯 모란이 모습을 드러낼 것이다.

문득 「화무십일홍花無十日紅」, 「달도 차면 기운다」는 말이 생각난다. 지지 않고 영원히 피어 있는 꽃이 없다는 것은 모든 것이 유한有限하다는 것을 말함이다. 사람이라고 예외일 수 있겠는가. 사실 오늘을 살았다는 것은 한정된 삶의 기간에서 오늘만큼 죽었다는 의미가 아니겠는가.

꽃이 영원히 피어 있을 것으로 착각하고, 달은 차면 기울어지지 않는다고 맹목하고 영원히 이 지상에서 살 것이라는 허망한 믿음이 세상의 모든 갈등과 부정과 악을 배태시키는 것이 아니겠는가.

죽을 수밖에 없는 것이 사람의 운명, 이것을 사랑하고 여기서 비롯되는 허무감을 극복하기 위한 강한 의지를 가져야 한다. 그런 사람만이 삶의 평원에 우뚝 설 수 있는 초인超人이라고 니체는 말했던가.

아침 베란다에서 차를 마신다. 오늘따라 산책길에서 유난히 영롱했던 종달이 노랫소리가 귀에 쟁쟁하다. 찻잔을 들고 망연히 바라본다. 목련이 벌써 지고 있다. 「꽃이 지는 아침은 / 울고 싶어라」. 한 구절 시가 떠오르는 것을….

▶ 1996.4.23. 조선일보. 일사일언

황룡사 절터에서

아비지阿非知를 아시는가. 그는 7세기 중엽 백제 의자왕 때의 장인匠人이며 황룡사에 9층 목탑을 세우려고 백제로부터 신라가 초빙해온 건탑建塔 기술자이다. 2백여 명의 장인을 거느리고 황룡사 9층탑을 2년 동안 만들어 645년 완성시킨 예술가이다.

1천3백여 년 동안의 풍상은 황룡사도 9층탑도 모두 세월 속에 묻어 버렸다. 남아 있는 것은 절터와 80여 미터 높이의 탑 무게를 지탱시킨 심초석 뿐. 한 변의 길이 22.2미터, 바닥 면적 150평의 목탑터에 가지런히 놓여 있다. 건물과 탑, 불상이 있던 자리에 초석만 군데군데 널린 채 절터는 허허롭게 펼쳐져 있다. 모두 2만여 평. 늪지를 매립해 만들었다고 한다.

신라 진흥왕은 반월성 동쪽에 새로 궁궐을 지으려 했다. 거기에서 황룡이 나타나자 계획을 변경하여 절을 짓게 했다. 그래서 이름이 황룡사이다. 착공이 553년, 1차 공사가 17년 만에 끝났다. 날아가던 새가 나무인 줄 알고 앉으려다 떨어져 죽었다는 신필神筆 솔거의 벽화가 있었던 금당과, 목탑 등을 세워 절의 면모를 완성하기까지 1백여 년이 걸렸다. 또 원효와 지장의 불을 뿜는 진리의 사자후가 이곳에서 이루어졌다.

9층탑의 중심기둥을 세우려던 전날 밤 아비지는 조국 백제가 망하는 꿈을 꾼다. 그가 탑 조성에서 손을 떼려하자 문득 천지가 진동하고 사방이 어둑한 가운데 노승이 한 분 중심기둥을 세우고 사라졌다. 아비지는 마음을 고쳐먹고 탑을 완성했다고 『삼국유사』에는 적혀 있다.

황룡사 절터에서 조국보다 탑의 완성을 택한 아비지의 예술혼을 헤아려 본다. 13세기 몽고군의 침입으로 불타버린 9층탑. 이 탑을 복원할 수는 없을까. 아비지의 그 치열한 예술혼이 이 땅에는 남아 있지 않는 것일까 생각해 본다.

관광 자원의 개발과 확충에는 사라진 것을 복원하는 일도 하나의 방법이다. 되살린 유적유물에서 까마득하게 잊고 있던 위대한 예술가와 그 치열한 예술혼을 감득할 수 있지 않겠는가.

▶ 1996.4.16. 조선일보 일사일언

비판적 글읽기

잘 알려져 있는 정지용의 시 「향수鄕愁」 앞부분에 「얼룩빼기 황소」라는 구절이 있다.

한국소에는 얼룩얼룩한 점이나 줄이 있는 「얼룩빼기 황소」가 없다.

외국에서 수입한 젖소의 수놈에 「얼룩빼」가 있다. 「넓은 벌 동쪽 끝으로 옛이야기 지줄대는 실개천이 휘돌아 나가는 마을」, 꿈에서도 차마 잊혀질 수 없는 그 고향과, 외국에서 들어 온 젖소가 가져다 주는 정서는 서로 어울리지가 않는다. 「황소」라는 말 자체가 벌써 「얼룩빼기」를 용납하지 않는 한국적 정서를 머금은 낱말이 아닌가.

「송아지 송아지 얼룩 송아지」의 「얼룩 송아지」도 한우韓牛의 새끼소는 아니다. 그런데 박목월은 그렇게 썼다. 「엄마소도 얼룩소 엄마 닮았네」라고 다시 「얼룩소」를 강조한다. 가장 한국적인 정서가 배어 있는 이 동요는 사실 이국종異國種 새끼소를 노래하고 있다.

「청개구리를 해부하여 가지고 더운 김이 모락모락 나는 오장을 차례차례 끌어내서」는 염상섭의 소설 「표본실의 청개구리」 도입부 묘사다. 개구리는 찬피동물이다. 찬피동물은 피 자체에 열기가 없는 동물에게 붙여진 이름이다. 해부한 개구리의 열기 없는 내장에서 더운 김이 모락모락 날 리가 없다.

「메밀꽃 필 무렵」의 주인공 허생이 동이를 자신의 아들로 확인하는 것은 이 주옥같은 단편의 마지막 부분이다. 허생과 마찬가지로 동이도 왼손잡이라는 것이 소설에서 근거로 제시된다. 의학적으로 왼손잡이는 그렇게 희귀성을 가진 것도 아니다. 그렇다면 이효석의 대표작인 이 작품의 소설적 구성은 흔들리고 만다.

시인이나 작가에게 필요한 것은 풍부한 상상력과 정서만이 아니다. 꾸며내는 이야기라고 역사소설에서 고증을 소홀히 할 수는 없다. 마찬가지로 과학적이고 치밀한 사고에 의한 단어의 선택, 빈틈없는 이야기의 얼개가 작가에게는 요구된다. 독자들은 비판적인 글읽기를 통해 이 점에 소홀한 작가들을 일깨워 주어야 한다.

▶ 1996.4.9. 조선일보. 일사일언

죽어간 말들

「월인천강」과「달이 천 강에」와「달이 즈믄 가람에」중에서 어느 것이 가장 부드럽고 매끄러우며 아름다운가. 셋은 같은 뜻을 지닌 말이다.

「월인천강」은 한자로「月印千江」으로 적는다.「즈믄」은「천千」이라는 뜻의 토박이말이다. 이 말은 거의 사용하지 않아 죽은 말 신세가 되었다.「백白」이라는 한자어가「온」이라는 토박이말을 짓밟아버린 것이나,「강江」이「가람」을 밀어낸 사정과 같다.

한자어의 위세에 눌려 토박이말이 죽은 말로 된 것은 수없이 많다. 그 많은 토박이말은 대부분이 한자어보다 매끄럽고 부드럽고 아름답다. 그것을 되살려 사용하는 일은「국민학교」를「초등학교」로 명칭을 바꾸는 일만큼 중요하다.「불고기집」이「가든」으로 바뀌어 가는데서 알 수 있듯이 외국어의 위세가 한국어를 짓누르는 오늘날 더욱 강조해야 할 문제다.

한자어를 한자로 쓰지 않고 한글로 적는다고 한국어의 아름다운 면목이 세워지는 것은 아니다. 그것은 외국어를 발음대로 한국어로 바꾸어 놓는 것과 다를 바 없다. 한자어에 짓밟혀 무참히 사라져간 한국어를 찾아 그것을 갈고 닦고 가다듬는 것이 한국어의 자존심을 회복하는 일이다.

한자어가 최상의 덕목이고 위세 당당하던 조선시대에도 이 점을 꿰뚫어 판독한 사람이 있었다. 김만중은 17세기 말 『서포만필』에서 자기 나라 말로 쓰지 않은 시와 문장은 앵무새가 사람의 말을 흉내내는 것과 다름없다고 했다. 그래서 우리말을 갈고 닦고 가다듬어 쓴 송강 정철의 가사를 격찬하여「동방東方의 이소離騷」,「좌해左海의 진문장眞文章」이라 했다. 말과 글을 한마디로 하면 언어다. 언어를「존재의 집」이라고 한 사람도 있고,「언어가 이데올로기」라고 한 사람도 있다. 토박이말인

고유어의 아름다움을 되살리고 복원시키는 일은 한국인 존재의 문제와
도 연결되어 있다. 언어를 다루는 시인과 작가, 문필인 그리고 대중매체
가 이런 일에 적극적으로 나서야 할 때가 아닌가 생각해 본다. 올해는
문학의 해이기도 하다.

▶ 1996.4.2. 조선일보. 일사일언

기죽은 한국문학 소생과 정신주의의 극한

- 미래사회와 불교문학

서구에서 금세기 초부터 시작된 현상이 반세기가 훨씬 지난 70년대
중반에 한국에도 나타나기 시작하였다. 식민지의 굴레를 벗어나면서
동족상잔의 어처구니없는 비극을 겪은 후 산업화가 본격적으로 이루어
지면서 종전까지 누려왔던 문학의 위상이 흔들리기 시작한 것이다.

조선시대 선비정신을 거치면서 더욱 확고하게 자리잡았던 문화의 중
심축이었던 문학이 그 자리에서 밀려나게 된 현상이 그것이다. 60년대
이후의 개발독재는 '조국 근대화'라는 말로 압축되는 공업화, 산업화,
도시화였다. 그것만이 삶의 질을 높이는 최선의 방법이라고 강조되었
다. 3차까지의 경제개발 5개년 계획이 성공적인 단계로 접어들면서 물
신화의 가치관이 서서히 뿌리내리기 시작한 것이다. 정신적인 상부구
조의 가치관보다는 경제생활에 근거한 하부구조인 물질만능의 가치척
도가 한국인 심성에 자리하기 시작하였다.

당연히 소비가 중심이 되는 대중화 통속화의 문화적 현상이 나타날
수밖에 없었고, 전파매체 혹은 영상매체 그리고 레저 중심의 문화적 다
변화 현상이 시작된 것이다. 진실로 인간과 삶, 현실에 고뇌하는 문학은
이런 문화의 다변화 현상 속에서 문화의 중심부에서 주변부로 밀려나

지 않을 수 없게 되었다.

88 서울올림픽은 이러한 문화의 대중화 통속화 혹은 일반화 현상과 문학이 문화의 주변부로 밀려나게 하는 데 결정적인 역할을 했다. 문화가 대중화 되고 문화적 현상이 다변화 되는 것이 반드시 부정적인 면만을 가진 것은 아니다. 그러나 레저 중심의 소비문화가 문화의 중심축이 될 때 문학과 같은 고급문화를 대중문화의 속악성이 짓누르는 결과를 가져올 수 있음을 경계하고 우려하지 않으면 안 된다. 70년대 말부터 논의되기 시작한 문학의 상업주의는 이같은 현상과 우려 속에서 나온 것임을 간과해서는 안된다. 이것은 19세기 말 산업화 사회로 이행하던 때의 영국을 매슈 아널드가 '교양과 무질서'로 질타했던 사실에서 보다 확실하게 확인할 수 있게 된다.

문학이 문화의 주변부로 밀려나 있는 현상은 때로 인간의 정신을 황폐화시키기도 한다. 모든 대중적이고 속악한 통속적 문화현상은 대중적임으로 하여 영향력을 보다 폭넓게 행사하게 되고 사람들을 고통스럽지만 올곧은 존재와 현실에 대한 성찰과 사유로부터 비켜서게 만든다. 첨단과학, 정보통신, 영상매체에서 비롯되는 문화의 모든 현상은 산업사회가 지향하는 능률과 효율성, 물질을 근간으로 하는 삶의 질 개선에 언제나 봉사하려는 의도를 갖게 된다. 그러나 그 질의 향상은 대중적이고 일반적이며 물질적인 것에 치우칠 뿐 인간 존재의 근원적인 탐구나 삶과 현실 속에서 인간 존재가 물질로부터 소외되어 영혼의 황폐화를 초래하고 있는 것에는 맹목한다. 과학이 인간에 봉사하기 보다는 인간이 과학에 맹종하는 결과를 야기하기도 한다.

첨단과학, 정보통신, 영상매체로 대표해서 말할 수 있는 다가올 시대의 문화적 현상을 정보화 시대라고 부른다. 정보는 무엇으로 전달되는가. 그것이 언어로서 전달된다고 한다면 이 경우 언어는 다만 전달기능을 가진 기호에 다름 아니다. 언어가 전달기능만을 가졌다면 언어를 절차탁마하는 문학의 중요한 일 중의 하나는 쓸모없는 것이 되고 만다. 그러나 언어가 전달의 기능 외에도 중요한 기능을 가지고 있다는 것을 알 필요가 있다. 그것은 언어가 이념 그 자체라는 점에 대한 확인이다. 언어를 전달기호로만 인식하는 것은 지나친 효율성 위주의 물질적 발상에 기인하고 있다는 것을 확실하게 인식하지 않으면 안 된다.

'언어는 존재의 집'이라고 하이데거는 말한다. 바흐친은 '언어는 이데올로기'라고 단언한다. 이러한 논의는 언어가 전달기능 이상의 무엇을 애당초 갖고 있음을 상기시키는 언표들이다. 언어에 대한 이같은 논의가 언어의 전달기능과 함께 검증되고 천착될 수 있는 영역을 확보해야만 정보화 시대에 있어 문학은 문화의 주변부에 자리하지만 제 소임을 수행할 수 있는 지평을 열어 갈 수 있을 것이다.

정신주의는 물질주의에 대응되는 용어이면서 물질주의를 극복할 수 있는 말이다. 동시에 세기말에 접어든 오늘의 물질만능을 치유할 수 있는 길을 정신주의에서 찾을 수 있다는 의미를 머금고 있기도 하다. 문학이 문화의 주변부로 밀려나 있지만 문학은 망가지고 황폐화 되어가는 영혼을 정신주의의 추구로서 보호해야 할 책무를 가지고 있다. 문학은 대중성과 통속주의의 속악성에 황폐화 되는 영혼의 참모습을 지켜주는 소금의 역할을 감당하는 하나의 이념으로 자리할 수 있어야 한다.

불교문학은 다만 소재를 불교적인 것에서 구했다거나, 불교를 비롯한 모든 종교가 지향하는 인간구원을 주제로 한 것이라는 소승적인 울타리에서 벗어나야 한다. 물질주의에 대응하는 정신주의, 물질주의의 물신화를 극복하는 인간영혼의 쟁투와 그 사유의 흔적을 언어에 인각시키는 모든 것을 감싸 안을 수 있어야 한다.

'불립문자不立文字'라는 말은 언어로서 바르게 세울 수 없다는 일차적인 뜻을 가진다. 그러나 그것은 문자로서 바르게 세우는 일이 얼마나 어려운 것인가를 강력하게 제시하고 있다고 파악하여야 한다. 불행하게도 신라시대의 몇몇 시인이나 균여같은 고려 초까지의 시인들, 만해와 미당을 제외하고는 이러한 일을 언어로서 감당한 불교문학의 역량을 아직 한국문학에서 만나지 못하는 안타까움을 가진 채 21세기를 바라보게 되었다. 앞으로의 문학이 문화의 주변부로 밀려난 마당에서 무엇을 하여야 할 것이며, 불교문학이 소승적 울타리를 벗어나 정신주의의 극한을 언어로서 어떻게 자리잡게 해야 할 것인가를 뼈저리게 생각해야 할 시점이다. 일컬어 정보화시대의 대중문화 속악성과 저급문화의 홍수 속에서 존재에 대한 성찰과 삶과 현실에 대한 올곧은 사유의 자리로 인간이 돌아올 수 있게 언어 그것을 불교의 구도주의와 용맹정진의 이념으로 표상화해야 할 것이란 생각의 연장에서 또 한 번 불교문학의 존재를 떠올리게 된다.

▶ 1995.12.24. 현대불교

예사로운 일의 그렇지 않음

고등학교에 근무할 때 학생들에게 『삼국유사』를 한자로 써보라고 했다. 대다수 학생이 '사事'자字를 '사史'로 잘못 썼다. 그 까닭을 헤아려보고 그러한 착각을 할 수도 있겠다고 생각했었다. 원래『삼국유사三國遺事』는『삼국사기三國史記』와 더불어 옛 한국의 대표적인 역사책이기 때문에 '유사遺事'의 '사事'자字를 '역사歷史'의 '사史'자字로 잘못 쓰는 것에 이해가 갈 만했다.

문제는 다른 곳에 있다.

어문교육 정책의 일관성 결여다. 그리고 한글이 만들어지기 전에 우리 글자처럼 사용했던 한자에 대한 인식의 잘못에도 있다. 한글만으로 쓸 것인가, 한자와 한글을 섞어 사용할 것인가를 따지는 일과 이것은 별개의 문제다.

사람이 생활의 질을 향상하도록 그 능력을 갖추게 하는 것이 교육이다. 지당한 이야기이기 때문에 말할 필요조차 없지만, 교육은 학습을 통해 이루어지고 완성된다. 학습은 공부다. 공부는 노력을 필요로 하고, 노력은 정성과 땀을 요구하는 어려움이다.

한글이 만들어지기 전에는 한자로 쓸 수밖에 없었다. 그때의 한국인 정신 모습을 알기 위해 한자는 계속 가르치고, 배우고, 공부했어야 했다. 한자를 또 다른 우리글이라고 생각해야 옳았다. 그런데 그렇게 생각하지 않았던 것이 아닌가. 조각조각 파편적으로 한자를 배울 수밖에 없었던 사정, 그래서 역사책이니까 '역사'라는 유사성을 통해『삼국유사』의 한자를 틀리게 쓰도록 한 것이다.

한자와 한글은 무슨 원수 사이가 아니라 둘 다 사람의 생각을 기록하는 글자다. 글자를 익히는데 소요되는 노력의 정도로 그 글자의 우수성을 따질 일은 아니다. 한자와 한글은 각각 장단점을 가지고 있는 글자다. 그러므로 우열을 가린다는 것 자체가 잘못된 생각이다.

문자생활뿐만 아니라 일상생활의 많은 부분에서 이와 비슷한 사항을 보게 된다. 그것에 태무심하고 지나치는 일은 보다 나은 삶의 터전, 충족되고 행복한 생활을 획득하는데 있어 걸림돌이 된다는 것을 알아야 할 필요가 있다.

일간 신문의 면수가 요즘처럼 많아지기 전부터 「체육면」은 한 면이나 그 이상을 차지했다. 매일 벌어지는 경기가 다른 문화 분야의 활동보다 놀랄 만큼 많지는 않을 것이다. 그런데 음악, 무용, 연극, 영화, 문학, 학술활동 등의 면이 일주일에 한 번 정도로 꾸며지는 것에 비교하면 파격적인 일이다. 오히려 경악이라는 표현이 적절할지 모른다. 더구나 이러한 문화 분야의 전문신문이 없다시피 한 것과는 달리 체육전문 일간지가 세 종류나 발간되고 있는 사정을 감안한다면 놀라움은 더욱 커진다.

어느 체육 종목에서 스물 전후의 스타가 '은퇴'를 한다는 기사가 박스로 크게 다루어진다. 문화면의 학술란에 노교수인 학자가 '은퇴'하는 정년기사는 일단짜리 인물 동정 정도로 취급된다. 스포츠에 대한 관심이 높고 스포츠의 스타는 청소년들의 우상이니 이 취향에 맞춰주어야 수지가 맞는다는 것이다.

체육활동과 문화활동은 우리의 삶에 제각기 중요성을 가지고 있는 그 무엇이며 우열의 문제로 나누어 따질 성질의 것이 아니다. 그것들은 각각 의미 있는 요소로서 생활의 질을 향상시키는 사항들로 인식해야 한다.

아무렇지도 않게 생각하고 그냥 지나치는 관행이 생활의 질 향상에 영향을 미친다는 사실을 분명히 알아야 한다.

경주慶州에 남산이 있다. 원래 이름은 금오산이다. 그 산 속 골짜기 마다에는 석불 절터 등 갖가지 문화유산이 즐비해 있다. 그래서 남산 전체가 야외 박물관이라고 말하는 사람도 많다. 그 산속에 옛날 용장사라는 절이 있었다. 아직도 절터가 남아 있고 그 절터를 끼고 있는 계곡이름이 용장계곡이다.

그런데 15세기 그 용장사에서 김시습金時習이 한국 최초의 소설인 『금오신화金鰲新話』를 썼다는 사실을 알고 있는 사람은 그다지 많지 않다. 『금오신화』의 '금오'가 금오산의 '금오'에서 비롯되고 있다는 것도 지나쳐 버린다. 마찬가지로 경주 남산 그곳의 용장사 절터가 한국소설의 발생지임을 지나쳐버리고 있다.

외국 여행길에 올라 세익스피어의 생가, 톨스토이 소설의 산실, 괴테가『파우스트』를 썼던 곳은 둘러보아도 용장사 절터를 둘러보았다는 한국의 문인을 만나기는 가뭄에 콩나듯 했다.

『삼국유사』의 한자표기를 제대로 못하는 일과 문자생활의 쇼비니즘적 폐쇄주의, 신문편집에 균형감각을 상실하고 있는 일, 우리의 것은 내동댕이쳐놓고 남의 것에만 눈이 팔려있는 현상 등은 모두 예사롭다고 지나쳐버리는 것의 그렇지 않음이다.

그 '그렇지 않음'을 차츰 깨달아가는 일이 바로 생활의 질을 높여가는 일이 아니겠는가.

▶ 1995.8.18. 대동일보 칼럼

『삼국유사』 속의 경주 여행

낯선 고장을 찾는 사람은 어떤 명물名物을 그곳에서 만날 수 있을 것인가에 가슴 설렌다. 찾아갈 곳의 지도를 펴놓고, 안내서를 열심히 읽으면서, 명소名所를 샅샅이 찾아내어 계획을 마련하는 사람이 전혀 없지는 않다. 그러나 대부분은 찾아갈 곳에 대한 일반적인 지식만 달랑 가지고 가기가 십상이다.

경주를 모르는 한국인은 없다. 그것은 한국을 아는 외국인의 경우도 마찬가지다. 한 왕조가 천여 년에 가까운 기간 도읍으로 삼았던 옛 도시. 신라라고 하는 옛 나라가 천년 세월의 나이테를 그 토양에 각인시킨 곳. 번영과 쇠망, 영광과 굴욕의 역사가 스며 있는 곳이 경주다.

한국의 역사를 반만년인 오천년으로 말한다면 경주는 그 5분의 1에 해당하는 시기 신라의 도읍이었다. 그곳을 모르는 한국인이 어디 있겠는가. 한국을 말하는 외국인이 어찌 경주를 옛 한국 문화의 중요한 부분을 간직한 도시로 생각하지 않을 수 있을 것인가.

경주에서 볼 수 있는 것은 가시적可視的인 것에 해당하는 유물과 유적이다. 박물관에 전시된 것들. 시내 가운데 우뚝우뚝 솟아 있는 고분古墳. 불국사. 다보탑. 석가탑 그리고 석굴암. 안압지. 첨성대. 포석정과 절터. 남산을 오르면 이곳저곳 흩어져 있는 불상과 탑 그리고 마애불들. 죄다 눈으로 볼 수 있는 것에 머물고 있음을 확인한다. 사실 경주의 명물은 신라인이 남겨 오늘까지 전하는 유형적有形的인 것에 불과하다. 이 정도는 경주에 대한 명물의 상식적인 것에 불과하고, 경주를 이해하는 데 있어 단편적인 것에 그치고 있음을 『삼국유사』는 일깨워 준다.

『삼국유사』는 본명이 김견명인 일연 스님이 쓴 역사책이다. 역사책이라기보다 설화집으로 파악하는 것이 더 온당할지 모른다. 그리스·로마의 신화보다 더 우리 생활에 뿌리내려져 있는 한국의 신화와 전설, 설화가 흥미진진하게 펼쳐지는 것이 『삼국유사』의 내용이다. 역사를 의미하는 '사史'로 책 이름을 삼지 않고, 일이나 사건을 나타내는 '사事'로 삼은 것에서 책 내용의 성격을 헤아릴 수 있다.

이 책의 설화들은 눈으로 볼 수 있는 것이 아니다. 불가시적인 것이다. 한국인 의식의 밑바닥에 옹달샘처럼 고여 있는 무의식의 공간이다. 이것을 의식의 공간으로 끌어내어 가시적인 것으로 복원한다면 경주의 명물에는 더욱 깊은 의미가 담겨질 것이다. 그것은 신라와 한국인의 옛 내면 모습까지도 이해하는 일이라고 말할 수 있다. 단편적인 신라와 경주의 모습이 아닌 온전하고 구체적인 신라와 경주 나아가 한국의 이해로 이어지는 통로라고 말할 수 있을 것이다.

『삼국유사』에 설화와 함께 남겨진 14수 향가의 고향을 찾는 일. 작품의 배경이 된 그 곳에 향가비를 세운다면 가장 오래된 한국 명작의 고향을 복원하는 일이 아니겠는가. 황룡사 호법용護法龍의 아버지가 당에 유학 중이던 자장율사에게 나타나 말한다. '지금 그대 나라에는 女王을 모시고 있다. 여왕이란 德은 있으나 위엄은 없는 것'이라고. 그래서 본명이 김덕만인 선덕여왕의 위엄을 내외에 과시하기 위해 만든 황룡사의 구층 탑. 높이가 225척尺이라고 했으니 70미터를 넘는 거대한 木塔이다. 이것을 황룡사 절터 옛날의 그 자리에 복원한다면 어떨까. 옛 한국인의 기술을 오늘날의 우리가 되살리지 못할 이유가 어디에 있는가.

구층탑과 더불어 신라의 세가지 보물은 황룡사의 장육존상과 진평왕의 옥대玉帶였다. 장육존상도 복원하고, 자신이 세운 절인 천추사의 층계를 밟았을 때 세개의 댓돌이 한꺼번에 부러진 키 11자(尺), 3미터가 넘는 거구의 진평왕 허리띠를 복원하는 것은 또 어떤가.

죽어 동해의 용이 된 문무왕이 아들 신문왕에게 소리로서 천하를 다스리라고 준 보기寶器였던 만파식적. 천존고에 간직했다고 하는 그 피리를 불면 적군이 물러가고, 병이 나았으며, 가뭄에는 비가 내리고, 장마가 질 때는 비를 그치게 했다고 한다. 만파식적을 복원해서 작은 산이 되어 동해 푸른 파도 위로 떠 온 문무왕의 모습을 보았다는 감포의 이견대에 비치해 두면 안 될까.

이것들 말고도 『삼국유사』에 수많이 널려 있는 설화를 통해 불가시적인 것을 유형화有形化한다면 경주의 관광자원은 한없이 개발될 수 있지 않을까 하는 생각을 해 본다. 그렇게 된다면 사람들은 낯선 곳인 경주에서 전혀 예기치 못했던 명물과 마주하게 될 것이다. 그때 신라인을 통해서 잃어버린 한국인의 원형과 그 고향에 설레는 마음을 안고 발을 들여 놓을 수 있을 것이다.

강의가 있어 매번 경주를 드나든다. 좀 늦은 시각, 진평왕릉 부근의 벌판에 서서 바라보는 붉게 물든 경주 서녘 하늘의 아름다움은 그것을 보지 않은 사람에게 뭐라고 설명하면 좋겠는가. 한없이 이어지는 능선의 그 절묘한 곡선미. 불교에서 왜 정토를 해가 지는 서쪽 방향에 설정했는가를 알 수 있을 것만 같다. 물끄러미 붉게 물든 하늘을 보며『삼국유사』를 넘나드는 경주 여행을 언제나 되풀이 하게 된다.

▶ 1994.11.3. 대동일보

물을 마시고 우유를 만드는 소

'등잔 밑이 어둡다'는 말이 있습니다. 사람들은 항용 가깝게 있는 것을 지나쳐 버리는 일이 많다는 점을 빗댄 것입니다.

이런 말도 있습니다. '남의 떡이 커 보인다.' 자신과 그 주변의 것은 신통치 않고, 남과 그 주변의 것들은 훌륭하고 좋아 보이는 것이 일반적인 경우라고 이 말은 일깨워 줍니다.

개인에 있어서만은 아닙니다. 우리 민족은 우리 것에 대해서는 깎아내리고 비판하는 데 결코 인색하지 않습니다. 외국 것에 대해서는 무조건 긍정적이고 호의적인 반응을 보입니다. 한국의 현대문학 이론들이 서구문학 이론의 재해석과 추종에 기울어져 있는 것이나 과거의 한국문학이 한문학에 젖줄을 대 놓고 있었던 것들은 이 점을 여실하게 말해 줍니다. 외국상품에 그토록 집착하는 행위도 이와 같은 사정에서 비롯되었다고 보아도 크게 틀리지 않을 것입니다.

우리에게는 남이 흉내낼 수도 없고 할 수도 없는 특색과 개성이 있습니다.그것은 남이 부러워할 수 있는 훌륭한 점입니다. 우리는 그것을 모르거나 안다고 해도 태무심해 버리고 있습니다.

경주에서 생활한 지 벌써 10년을 훨씬 넘었습니다. 경주가 신라 천 년의 고도古都라거나 불교문화의 찬연한 발자취를 고스란히 간직하고 있다는 말을 하고 싶지는 않습니다. 그것을 모르는 한국인이 어디 있을 법한 일이기나 합니까.

동국대학교의 또다른 분신이 경주에 터를 잡은 지도 13년이 지났습 니다. 봄이 되면 목련이 탐스럽게 몽우리를 터뜨리며 진달래와 철쭉이 어우러지고, 여름이면 짙푸른 녹음 속에서 학생들과 함께 토론하고 배우는 캠퍼스의 뜨락이 그렇게 좋을 수가 없습니다. 달 밝은 가을밤, 찬바람 부는 겨울에는 햇볕이 더욱 따사롭습니다. 그런데 학생들의 대부분은 이러한 캠퍼스의 뜨락, 우리들이 학문과 낭만을 구가하는 곳의 주변은 고대 신라 사람들에는 의미 있는 삶의 현장이었습니다. 뿐만 아니라 오늘날 한국인들이 형상화한 명작의 고향임을 한 번쯤 되새겨 보아야 할 것이 아닌가 합니다.

임신서기석壬申誓記石은 기숙사의 동남쪽 산기슭에서 발견된 손바닥 크기보다 조금 큰 돌입니다. 거기에 새겨진 문자가 이두吏讀입니다. 발견 당시인 1940년 세계의 언어학계에 경악을 일으킨 돌, 552년 또는 612년으로 추정되는 연대에 화랑들에 학문에 전념하고 국가에 충성할 것을 맹세한다는 내용으로 되어 있습니다.

1,300년을 훨씬 웃도는 시기에 사용된 문자의 모습을 알 수 있는 자료가 아침저녁 쳐다보는 산기슭에서 발견되었다는 것은 예사로운 일이라고 할 수 없습니다. 학생회관 앞에 세워져 있는 것은 확대해 놓은 모형물입니다. 임신서기석이 발견된 산기슭에 석장사錫杖寺 있었습니다.

석장사에는 양지 스님이 계셨습니다. 영묘사靈廟寺에 장육존상丈六尊像을 만든 조각가이기도 했습니다.

조각을 만들 때 진흙을 나르던 신라사람들이 불렀다는 노래가 '풍요

風謠'라는 향가입니다. 양지 스님은 빈 바구니를 매단 석장錫杖을 절 문 앞에 세워두곤 했답니다. 그러면 그 석장이 휙 대갓집 대문 앞으로 날아가서 딸랑딸랑 소리를 내면 그 주인이 그 빈 바구니에 쌀이며 귀중품 등을 채웠답니다. 그러면 다시 양지 스님이 계신 석장사로 날아오곤 했다고 『삼국유사』는 적고 있습니다. 요컨대 양지 스님은 예술가이면서 동시에 도력道力을 발휘하신 큰 스님이었습니다. 그 스님이 계셨던 석장사의 절터가 캠퍼스의 한 켠에 있다는 것은 역사적 의미를 지니면서 저 아득했던 신라 시대로 생각의 방향을 돌리게 합니다.

김동리는 한국 소설문학의 대표적인 작가입니다. 경주가 고향인 그가 쓴 대표작이 「무녀도巫女圖」입니다. 토속적인 샤머니즘과 외래종교와의 갈등을 통해 한국인의 근원적인 존재에 대한 물음을 이 작품은 천착하고 있습니다.

체육관 쪽의 후문을 지나면 형산강과 만납니다. 후문과 형산강을 막고 있는 산 저쪽의 깊고 푸른 강물을 일컬어 애기소沼 혹은 애기청소라고 부릅니다. 「무녀도」의 대단원에서 모화가 굿을 하면서 강물 속으로 들어가는 부분의 배경이 바로 이 애기소입니다. 한국 현대소설의 대표작인 「무녀도」의 배경이 캠퍼스를 감돌아 흐르는 형산강의 애기소입니다.

지나치게 자기 것을 추켜세우면 쇼비니즘 즉 국수주의가 되고 심화되면 쇄국이라는 고립주의로 치닫게 됩니다. 그러나 지나친 자기 멸시는 열등감의 요인이 되고 새 것 콤플렉스에 빠져 주체성을 잃고 맙니다. 주체성의 상실은 뿌리없는 나무에 비유될 수 있습니다.

등잔 아래부터 살핀 연후에 등잔불이 밝혀주는 공간을 살피는 지혜. 남의 떡이 내 것보다 크지 않고 내 떡이 남의 것보다 결코 작지 않음을 헤아리는 슬기. 그래서 경주에 있는 동국대학 분신의 뜨락을 사려깊게 살펴보는 지성의 형형한 눈동자. 그럴 때 같은 물을 먹고도 독을 만드는

뱀이 아닌 우유를 만드는 소가 되는 것은 아니겠습니까.

▶ 1994.4. 정각 — 동국대경주캠정각원

「모밀꽃 필 무렵」과 이효석

「모밀꽃 필 무렵」을 아십니까.

'모밀'이 사투리인 방언이라고 하여 요즘은 그것을 「메밀꽃 필 무렵」이라고들 합니다. 이효석은 기억하지 못해도 그의 작품인 이 단편소설은 한국인이라면 누구나 기억하고 있을 것이라는 생각이 듭니다.

1917년 이광수의 『무정』이 한국 근대소설의 출발이 된 이래 국권상실의 시대를 거치면서 한국소설은 많은 발전과 변모를 보였습니다. 그 발전과 변모의 특성 중 하나에 한국소설이 단편 중심으로 전개되어 온 것을 간과할 수 없습니다. 원인을 여러 가지로 분석할 수 있겠지만 작품 발표의 매체가 문학지나 동인지 중심이었다는 것이 그 주요한 까닭으로 꼽힐 수 있을 것입니다. 서구문학의 경우 작품 발표와 그 유통과정이 출판사를 중심으로 해서 단행본 위주로 전개되어왔다는 점과 비교해 본다면 수긍이 갈 것입니다.

「모밀꽃 필 무렵」은 단편소설 중심으로 전개되어온 한국 소설문학사에서 명작으로 꼽히는 작품입니다. 따라서 이 작품은 중·고등학교의 국어 교과서에 언급이 빈번하고, 대학에서의 교양강좌 시간에 빠짐 없이 언급되기 때문에 한국인 누구나에게 친숙한 작품이 되어 버렸습니다.

1936년 『조광』지 10월호에 발표된 이 작품은 전통적인 한국 정서가 흠씬 배어 있는 소설입니다. 허생원이란 장돌뱅이 보부상의 삶을 강원도와 경상북도 일원의 산악지대를 중심으로 해서 서정적인 필치로 펼쳐 보이고 있습니다. 시정이 넘치는 이 작품은 그래서 한국 소설의 서정적 영역을 확대했다고 문학사가들은 평가합니다.

　허생원과 그의 동료인 조선달이 나귀를 끌고 장에서 장으로 가는 길의 아름다운 강산이 마음의 고향이고, 메밀꽃 핀 언덕배기에 달빛이 비칠 때 떠오르는 느낌이 삶의 보람을 대신한다는, 시적 흥취 넘치는 설정이 보부상의 생활보다 자가의 감각과 더욱 밀착되어 있는 작품입니다. 지나는 길에 어느 처녀와 하룻밤의 관계를 맺고, 그때 생긴 아들이 허생원과 함께 장돌뱅이를 노릇을 하고 있는 동이라는 것을 알게 되는 것으로 이 소설은 대단원의 막을 내립니다.

　「모밀꽃 필 무렵」의 작가 이효석은 1907년에 강원도 평창에서 출생하여 1942년 조국의 광복을 보지 못한 채 눈을 감았습니다. 경성제일고보를 거쳐 경성제대 법문학부를 법학자이자 소설가였으며, 정치인이기도 했던 현민 유진오와 함께 졸업하였습니다. 1925년 『매일신보』에 「봄」이라는 시가 뽑힌 후 시를 쓰다가 1928년 「노령근해」라는 소설을 발표하면서 경향문학의 동반작가로 인정되면서 본격적으로 소설을 쓰기 시작하였습니다. 1933년에 <구인회>에 참가하면서 단편 「돈豚」을 발표하면서 경향성을 탈피, 자연과 인간본능의 순수성을 서정적인 작풍으로 추구 하였습니다. 「돈」을 중심으로 하여 전기의 작품과 후기의 작품으로 구별한다면 이효석 문학의 본령은 후기의 서정적인 소설의 세계에 있다고 파악하는 것이 일반적입니다.

　호를 가산可山이라고 한 이효석은 동시대의 다른 작가에 비하여 많은 작품을 남겼다고는 말하기 어렵습니다. 그러나 「모밀꽃 필 무렵」이란 짤막한 단편 한 편만으로도 그가 살았던 시기의 대표작가로 꼽힙니다. 작품의 양이 얼마인가에 문제가 있는 것이 아니라 어떤 작품을 남겼는가가 문학적 평가의 기준이 된다는 것을 여기서 확인하게도 됩니다.

강원도 평창으로 가는 고속도로 길 어귀에는 이효석의 문학비가 세워져 있고, 조금 더 간 곳의 맞은편에는 그가 영면하고 있는 묘소가 있습니다. 이효석이 태어나서 소년기를 보냈던 평창의 생가가 아직도 그대로 보존되고 있습니다. 「모밀꽃 필 무렵」에서 허생원이 동네 규수와 만났던 물방앗간의 배경이 된 곳도 생가 부근에서 찾아볼 수가 있습니다. 물론 그곳에 지금은 물레방앗간이 없어져 버리고 말았습니다.

이 곳, 강원도 평창군 보녕면 창동리에 지난달 중순에 이효석의 흉상이 세워졌습니다. 문학을 아끼고, 고향을 사랑하는 한국인의 인정과 그 정성이 다시 한번 구체화된 것을 볼 수 있습니다. 위대한 한국인은 가장 한국적인 배경 속에서 한국의 자연과 더불어 영원이 살아 있다는 것을 또 한 번 확인하게 됩니다.

이효석의 탄생지에 그의 흉상이 세워졌음을 알리면서 그의 대표작과 문학세계를 말씀드리고 싶었습니다.

안녕히 계십시오.

▶ 1993.12.10. 대동일보

다시 못듣을 제야除夜 종소리

한 해의 마지막이다. 섣달 그믐이 열흘도 남지 않았다. 섣달 그믐날 밤을 제야 혹은 제석이라고 한다.

우리는 제야를 음력으로 따졌다. 음력은 절후라든가, 어촌에서 조석 간만을 계산하는데는 양력보다 편리하다. 우리의 세시풍속은 음력 중심으로 편성되어 있다. 이것은 우리가 농경중심의 사회였음을 말해준다. 얼마전까지 우리는 '농업이 모든 것의 근본'인 '농자천하지대본農者天下之大本'의 가치관 속에서 살아왔다.

양력으로 생활의 리듬을 갖는 것이 산업사회에 들어선 한국에서도 필요한 사항이 된 것은 오래 전 일이다.

제야에는 종로의 보신각에서 울리는 종소리를 생각한다. 서울의 보신각 뿐만 아니라 옛 신라의 수도 경주에서도 그 종소리는 온 누리로 퍼져 갔다. 경주에서 제야의 밤에 33번을 울렸던 종소리. 그 종소리를 낸 종이 국보 29호인 저 유명한 성덕대왕 신종이다. 봉덕사 종, 에밀레 종으로도 불린다.

높이가 보통사람 키의 두 배에 달하는 3.33미터, 구경 2.27미터, 아랫부분의 두께가 23센티미터, 무게가 25톤에 달하는 거대한 종이다. 신라의 34대 경덕왕과 35대 혜공왕 2대에 걸쳐 선왕이었던 33대 성덕왕의 업적을 기리고 명복을 빌기 위해 만들어졌다고 하여 성덕대왕 신종. 만들어서 처음 봉덕사에 달았기 때문에 봉덕사종으로도 불린다.

일전이라는 사람이 종을 만들면서 종소리를 얻는데 여러 번 실패를 거듭하였다. 어느 스님의 권고로 한 여자의 무남독녀를 쇳물에 희생시켜 비로소 그 종소리를 얻게 되었다. 그래서 종소리가 어머니를 애타게 부르는 딸의 처량한 울음소리를 낸다고 하는 설화가 있어 「에밀레 종」이라고도 부른다.

A.D.771년에 완성된 이 종은 지금 국립 경주박물관에 있다.

웅장하면서도 맑고 그윽한 여운으로 마음의 깊숙한 곳에 은은하게 감돌아 스며들던 이 봉덕사의 종소리를 올해부터 제야에는 들을 수 없게 되었다. '한겨울 종의 조직이 경직돼 있는 상태에서 33번이나 타종하는 것이 보관상 좋지 않다는 전문가들의 지적' 때문이라고 한다. 종도 영원한 생명을 누릴 수 없는 운명. '제행무상諸行無常' − '모든 것은 영원하지 않다'는 불교적 촌철살인을 실감하게 된다.

주의 깊게 살펴본 사람은 교회의 첨탑 아래 걸려 있는 서양 종과, 주로 절간에 걸려 있는 범종인 동양 종의 차이를 알 것이다. 범종이 압도적으로 크다. 그리고 종소리를 내는 타종 방법이 다르다. 서양 종은 안쪽에 추가 있어 그것이 종면을 때려 소리를 내게 한다. 이 추가 종면을 때리게 종 전체를 움직여야만 한다. 추에 길게 끈을 달아 잡아당겨서 종을 움직여야만 한다. 빅토르 위고의 원작 소설을 영화로 만든 『노트르담의 꼽추』에서 노트르담 사원의 종을 치던 꼽추가 이 끈에 메달리던 모습을 생각하면 더욱 실감이 날 것이다.

범종에는 종과 분리된 종타가 있다. 나무로 된 이 종타로 힘껏 종면을 때리면 종의 안쪽으로부터 소리가 울려 퍼지게 된다.

서양 종이 수직적인 움직임에 의해 소리를 얻는다면, 범종은 수평적인 움직임에 의해 보다 정적靜的인 동작으로 소리를 얻는다고 할 수 있다. 하얗게 눈 덮인 산골짜기로 청아하게 울려 퍼지는 종소리가 서양 종소리를 말하는 데는 어울린다. 산타클로스가 타고 가는 눈썰매의 종소리는 그래서 징글벨로 표현된다.

울창한 숲 속을 뚫고 넓게 트여가는 벌판으로 맑고 조용하면서 웅장하게 퍼져 나가는 종소리가 범종의 소리다. 그 종소리는 마음의 저 안쪽으로 스며드는 여운을 가진다고 말하는 게 제 격이다. 이 범종이 가진 종소리의 특성을 가장 잘 들여주던 종이 성덕대왕 신종, 에밀레 종이었다. 그 종소리를 제야의 밤에 더 이상 못 듣게 되었다. 최신 장비로 녹음하여 원음에 가깝게 들려주겠다고는 하지만 왜 이렇게 안타깝기만 한지.

영원한 것이 어디 있을까. 화살처럼 빠른 세월이 그렇고, 저 벌판에 돋아 있는 이름없는 풀과 들꽃이 그렇고 우리의 삶이 또한 그렇지 않은가. 제야가 가까워 진 한 해의 마감인 텅빈 들녘에 서서 '제행무상'의 참

뜻을 가늠해 본다. 다시는 들을 수 없는 1,222살의 봉덕사 종소리가 그
것을 새삼 일깨워 주는 것 같다. 또 한 해가 저물고 있는 것을………

▸ 1993.12.22. 대동일보

연락처를 옮겨 적으며

누구나 그런 경험이 있을 것이다. 새로 수첩을 장만하면 가까운 사람
의 주소와 연락처를 적는다. 대부분이 전화번호다. 그 수첩 속의 전화번
호는 언제나 연락이 닿을 수 있는 하나의 열쇠다.

바쁜 일상 속에서 틈을 내어 잠깐 다이얼만 누르면 반가운 목소리를
접할 수 있게 된다. 적조했던 친구와의 우정을 새삼 확인할 수 있다. 수
첩 속에 적어 두는 전화번호는 호주머니에서 언제나 함께 살아가고 있
는 삶의 도반道伴이라고 할 만하다.

설사 바쁜 일이 있어 오랫동안 연락을 못했다 할지라도 수첩 속에 그
친구의 연락처가 버티고 있어 그다지 오래 된 것 같지 않게 생각된다.
뿐만 아니라 그 친구를 잊어버리지 않고 있다는 안도감을 되살려 주기
도 한다. 내가 바빠서 연락은 못하지만 네게로 향하는 마음에는 조금의
소홀함도 없다는 나름대로의 생각이 수첩 속 그 연락처에는 숨어 있다.

전화가 재산목록의 중요한 품목이던 시절이 있었다. 전화 공급 사정
이 좋지 않았던 때의 이야기다. 요즈음 아파트 당첨처럼 설치 우선순위
가 있어 그게 하위이면 오랜 기간 기다리지 않을 수 없었다. 그 해소를
위해 시설 확충을 하다 보니 전화 국번이 바뀌거나 번호 자체가 변경되
는 경우가 빈번했다.

연락하여 수첩에 바뀐 것을 알려 고쳐 적게도 했다. 바뀐 국번이나 번

호를 알리지 않고 있다가 전화를 건다. 이 국번은 다음과 같이 변경되었습니다. 이렇게 안내하면 바뀐 지 얼마 되지 않아 다행이다. 이 국번은 없거나 바뀌었으니 다시 확인하고 걸어 주십시오. 이렇게 되면 연락이 막막해진다. 사방으로 수소문한다. 연락이 되면 서로의 무신경함을 두고 우정있는 티격태격으로 한동안 입씨름을 할 때도 있다.

새롭게 사람을 알게 될 때, 명함을 주고받거나 연락처를 수첩에 새로 적어 넣기도 한다. 명함이 번거로워 연락처를 수첩에다 옮겨 놓기가 일쑤다. 수첩에는 이렇게 새 식구가 늘기도 한다. 새 식구가 많이 늘면 수첩에 여백이 없어진다. 연락처가 수정되어 적히면 써 놓은 것이 지저분하여 바꿔 써야 할 경우도 생긴다. 전화를 걸 때마다 꺼내야 하니까 너덜너덜 해질 때가 있다. 새 수첩에 연락처를 옮겨 써야 할 때가 된 것이다. 수첩 갱신 시기다.

수첩을 갱신해야 할 시기가 사람마다 같을 수는 없다. 대개 2, 3년이 그 기간이다. 새 수첩을 사서 묵은 수첩의 명단을 옮겨 적는다. 새삼 수첩에 메모된 그 연락처나 이름의 면면들에서 살아온 시대의 특성, 또 많이 달라졌을 그 사람의 얼굴을 떠 올리고 입가에 미소를 짓기도 한다.

학교에 다닐 때나 결혼 전의 연락처는 반드시 수정되어 적혀 있다. 졸업을 해서 직장을 가지게 되었다. 결혼을 해서 독립하여 살게도 되었다. 연락처가 바뀔 수밖에 없다. 그만큼 우리들은 성장했다는 것을 수첩의 그 사항들은 말해주고 있는 것이다.

벌써 불혹의 고개마루에 섰다. 최근 몇 년 사이 수첩을 갱신할 때 한 가지 일이 첨가되었다. 이름을 새 수첩에 쓸 필요가 없고, 연락처를 메모할 필요도 없는 사람이 생겼다. 그 사람의 이름은 영원히 수첩에서 없어질 수밖에 없다. 그런 사람의 수가 늘어나게 되었다. 그는 이제 이 세상에는 없는 사람이 된 것이다. 그의 빈소에 가서 눈시울을 붉혔던 일을 떠올린다. 그와 함께 밤새워 현실을 이야기하고, 문학을 말하고, 사회와 인간을 격론하던 일이 바로 어제 같았는데 하는 생각 속에 삶의 반 너머를 살아온 자신과 만난다. 지천명知天命인 50이 넘으면 먼저 가는 사람이 선배라고 했던가.

삶의 무상성無常性. 사람은 영원히 살 수 없다는 것. 영원히 살 수 없는 이 사실을 피해 갈 수가 있겠는가. 누구나 요람에서 묘지까지 가는 길목에 서서, 그 서 있는 곳을 현실 또 그것을 삶이라 하는 것이 아닌가. 이런 생각 끝에 다음과 같은 말과 만난다.

> 고맙습니다 하는 감사의 마음. 미안합니다 하는 반성의 마음. 덕분입니다 하는 겸허의 마음. 제가 하겠습니다 하는 봉사의 마음. 예, 그렇습니다 하는 유순한 마음.

영원하지 못한 삶을 보람있게 사는 지혜의 하나가 아니겠는가를 생각해 본다.

며칠 전 수첩을 갱신하며 또 몇 사람의 이름과 연락처는 옮겨 적을 수 없게 되고 말았다. 삶의 무상성과 덧없음. 물끄러미 창밖으로 눈을 돌렸다. 만추晩秋. 우수수 낙엽이 바람에 쓸리어 이리저리 뒹굴어 가고 있었다.

▶ 1993.11. 동대신문

「오다 서럽더라」와 문학

『동터』3호에 글 한 편 써 달라는 당부를 받고 무엇을 쓸 것인가 오랫동안 망설였다. 그러한 망설임은 글을 쓰기 전에 언제나 생각하는 것과는 좀 다른 것이었다. 전하고자 하는 내용을 어떻게 효과적으로 기술할 것인가, 보다 명료하고 힘차게 논리를 전개하는 방법은 무엇일까에 대한 고심이 아니었다. 무엇을 써야 될 것인가에 대한 보다 근원적인 물음과의 만남이었다.

그 물음에 대한 답을 혼자 생각하는 데 많은 시간을 허비한 것이다. 그것은 내가 전공하는 분야와 밀접한 관계가 있다고 생각되었다.

내 전공은 한국문학이다. 보다 넓게 말한다면 문학이다. 사람의 생각과 사상을 상상력으로 감싸 안아 언어를 통해 아름답게 질서화한 것이 문학이다.

시장경제 원칙이 지배하고, 산업화에 의한 생산과 소비의 유통과정이 사람 삶의 거의 전부를 뒤덮고 있는 후기 산업 자본주의 사회에서 상상력이니 언어니 하는 것은 얼마나 불필요한 듯한 항목인가. 사실 문학이 가치의 상위에 위치해 있던 것은 옛날의 일이다. 보다 전문적으로 말해본다면 문학이 가치덕목에서 밀려난 것은 벌써 오래 되었다.

지역의 특성을 연구하고 그것을 보다 현실에 맞게 적용하고 또 다른 이론을 개발하여 지역의 발전에 적용하려는 지역개발 대학원 식구들에게 가치의 덕목에서 밀려난 지 오래인 문학 이야기를 한다는 것은 얼마나 따분할 것인가. 그래서 무엇을 쓸 것인가를 전공분야와 관련시켜 생각하기 마련인 나의 경우, 글 쓸 소재에 대한 고심은 자리할 수밖에 없었다.

그러나 문학에 관한 것을 쓰려고 작정한 것은 지역개발 대학원 식구들에게 현실적 가치의 유무보다는, 문학에 대한 이해의 폭을 넓혀 보자는 생각이 무엇보다 앞섰기 때문이다.

문학이 예술의 한 영역이라고 주장하는 사람들에게 그렇지 않다고 말하는 사람들이 있다. 그것은 문학이 언어를 재료로 해서 이루어지기 때문이다. 언어는 다 아시다시피 사회적 소산물이고 의사를 주고받는 기능을 가지는 도구다. 따라서 아름다움만을 추구하는 일반 예술과는 다른 기능을 가질 수밖에 없다는 것이 이들 주장의 근거다. 오히려 사람의 사상과 이념에 그것은 관계하고, 인간 삶의 질을 능동적으로 개선하는 데 언어는 작용하고 그것을 재료로 하는 문학은 필연코 다른 예술과 구별되어야 한다는 주장한다. 이러한 주장의 옳고 그름을 따지기 전에 문학을 다른 예술과 같이 생각하지 말아야 한다는 관점에서 문학을 이해하고 파악하는 문학관이 존재한다는 것을 간과해서는 안 된다.

그러므로 문학의 구체적 대상인 작품을 읽는다는 것은 아름다운 예술을 감상한다고만 생각할 일이 아니다. 인간 존재의 삶과 사상과 그 이념의 한가닥을 심사숙고 하는 것이란 점도 동시에 알아야 할 일이다.

향가는 신라 시대의 시詩다. 그것은 신라의 터전이었던 경주가 그 탄생지다. 향가는 경주를 고향으로 하는 문학이다. 그런데 이 1,300여 년 전의 작품은 향찰이란 문자로 쓰여졌기 때문에 일반사람들에게는 해독이 불가능하다. 그것을 우리나라 사람으로는 양주동이 제일 먼저 오늘날 말로 풀이를 했다. 양주동은 동국대학교 국어국문학 학통의 터전을 마련한 분이시다.

그 향가 중의 한 작품에 「풍요」가 있다. 양지라는 스님이 영묘사라는 사찰에서 장육존상이란 불상을 만들 때 사람들이 불상 조성의 재료인 진흙을 나르면서 불렀다는 시다. 양주동은 그것을 이렇게 오늘날의 언어로 풀이했다.

  오다 오다 오다
  오다 서럽더라
  공덕 닦으러
  오다

이 시는 신라 당대의 종교적 신심信心의 구조와 인생무상에 대한 운명적인 영역을 무엇보다 잘 보여주고 있다. '서럽더라'는 말이 삶의 유한성인 인생무상을 말하고 있다면 '공덕'이란 신라인의 불교신앙과 맞닿아 있다. '오다'라는 말은 그래서 신앙심과 삶의 덧없음이라는 두 개의 축을 불교라는 종교적 가치관에 아우르는 신라인 지혜와 슬기의 가닥이라 말할 수 있다.

요컨대 문학이란 「풍요」에서 보듯이 다만 언어를 아름답게 형상화한 언어의 예술품에서 끝나지 않는다. 언어에 이념이 담겨 있기 때문에 그 언어를 통해서 삶과 현실의 어떤 양상과 모습을 깊이 있게 천착하고 있다.

가치덕목의 자리에서 밀려나긴 했지만 물신숭배와 효율성 그리고 배금주의가 갖고 있는 한계성을 문학은 다른 예술과는 다르게 뛰어넘으려 한다. 그것은 이념과 사상을 머금고 있는 언어를 그 재료로 하는 데서 비롯한다. 주마간산격이긴 하지만 「풍요」에서 그것의 한 가닥을 보게 된다.

「풍요」와 관계있는 양지 스님은 지역개발 대학원이 있는 동국대 경주캠퍼스 기숙사 맞은 편의 산자락에 있던 석장사에 계셨던 조각과 서예에 능통했던 신라시대의 스님이었다.

▶ 1993. 11. 동국대지역개발대학원 교지 동터칼럼

경주의 삼보三寶

고구려 왕은 신라 토벌 계획을 여러 번 세웠지만 그 계획을 실천에 못옮긴다. 이유를 왕은 이렇게 말한다.

'신라에는 세가지 보배가 있어 침범할 수 없겠다. 황룡사의 장
육존상이 그 첫째의 것이고, 그 절의 구층탑이 둘째의 것이요,
하늘이 진평왕에게 내린 옥대가 세째의 것이다.'

『삼국유사』가 전하는 신라의 세 가지 보배, 삼보三寶를 여기서 알게
된다.

장육존상은 석가모니 부처, 문수와 보현 두 보살의 삼존상으로 1장丈
6척尺의 큰 불상이다. 5미터가 훨씬 넘는 크기다. 3만 5천7근의 무게, 황
금 1만 1백98푼이 들어간 이 불상은 진흥왕 35년 A.D.574년에 완성되
었다고 일연一然은 적고 있다.

구층탑은 자장율사가 당나라에서 불법을 구도할 때 계시를 받고 백
제의 아비지로 하여금 축조하게 한 목탑이다. 225자尺라고 했으니까 75
미터에 달하는 거대한 탑이다. 선덕여왕 때 완성되었다. 여왕은 덕德이
나 도道는 있어도 위엄은 없다고 생각하는 것이 일반적. 그래서 이웃 나
라들이 넘보게 마련. 여왕의 위엄을 내외에 과시하기 위해 만든 탑이 황
룡사의 구층탑이다.

진평왕의 옥대는 그의 장대했던 기골과 체구에 관한 설화와 얽혀 있
다. 돌계단을 밟고 오르는데 세 개의 댓돌이 한꺼번에 부러졌다는 거구
巨軀가 진평왕이었다고 『삼국유사』는 말한다. 이 거구에게 하늘이 내린
옥으로 만든 허리띠가 옥대다.

신라삼보는 신라인의 호국정신에서 비롯된 설화이고, 신라 불교의
호국적 성격을 절묘하게 상징한 것이다. 신라삼보의 실존 여부를 따지
는 일이나, 『삼국유사』의 기술이 정사正史냐 아니냐 하는 것은 이런 경
우 큰 의미를 지니지 못한다. 신라 사람들이 얼마나 나라를 지키려고 했
으며 그것을 종교적인 것과 어떻게 결부시키고 있는가를 극명하게 확
인할 수 있는 한 근거로서 신라 삼보는 이해되어야 한다.

　　오늘의 경주는 신라인들의 감동적인 조국애와 신앙심이 곳곳에 베어 있는 고도古都다. 그러나 제주도나 설악산과는 다른 관광지임을 확실하게 구별하지 않으면 안 된다. 제주도와 설악산은 명승지다. 빼어난 경치라는 지형적 이유가 사람들의 발길을 찾아가게 하는 그런 곳이다. 경주의 풍광이 제주도, 설악산 등에 못 미친다는 것은 아니다.

　　토함산의 웅장함, 동해의 일출, 감포로 넘어가는 추령 골짜기의 수려함, 석양 무렵의 남산 기슭, 달밤의 반월성, 탈해왕릉과 표암바위가 있고 백률사가 있는 금강산 부근, 기림사와 함월산의 정취. 헤아리기 힘들 정도로 풍광의 빼어남을 열거할 수가 있다. 그러나 경주는 무엇보다 역사적인 정서와 얼이 배어 있으므로 고도고 유적지다. 다른 관광지가 육체적인 아름다움만을 갖춘 미인에 비유할 수 있다면 경주는 정신적인 아름다움을 아울러 갖춘 여인이라 말할 수가 있다. '보문관광단지'가 '보문유적참배단지'라는 이름으로 바뀌어져야 한다는 생각도 여기에서 비롯한다.

　　신라 삼보는 나라를 천여 년 지탱시킨 신라인 정신의 상징적 모습이다. 오늘날 경주도 빼어난 풍광만이 아닌 정신과 얼이 살아 숨을 쉬는 유적지로서의 고도古都에 걸맞는 보물을 설정해 볼 필요는 없을까. 고도 경주의 세 가지 보물, 경주 삼보를 설정하는 일은 경주를 참모습으로 보존하고 가꾸며 영원한 민족문화와 그 정신의 메카로 지탱시키는 데 중요한 작용을 할 것이다. 경주의 삼보. 그것을 이렇게 설정하면 어떻겠는가.

　　다보탑과 석가탑을 뜨락에 품고 있는 『불국사』가 하나. 창건 당시 「석불사」였고, 신앙심과 조국애가 혼연일치된 불후의 명작 『석굴암』이 그 둘째.

　　마지막으로 『남산』. 이 곳의 유적 유물이 얼마나 되는지를 아시는가.

절터 104곳, 석불과 마애불을 포함한 불상 79점, 석탑과 석등을 합해서 79개, 기타 다른 유적, 유물 39가지 등을 합해서 301개다. 우리의 국토 전부가 야외 박물관이란 표현이 과장되었다고 흥분하는 사람도 남산을 야외 박물관이라고 말하는 데 이의를 달수는 없을 것이다. 뿐인가. 한국 소설문학의 시작인 「금오신화」가 이 산의 용장사에서 창작된 것이 아니었던가.

한일정상회담이 지난 주 경주에서 열린 것은 결코 우연이 아니다. 경주를 경주답게 가꾸어 세계화하는 데는 지혜와 슬기도 필요한 시점임을 그것은 일깨워 준다.

▶ 1993.11.8. 경북일보

이판사판 춤

금성판 [국어대사전]에는 '이판사판'이란 단어가 수록되어 있지 않다. '이판새판'이란 말은 설명되어 있다. '막다른 데 이르러, 어찌할 수 없게 된 판'. '그래, 이제 나도 이판새판이야'라는 예문을 들어 뜻을 보다 소상히 해주고 있다.

설명해 놓은 말의 뜻이나 보기로 든 예문으로 미루어 '이판사판'과 '이판새판'은 같은 뜻을 지닌 말로 생각된다. 요컨대 '이판사판'이란 막다른 상황에 이르렀을 때 그 말을 하는 사람의 자포자기한 뜻이 함축되어 있는 의미로서 사용되는 단어라 할 수 있다.

최근에 그 바닥에서는 결코 잘생기거나 젊다고 할 수 없는 한 탤런트가 '얼굴이 잘생겨야만 스타가 되는 법은 결코 아니다'라는 기치를 내걸고 등장했다. 기왕에 유행했던 대중가요 가락에 가사를 바꾸어 부르면서 '이판사판 춤'이라는 것을 곁들였다. 이것이 중년을 전후한 사람들에게 파문을 일으켜 그녀의 말대로 '스타'가 된 듯하다.

이렇게 '이판사판 춤'이 호응을 얻고 그에 곁들여지는 노래가 인구에 회자된다는 것은 이 시대의 어느 한켠이 그것과 맞물려 있다고 이해할 수 있게 한다. 우리 현실의 어느 구석이 이판사판적 상황과 닿아 있다고 말할 수 있다.

산업사회란 자본주의 경제체제가 인간의 복지 추구를 위해 가는 과정에서 형성된 사회다. 자본주의란 시장경제 원칙을 바탕으로 한다. '인간은 인간에 대해 이리'라는 표현은 시장경제가 능력위주의 경쟁사회임을 축약해서 설명하는 경구다. 경쟁은 정감보다는 합리적이고 이성적인 측면을 보다 가치있는 것으로 파악한다. 인정은 메말라 버리고 비정하고 냉정한 이성만이 지배하는 몰인정한 측면이 두드러지게 된다. 그것은 '잇발에는 잇발로, 칼에는 칼로'라는 유목민적 투쟁의식이 덕목으로 꼽히는 그런 상황이다.

근대화라는 과정을 겪으면서 우리는 산업사회의 자리로 들어서게 되었다. 이 몰인정한 합리적이고 이성적인 경쟁사회에서 진 사람의 애달프고 억울한 사연을 귀담아 들어줄 사람은 거의 없다. 패배자는 막막하고 답답한 나머지 '이판사판'의 생각을 가질 수밖에 없을 것이다. 설사 이긴 사람이라고 하더라도 또다른 경쟁에서 언제 패배하게 될 지 모르는 강박관념에서 결코 벗어날 수 없다. 그 또한 패배자와 같은 생각의 멍에를 지고 살아가고 있음은 명약관화하다. 왜 '이판사판 춤'이 중년 전후의 계층에서 더 호응을 받고 있는가를 곰곰이 생각해 볼 일이다.

전목錢穆은 대륙에서 대만으로 건너간 중국의 역사학자다. 그는『중국문화사도론中國文化史導論』에서 세계의 문화권을 농경 문화권, 유목 문화권, 상업 문화권의 셋으로 구분한다. 농경 문화권의 사람들은 정착적이고 보수적이고 수동적이며 평화지향적이라고 설명한다. 그들은 원래 씨앗을 뿌려 놓고 추수를 하면 충족한 생활 영위가 가능했다. 다른 곳으로의 이동이 불필요하고 많은 시간적 여유를 가질 수 있어 여유만만 했었다고 덧붙인다. 유목·상업 문화권의 사람들은 이동적이며 활동적이고 능동적임은 말할 필요가 없고 진취적이고 현실에의 안주를 거부하고 투쟁적이었다고 말한다. 그들은 양떼를 끌고 풀이 있는 곳을 찾아 움직여야 했으며, 상품을 다른 곳에 팔아 부족한 그들의 필수품을 구해야 했기 때문이라고 설명한다.

농경 문화권에서 최초의 고대 문화와 문명이 이루어진 것이 결코 우연한 일이 아니라는 것이다. 황하 유역의 중국, 나일강 유역의 에집트, 간디스강 유역의 인도, 티그리스·유프라데스 강 유역의 메소포타미아의 문화와 문명들이 그것이라는 설명이다. 유목, 상업 문화권은 기독교 정신에 바탕한 서구, 영국 그리고 기독교 문화권은 아니지만 일본이 그 대표적인 국가들이라고 설명한다. 이러한 분류에는 중국인으로서의 아전인수가 없다고 보기는 어렵다. 그러나 서구 제국주의와 팽창주의 그리고 일본의 군국주의를 생각하면 공감되는 점이 많은 것 또한 사실이다.

서구와 일본의 가치관과 그 문화, 문명이 세계를 지배하고 있는 것을 부인할 수는 없다. 그것은 진취적이고 발전적이라는 긍정적 측면을 지닌다. 반면 안정적이고 평화적이지 못한 아쉬움이 존재한다는 비판적 시각을 외면하지 못한다. 계속적인 발달과 발전은 개발이 때로 자연을 황폐화 시키듯이 사람을 불안과 초조함에 사로잡히게 한다. 소련과 동구의 공산주의 붕괴로 그 현실에의 착근이 탁상공론이었다고 증명된 마르크스의 역사 발전론도 유목 문화권의 소산이었음을 헤아리면 이 점의 이해가 더욱 빠를 것이다.

치솟아가는 고층건물이 안락한 주거생활에 결코 바람직한 것이 아님은 확인되었다. 하루가 다르게 기종을 변경하는 컴퓨터는 한 달 전에 산 최신 기종의 소유자를 엄청난 낭패감에 젖도록 한다. 개량과 발전이 곧바로 인간 삶의 질을 향상시키는 긍정적 요인만이 아님을 알 수 있다. 능률과 효용성만이 모든 가치의 절대적 기준이 아님을 알게도 된다. 텔레비전의 그 많은 기능들을 과연 일반 사용자가 얼마나 활용하는가. 확실하게 필요한 기능만을 채택하고 생산원가를 절감한다면 그것이 오히려 삶의 질을 향상시키는 것은 아닐는지.

서구 그리고 일본으로 대표되는 유목, 상업 문화권의 진취적이고 투쟁적이며 발전과 개발 지상주의에 지배당하는 오늘날 인류 삶의 터전. 이 경우 '식자우환識字憂患'이라고 촌철살인한 농경 문화권인 우리 선인들의 말도 되새겨 볼 필요가 있을 것이다.

인정이 메마르고 정서가 고갈된 산업사회의 외곽지대에서 한국의 중년을 전후한 계층은 '이판사판'과 그 '춤'에 끌리고 있는 것은 아닌지. 한 세기 전에 이미 '서구의 몰락'을 말한 슈펭글러를 생각하면서 인간 삶의 질을 더 이상 향상시킴에 그 한계를 들어낸 듯한 서구와 일본 문화와 문명에서 극복하는 길을 우리 선조의 가치관에서 찾을 길은 없겠는가.

추석연휴. 한국의 고전을 읽는 것은 어떨까. 책을 읽는 모습은 아름답고, 가을은 독서의 계절이 아닌가.

▶ 1993.9.28. 대동일보

역사용어 살펴보기

이런 경우를 생각해본 일이 있는가.

1945년 8월 15일. 일본이 연합군에게 패배하고 항복한 그날을 우리의 경우 광복이라고 하는 것과 해방이라고 말하는 것의 차이에 대해서.

사람들이 무심코 사용하는 역사 용어에는 그렇게 사용되지 말았으면 하는 것들이 적지 않게 발견된다.

8·15를 광복이라고 부르는 경우보다는 해방이라고 명명하는 것은 일상생활에서는 물론이고 학술적인 글에서도 보편화된 듯하다. '해방 전후사', '해방공간의 문학', '해방이후 한반도의 정치상황' 등에서 보듯이 8·15를 해방이라고 하는 경우가 광복이라고 부르는 것보다 보편화되어 있다.

'풀어놓음'이라는 설명이 말해주듯이 '해방'은 구속되고 억압된 상태로부터 자유로워진다는 뜻이다. 그러므로 '해방'은 구속하고 억압한 사람이 얽매인 사람들을 풀어놓아준다는 의미가 앞서 있는 말이다.

일본으로부터 '해방'되었다는 것은 우리의 능동적인 노력에 의해서 자유로운 상태를 획득했다는 의미보다 일본이 우리를 풀어 자유롭게 해주었다는 뜻이 더 강하게 함축되어 있는 말이다. 과연 그렇게 보아야 하는가.

식민주의자들에 맞서 독립 쟁취를 위해 목숨을 초개처럼 버린 독립투사들의 민족혼. 황야에서 비바람, 찬이슬을 맞으며 조국을 되찾기 위해 가시밭길을 걸은 이름조차 알 수 없는 수많은 선열들. 상해임시정부를 중심으로 한 구국의 구체적인 운동. 그들 투쟁의 자취를 해방이라는 말은 깡그리 지워버리고 있다.

8·15를 '해방절'이 아니고 '광복절'이라고 부른 까닭을 되새겨보면 해방이란 말을 그렇게 쉽게 사용해도 좋을 것인가를 다시 생각하게 된다.

광복이 되기까지 식민지인으로 살아야 했던 민족수난의 기간은 얼마인가. 36년이라고 자신 있게 대답할 것이다.

우리가 망국亡國의 수렁으로 빠져든 것은 1910년 8월 29일이다. 일컬어 한일합방. 1945년 8월 15일 광복을 통해 조국을 다시 찾았다.

그 기간을 정확히 계산해보라. 35년에서도 보름 가까이 모자라는 기간이다. 우리는 왜 36년이라고 해야만 하는가. 35년도 채 되지 않은 기간을.

이민족異民族 억압의 쇠사슬에 묶여 있은 쓰라린 기간이 오랠수록 결코 자랑스럽지 않음을 모르지는 않을 텐데.

임진왜란은 1592년 일본이 조선을 침공한 전쟁이다. 이순신의 활약이 돋보인 이 전쟁은 1598년 일본의 패퇴로 막을 내린 7년 동안의 전쟁이었다. 많은 전공과 훌륭한 장수들의 병법과 순절이 역사 속에 살아있는 전쟁이다.

임진왜란이란 임진년 즉 1592년에 왜倭가 일으킨 난亂이란 의미다.

이 말속에는 초반에 열세에 몰리긴 했지만 조선이 일본과 대등한 입장에서 전투를 수행하여 결국 일본을 패퇴시켰다는 역사적 의미가 희석되어 있다. 일본 쪽에서 본 조선 침공이란 의미가 보다 강조되어 있는 것이 임진왜란이란 말임을 지나쳐서는 안 된다.

정치란 정권 획득에 목표가 있다.

목표달성을 위해 정파 간의 이해 다툼이란 시대와 민족, 어느 국가를 막론하고 있는 법. 유독 조선시대의 그것만을 사색당쟁으로 확대해서, 조선인을 유달리 정권다툼에만 눈이 어두워 서로 싸우기만을 일삼는 민족임을 부각시킨 것이 식민주의 사관이다. 식민주의 사관의 음흉한 흉계가 배태시킨 용어들 중의 하나가 임진왜란이다.

일본의 침공에 맞서 7년 동안 조선이 치열하게 싸웠던 '7년 전쟁'이라고 이른바 '임진왜란'을 명명할 때, 조선이 일본을 패퇴시킨 그 전쟁의 참된 의미가 역사적 사항으로 확실하게 되살아날 것이란 생각이다.

2차 대전 후 재편성된 세계질서 속에 강대국의 이데올로기 대리전적

代理戰的 성격을 띤 6·25를 우리는 '6·25' 혹은 '6·25동란'이라고 한다.

북한에서는 그것을 '민족해방전쟁'이라고 부른다. 어떤 용어가 이 남북전쟁의 의미와 실제 파악에 긍정적인가를 말하기는 어렵다. 그러나 '남북'을 굳이 '북남'이라고 주장하고, 가공할 핵무기의 개발을 홍정거리로 삼고, IAEA도 핵사찰 문제 해결을 난감해하는 북한 지배자들의 의도적 명명법을 꿰뚫어볼 필요는 있을 것이다.

어떤 사항을 규정하는 용어는 역사를 또 다른 의미로 바라보게 하는 영향력을 행사한다. 역사는 별 것이 아닌 생활의 축적 바로 그것이 아닌가.

생활 속에서 역사를 규정하는 용어에 대한 검증이 필요한 이유를 여기서 찾고 싶다.

▶ 1993.9.7. 대동일보 컬럼

언어의 상징조작

일상생활에서 주고받는 어줍잖은 말이라도 심상찮은 의미를 담고 있는 경우가 많다. 그렇게 사용되는 말들을 곱씹어 보면 결코 예사롭지 않은 무게가 그 말들에 실려 있음을 알게 된다. 그러나 대개의 경우 이러한 사실에 무관심하고 만다. 말하자면 언어가 가진 예사롭지 않은 의미를 최대한 활용하면서 사람들의 머릿속에 목적한 바를 심어 놓으려는 의도다. 이것을 언어의 상징조작이라 한다.

언어의 상징조작을 즐겨 사용하는 사람들이 정치인이다. 특히 독재자들은 예외 없이 이것을 사용해 국민을 순치하여 자신의 통치를 정당화하려 했다. 그러므로 언어의 상징조작이 횡행하는 시대는 결코 바람직한 시대라고 말하기가 어렵다.

「우리의 맹세」라는 전투적 구호가 지배하던 시대가 있었다. 「혁명공약」이라는 선언적 아포리즘의 암기가 강요되고, 무슨 「헌장」들이 책장을 넘기면 시야를 압도하던 시대도 있었다. 돌이켜보면 그러한 시대는 행복하고 바람직한 인간의 자유가 향유되었던 때라고 말하기 힘든 시대였다.

지극히 지당하고 당연한 말들이 계속적으로 강요되고 되풀이되던 그 속에 위정자의 음험한 자기류의 통치적 기반이 다져지도록 구성되어 있다. 요컨대 백성을 순치하려는 의도가 도사리고 있게 마련이다. 곱씹어 음미하면 엄청난 의도와 목적으로 그 말들의 소름이 끼칠만큼 예사롭지 않은 의미의 틀을 형성하고 있다. 우리들이 일상생활에서 사용하는 말들의 평범한 행렬을 그것은 의도적인 행진으로 만들고 있음을 알 수가 있다.

문민시대文民時代라는 말을 즐겨 사용하고 있다. 5·16쿠데타 이후 30년이 넘게 직업군인 출신의 통치를 벗어났다는 의미에서 이 말은 의미심장하다. 그런데 이 말이 군인이라는 또 다른 구성원에 대한 위화감을 머금고 있다는 것을 짐짓 지나치고 있다.

사회는 여러 구성원과 집단의 공동체다. 따라서 어느 구성원과 집단으 권리와 이익이 두드러지게 옹호되는 듯한 경우는 결코 바람직하지 않다.

그렇게 되면 각기 이질적인 집단과 집단 간의 갈등과 길항에 의해 그 공동체는 혼란을 초래할 염려에서 벗어나기 힘들다.

각각의 구성원과 집단의 이익이 함께 존중되고, 그들 모두의 권익이 함께 보장되는 것이 이상적이다. 따라서 문민이라는 말은 문무文武를 구분하여 양반사회를 형성해서 지탱하던 왕조시대가 아닌 오늘에 있어서는 그 사용이 조심스럽게 조심스럽게 재고再考되는 것이 바람직 하다.

「12 · 12사태」를 두고 '쿠테타적 성격'이라고 규정하고 있다. '쿠테타'와 '쿠테타적'이라는 말의 차이는 무엇인가. '적的'이라는 말은 명사의 어미語尾에 붙어 명사인 원래의 말을 관형사의 용법으로 바꾸는 역할을 한다. 그러므로 '쿠데타적'이라는 말은 '쿠데타와 같은' 또는 '그것과 흡사한'이라는 뜻으로 풀이할 성질의 것이다. '쿠데타로 해석해도 좋고, 엄격하게는 쿠데타로 규정하기에 다소 이견異見이 있을 수도 있다'는 의미의 표현이다. 요컨대 명쾌하고 확실한 개념규정의 표현이라고 할 수 없는 것이 '쿠데타적'이라는 말이다.

「역사의 평가에 맡긴다」라는 말이 있다. 무엇을 맡길 때는 그 대상이 구체적인 사물이 되어야 한다. 「짐을 맡긴다」라고 할 때 그것을 맡아주는 대상이 구체적이어야 함을 생각해 보면 알 수 있는 대목이다. 「역사」라는 말은 명사이기는 하지만 구체적인 물질명사로 보기는 힘든 말이다. 아무래도 그것은 추상명사 혹은 관념적인 말이라고 할 성질의 것이다.

평가는 가치의 비중을 따지고 논하는 것이다. 가치의 무게를 따지고 논하는 것을 관념적이고 추상적인 대상 즉 눈으로 확인할 수 없는 어떤 것에게 맡긴다는 말은 얼핏 보아 책임을 떠넘기는 듯한 말 같지만 섣부른 평가를 삼가고 가장 객관적이고 용량이 큰 저울에 달아보자는 의미도 있다.

역사는 누가 만드는가. 그것은 인간이 만든다. 인간 삶의 궤적과 그 총체적 축적이 역사가 아닌가. 그 인간 자신이 만든 역사에 인간이 만든 사건의 평가를 맡긴다는 것이 무언가 앞뒤가 안 맞는다는 느낌도 들지만 역시 역사는 커다란 용광로임이 분명하고 그 속에서 선철과 쇠 찌꺼기가 구분되는 것이다.

언어의 상징조작, 일상적인 언어 속에서 또는 독재자들이 즐겨 사용하는 언어의 조직적인 선동의 행진에서 아니면 사용하는 사람들의 무책임한 행태에서 우리는 그것을 확인한다. 올바르게 생각하면서 사려 깊게 사용하는 언어생활 그것이 언어의 상징조작이라는 그물에서 벗어나는 길은 아니겠는가.

「언어는 존재의 집」이라는 하이데거의 말은 낡았지만, 아직도 살아 있는 진리다.

▶ 1993.7.28. 대동일보 칼럼

역사에 비친 패자敗者의 초상

평론가 정현기 교수가 즐겨 부르는 노래 중에 「이별노래」가 있다. 최종혁이 작곡하고 이동원이 처음 부른 이 노래를 듣고 있으면 슬픔 같은 것이 마음에 하나의 호수를 만든다. 호수에 안개가 덮이면서 마침내 후두두 비가 내려, 그 비가 만드는 호면의 수많은 흔적이 가슴에 문신으로 새겨지는 것 같은 느낌에 사로잡힌다.

「떠나는 그대/조금만 더 늦게 떠나준다면/그대 떠난 뒤에도 내 그대를 사랑하기엔 늦지 않으리」로 시작되는 노랫말이 정호승의 시라는 것을 아는 사람은 많지 않다. 정호승이 시집 『서울 예수』에 수록한 이 시는 「그대 떠나는 곳/내 먼저 떠나가서 /나는 그대 뒷모습에 깔리는/노을이 되리니」라는 구절에서 보듯이 맑고 깨끗한 언어로 이별의 슬픔을 소박하지만 깊이 있게 형상화하고 있다. 정호승이 제3회 소월시문학상을 받았을 때 두 시인이 한국인의 정서를 평범하지만 정갈한 언어에 감동적인 가락으로 새기고 있다는 점에서 공통적이라는 생각을 했었다.

정호승은 시인이다. 또한 소설가다.

1973년 대한일보 신춘문예에 시 「첨성대」가 당선된 것을 두고 말하면 그는 시인이다. 1982년 조선일보 신춘문예에 소설 「위령제」가 당선된 것을 이야기하면 분명 소설가다. 『월간 조선』에서 기자생활을 하던 그가 직장을 박차고 나와 소설 쓰는 일에 매달리고 있을 때 만났다. 잘되어 가느냐의 물음에 평소와 다름없이 그는 조용하게 미소로 대답을 대신했다. 정호승의 모습은 언제나 조용하고 잔잔하며 얌전한 샌님의 그것이다.

그가 완성하여 내놓은 소설 『서울에는 바다가 없다』는 그러한 그의 모습과는 다른 데가 있다. 격렬하고 때로는 폭우와 같은 분노와 역사에 대한 항변도 있다. 민음사에서 출간된 이 장편소설은 이긴 사람들의 이야기가 아닌 진 사람들의 이야기다.

패자敗者들의 모습을 통해 70년대 숨막혔던 유신시대에 분노하고 있다. 박숙자에 대한 김현국과, 박정희에 대한 김재규의 패배를 기록하려고 한 것이 이 소설이다. 정호승은 역사 속의 패배를 통해 어쩌면 자신의 패배를 투영하려 한 것은 아닐까 하는 생각도 해보게 된다. 자전적 요소가 많은 부분에서 노출되고 있기 때문이다.

소설이 역사가 아니라는 것을 정호승은 잘 알고 있다. 그래서 그는 소설을 통해 역사를 쓰려고 한 것이 아니라 역사 속에 휩쓸려 가는 인간의 운명을 이야기하려고 했다. 김현국과 김재규의 패배는 박숙자와 박정희의 삶이 결코 승리만은 아니라는 것도 아울러 생각하게 해준다. 따라서 『서울에는 바다가 없다』는 소설이라기보다는 역사를 통해 운명과 패배에 대해 생각해보는 하나의 긴 반성문과 같은 느낌을 가지게 한다.

▶ 1993.3.30. 국민일보 김선학의 책읽기

진수만 모아놓은 언어의 심장

왜 책을 읽는가.

누가 뭐라고 해도 그것은 재미 때문이다. 재미없는 책은 속이 빠진 송편처럼 무미건조하다. 맛이 없을 뿐만 아니라 애당초 답답하고 영 대하기가 싫다.

재미란 무엇인가. 그것을 이렇게 말해 볼 수는 없겠는가.

알고자 하는 세상의 모든 것들에 대해 소상하고 친절하게 안내해 주는 것이라고. 가령 관능적인 쾌락 그리고 지적인 쾌락으로 차이를 구분하고 책을 읽는 일이 지적인 쾌락과 관계하는 것이라고 하자. 그래도 책 읽기가 재미와 불가분의 관계에 있다는 것을 부인할 수는 없다.

시를 감상하고, 소설을 독파하고, 수필을 읽는 일들이 모두 재미와 연관되어 있다. 좋은 시, 훌륭한 소설, 뛰어난 수필은 재미를 통해 삶과 세계에 대한 새로운 눈뜸을 제시한다. 그러나 실제로 모든 훌륭한 작품을 섭렵하기란 하늘의 별을 따는 일만큼 불가능하다. 그렇다고 포기할 수는 없지 않는가. 그러지 않아도 되는 방법이 전혀 없지만은 않다. 그것은 다행이다. 좋고 훌륭하며 뛰어난 작품 속에서 그 정수 부분을 따서 모은 책을 접하는 일이다. 이런 책이 그렇게 흔하지는 않다.

지난 1월 중순부터 학교 행정부서의 한켠을 맡아보게 되었다. 여러 사람과 더불어 일을 해야 하고 그 사무적인 책임을 져야 하는 자리다. 이 일이 생각한 것처럼 그렇게 간단하지만은 않다는 것을 실감하고 있다. 서울대학교의 김윤식 교수께서 책을 보내주셨다. 워낙 정력적인 글 읽기와 쓰기를 하시는 분이라 얼마간 부러움으로 또 한 권의 책을 내셨구나 생각하며 소포를 끌렀다. 그것을 예상을 빗나갔다. 경동호라는 분이 주제별로 엮은 『좋은 말 사전』(지문사 간행)이었다. 김 교수께서 쓰신 날개 부분의 안내말을 본 후 읽어나가다가 빠져들고 말았다.

거기에는 동서양을 망라하는 좋은 작품, 훌륭한 책 속에서 그 핵심을 가려 뽑은 빛나는 말들의 행렬이 있었다. 그것은 김 교수가 안내한 글에서 말한 것처럼 「청정한 영혼에서 나오는 소리」고, 「우리의 영혼을 가꾸는 소리」며, 「우리의 마음 우리의 영혼을 한결 더 밝은 마음, 더 깊은 영혼의 소리로만 갈아낼 수 있게」 하는 언어의 심장이었다.

전화를 걸어 김 교수께 고마움을 전했다.

김교수의 느리지만 단호하고 부드럽지만 날카로운 목소리가 전화선을 타고 왔다.

'김형, 어려운 일 맡으셔서 고생이 많겠소. 함께 일하는 아랫사람들에게 가끔 좋은 말 골라 해주었으면 하고 그 책 보냈소'

수화기를 놓고 물끄러미 창밖을 보았다. 봄이 오고 있었다.

▸ 1993.3.16. 국민일보 김선학의 책읽기

역사의 물결에 익사한 사학도

10여 년 전 여름이었다. 은해사에서 며칠을 묵은 적이 있다. 시를 쓰는 장호 선생, 영문학을 하는 오국근 선생과 더불어 은해사에서 묵으면서 그 일대를 하나하나 살펴본 적이 있다. 그때 김성칠이라는 이름을 접할 수 있었다. 장호 선생께서 말씀하시기를 이화여대에서 국어학을 강의하는 이남덕 선생의 부군이 되는 김성칠이라는 뛰어난 사학자가 바로 이곳 은해사가 있는 경북 영천 태생이라는 이야기였다. 그런데 그 분께서 6·25를 피해 고향마을인 영천에 내려와 있던 중 괴한에게 피습을 당해 작고하셨다는 것이었다. 뛰어난 그의 역사인식과 해박했던 그의 지적 면모 그리고 누구도 갖지 못했던 탁월한 언어감각에 대해 장호 선생께서 오랜 시간 설명하셨던 기억이 새롭다.

신문에 5단쯤 되는 전단광고로 책을 선전하는 것에 얼마간 저항감을 갖고 있다. 그것은 상업성과 담합하여 책이 원래 갖고 있는 진지성 혹은 지적 숭고성 같은 것을 망가뜨리는 것이 아닌가 하고 나름대로 생각하기 때문이다.

『역사 앞에서』(창작과비평사)라는 제명의 책을 전단광고로 선전하는 것에 역겹다는 생각을 하면서 신문 페이지를 넘기려다 「김성칠」이라는 이름을 보았다. 다시 차근차근 광고를 살피고 서점에 곧바로 가서 그 책을 샀다.

광복이 된 그해 1945년 10월 괴한에게 저격당하기 이전인 양력 4월 8일, 즉 강남 갔던 제비가 돌아온다는 음력 삼월 삼짇날까지의 일기를 묶은 책이 『역사 앞에서』이다 이념으로 동족이 상잔했던 현장에서 한 역사학도가 바라본 시대와 현실에의 인식이 일기 속에는 적혀 있다.

바로 고향마을의 동족에게 저격당했던 불행한 시대의 희생자인 사학자가 겪었던 6·25의 현장과 해방공간의 혼란. 그 속에서 깊이 사색한 언어의 기록이 바로 이 일기임을 읽으면 읽을수록 확인할 수 있다. 좌익과 우익 어느 쪽에도 설 수 없었던 역사학도의 고뇌는 문득 최인훈이 소설 『광장』에서 형상화한 이명준의 실체를 보는 것 같기도 하다.

누구도 도도한 역사의 물결을 거스를 수 없다. 그 누구도 역사의 큰 실체를 변화시킬수는 없다. 그러나 역사가 하나의 실체인 만큼 그것을 창조하는 주체가 인간임을 부인할 수 있겠는가. 요절했던 불행한 시대의 역사학자 김성칠의 일기 『역사 앞에서』를 읽으면서 인간이 역사의 주체이면서 동시에 역사의 희생물이 될 수도 있음을 알게 된다.

그것은 바로 격동하던 시대를 살았던 우리 선배들의 비극인 것을 몇 번이고 확인하게 해준다. 역사의 물결에 익사한 역사학도의 비극을 거기서 보게 된다.

▶ 1993.3.2. 국민일보 김선학의 책읽기

데뷔문인들의 패기와 순수

한림대학에서 영문학을 강의하는 김재환에게 작은 소동이 있었다. 고등학교 때였다. 그가 신춘문예에 투고했던 시 「시계의 꿈」이 최종심에 올라 심사평에 소상하게 언급되었다. 신춘문예에 우리들 까까머리 고교생도 얼마든지 당선될 수 있다는 가능성을 확인할 수 있었다.

그것은 하나의 소동이고 사건이 아닐 수 없었다. 시를 써서 그 우열을 가리는 백일장이라는 행사에서 좋은 성적을 내었고, 문학적인 재능이 있다는 말을 듣고 있던 우리들에게 자신감을 심게 해 주었다. 재환이는 으쓱해 했고, 그런 그를 부러운 눈으로 바라볼 수밖에 없었다.

신춘문예.

새해 첫날 발표하는 신문사들의 신인작품 모집. 1930년대 이후로 실시한 이 행사를 통해 한국 현대문학의 주역들 대부분이 등장하게 되었다는 의미가 머금어져 있는 말. 그래서 신춘문예는 시인과 작가가 되고자 하는 문학도들에게는 선망의 표적이다. 어떤 이들은 그것을 문학의 「사법고시」라고도 한다. 응모된 수천수만 편의 작품에서 유일하게 당선작이 뽑히는 것을 감안한다면 신춘문예에 대한 이러한 표현을 과장이라고 말할 수만은 없다.

신문도 많아지고 신춘문예를 실시하는 신문사도 그 수가 적지 않아 새해 첫날의 신문 모두를 구입하기가 그렇게 쉽지만은 않다. 그래서 신춘문예 당선작을 모은 작품집이 얼마나 반가운 것인지 모른다. 도서출판 예하에서 89년부터 간행해온 『신춘문예 당선 작품집』은 93년인 올해로 다섯 번째의 묶음이 되는 셈이다.

「혈거시대」, 「상처」, 「소금에 관하여」나 「유비시첩」 등의 시에서 볼 수 있는 것처럼 서정적 가치와 역사적 인식을 다양한 모습으로 언어에 새겨넣는 이전과는 전혀 다른 한국어의 질감과 만나게도 된다. 요컨대 20세기 말의 한국문학이 어디까지 왔는가를 가늠하며 본격문학의 재미를 맛볼 수 있게 된다.

60년대 초반 고등학생으로 신춘문예에 최종심까지 올랐던 친구 재환이는 결국 당선을 따내지 못한 채 시인이 아닌 영문학자로 대학교수가 되었다. 그는 아직도 시인에의 꿈을 버리지 못하고 있는지도 모른다. 오랜만에 춘천 그의 연구실로 전화라도 해봐야겠다.

▶ 1993.2.16. 국민일보 김선학의 책읽기

조양욱의 신일본 탐험기
—『천千의 얼굴 일본 · 일본 · 일본』

조양욱의 글에는 들깻잎에서 나는 향기가 있다. 그러나 어린 시절 나는 그 들깻잎의 향기가 처음에 얼마나 거슬렸는지 모른다. 입성이 까다로웠던 막내인 나는 그랬기 때문에 매우 허약 체질이었고 들깻잎에서 나는 그 향기에 익숙해지기까지 많은 시간이 걸렸다. 조양욱의 글에서 들깻잎의 향기가 난다는 것은, 그의 글들 「한일 수교 20년—두 시간 거리 20년 세월」과 「외국 특파원이 본 대사건의 현장」들을 읽으면서 처음에는 익숙해지기가 몹시 힘이 들었다. 그러나 얼마 후 나는 조양욱의 글에, 지금 들깻잎에 익숙해져 밥상에 그 들깻잎이 없으면 입맛이 영 동하지 않는 것과 같이, 읽으면 읽을수록 친숙함은 물론 분신과 같이 혈육의 정까지 느끼게 되었다.

이와 같이 극히 주관적인 진술을 얼마간 이해해준다면 처음 나는 조양욱의 글에서 대상에 대한 꼼꼼하고 자상하며 날카로운 저널리스트적인 기질에 익숙해지지 못했다는 점이다. 문학을 공부하고 문학적 사유와 방법론에 매달려 있은 탓이었다. 저널리즘과 문학적 사유와 방법론이 뭐 대단한 차이가 있다는 의미는 아니다.

형상화라는 대상의 미적 질서화를 언어구조로 배열한 이른바 정감 위주의 문학적 표현과 삶과 현실의 구석구석을 현미경으로 물체를 살피듯이 자세하고 꼼꼼히 서술하는 저널리스트의 글에는 이성적이며 과학적 요소가 보다 강하게 배어나오게 마련이라는 점이다. 문학에 있어 이 같은 방법론은 오늘날까지도 그 관계자들로 하여금 목청을 돋우게 하는 리얼리즘의 문제가 도사리고 있기는 하다. 그러나 문학은 아무래도 정서와 상관하여 감동을 획득하는 영역을 보다 많이 갖고 있다. 그리고 저널리스트의 글에는 삶과 현실 그리고 당대적 현장에, 곤충이 더듬이로 가는 길의 구석구석을 살피듯이 예민하게 반응하는 설명적 성격이 농후하다고 파악된다. 요컨대 조양욱의 글에는, 그가 저널리스트일 수밖에 없었던 날카로운 현장감각과 삶과 현실을 꼼꼼하게 헤아리는 성실함이 있다. 그래서 나는 그의 글을 읽으면서 이제는 그의 삶과 현실 파악의 방법론이 문학을 공부하는 내게 큰 영향력을 행사하며 내가 가지지 못한(물론 그것은 전적으로 내 우둔함에 기인하지만) 세상읽기에 결정적으로 도움을 준다고 생각하게 되었다.

조양욱이 훌쩍 일본 동경특파원으로 가게 되었다고 말한 지 얼마 되지도 않은 것 같았다. 그런데 불쑥 한 권의 책을 내놓게 되었다고 전화를 했다. 무슨 책이냐고 얼마간 부러우며 놀란 목소리로 물으니까 특파

원으로 가 있는 동안 보고 느낀 일본의 모습을 쓴 것이라고 했다. 그것
이『천千의 얼굴 일본 · 일본 · 일본』이었다. 「한글세대 특파원의 신新
일본日本탐험」이란 부제를 붙인 이 책을 단숨에 읽고 나는 내 자신에게
무한히 절망했고, 조양욱의 저널리스트로서의 기량과 문필인으로서의
저력에 탄복하고 말았다. 자신에게 절망했다는 것은 조양욱이 가진 부
지런함과 성실성, 그리고 그의 필력筆力, 현실과 삶의 현장을 예리하게
꿰뚫어보는 능력에 대한 부러움에서 비롯했다. 그는 이 책의 서문인
「들머리」에서 이렇게 적고 있다.

> '두 얼굴의 일본.
> 이방인들 특히 박제된 일제의 선입견만이 강한 한국인에게
> 이 같은 신주쿠의 혼돈된 밤과 정돈된 낮은 슬그머니 또 하나의
> 당혹과 현기증을 안겨주기도 한다. 그러나 이제 다시 한 번 심호
> 흡을 한 뒤 한 걸음 더 일본사회의 안쪽으로 발걸음을 옮겨보자.
> 거기에서 우리는 '일의대수(一衣帶水)'로 표현되는 이 이웃동네
> 의, 우리와 너무나 흡사하되 너무나 판이한 무엇인가를 발견하
> 게 된다. 때로는 강줄기처럼 하나의 흐름을 형성하는 듯한 그것
> 이 바로 밤의 혼돈과는 달리 패전 후 불과 반세기 만에 승전국
> 미국을 따라잡은 일본적인 낮의 질서일지도 모른다.'

일본의 낮과 밤을 통해 그 역사적 문맥을 짚어보고, 한국인의 의식 속
에 드리워져 있는 일본 파악의 선험적 착각을 냉철하게 지적하고 있다.
우선 여기에서 조양욱이 저널리스트적인 관찰자의 입장을 뛰어넘어 역
사적 문맥 속에서 현실에 대한 인식의 폭과 깊이를 넓히고 심화시킴을
보게 된다. 뿐만 아니라 그것을 어느 쪽에도 기울어진 가치관이 아닌 엄
정한 객관적 입장에서 점검하는 문명 비판적 자리에 성큼 발 들여놓고
있음도 확인하게 된다.

『천卞의 얼굴 일본·일본·일본』은 세 부분으로 나누어져 있다. 첫째 마당 윗동네 이야기와 둘째마당 아랫동네 이야기, 셋째마당 사잇동네 이야기가 그것이다. 나는 조양욱이 이 책 속에서 왜 이렇게 분류했는가를 알고 그가 대상을 보는 총체적이며 종합적인 발상 방법에 찬탄을 금할 수 없었다.

그것은 일본이란 사회 즉 대상을 계층별로 분류하고 그 각각의 모습을 세밀하게 관찰한 다음 그 각각의 특성을 하나로 묶으려는 의도다. 말하자면 상류계층의 모습을 윗동네 이야기로, 일반 서민인 하층민의 이야기를 아랫동네 이야기로, 그리고 중간계층의 이야기를 사잇동네 이야기로 분류해서 그 각각을 세밀하게 관찰하고 있게 된다.

우선 윗동네 이야기의 중간 제목을 일별하면 이 사실은 충분히 납득될 수 있을 것이다.

히로히토 퇴장, 아키히토 등장 / 왕은 죽어 상처를 남기고, 여가수는 죽어 노래를 남기다 / 쥐약을 삼킨 거물들 / 정치 일번지 '나가다쵸(永田町)'의 혼돈

주로 상류계층의 정치판의 모습을 이 제목들에서 알 수 있게 된다. 어쨌든 조양욱의 『천卞의 얼굴 일본·일본·일본』은 '<쑥스러움과 회의>를 무릅쓰고 <하이테크닉>의 고담준론도 아닌 <로우 플라잉>의 허점투성이 책'이라고 그가 겸손하게 진술하는 말과는 전혀 다르게 일본사회를 저공비행으로 샅샅이 들추어낸 한국기자의 일본 보고서다. 어쩌면 보고서라기보다는 일본의 문화와 그 문명에 대한 비판서라고 할 수도 있을 것이다. 문득 나는 일찍이 연암 박지원이 중국을 둘러보고 쓴 『열하일기熱河日記』에서의 섬세함과 부지런함, 그리고 날카로운 관찰력과 필력이 조양욱의 『천卞의 얼굴 일본·일본·일본』에서 되살아

나고 있음을 알 수 있었다.

18세기 말의 중국사회의 모습을 연암이 저공비행으로 날카롭고 섬세하게 드러내주었다면, 조양욱은 20세기 말의 경제대국 일본의 밝음과 어둠 그리고 그것이 있게 한 역사적 문맥까지를 아우르면서 총체적으로 일본을 로우 플라잉으로 검증했다고 말할 수 있을 것이다.

그렇다. 조양욱의 글에는 들깻잎의 향기가 난다. 그것은 얼마나 한국적인 향기인가. 그 향기에 친숙해진 나는, 조양욱의 『천千의 얼굴 일본·일본·일본』을 읽고 그만이 가질 수 있는 저널리스트로서의 능력이 문명비평가로서 도약할 수 있는 사실을 실증할 수 있게 되었다. 확실히 그는 한글세대의 선두주자로서 가장 한국적인 문체로써, 가장 세계적인 열린 안목으로 일본의 모습을 샅샅이 파헤치고 있다. 그것을 『천千의 얼굴 일본·일본·일본』에서 우리는 얼마든지 확인할 수 있게 된다.

▶ 1990 가을호. 책마을

2부
도전과 응전

1장

분단 · 유신 · 물신주의

마음속을 움켜잡는 목소리와 모습

뉴스는 방송의 꽃이다. 누가 뭐라 해도 나는 그렇게 생각한다. 방송의 꽃인 뉴스를 대하는 시간, 문득 세계 속에 놓여있는 자신을 발견한다. 그 세계는 피투성이의 전쟁터일 수도 있고, 살인사건의 현장일 수도 있고, 잔잔히 흐르는 시냇물의 그 깨끗한 물속을 헤엄치는 물고기의 모습일 때도 있다. 그 속에 놓인 나를 확인하고, 그 틈 사이에서 살아가야 하는 일들을 반추하다보면 뉴스는 끝난다. 방송의 꽃은 낙화해버린 것이다. 그러나 꽃이 진 자리의 여백과 여운을 아는 사람은 알 것이다. 그 여백과 여운이 오래도록 눈앞에서 지워지지 않게 되는 경험을 많이 했다.

그런데 어느 날, 그것이 정확히 언제인지를 확연히 말할 수는 없지만, 그 여백에 맑고 밝으며 강한 개성을 지닌 얼굴과 목소리가 오래도록 자리를 했다. 어느 정도 쌀쌀맞은 느낌이기도 했고, 이지적이기도 한 그 모습이 지워지지 않았다. 주로 앵커맨이라고 하여 남자가 맡아하는 뉴스 진행의 후반부쯤에 나타났던 여자 아나운서의 모습이 그것이었다. 훨씬 후에 그 여자 아나운서의 이름이 백지연인 것을 알았고 목소리와 얼굴이 내게는 독특한 개성을 띤 것으로 파악되었다.

　사람이 사람에 대해서 논의한다는 것은 생각하면 두려운 일이다. 이 두려운 일을 겁 없이 해낼 수 있는 배포가 없는 나는 언제나 누구누구에 관한 '론'이란 말에 원천적으로 알레르기를 가진다. 그 알레르기는 자신의 형편없음에 대한 무서움이고 세상사람 그 누구도 나보다 엄청나게 뛰어나다는 확신과 믿음에서 비롯한다. 그런데 도무지 따려야 딸 수조차 없는 하늘의 별과 같은 존재인 사람을 두고 왈가하고 왈부한다는 일이 어디 가당키나 한 일이겠는가. 그럼에도 불구하고 아나운서 혹은 앵커우먼에 근접해 있는 백지연을 두고 무엇인가 말해야하는 일은 괴로움을 뛰어넘어 공포에 해당하는 항목이라는 것을 전제하고 싶다. 그 공포를 방송의 꽃인 뉴스가 끝난 그 꽃 진 자리 내 마음의 여백에 여운처럼 오래 남게 되는 이유를 말함으로써 어느 정도 벗어나고 싶은 것이 솔직한 심정이다.

　사람이 사는 바닥인 이 현실의 갈등하는 현장을 사바세계라고 한 것은 불교의 발상법이다. 어쨌든 사바세계를 극복하기 위해서는 사바세계 자체를 속속들이 알아야 하는 일은 별 볼일이 없는 범부들에게 지워진 멍에일 것이다. 그 멍에를 벗어버리지 못할 때 어둠 속인 무명無明을 헤매고 있는 셈인데 백지연이 전달해주는 사바세계의 가닥들은 그 점을 보다 분명하게 깨닫게 해준다. 이유의 대부분은 목소리에서 비롯하는 것으로 파악되는데 그것이 전부가 아닌 곳에 백지연의 개성적인 자리가 있다고 생각된다. 그것은 사바세계를 보다 투철하게 인식하게 하면서 듣는 사람 자신이 그것을 통해 자신이 무명의 사바세계에 지금 몸 담고 있음을 통절하게 깨닫게 하는 역할을 한다. 그런 다음 그 목소리와 백지연의 얼굴이 함께 자리하면서 사바세계인 현실의 갈등하고 길항하는 진면목이 뚜렷하게 마음의 한 자리를 채우게 된다. 그때 범부인 별볼 일 없는 자신은 어둠 속에서 헤매고 있음을 분명한 가닥으로 움켜쥐게 된다. 아니, 적어도 나에게는 그렇게 생각된다. 그래서 연꽃의 풍만하고 정결하면서 아름다운 모습을 보면서 그 뿌리가 진흙탕 속에 있음을 생각하게끔 해주는 것과 같은 경우라 할 수 있다. 말하자면 백지연의 목소리와 모습을 통해 우리는 목소리와 모습의 그 너머에 있는 사바세계의 진면목을 아프게 감지하게 되는 것이라 할 수 있다. 그 역할을 백지연은 뉴스의 멘트를 통해 전달해주는 특이한 그리고 뛰어난 천부적 품성을 타고났다고 감히 말할 수 있게 된다.

우연히 들춰본 어느 잡지에서 백지연이 대학에서 심리학을 공부했다는 것을 알게 된 것은 얼마 전이다. 그리고 그 잡지의 인터뷰에서 백지연은 아나운서가 되지 않았다면 카운슬러가 되었을 것이라고 말했다. 심리학과 아나운서. 이 대척적인 두 개의 영역을 모르긴 해도 백지연은 하나로 아우르면서 그의 목소리에 담아 전해주는 현실의 갈등 사항을 얼굴 모습으로 거의 완벽하게 용해해, 보고 듣는 시청자의 내면을 사로잡는 것은 아닌가 라고 생각해보게 된다. 물론 어느 분야를 공부했다고 해서 그 분야 아닌 일에 종사하면서 그것을 활용하는 일이 결코 용이한 것이 아님은 불문가지다. 그러나 백지연의 경우는, 내가 파악할 때, 자신이 대학에서 공부한 것을 알게 모르게 방송영역에 흡입시키고 있다고 보인다.

"쟤는 대문 밖에서는, 여러분 안녕하십니까(뉴스의 말투)고, 대문 안에서는 엄마 안녕!(초등학생의 말투)이니 어느 쪽이 진짜냐?" 라는 네 딸 자매의 막내인 백지연을 두고 그의 둘째 언니가 한 말을 잡지에서 읽고 나는 생각하였다. 그것은 둘 다 진짜가 아니다, 백지연의 진면목은 그 강한 개성적인 것을 보편적인 사항으로 전파매체를 통해 전달하면서 사람들의 마음을 꽉 움켜잡는 것이라고…….

▶ 1989. MBC가이드

문학의 생활화

문학의 일반화는 문학의 주체가 일반 대중이어야 한다는 말과는 구별해야 한다. 또한 이것은 그동안 문단 일각에서 거론되는 문학주체 논의와도 구별해서 이해되어야 할 성질의 것이다.

문학의 일반화는 차라리 문학의 생활화라고 말할 수 있는 것이다. 이것은 문학주체인 시인·작가들이 삶과 현실, 그리고 존재에 대해 탐구하여 혈흔이 번진 자신의 언어로 형상화한 작품을 보다 광범위하게 읽히게 할 수 없는가의 문제를 언제나 생각하게 한다.

작품이 모든 사람을 감동으로 감싸 안아 괴롭지만 새로운 성찰과 인식에로 눈떠가게 할 수 있을 때 문학의 일반화는 성취된다. 문학이 생활 속에 살아있는 지혜와 슬기의 원천이 되고 영혼을 밝혀주는 등불이 되는 것이다.

이때 좋은 작품의 생산은 반드시 전제되어야 할 조건이다. 그리고 그 같은 작품에 대한 정보를 전달할 수 있는 매체의 역할이 무엇보다 먼저 중요해진다.

문학 말고도 일컬어 고급문화에 속한다고 할 수 있는 음악과 미술에 대해서도 마찬가지지만 일반인들의 생활과 무엇보다 밀접히 관계하는 신문이 갈수록 이 같은 정보를 축소해가고 있는 듯함은 안타까운 일이다.

가령 신문지면의 구성에서 문학예술에의 항목과 스포츠에 대한 것을 비교해보면 사정은 분명히 드러난다.

스포츠 정보만을 다루는 전문 일간지가 있음에도 불구하고 신문은 매일 스포츠에 관한 정보를 한 면씩 제작하고 있다. 젊은 청년이 세계적인 기록을 세우거나, 연봉의 인상을 두고 티격태격하는 프로선수들에 대한 정보와 평생을 두고 각고刻苦한 작가의 작품에 관한 정보가 같은 비중으로 일반인들에게 전달되고 있다고 신문을 보는 사람은 누구도 자신 있게 말하지 못할 것이다.

일반 대중이 원하고 있는 것에 대한 적절한 대응 못지않게 그들이 바라는 것에 비판적으로 적응하는 일도 중요할 것이다. 말하자면 시류時流에 편승하는 것 못지않게 인간존재의 참모습, 바람직한 삶과 그 터전인 현실을 창출할 수 있도록 일반대중을 정신적으로 이끌어가는 일도 함께 고려되어야 할 것이란 판단이다.

문학의 일반화란 문학의 생활화이면서 동시에 보다 풍요롭고 보람찬 삶에로의 정신적 눈뜸을 능동적으로 행하자는 의미이기도 하다. 튼튼한 몸에 건전한 정신이 깃든다는 말은 옳다. 그러나 건전한 정신이 전제되지 않는 튼튼한 몸은 우리의 삶을 필경은 건조하고 척박하게 할 것이다.

원고료 지원의 지급방법 문제로 문단이 벌집 쑤신 듯 설왕설래하는 그 지원금의 액수가 얼마인가와 기업들이 프로구단을 운영하며 선수들의 스카우트에 드는 비용이 얼마인가를 비교해보면 이 시대 가치의 무게둠이 너무 한쪽으로 치우친 듯 함을 생각하지 않을 수 없게 된다. 이른바 균형감각의 부재다.

포악해진 범죄가 날이 갈수록 늘고, 세상이 너무 각박해져 미풍양속이 말 그대로 피폐해져가는 것은 결국 물신주의에서 비롯하는 정신의 황폐화에서 오는 것이 아닌가. 그 극복을 정신주의를 지향하는 문학의 생활화에서 찾을 수도 있을 것이다. 그래서 문학정보의 제공을 대중매체인 신문이 보다 적극적으로 감당하는 일을 깊이 생각하게 한다. 일요판 문학 부록도 21세기를 바라보는 세기말에서 일간지들이 한번 생각해봄 직한 것은 아닌가.

▶ 1989.12.20. 중앙일보

문예진흥

진흥振興의 사전적인 뜻은 침체된 상태를 떨쳐 일으킨다는 것이다. 따라서 문예진흥이란 문학과 예술의 침체된 상태를 극복하기 위해 적극적인 노력을 한다는 의미를 애당초 갖고 있음을 간과해서는 안 된다. 문예진흥원이 문학과 예술을 위해 무엇을 해야 할 것인가는 이 기본적인 의미를 얼마나 행정적인 사항과 조화롭게 합치하는가에 그 성패가 달려있다고 해도 과언이 아니다.

그동안 작가 · 시인들의 창작의욕 고취와 좋은 작품의 생산을 위해 노력에 합당한 원고료를 문예지가 지급할 수 있게 고료를 지원해온 것은 시행상의 여러 착오에도 불구하고 원고료의 현실화에 공헌해왔음은 부인할 수 없다. 보도에 의하면 그 제도를 전면적으로 재검토하려고 한다. 문예지를 통한 간접지원이 아니라 시인 · 작가에게 직접 지원하는 방법이 검토 내용의 골격이다.

여러 해 동안 지원해왔음에도 문예지가 아직 자생력을 확보하지 못하고 있느냐는 질책도 재검토 속에는 내포된 것으로 보인다. 넘어져 무릎을 다쳐보지 않고 아기가 걸음을 완전히 배울 수 없다는 소박한 이치를 생각해본다면 언젠가 한번은 우리의 문예지도 자생력을 확보하기 위한 아픈 자기 성찰의 과정을 겪어야 한다는 것은 당연하다.

그러나 고료의 지원이 없을 때 잡지제작의 재정적 결손을 막기 위해 지금 수준의 고료를 아주 낮춰버린다든가, 문예지의 분량을 대폭 축소해버린다면 발표의 대부분을 문예지에 의존하고 있는 실정에서는 오히려 한국문학의 진흥에 역작용할 수도 있음을 심각하게 고려할 필요가 있을 것이다. 그래서 직접 지원을 원칙으로 하면서 그에 따르는 부작용을 보완할 수 있는 장치의 창출이 필요할 것이다. 그리고 기왕 지원의 재검토를 할 바엔 문학예술 전반에 대해 진흥원이 해야 할 진흥사업에 대한 새로운 영역도 생각할 시기인 것 같다.

지난날의 문학예술의 유산은 작품 자체만이 아니다. 작품을 제작한 시인과 작가, 예술가들의 눈에 보이지 않는 노력과 각고의 흔적 또한 중요한 유산임을 지나쳐서는 안 된다. 그 각고의 흔적들은 그들이 남긴 작품 외의 유품들에서 그 편린을 헤아릴 수 있게 된다. 시인과 작가를 포함하는 예술가들의 박물관 건립은 그런 의미에서 매우 중요한 의의를 가진다. 또한 신문학 전개 이후 한 세기를 헤아리는 기간 동안 주요 시인과 작가들의 흔적을 구체적으로 복원하는 일도 매우 중요하다.

그들의 생가生家나 작품의 산실들이 더 인멸되기 전에 그것을 복원 간수하는 일은 그 작가의 작품을 간직하는 일만큼 중요함을 깨달아야 한다.

지금의 침체된 상태에서 벗어나는 일을 진흥이라고 할 때 지난날의 작가와 시인·예술가들의 그 치열한 문학예술에의 열정에 대한 흔적을 통해 온고溫故하며 지신知新하는 것은 새로운 문학과 예술의 지평 개척에 적극적으로 작용할 것이다.

그것이 곧바로 문예진흥과 연결되는 것이 아닌가. 올림픽에서 금메달을 획득한 사람들의 친필 사인 기념탑도 세우는 우리들이 이 땅의 문학 예술가들의 기념비와 박물관 건립은 팽개쳐 두고 그들의 작품 산실은 인멸되는 대로 방치해두는 것은 무엇인가 잘못되어 있는 것이 아닌가. 그 같은 일에도 이제 관심을 기울이고 적극적으로 나서야 할 때다.

▶ 1989.10.30. 중앙일보

문학과 불교의 만남

동국대학교 역경원譯經院에서 착안하고, 동국대학교 부설 한국문학연구소에서 기획 편집한 『시詩와 불교佛敎의 만남』이란 5권의 책이 간행되었다.

문학과 불교를 접목시킨 시를 평이한 에세이 비평으로 묶은 것은 한국문학사상 처음 있는 일로 주목에 값한다.

종교는 '믿음'의 차원이고, 문학 특히 시는 '언어'라는 도구를 통한 '창조적 작업'이란 면에서 이 둘은 원래 거리를 갖고 있다. 그러나 '믿음'이 깊은 영혼의 응집과 관계하고, 문학에서도 특히 시는 영혼과 언어의 결합임을 생각할 때, 이 둘이 전혀 별개의 것이 아님을 알 수 있게 된다.

특히 불교는 우리 민족의 정신세계를 오랫동안 결정적으로 지배해온 신앙이고, 오늘날 우리의 정신세계에 그 자락을 깊게 드리우고 있다는 것을 부인할 수는 없다. 그래서 그 정신세계에 닻을 내리고 있는 시 정신이 언어로써 건져 올린 한국 현대시, 즉 갑오개혁 이후 오늘에 이르기까지의 시에서 불교의 세계와 맞물리는 100편을 골라 30여 명의 현역

시인과 수필가 및 문학평론가들이 해설한 것은 문학적인 측면에서도 의미가 심장하다고 아니할 수 없다.

"불교를 제쳐두고 한국문화를 생각할 수 없듯이 시를 접어두고 한국 불교를 헤아릴 수는 없다. …… 따라서 『시와 불교의 만남』은 단순히 불교를 시로써 풀이하는 작업이 아니다. 천 년을 넘게 헤아리도록 이 땅에 스며있는 불교적 요소의 근원이 인간정신의 집약인 시어 속에 한국말의 씨와 날에 올올이 결집된 가닥 가닥을 풀어내는 일이다. 또한 이 일은 아직도 미답인 채로 남아 있는 한국 불교문학의 테두리를 설정하는 일로 확대되는 첫걸음이어야 할 뿐 아니라, 우리들로 하여금 한국문학사를 새로이 읽어야 할 영마루에 올려놓아 준다."고 이 책의 성격과 그 의의를 김장호 교수(한국문학연구소장)는 간행사에서 밝혀놓고 있다.

책 속의 어느 부분을 읽는다고 해도 이 간행사에서 말하고 있는 의도와 의의를 확인할 수 있는 것은 하나의 기쁨이 아닐 수 없다. '불교 → 한국문학 → 시'로서의 형상화를 필자들은 불교적 사유에서 출발하는 문학적인 안목으로 깊이 있게 천착하고 있다.

뿐만 아니라 수록한 시인들을 살펴보면 그것이 바로 한국 현대시사의 조감도임을 알 수 있게도 된다. 정인보 · 이광수 · 최남선 · 주요한 · 김동환 · 한용운 · 유치환 · 서정주 · 김소월 · 박두진 · 박목월 · 조지훈 · 조병화 · 허영자 · 오세영 · 김남조 · 김초혜 · 김지하 · 문정희 등이 그 주요 이름들이며, 그들은 바로 한국현대시의 흐름을 주도했으며 주도하고 있는 시인들이다.

불교와 문학의 만남을 확인하고 그 사연을 가닥가닥 풀어내는 일은 필요하다. 그것은 메마르고 황폐화되어 가는 현대인의 마음에 촉촉이 젖어드는 봄비 같은 역할을 감당할 것이다. 또 그것은 속악한 말초적 관능문화와 저질적이고 변태적인 같잖은 수필, 얄팍한 감상주의 정서에 대응하여 소금의 역할을 할 것이다.

중생을 제도하고 진리를 구하는 인간 영혼의 응집된 모습이 언어에 인각된 불교문학의 위상 정립은 시급한 과제라고 파악된다. 이 같은 사정 속에서 발간된 『시와 불교의 만남』은 한국 불교문학의 위상정립에로 성큼 다가서게 하는 의미로 확인된다. 뿐만 아니라 한국문단과 불교계에 신선한 충격으로 기록될 수 있을 것이란 평가를 가능하게 해준다.

▶ 1989.9. 대원

들려주고 싶은 이야기, 만약에

갑오개혁은 다른 말로 갑오 농민혁명이라고도 한다. 그 주동인물은 다 알다시피 전봉준이다. 1894년의 이 사건이 조금만 늦추어졌다면 청일전쟁이 더 늦게 일어났거나 발발하지 않았을 수도 있었을 것이다. 그랬다면 일제의 한국 병탄이 얼마쯤 차질을 가져오게 되었으리라는 짐작은 충분히 상상할 수 있는 상황이다. 어떤 시간적인 계기가 한 국가의 운명과 매우 심대하게 관계하고 있음을 설명해주는 예라 할 수 있을 것이다.

단테는 이탈리아의 대문호다. 그의 『신곡』은 웅혼한 대서사시로 진, 선, 미의 능력이 어떻게 인간구제에 도움이 되는가를 노래하였다. 그의 이 작품은 베아트리체의 만남이 없었더라면 이루어지지 않았을 것이라고 생각하는 사람들이 대부분이다. 말하자면 천사같이 아름다운, 아름답다고 단테가 생각한 그녀와 어린 시절 피렌체에서의 만남이 그 대작을 낳게 한 직접적인 계기가 된 것이다. 베아트리체가 요절하지 않고, 잠깐 동안 단테와 만나지 않았다면, 그때 두 사람 중 누군가가 조금만 늦거나 빠르게 그들이 만났던 장소를 지나쳐버렸다면 『신곡』의 탄생은 이루어지지 않았을 것이다.

싯달타 왕자는 그의 아들이 탄생한 날 한밤중에 왕궁을 등지고 고행의 길에 나선다. 그의 출가가 라훌라라고 이름 지은 아들의 탄생이 없었거나 늦게 이루어졌다면 삶에 대한 깊은 명상을 요구하는 불교의 출현은 보다 많은 시간이 더 흘렀어야 했을 것이다. 어쩌면 불교는 사바세계에 그 모습을 보이지 않았을지 모른다. 라훌라의 의미기 장애물이라는 것에서도 이 점은 확실해진다. 자신의 아이 이름을 장애물이라고 짓다니…… 싯달타는 샤카족에서 깨우친 사람인 샤캬무니 즉 석가모니釋迦牟尼가 되었다.

유다의 배반을 예수는 알았다고 바이블의 기술자記述者들은 적고 있다. 은 30냥에 예수를 로마 병정에게 판 유다를 최후의 만찬에서 다른 제자들로 하여금 감금하게 하였다면 예수가 잡히지는 않았을 것이다. 십자가에 매달리지는 분명 않았을 것이다. 그 시간이 조금만 더 늦어져서 유다가 병정들에게 예수의 모습을 알릴 기회가 주어지지 않았다면 십자가와 부활의 그 드라마틱한 기독교의 이야기는 결코 들을 수 없지 않았을까.

해방 후 남로당에서 전향한 양한모의 이야기를 언론계 원로의 회고담을 통해 읽었을 때 그때 그 시간이라고 하는 순간의 엄청난 위력을 절감할 수 있었다. 양한모의 전향이 조금만 더 늦었다면 엄청난 비극이 야기되었을 것임을 그 회고담은 양한모의 입을 통해 이렇게 적고 있다.

"평양 지도부는 서울 시당부의 무력 폭동과 연계투쟁을 하기
위해 6월 1일에서 8월 12일 전후까지의 사이에, 오대산 일월산
명지산 용문산 등에 이르기까지, 총 300여 명의 빨치산을 침투
시켜 서울지도부의 무장폭동을 지원하려 했다. (중략) 9월 20일

까지는 무장폭동을 일으키고 서울을 점령하라는 지시를 받았
다. 나는 기본 간부와 모든 당원들에게 당내 기밀을 고수하여 만
일에 수사당국에 피검될 경우 죽음으로써 당을 수호할 것을 강
력하게 명령하고 당 간부들의 신변을 예의 주시했다. (중략) 그
러나 9월 20일의 혁명을 향해 천인공노할 어마어마한 무장폭동
을 준비해갔었던 내가 국운이라고나 할까. 그날을 며칠 앞둔 49
년 9월 16일 정오경, 무교동 아지트에서 대한민국 경찰당국에
의해 체포되고 말았다."

만약 양한모의 체포가 조금만 늦었다면 어떻게 되었을까. 남로당의
무장폭동에 의해 서울은 쑥밭이 되고 많은 무고한 시민들이 피를 흘리
고 한국의 현대사는 그 방향을 많은 부분 달리 했을 것이다. 6 · 25 전야
에 있었던 이 일은 그래서 우리에게 순간순간의 시간들이 얼마나 중요
한 의미를 가지는가를 새삼 되새기게 했다.

사람의 입에 널리 오르내리는 한용운의 시 「님의 침묵」에 이런 구절
이 있다. "날카로운 첫 키스의 추억은 나의 운명의 지침을 돌려놓고 뒷
걸음쳐서 사라졌습니다." 이것은 결정적인 만남의 순간이 인간의 운명
까지 바꿀 수 있음을 촌철살인하고 있다. 부처님이 말씀하신 진리의 세
계와 만난 것을 키스로 표현한 것은 매우 탁월한 시적 표현임을 지나쳐
서는 안 된다. 좀 늦게 이러한 불교의 덕목과 조우했다면 한용운의 수도
와 시적 성취는 얼마간 길을 잃어버리고 말았을 것이다. 뿐만 아니라
"타고 남은 재가 다시 기름"이 된다고 생각하여 일제와 맞서는 불굴의
독립운동을 할 수도 없었을 것이다. 그래서 우리는 탁월한 한 사람의 시
인과 불교사상가와 독립투사를 역사의 갈피 속에서 찾지 못하고 말았
을 것이다.

사실 '…했더라면'하는 가정적 사항은 시간을 말하는 경우 특히 우리
들에게 많은 것을 생각해 볼 수 있는 기회를 제공한다. 그것은 이루어진

현상과는 반대되는 자리에 늘상 자리하여 상상의 나래를 맘껏 펼치게 해준다. 주역周易에서 말하는 운명을 결정하는 4가지 요소 즉 사주四柱에 시간이 들어있음은 결코 우연한 일이 아님을 이 대목에서 알 수 있게 된다. '그때 내가 태어나지 않았다면' 내 운명은 달라졌으리라는 믿음을 가졌던 것은 일반적으로 미만해 있던 생각이었던 것 같다.

불교의 용어에 '수유'와 '찰나'가 있다. 눈 깜짝할 정도의 짧은 순간을 말하는 단어다. 어떠한 상황이든 만남은 아주 짧은 순간에 이루어지는 법이다. 그러나 그것은 결정적인 역할을 일컬어 역사라고 하는 것에 행하게 된다. 조금만 더 빠르다든가 늦은 것은 그 찰나와의 만남을 형성하지 못한 것에 해당한다. 그러므로 역사를 형성하지 못한 그 현상은 언제나 상상력으로밖에 이해할 수 없다. 그런데 이것을 시인과 작가들은 즐겨 이용하고 있다는 것은 주목할 만하다. 시인과 작가들은 '수유'와 '찰나'의 그 짧은 순간의 만남을 상상으로 재구성하면서 영겁이라는 저 한량없이 긴 시간과의 연결을 시도하는 것인지도 모른다.

라이너 마리아 릴케는 이렇게 노래한다.

"마지막 과일들을 익게 하시고
이틀만 더 남국의 햇빛을 주시어
그들을 완성시켜 마지막 단 맛이
짙은 포도주 속에 스미게 하십시오.

지금 집이 없는 사람은 집을 짓지 않습니다.
지금 고독한 사람은 이후에도 오래 고독하게 살아
잠자지 않고 읽고 그리고 긴 편지를 쓸 것입니다.
바람에 불려 나뭇잎이 날릴 때, 불안스러이
이리저리 가로수 길을 헤맬 것입니다."

시인은 이틀이 늦추어지지 않았으므로 외롭게 이리저리 헤매고 다닌다는 것을 비감하게 읊조린다. 이틀이 더 늦추어진다면 단맛이 스며든 포도주를 마시며 삶을 즐거이 예찬할 것이다. 책을 읽고, 글을 쓰는 그 고독함을 훌훌 털어버릴 수 있을 것이다. 시간이 조금도 더 늦추어지지 않았기에 릴케는 그 그리움과 아쉬움으로 시를 쓴 것이 아니겠는가.

언젠가 그때 시간이 조금만 더 늦추어지거나 빨라졌으면 하는 것은 이루어질 수 없고, 이루어지지 않은 것에 대한 인간의 영원한 바람과 동류항인지 모른다. 어쨌든 그것은 우리의 마음속 상상의 터전을 넓히는 데 언제나 적극적이고 그곳에 바람과 아쉬움의 말뚝을 박게 해준다.

『삼국유사』에 수로부인水路婦人의 이야기가 있다. 그 부인은 천하의 절색이었던 것으로 보인다. 물론 현실성이 결여된 신화와 설화적인 요소가 정사적正史的인 리얼리티와는 얼마간 거리가 있음을 알게 된다. 그러나 그 속에 나오는 한국인의 모습에서 우리 조상들의 본래 얼굴을 대하는 것 같고, 잊어버리고 있던 산하山河에 새삼 경이의 눈길을 돌리게 되는 것이다. 일연一然은 수로水路의 아름다움을 이렇게 진술한다. 자세와 용모가 너무 빼어나서 깊은 산 큰 못을 지날 때 매양 정령들에게 붙잡히는 경우가 많았다고.

순정공인 그녀의 남편이 강릉태수로 부임하는 길을 따라가던 수로는 동해 바닷가에서 가파른 낭떠러지에 아름답게 핀 꽃을 발견한다. 그것이 갖고 싶어 수로는 같이 가는 일행에게 저 꽃을 꺾어 달라고 부탁을 한다. 너무 가팔라 아무도 엄두를 내지 못하고 있을 때 소를 몰고 그 곁을 지나가던 노인이 한 분 수로의 청請을 이루어준다. 잡고 가던 소고삐를 놓고 벼랑으로 올라가 꽃을 꺾어 수로에게 주면서 부른 노래, 「헌화가」는 이렇게 탄생한다. 간단한 그 노래의 내용은 이렇다.

그때 꽃이 그렇게 피어 있지 않고 수로가 그곳에 없었다면, 아니 그 무엇보다 그곳을 노인이 지나가지 않았고, 조금만 늦게 그곳을 지나갔다면, 노인은 수로를 만나지 못했을 것이다. 「헌화가」의 탄생을 기약할 수는 없었을 것이고 한국 시가문학의 도입부는 얼마쯤 삭막하였을 것이다.

수로가 동해 용왕에 납치당했을 때도 어떤 노인의 처방이 효력을 발생한다. 그 저간의 사정을 『삼국유사』는 이렇게 적어놓고 있다.

"… 홀연히 용이 나타나 수로부인을 납치해 바닷속으로 들어가 버렸다. 순정공은 허겁지겁 발을 구르며 야단을 쳤으나 아무런 계책이 나서지 않았다. 또 한 노인이 지나가다가 알려준다. '옛사람의 말에 뭇사람의 입질은 쇠도 녹인다고 했는데, 이제 바닷속의 용이 뭇사람의 입질을 두려워하지 않을까 보오. 경내의 백성들을 모아들여 노래를 지어 부르며 막대기로 바닷가를 치노라면 부인을 찾을 수 있으리라.'"

수로와 노인의 만남이 이르지도 늦지도 않는 제 시간에 정확히 이루어졌으므로 수로는 납치에서 돌아올 수 있었을 것이다. 만약 바닷가에 노인의 당도가 늦어졌다면 용궁으로 간 수로의 귀환은 기대하기 어려웠을 것이다. 이러한 만남의 아름다움이 어려운 삶의 숙제들을 풀어주고 있는 경우를 우리는 얼마든지 목격할 수 있다.

봄부터 소쩍새가 울고, 천둥이 먹구름 속에서 그렇게 운 자연과의 만남 속에서 국화꽃은 핀다고 서정주는 「국화 옆에서」에서 절실하게 말하고 있다. 만남의 불교적 표현은 인연이다. 이 인연의 질기디질긴 끈에서 사람은 결코 자유로울 수 없다. 그러므로 조금 빠르고 늦은 것을 말하는 것은 어쩌면 결코 자유로울 수 없는 인연의 굴레에서 벗어나고 싶은 바람의 표출이라 할 수도 있으리라.

그 인연의 끈을 저 구라파의 독특한 철인 니체는 운명이라고 말했던가.

그래서 그는 차라리 운명을 사랑하라고 했다. 그것에의 사랑이 운명을 극복하는 길이고 허무에서 초월하는 의지를 길러 초인이 되는 첩경임을 그는 역설하였다.

시간과 인연의 관계는 그래서 그것으로부터 우리가 벗어나야 함을 은근히 제시해주고 있다. 어쨌든 인간은 시간 속에서는 유한한 존재일 따름이다.

▶ 1989.9. 아남시계 사보 창간호

문학상 심사

결실의 계절이다. 뿌리고 가꾼 만큼 거두어들이는 이 계절에 발표된 작품들의 성과에 대한 평가를 가늠하는 많은 문학상이 그 수상작을 발표할 것이다.

문학상의 종류가 많고 그것이 다양하다 함은 얼마든지 환영할 만한 일이다. 문학에 대한 관심과 영향이 평가절하 되는 시대적 정황에서 그것은 문학에 대한 관심의 환기를 위해서 그렇고, 사기가 저하되는 작가들의 창작의욕을 북돋워 준다는 의미에서 더욱 그렇다. 좋은 작품의 생산에 문학상이 적극적이고 능동적으로 작용한다면 한국문학의 질은 더욱 알차질 것임은 분명하다.

그런데 대부분의 문학상은 수상작품의 선정과정에 대한 보다 자세한 경위발표에 소극적이고, 수상작품 선정에 결정적인 역할을 담당하는 심사위원 선정에 많은 문제점을 갖고 있다. 수상작품선정과정에 대한 경위발표의 소략함은 문학상 자체의 권위를 약화시키는 하나의 요인이 될 것이다.

선정과정에 대한 설명이 심사위원들의 짤막한 심사평에 의존할 수만은 없다. 문학상을 주관하는 해당기관에서 작품선정까지의 과정은 물론 가능하면 심사위원들의 심사평과 아울러 최종 후보작들에 대한 분명한 태도표명의 방법 중 하나에 최종후보작에 대한 점수제의 도입도 생각해볼 만하다.

만점을 얼마로 할 때 자신은 그 작품에 대한 평점을 얼마로 한다는 것이 공개될 때 심사위원들의 수상작에 대한 책임은 보다 뚜렷해질 것이다.

'문학작품을 점수로 환산할 수 있는가'라는 반문은 이 경우 설득력을 가지지 못한다. 수상작품은 어차피 한 편이나 한 작가에 국한될 수밖에 없는 일이다. 그렇다면 다른 후보작가나 작품에 대한 분명한 태도 표명은 애당초 심사위원에게 지워진 명에임을 부인할 수는 없겠기 때문이다.

심사위원 선정에서의 결정적인 문제점은 대부분 문학상 심사위원의 고령화 현상을 들 수 있다. 광복 후 지금까지 도맡아 심사에 참여하는 일컬어 원로들은 일제식민지 치하에서 문학적 감수성을 가꾸어온 분들이다.

감수성의 혁명 없이 새로운 문학적 지평 개척이 어려운 것임을 감안한다면 심사에 장기 집권하는 원로들의 교체는 필요하다. 새로운 감수성과 시대정신으로 형성된 평가 안목의 구현이 수상작 선정에 작용될 수 있도록 심사위원 구성에 변화를 가져오게 해야 할 것이다. 심사위원이 원로라는 것만으로 그 상의 권위가 보장된 것이란 생각은 너무 순진하다.

심사위원들의 겹치기 출연도 지양되어야 한다.

문학상이 많다고는 하지만 작가들의 수에 비교해본다면 흡족한 것이라고 말하기는 어렵다. 그런데 문학상 심사에 겹치기로 참여하는 심사위원들이 존속한다는 것은 다양한 문학적 평가시각에 걸림돌이 될 수밖에 없다.

수상작의 선정이 공정성과 객관성을 결여하고, 정실에 치우쳤다는 후일담은 심사위원 구성의 변화시도에 의해 불식시킬 수 있을 것이다.

▶ 1989.9.18. 중앙일보

라이너 마리아 릴케의 연인들

라이너 마리아 릴케의 일생은 방랑의 연속이었다. 그가 살았던 52년의 생애는 여행과 고뇌와 몸서리치는 고독의 늪 속에서 허우적거린 아픔과 성찰의 시간들이라 할 수 있다. 한 곳에 안주할 수 없었던 그의 생애처럼 릴케는 한 사람의 연인에게서 사랑을 충족할 수 없었다. 그가 26살 때 결혼한 부인, 조각가 호프를 제외하고도 그의 생애 속에 떠오르는 연인은 그 수가 많다. 고독과 방랑 속에서 만나고 헤어졌던 그들 중에 유독 눈길을 끄는 연인들만도 여러 명이 된다는 것이 이 점을 밝히 설명해준다.

19살 때『인생과 소곡』이란 시집을 간행하여 바쳤던 포병장교의 딸 로온벨트, 회고록에서 '나는 릴케의 아내였다'고 스스로 고백한 살로메 부인은 결혼 전의 연인들이다. 특히 러시아 여행을 함께 한 살로메 부인은 젊음을 불태우며 몰입했던 사랑의 질퍽거리는 공간이라 할 만하다.

변태적인 어머니의 사랑으로 다섯 살까지 머리를 길게 길렀고, 계집 애 옷을 입은 채 자랐던 릴케의 유년기는 30이 넘은 나이에 만났던 탁시 스 후작부인과의 사랑에서 큰 영향력을 행사한다.

릴케는 그녀와의 사랑에서 언제나 수동적이다. 그녀의 소유인 두이 노성에서 오래 머물렀던 것이 그렇고, 이탈리어에 능통한 그녀와 단테 의『신생』을 번역하려한 시도가 그렇다. 그녀의 정신적인 후원과 경제 적인 도움에서 휴식과 안도감을 찾으려는 약한 심성의 한 여성화된 남 성을 보는 것은 릴케의 유년기 성장과정과 결코 무관하지 않다.

탁시스 후작부인의 넉넉함과 모성애적인 지극한 사랑이 불멸의 절편 인 「두이노의 비가」를 릴케로 하여금 남기게 한다. 가만히 입 속으로 뇌이어 보아라. 라이너 마리아 릴케. 이 얼마나 부드러운 음색의 여성적 인 이름인가. 탁시스 후작부인은 오히려 이 여성적인 남성을 푸근하게 해주고 보살펴주는 어머니의 역할을 감당했다. '사랑이 어떻게 너에게 로 왔던가 / 햇빛처럼 꽃보라처럼 / 또는 기도처럼 왔던가'라고 릴케가 말했던 '햇빛'과 '꽃보라'와 '기도'의 실체가 탁시스 후작부인이었음을 알게 되는 것도 바로 이런 연유에서다.

벤베누우타라고 릴케가 불렀던 하팅베르크 부인은 피아니스트였다. 뮌헨, 빠리, 베니스를 그녀와 함께 여행하면서 릴케는 또 다른 여인에게 로 향하는 방랑벽을 버리지 못한다. 그것은 섬약한 그러나 고뇌와 고독 에 너무 민감하게 대응하는 시인의 천성에서 비롯되는 것이었으리라. 뮈조트 성으로 발걸음을 함께 한 연인이 화가 콜로소브스카다. 릴케는 그녀를 메르리이니라는 애칭으로 불렀다. 이 연인과 거닐었던 뮈조트 성에서 릴케는 장미 가시에 찔린다. 그것이 급성 백혈병의 증세로 확산 되어 그는 눈을 감는다. 어느 곳에도 머물지 못했고 머물 수도 없었던 고독과 방랑으로 점철된 섬약한 시인의 너무나 시적인 결말이었다.

햇빛과 꽃보라처럼 찬란하고 화사하며 기도처럼 경건하고 아름다운 여인 탁시스 후작부인의 모성애 같은 사랑에도 안주하지 못하고 숨진 라이너 마리아 릴케. 그는 어느 연인에게도 정착할 수 없었던 사랑의 방랑자다. '바람에 불려 나뭇잎이 날릴 때, 불안스러이 / 이리저리 가로수 길을 헤맬 것이다'라는 그의 시 「가을날」의 마지막 구절처럼 그는 많은 연인들 사이에서 영원히 헤매고 방황하였다.

▶ 1989.5~6월호. 에바스화장품

꽃과 열매

꽃이 피어야 열매가 열리듯이 작품이 있는 곳에 문학의 비평과 이론은 제자리를 찾는다. 일컬어 작품을 일차적 언어라 하고 비평과 이론을 이차적 언어라 말하는 까닭이 여기서 비롯한다.

영근 열매 속에는 씨앗이 있다. 그 씨앗은 땅에 심어져 싹을 틔우고 잎이 달리면서 꽃을 피우게 된다. 요컨대 작품에서 비롯한 비평과 이론의 핵심이 이후에 생산되는 작품에 중요한 역할을 작동할 수 있음을 여기서 찾게 된다. 문학의 이론이 이차적 언어임에도 불구하고 스스로의 영역을 가지면서 작가에게 작용하는 구체적 사정을 헤아릴 수 있게 해주는 대목이다.

이러한 논의는 결국 문학의 실체가 작품이라고 하는 것을 강조해주는 진술에 다름 아니다. 이것을 부정할 때 문학의 혼돈은 도래한다. 그러한 현상이 도래했던 시절을 한국문학이 가지고 있음을 잊을 수 없고 잊어서도 안 된다.

사람들은 꽃이 피어나는 토양을 많이들 이야기한다. 그것은 작품이 생산되는 사회적 정황인 현실이 아니겠는가. 그 정황은 매우 복잡하고 어느 하나만이 아닌 다양한 것들의 총체적 모습이다.

한 해를 마감하는 자리에서 돌이켜보면 작품의 텃밭인 사회적 정황의 그 소용돌이를 짐작할 수 있게 된다. 격동·격변 혹은 전환기라는 말로 이것들은 지칭되어질 것이다.

그 같은 토양에 뿌리내린 작가의 정신이 언어를 가지고 작품이란 꽃을 어띤 모양으로 개화시켰던가. 비평과 이론은 이 점에 맹목하고 있었다. 맹목 했다기보다는 관심이 없었고 저마다 어디선가 가져온 열매를 가지에 억지로 붙이려 한 형국이 되고 말았다. 제 뿌리에서 돋아난 싹이 줄기와 잎을 만들고 꽃망울을 터뜨려 결실하지 않은 열매가 어디 제대로 된 것이겠는가.

이른바 민족·노동·민중 혹은 순수문학 등등의 이론들이 문학의 실체인 작품에서 출발했다고 자신 있게 말할 수 있는가. 한국문학 당대의 문제 사항이 여기에 도사리고 있음을 지나쳐서는 안 될 것이다. 이러한 사정을 헤아려보지도 않은 채 허우적거리며 그 같은 논의들이 주장하는 길을 따라 언어를 가지고 허둥대는 작가들이 있음도 사실이다. 허둥댄다는 것은 꽃을 피우지도 않고 열매를 수확하겠다는 것과 다를 바 없다. 그것은 작품으로서의 형상화 이전 상태라고 할 수 있을 것이다.

'콩코드 광장의 단두대는 녹이 슨 채 / 루이의 모가지를 기다려 목이 마르다'라고 「시」라는 이름으로 발표된 섬뜩한 구절에서 이러한 사항을 뚜렷하게 확인하게 된다. 또 '이론가들의 목소리는 높지만 이렇다 할 작품은 드문 것 같아 아쉽고…'라는 민중문학 주창 계열인 어느 중견 작가의 심경 토로도 이 해를 보내면서 한국문학 담당자들이 **뼈아프게** 새겨야 할 대목이라 확실히 말할 수 있게 된다.

▶ 1988.12.28. 중앙일보

논의의 만화방창 시대였다. 그러나 그 논의가 큰 줄기로 통합, 형성하지 못한 시기이기도 했다. 줄기가 없는 가지 끝에 매달린 나뭇잎을 보는 것 같은 안쓰러움과 안타까움이 이 시대를 뒤덮은 비평적 풍토의 정확한 자기검증이다. 막아놓았던 물이 방죽을 넘어 범람하자 둑이 무너지고 망연자실한 사람들이 저마다 한마디씩 내뱉은 형국이 되었다. 못자리를 해 놓은 뒤 무논에서 시끄럽게 울고 있는 개구리들의 소리를 들어보았는가. 그 소리들은 다만 소리에 그치고 있었다. 그 소리를 하나로 모아 담화와 쟁론을 통한 승화의 단계를 거치지 못한 것은 한국문학 평단의 어제오늘 일만은 아니다.

이런 사항을 첫째로 들 수 있을 것이다. 납 · 월북 작가들의 해금조치. 이 해금조치는 그러나 정치적 정황에 의한 정책당국자들의 '단안'에 의한 결정이었다. 이와 같은 결정이 이처럼 정치적 정황에 의해 결정될 수 있었다는 것은 그동안의 평단이 얼마나 적막강산이었던가를 말해주는 구체적 징표이기도 했다. 이른바 전문가라고 말해지는 몇 사람의 강단 비평가들이 참석한 회의에서 그 토론의 시말이 어떠했는지를 알 수가 없었다. 해금조치는 결정되었고 그 해금조치에 대해서는 물론 해금을 한 작가들의 문학적 위상에 대한 논의가 심층적으로 활발하게 진행되지 않았다. 그렇게 될 수밖에 없었던 것은 당연한 일이다. 그동안 이 문제에 대해 한국평단은 적어도 꿀 먹은 벙어리 꼴이었다. 정황적 여건을 거론할 일이 못된다. 명철보신 위주의 자리 지키기에 급급한 결과였다. 산발적인 논의가 한 곳으로 모아지고 과연 한국문학사의 공백에 그들이 차지하는 위치가 어떠한가를 지금이라도 확인해야 할 것이다. 어떠한 경우에 있어서도 문학적인 사항이 다른 정황적 여건에 의해 좌지우

지된다는 것은 문학을 정치적인 종속구조로 만드는 일에 동참하는 일이다. 문학적 논쟁의 괴롭지만 긴 터널을 거쳐서 해금조치가 이루어졌다든가 아니면 오래전부터 그 같은 일을 한국의 문학 평단이 주도했다면 다음과 같은 어느 비평가의 반 푸념적 진술은 불필요했을 것이다.

'해금은 월북문학인들에 대한 평가의 끝을 뜻하지 않는다. 솔직히 말하면 이제부터 우리 작업이 시작되는 것이다. 단적으로 말해서 해금은 우리에게 아주 큰 과제를 안겨준 셈이다.'

민족문학의 주체에 관한 논쟁을 두 번째 사항으로 들 수 있을 것이다.

흔히 '문학과 사회' 그룹과 '민중적 민족문학'을 내세우는 측의 대립으로 이 사항은 말할 수 있다. 그러나 이것은 창작의 주체인 작가와 시인들의 실질적인 창작 작업이 이들 이론에 동반되지 않을 때 이론을 위한 이론의 범주를 넘어서기가 어려워진다. 작품을 일차적인 바탕으로 하지 아니한 이론은 필경 문화외적인 이론들과의 연계관계를 형성하게 될 것이고 그것은 결국 문학의 실체인 작품과는 언제나 거리를 두게 된다는 점을 이들 논자들은 짚고 넘어가야 할 것이다. 비평은 그리고 문학의 이론은 문학의 실체인 작품을 읽고 해석하고 평가하는 일이 축이 되는 영역에서, 문학이 삶과 관계하고 그 현장인 현실과 맺어져 있다는 곳에서 출발해야 할 것이다. 문학의 이론은 궁극적으로 왜 필요한가. 그것은 한마디로 바람직한 문학의 실체인 작품의 실현을 위해서가 아닌가.

국제 펜 대회의 해프닝을 세 번째 항목에 넣을 수 있을 것이다. 대회는 행사의 차원이지만 이 행사에서 벌어진 일들이 한국 평단 오늘의 위상과 매우 상징적으로 연관된다고 파악하기 때문이다. 문화올림픽이라는 말에서 '문화'의 관형이 우스운 표현이지만 공산권 시인 한두 사람이 그들 문학의 전부인 것처럼 선전되는 풍토가 평단의 침체현상을 역설적으로 표출한 것이 아니겠는가. 설정한 주제발표의 논지는 둘째고 구속 작가 석방 궐기대회의 형국으로 되어버린 한국의 상황이 답답하고 그 상황에 대한 문학적 응전력을 상실한 듯 한 비평가들의 모습은 해프닝이 아니고 무엇이겠는가. 비평정신이란 이 같은 상황에서 이것과 저것의 구별을 위해 토론과 쟁론의 장을 애써 만드는데 그 소임이 있다는 것을 일깨워주었다는 점에서 국제 펜 대회의 한국 개최는 한국평단의 한 항목으로 볼 수 있을 것이다.

많은 비평가들은 그러나 열심히 자기 나름대로의 작업을 진행하고 있다. 특히 대학에 적을 두고 한국문학을 강의하는 일컬어 강단비평가 그룹들은 한국문학의 통시적 파악과 문학적 초상화의 복원에 혼신의 힘을 기울이고 있는 듯하다. 『한국문학통사』의 완간과 『한국민족문학론연구』, 『한국현대소설연구』의 저작들이 돋보이고 『임화연구』 등의 성과가 그것을 말해준다. 그러나 이 모든 것이 논의의 만화방창이 아닌 토론과 논쟁을 거쳐 비평정신의 큰 줄기로 통합될 때 한국 평단 내일의 지평은 새롭게 열릴 것이다.

또 한 해가 마감된다.

▶ 1988.12.19. 일간스포츠

세기말 전환기의 한국 예술

상식에 속하지만 '문화'라는 말의 서구적 언표言表는 '경작하다'에 어원을 두고 있다. 경작한다는 것은 땅을 일구어 밭을 갈고 씨앗을 뿌리는 일이다. 요컨대 문화라고 하는 것은 정신적인 마음의 밭을 갈아서 씨를 뿌리고 돋아나는 싹에 물을 주고 그것이 튼튼하고 싱싱하게 자라도록 돌보는 역할과 상관하고 있다.

그렇다면 씨는 무엇이고 돋아나는 싹은 무엇인가. 그것을 가장 빛나는 인간 정신의 알맹이라 파악하고 그것이 모여 이루는 결정체라고 할 수는 없겠는가.

문화라는 말의 개념을 이렇게 규정하는 관점은 이론의 여지를 언제나 남긴다. 또 편견일 수 있다는 반론에서 결코 자유로울 수 없다. 그러나 문화가 정신적인 영역과 관계하고 그것은 정태적인 구조가 아니라 동태적이고 역동적이며 변화하는 얼개로 이루어져 있음을 확실히 해준다. 우선 경작한다는 것이 동적인 것을 의미하고 있음에 주목할 일이다. 인간정신의 가장 고양된 부분이 구체적 모습을 띠고 나타나는 외형은, 그러므로, 변화하고 역동적인 것으로 시대와 역사 앞에 제시되어야 한다고 확산해서 말할 수도 있게 된다.

우리는 세기말의 시점에 서 있다. 또 격동하는 전환기의 순간을 살아가고 있다. 세기말과 전환기라는 두 개의 항목은 오늘날의 모든 현상을 파악하는 매우 중요한 전제사항임을 외면해서는 안 된다. 만약 이 사항을 외면할 때 본질적인 면보다는 그 겉모습만을 보게 되는 잘못을 저지르기 쉽다.

올림픽 문화라는 것이 최근 우리들을 감싸고 있는 문화 분위기의 전반적 흐름이다. 문화적인 올림픽을 치러야 한다는 것이 주무 당사자들이 내세운 목표 중의 하나인 것 같다.

그래서 펜 대회니 현대미술전이니 심지어 풍물 놀이마당까지를 곁들임은 물론 국제음악회까지 올림픽 기간 중 열린다고 한다. 다채롭고 다양한 듯한 프로그램에 우선 눈길이 갈만하다.

그러나 간과하지 말아야 할 것은 올림픽과 예술이라는 것은 가닥이 다른 항목이란 점이다. 튼튼한 육체에 건전한 정신이 깃든다는 말의 뜻은 육체와 정신이 불가분의 관계에 있음을 말해줌은 물론, 육체에서 비롯되는 영역과 정신에서 시작되는 영역이 항상 동일하지 않음도 시사해주는 말이다. 올림픽 경기는 육체적인 기량의 갈고 닦은 바를 비교하고 경쟁하는 경연의 영역이고, 음악이니 미술이라는 예술은 정신적인 영역으로서 갈래를 달리하고 있다.

이 둘의 접합은 상호보완의 관계에서 말해지고 행해져야지 어느 것이 다른 하나에 종속되는 모습으로 이루어져서는 안 된다. 가령 노벨문학상이나 꽁꾸르상 혹은 동인문학상 시상식을 돋보이게 하기 위하여 체육경기를 개최하는 일은 얼마나 우스꽝스럽겠는가.

그것은 문학과 체육경기 모두를 위해 결코 바람직하지 않다는 점을 망각해서는 안 된다.

올림픽을 위해서 펜 대회를 유치하고 현대미술전을 열고 국제음악회를 개최하는 일은 정신적인 영역을 육체적인 것의 종속으로 생각하는 한에 있어서 바람직하다고 말할 수는 없다.

한편으로 예술이라고 하는 문화가 동적이며 역동적인 구조임을 애써 생각하지 않으려는 발상과 관계하고 있음도 알아야 한다. 예술이 살아 움직인다고 하는 말은 예술이 변화한다는 의미다. 오늘날의 예술은 이 시대의 삶에 관계하고 그 삶을 영위하는 인간들의 정신을 합당하게 드러내주는 감수성과 관계함으로 이전의 것들과는 다른 모습을 보여주어야 한다. 그 다른 모습이 변화의 밑바탕이 될 때 역동적 구조로서의 예술은 제 자리를 찾게 된다. 그 제자리를 찾게 하기 위해서는 예술이 무엇을 위해 봉사한다는 생각의 청산이 필요하다.

예술은 자체로서 존립하는 자율성을 가지며 그 자율성이 인간의 삶과 연결되어 이상적인 삶의 지평을 열어주게 된다고 보아야 타당하다. 올림픽을 더욱 알차고 돋보이게 하기 위해 예술이 동원되는 일은 획일적이고 경직된 행정적 발상으로 예술이 이전 시대에 집권자들의 애완

물이나 지적 갈구의 충족물 혹은 통치의 수단이나 대중의 욕구불만에 상응했던 것만을 염두에 둔 것이다. 그래서 정태적靜態的인 구조로 예술을 파악함으로 동적이며 역동적인 모습에 맹목할 수밖에 없게 된 결과의 산물이라 할 수 있다.

세기말이라는 시점은 백 년을 단위로 한 시대의 마지막을 의미한다. 예술을 담당하는 예술가는 지난 기간 동안의 그것을 조감할 수 있는 안목을 지녀야 되고 앞으로의 예술이 어떠한 모습을 가지고 드러내어 져야 하는가에 깊은 성찰을 하지 않으면 안 된다. 말하자면 지난 기간 동안을 결산하고 앞으로의 새 길트기에 혼신의 정력을 부어야 한다. 그것은 세기말인 지금 인간 삶의 양태를 정확하게 파악하고 이상적인 삶과 인간존재의 규명에 능동적이어야 한다. 그러한 자세와 집념이 없이는 지난날에 있었던 예술의 한계를 극복할 수 없고 변화된 예술의 모습을 창출해낼 수가 없다.

누가 무슨 말을 한다 해도 예술을 창조하는 작업은 혼자의 일이고 그 일의 어려움은 스스로가 해결해야 한다. 한국적 상황으로 좁혀서 말한다면 그동안의 정치권력의 힘 앞에 순치되어 스스로의 자생력을 거세당한 모습으로 정부의 지원에 의해야만 예술의 질과 양이 향상된다는 미망에서 깨어나야 한다.

정부 주도 전시회의 작가 인선을 놓고 별 볼 일 없는 공방전을 일삼았던 일이나 펜 대회를 올림픽과 함께 해야 된다고 그 유치를 자신의 공명심과 결부시킨 문필가의 행태는 그 대표적인 예로써 거론할 수 있을 것이다.

전환기란 의미 앞에서 예술의 참모습은 말 그대로 다양성의 구현을 보여주지 않으면 안 된다. 문화공보부란 정부의 부서가 예술정책을 입안, 관장하고 예술의 기능을 극대화 시킨 예술관을 싸잡아 짓밟았던 전

철에 아무런 뜻이 없음을 전환기는 분명 보여주어야 한다. 관 주도형의
예술정책은 이른바 민중예술을 사갈시했었다. 그것을 그들 정책 담당
자들은 민중예술 아닌 순수예술의 만화방창을 가져오리라 생각했을지
모른다. 그러나 순수예술의 보다 확실한 자리 설정과 그 성취를 위해서
도 민중예술의 타당성과 그 가치는 그것대로 인정했어야만 했다.

예술은 고양된 정신의 형상화다. 따라서 그것은 자생적이고 개성적
일 수밖에 없고 그 개성은 타율과 획일과는 대응되는 자리에 위치한다.
따라서 다양성에의 확인과 그 구현은 전환기에 획득해야만 하는 예술
가들의 책무라고 할 수 있다. 꽃의 여러 가지 종류가 다양하게 있어야만
정확한 의미에서 꽃밭일 수 있듯이 다양한 여러 가지 예술이 공존해야
만 예술의 진면목은 형성됨을 확인할 필요가 있을 것이다.

남북의 분단 상황은 우리 시대의 가장 깊게 패인 상처다. 이 상황의
극복은 정치적 영역이 결정적으로 그 실마리를 제공할 수 있는 항목이다.

그러나 여타의 영역들의 노력도 할 수 있는 한 그것에 접근하지 않아
서는 안 된다. 일제 식민지 시대의 극복이 정치적으로만 행해진 과거의
경험은 광복 후 반세기를 넘보는 시점에서도 아직 정신적으로의 식민
지 성격 극복이 완벽하지 못하고 있음을 타산지석으로 생각할 때 더욱
그렇다.

납북과 월북 예술인들의 예술작품은 공개리에 검증되어져야 한다.
공백으로 남아있는 예술사의 복원을 위해서도 그렇고 공개되지 않음으
로 하여 사실 이상의 환상적 호기심을 유발하는 풍토의 청산을 위해서
도 그러하다. 분단으로 인한 6·25발발 이전의 작품들은 드러내놓고 연
구되고 평가해야 한다.

월북 예술인을 두고 말할 때 당시 남쪽과 북쪽의 체제를 오늘의 상황
과 동일하게 볼 수만은 없고, 이상을 추구하던 예술가의 과오라면 과오

릴 수 있는 판단의 착오가 그들 작품의 예술적 자리매김에 언제나 족쇄로 작용해서는 안 된다. 친일 예술가들의 작품은 공개리에 검증되어 예술사에 편입되어 있음에도 불구하고 분단으로 인한 민족적 비극으로 납·월북 예술가의 작품을 검증하지 않는다는 것은 한 번쯤 재고를 요하는 대목이란 점에 이의가 있을 수는 없을 것이다.

분단 극복이 예술의 기능적 측면의 극대화로 해결될 수 없으리란 점의 확인도 필요하다. 지금처럼 닫혀져 있고, 병영화 되어 있고, 유례를 찾아보기 힘든 전체주의와 독재 그리고 획일적인 북쪽의 정치적 상황을 전제하지 않고 그들의 예술을 파악한다는 것은 지나친 편견이거나 소박한 낭만주의적 발상 아니면 환상적 민족주의와 동류항이다. 따라서 예술의 기능을 아무리 극대화했다고 해도 정치적 상황의 변화 없이 북쪽의 예술을 자율적인 것으로 볼 수는 없다.

이른바 예술의 도구화에 가치의 최선을 두는 상황과 예술 기능의 긍정적 수용에 의한 예술의 이념은 같지 않다고 파악해야 할 것이다. 분단 극복을 위한 예술가들의 노력은 그것대로 가치 있는 덕목이지만 그것이 바로 분단 극복과 해결의 결정적 요소가 될 수 없다는 전제 또한 필요할 것이다.

문화는 정신적 영역과 관계함으로 예술가 개개인 개성의 구체적 실현 속에서만 그 깊이와 넓이를 더할 수 있다. 문화의 신장이란 인간의 드넓은 정신적 평원에 여하한 구속의 말뚝도 박지 않는 일이 무엇보다 중요하다.

어떠한 속박과 구속도 정치 제도적 장치에 의해 집행하려 하지 않는 창작의 자유가 선행되지 않을 때 예술을 포함하는 문화의 발전과 신장 그리고 변화는 불가능하다. 그때 문화예술 전당을 아무리 훌륭하게 짓는다 해도 문화의 내실을 바랄 수는 없다. 문화는 개인의 고양된 정신적 결정체인 개성이란 씨앗이 갈고 일구어진 정신의 평원에 뿌려져 자유라는 거름에 의해 싹이 트고 자라나는 한 송이 꽃이라 할 수 있다. 그래서 세기말과 전환기에 우리는 문화와 올림픽 그리고 동태적, 역동적 구조인 한국 예술의 다양성을 다시 생각하게 된다.

▶ 1988.5.3. 동대신문

왜 대학인가

- 새 학기를 맞으며

해마다 맞는 새 학기지만 올해는 뼈아프고 냉철하게 왜 대학인가—이 점부터 생각해보려 한다. 격동과 소용돌이와 몸살 앓았던 대학과 대학인의 일그러진 모습을 돌이켜볼 때 더욱 이러한 성찰은 의미가 깊다고 판단된다.

문화와 학문의 계승발전, 지식의 철학적 근거와 자연의 법칙 발견, 전문 직업인의 양성, 지식인의 사회활동과 봉사를 지원하는 것을 대학의 사명으로 파악하는 것이 일반적 관점이다. 교수敎授하고 연구하며, 봉사하는 기능을 이것과 나란히 놓을 때 대학의 존립과 그 위상은 더욱 명확해질 것이다.

요컨대 이러한 사항들이 대학이 연찬研鑽을 통한 진리탐구의 현장이란 점을 강조한 것에 다름 아니다. 땀 흘리는 노력과 진리탐구의 자세 없이 학문의 터득은 바랄 수 없고, 그 계승발전은 더욱 불가능함은 불문가지不問可知다. 철학적 근거를 제시할 진리의 체계화도, 자연법칙의 발견도 그때는 논의할 수 없으며 전문 직업인의 양성이란 산에서 고기를 찾는 일만큼 어리석을 것이다. 대학인이 이 같은 처지일 때 지식인이란 한갓 공소한 메아리에 불과할 것이고, 사회봉사란 허황된 자기도취에 지나지 않음은 부인할 수 없는 사실이 될 것이다.

면학과 연구라는 말을 전제하여 대학을 상아탑이라 하는 것은 정치, 사회적 부조리와 닫혀 있는 상황을 호도하기 위해 대학과 대학인의 대현실적對現實的 기능을 무력화하기 위한 수단은 아니라는 것을 확인해야 한다. 엄정한 의미에서 면학과 연구는 대학인으로 총칭되는 학생과 교수의 공동체인 대학을 떠받치는 기둥이다. 물론 이 점을 악용하여 정치권력의 지속을 도모하고 대학과 대학인의 현실인식과 행동반경에 족쇄를 채우려 했던 쓰라린 경험을 결코 외면하지 않는다. 외면해서도 안 될 것이다. 그러나 어떤 경우에도 대학인이 면학과 연구를 팽개칠 때 대학은 존립의 터전이 허물어짐을 통절히 인식해야 할 것이다. 왜 대학인가의 물음은 이때 확실한 해답을 얻게 될 것이다.

새롭게 대학인이 되는 신입생은 말할 것도 없고, 새 학기를 맞는 대학인 모두가 면학과 연구의 실천적 자리로 돌아갈 때 일그러진 대학과 대학인의 모습은 바르게 될 것이다. 제비 한 마리가 왔다고 천하에 봄이 온 것은 아니다. 전환기의 격동 속에서도 형형한 눈빛으로 역사의 파수꾼이 되기 위해서는 면학과 연구의 실천적 행위가 선행되지 않아서는 안 된다. 교육구국, 불국토 건설에 매진해온 동국대학교의 새 지평 개척 역시 동국인의 면학과 연구의 실천 및 성과 속에서 확실해질 것임을 새 학기를 맞으며 거듭 강조하고자 한다.

▶ 1988.3.1. 동대신문 사설

조양욱의 『외국특파원이 본 대사건의 현장』

글을 읽는 이유를 어디서 찾는가. 대부분의 경우, 그것은 재미에서 시작된다. 재미없는 글은 쓴 약을 삼키는 일만큼 고통스럽고, 맛없는 과일을 깨무는 일처럼 사람을 화나게 한다. 재미는 사건과 사건이 맞물려 전개되는 과정에서 드러나는 삶의 실체와 그것을 통해 생각하게 되는 인간존재의 모습에 자신을 투영하는 일에서 생겨나게 된다.

『외국특파원이 본 대사건의 현장』은 단숨에 읽어버릴 만큼 재미를 갖고 있는 책이다. 그것은 사건의 뒤안길에서 그것을 알려준 기자들의 행적을 추적하고 있다. 그러나 그것에만 그치지 않고 사건의 전말을 통해 이 땅에 살고 있는 우리들의 상처가 어떻게 생겼는가를 확인시켜주는 역할도 아울러 하고 있다.

'첫 번째'에서 '세 번째 기록'까지 3부로 구성되어 있는 이 책은 19세기 말 개항에서부터 20세기 말인 오늘날까지 한반도를 거쳐 간 외국 특파원들의 모습을 담아내고 있다. 「춘향전」을 「오사까 아사히 신문」에 번역 게재한 니카라이 토스이로부터 AP통신의 돈 화이트헤드에 이르기까지 한국에서 활약한 기자들의 행적을 통해 그들에게 비친 우리네 모습을 또다시 확인하게 된다. 그것은 세계라는 벽에 걸린 외국인의 눈이란 거울이며, 우리네 모습은 "돼지의 찡그린 면상"으로 그려진 마지막 황태자의 모습에서부터 식민지시대의 궁핍상과 해방, 동족상잔, 4·19, 5·16 그리고 광주사태에 이르기까지 만신창이가 된 채 고스란히 드러나고 있게 된다.

외국 특파원을 다만 이 땅에서 일어난 사건을 추적하는 기자로서 그리지 않고 직업에 대한 사명감을 가진 행동하는 인간으로 파악하고 있음에서 지은이가 이상적 기자상에 얼마나 적극적인가을 가늠할 수 있게 된다.

시인은 사건을 정서적 감응으로 자기화自己化하고, 소설가는 그것을 이야기로 만들고, 기자는 기록한다는 말은 역사를 창조하는 인간의 모습을 건져 올리는 장르별 특성이라 할 수 있다.『외국특파원이 본 대사건의 현장』은 사건의 현장을 목격하여 기록하는 기자들의 모습을 정감적으로 자기화하여 이야기를 만드는 사항까지를 동시에 포괄하고 있음에 지은이의 역량을 촌탁할 수 있게 하는 책이다. 말하자면 사건을 서술하고, 그 사건을 기록 전달하는 기자의 모습을 이야기로 만들고, 역사의 흐름 속에 부침한 사건과 기자들의 발자취에서 지은이가 생각하는 이상적 기자상의 지평을 암시하여 자기화하고 있다. 요컨대 지은이는 기자로서뿐만 아니라 소설가와 시인의 몫까지를 머금으면서 한 세기 동안의 역사적 사건의 조각들을 일목요연한 실체로서 용해하여 커다란 역사적 흐름으로 정리해놓고 있다고 파악된다.

'시는 역사보다 진실하다'는 뜻의 말은 아리스토텔레스가 했다. 어찌하여 시가 역사보다 진실하다는 말인가. 그것은 역사라는 실체를 자기화할 때 살아 숨 쉬는 생명체가 된다는 뜻으로 해독할 수는 없겠는가.

한국현대사를 기록한 어떤 책보다『외국특파원이 본 대사건의 현장』은 재미를 제공해준다. 그것은 재미를 뛰어넘어 세계라는 공간에 걸린 외국인의 눈이란 거울을 통해 우리의 모습을 확연하게 드러내 주고도 있다. 대상을 자기화시켜 이야기의 전개를 통해 지은이가 삶의 실체와 인간존재의 모습을 깊이 있게 통찰하고 그것을 우리에게 생각하게 하는 곳에서 문득 아리스토텔레스의 말을 되씹어 보게도 해준다.

『외국특파원이 본 대사건의 현장』은 그래서 현역 기자의 의욕과, 시대적 소명감이 넘쳐나는 책이라 아니 할 수 없게 된다.

▶ 1988. 주간조선 서평

87년 상반기 불교문학 점검

불교문학의 범주는 언제나 소재주의의 질긴 끈과 연결되어 있다. 문학은 삶의 현장과 그 실상을 언어로 담아냄으로 언어의 집 속에 불교적 사유의 파편이 박혀있을 때 불교문학의 영역은 설정이 가능하다. 그러므로 불교문학을 말한다는 것은 문학의 생산자인 작가와 시인들이 불교의 가없이 넓은 생각의 바닷물에 그들이 직조하는 언어가 적셔져 있을 때 확실해진다. 불교의 사유에 젖어있는 언어들이 제자리에 온전하게 놓이고 거기에서 구체적인 불교의 모습을 확인할 수 있게 된다면 불교문학의 논의는 보다 심화될 수 있을 것이다.

이 같은 사정을 염두에 두고 당대 한국문학을 살피면 당혹감을 갖게 된다.

가뭄에 콩 난 것이나 넓은 바다에서 지푸라기 찾는 것만큼 불교적 사유에 젖어있는 작품을 만나는 일은 안타까움과 어려움을 동반하기 때문이다. 문학하는 사람들을 비롯한 당대 대다수 사람들에게 불교와 불교적 사유는 그들 삶의 영역과 구체적으로 만나고 있지 못하다는 파악이 그러므로 가능하게 된다. 그 까닭의 많은 부분은 당대 한국불교의 위상과 결코 무관할 수 없다고 보아야 할 것이고 현실과 상황에 대응하는 당대 한국불교의 자세와 관계한다고 파악해야할 것으로 판단된다.

달리 말한다면 격동기인 한국의 80년대 상황에서 한국불교는 산간불교나 교과서적 영역에서 크게 벗어나고 있지 못하다는 점이다.

대중 혹은 다수 민중의 생활과 결합된 일상 속에 확실하게 뿌리내리고 있지 못함으로 그들 삶의 모습을 직조하는 문학의 그물 속에서 불교적 사유의 언어는 건져 올려지지 않고 있다는 점을 간과해서는 안 될 것이다. '영원'을 유한한 이승의 삶과는 떨어진 곳에 자리한 것으로만 파악해서는 안 된다. '영원'이란 유한한 삶이 축적되어 간 끝자리에 우뚝

한 것으로 파악해야 한다. '영원'을 말하면서 '순간'과 '이승'의 '당대적 현실'을 망각할 수 없다는 점을 한국불교는 좀 더 확실히 해야 할 것이다.

변화의 소용돌이가 휘몰아쳤던 올해의 상반기에 문학은 불교적 사유와 어떻게 관계하고 있는가를 살피는 일은 이 같은 전제를 대동하지 않을 때 아전인수의 굴레에 옥죄일 가능성이 있게 된다.

장호의『북한산 벼랑』속의 시편들은 물론 산에 대한 시인의 대응의지를 언어로 직조한 것으로 보아야 한다. 그러나 주목해야 할 것은 산에 대한 시인의 생각 그 깊은 언저리에는 언제나 불교적 사유로 감싸인 현실인식이 자리하고 있는 점이다. '길이 끝나는 데서 등산은 시작된다'는 시인의 생각은 불립문자不立文字의 넓은 영역 속에 그의 불교적 사유가 자리함을 말해주는 것이다. 자신이 살고 있는 당대적 현실을 '벼랑'으로 파악하고 '주는 자의 기쁨 / 깨친 자의 비어있음'(「두타산頭陀山」)을 확인하는 것은『북한산 벼랑』속의 시편들이 불교에 침윤된 언어들의 직조임을 말해주는 준거가 된다.

박제천의『꿈꾸는 판화』와 문정희의『우리는 왜 흐르는가』의 시집에서 만나는 시들은 김원각의『허공 그리기』속의 시편과는 좀 다른 점에서 불교와 관계한다. 박제천과 문정희의 시 속에 불교와 관계된 시어를 찾을 수는 없다. 그러나 그들 시정신의 근간은 박제천의 경우 '어느날 무심히 밤하늘을 바라볼 때 갑자기 한줄기 불꽃이 나타났다가 사라진다면 그대 곁에 어느 누가 또 보이지 않으리라'(「지상地上」)는 것에서나 문정희의 '흐르는 것이 어디 강물뿐이랴 / 피도 흘러서 하늘로 가고'(「새떼」)에서 보이는 대로 삶의 무상성에 대한 깨우침이다. 그 깨우침은 결국 그들 시정신의 바탕을 형성하고 삶에 대한 하염없음의 인식을 그들 시의 바탕에 깔고 있게 된다. 김원각은 바로 불교의 세계를 시 속에 펼쳐놓으려 한다. 그러므로 그는 「부처님 전상서」, 「선禪」, 「개안설화開眼說話」 등의 시제詩題가 보여주듯 불교가 우리 앞에 펼쳐놓은 세계를 언어로 재구성하려 한다.

노명석의 소설 「돌불」(창작집 『용龍사냥』 수록)은 본능적인 욕정에 못 이겨 지아비 명복을 비는 여인을 간음한 혜암 스님의 이야기가 큰 줄기로 되어 있다. 혜암은 자살하고만 그 여인의 모습을 평생 돌에 부처로 새기면서 자신의 생식기를 자르고 만다. 돌불이 완성된 날 혜암은 소신하여 목숨을 끊는다. 혜암의 이 비밀을 알 길 없는 죽은 여인의 아들 법상은 혜암의 상좌가 되었다가 환속하고 말았다. 법상 역시 욕정에 못 이겨 수음하게 되는 복선을 소설에 장치하고 있기도 하다. 육체적 번뇌가 정신주의의 구극인 불법에 의해 더욱 두드러지고 정신주의의 이상이 육체적 번뇌 없이 어떻게 달성될 것인가를 말해주고 있다는 점에서 이 소설은 주목되어야 할 것이다.

불교문학은 그것이 문학 속에서 말해지는 한 소재주의의 질긴 끈에서 결코 자유로울 수 없다. 그러나 그 끈이 팽팽하게 담겨진 긴장 속에서 삶과 상황이란 인간적 현실을 불교적 자유의 언어로 확실하게 건져 올릴 때 그것은 문학 속에 당당히 설 자리가 확립될 것이다. 그것은 또한 불교의 당대적 위상과 항상 함수관계에 놓이지만 때로 그 위상에 능동적으로 변화를 작용시킬 수도 있음에 맹목할 수만은 없다. 불교문학의 뛰어난 작품을 갈망하는 까닭이 여기에 있다.

언제까지 불교의 가닥을 소재로 했기 때문에 불교문학으로 파악하고 거기 매달려 불교의 문학적 언표를 거품 물어야 한단 말인가.

▶ 1987.8.19. 불교신문

새 아침에 생각한다

다시 새해를 맞는다.

지난해를 돌아보고 다사하고 다난했음을 확인하게 되고 맞이하는 새해에는 그 다사다난함이 평온하고 확실한 발전과 진보의 힘찬 밑거름이 되기를 기대해본다. 무엇보다 우리가 서 있는 자리가 굽이쳐 흐르는 역사 속에 어디인가를 정확히 검증하고 그 같은 작업을 통해 변화와 발전의 아픈 꿈틀거림이 있어야 할 것이다. 말보다는 실천을, 구체적인 계획에 의한 용맹정진의 기상이야말로 동국인 모두에게 지금처럼 절실히 요망되는 때가 일찍이 없었다고 우리는 파악한다.

지난해 개교 80주년을 보냈다. 80이란 결코 짧지 않은 역사적 연륜은 그것에 걸맞은 동국대학교 오늘의 위상 속에 드리워질 때 확실한 의미로 정립될 것이다. 그러나 오늘의 위상이 민족 및 구국과 불교이념의 구현에 이타행의 보살도로 멸사봉공했던 선배들의 그 숭고한 정신에 합당하게 되었는가에 깊은 성찰을 요구하고 있음을 아픈 마음으로 헤아려야 할 것이다.

그 같은 헤아림의 문맥에서 의과대학 신설에 따르는 여러 문제들, 서울캠퍼스와 경주캠퍼스의 균형적인 발전, 세계 속의 대학으로 발돋움할 구체적인 계획의 입안 등이 면밀하게 조정, 검토, 검증되어야 할 것이다.

또한 우수 고교졸업생을 동국인으로 끌어들이는 문제는 교세의 현주소와 밀접히 상관하고 있음을 알아야 할 것이다. 그러므로 교세의 현주소가 동국의 울타리 밖에서 어떻게 평가, 형성되고 있는가에 결코 맹목해서는 안 될 것이다. 도대체 교세란 무엇인가를 다시 한 번 새해에는 생각해야 할 것임을 강조하고 싶다. 교세는 행정담당자들의 제도적 장치에서 비롯되는 것만도 아니며 계획에 의해 단시일 안에 소기의 성과가 달성되는 그런 성질의 것도 아니라고 우리는 파악한다.

장기적인 계획이 구성원들 개개인의 뼈를 깎는 노력과 합해지고 제도적 장치가 그것을 완벽하게 뒷받침해줄 때 비로소 가능한 지평 속에서 교수의 연구업적이 쌓여 선양되고 대학의 주축인 학생들의 사회진출과 역할이 극대화되고 그것이 홍보 전략에 의해 널리 알려질 때 획득되어 질 수 있는 열매임을 알아야 할 것이다. 그 열매의 수확을 위해 과거의 동국이 비판적으로 현재의 동국 속에 조명되어야 하고 현재의 동국이 미래의 동국을 위해 가차 없이 평가되어야 할 것이다.

88년, 즉 내년부터 변경 실시되는 대학입시제도에 대해서도 그것에 대처하는 여러 문제들이 연구 조사되고 그 바탕에서 입시 홍보의 대전환이 이뤄져야 될 것으로 판단된다. 선지원 후시험 제도와 대학에 맡겨지는 학력고사 관리체제가 동국인에게 가장 효과적이고 긍정적이 되도록 계획들이 창출, 입안되어져야 한다는 것도 미래 동국의 바람직한 건설을 염두에 둠으로써 강조되는 부분임을 확실히 해야 할 것이다.

동국인을 비롯한 모든 인류는 미증유의 혼란과 가치의 불확실성 시대인 20세기의 세기말에 서 있다. 지구촌의 이 같은 사정은 남북으로 분단, 대치하고 있는 민족의 오늘을 냉철하고 사려 깊게 생각하도록 한다. 우리에게 세계는 무엇이며, 우리에게 국제정세는 무엇이며, 민족은 무엇이고, 분단과 그리고 민주화는 무엇인가는 대학인이 결코 벗어날 수 없는 연구, 교수의 본령을 상실하지 않으면서 생각하지 않을 때, 새해의 의미는 퇴색할 것이다. 일 년이란 단지 삼백육십오 일의 집적이 아니며 새해란 지난해의 단순한 이어짐만은 아니라는 확고한 신념의 동반이 또한 필요하다. 그 같은 신념의 동반이 21세기를 바라보며 우리의 물음을 우리들 스스로가 가장 성실하게 작성하도록 할 것이기 때문이다.

다시 정묘년丁卯年 새해를 맞는다.

동국인 모두가 숙연한 자세로 옷깃을 여미며 지난 80년의 동국대학교를 돌아보고 앞으로 80년의 동국대학교를 생각하며 아픈 성찰과 함께 힘차게 첫발을 내디디자. 세계와 세기말과 조국과 분단과 민족과 민주화를 생각하며 모든 대학인들이 연구와 교수의 영역 일탈 없이 이 모든 것이 소망하는 방법으로 천착되기를 합장하자. 그때 부처님은 언제나 우리와 함께 하실 것이라 확신하고자 한다.

▶ 1987.1.1. 동대신문 사설

교세校勢와 홍보활동

보다 훌륭하고 뜻 깊은 족적을 역사에 남기기 위해 대학인들은 자신이 소속한 대학의 발전과 교세의 신장을 원한다.

대학의 발전과 교세의 신장은 어디서부터 비롯되는가. 이 간단하고 명료한 물음의 해답 작성을 위해 동국인들 모두는 말의 정확한 의미에서 뼈아픈 성찰과 자기반성을 통절하게 행해야 할 단계에 와있다고 파악된다. 80년 동국 역사에 걸맞은 모습으로 동국대학교가 학문의 최정상에 명실상부하게 자리하고 있는가의 검증이 필요하다. 또한 변화하는 세기말의 불확실성 시대에 본 대학이 능동적으로 대처하고 있는가의 정확하고 예리한 자기진단은 화급을 요하는 일이라 말하지 않을 수 없다.

이 같은 맥락에서 가장 우선해야 할 검증사항에 홍보활동이 있게 된다. 그것은 우수한 고교졸업생을 동국의 울타리로 안아 들인다는 미시적 관점에서부터 그동안 동국대학교가 성취한 학문 및 민족문화사적 업적을 한국사의 기저에 확실하게 자리매김하고 한국의 대학에서 세계의 대학, 인류의 대학으로 자신의 모습을 변화 확산시켜 가는 자기 확인이라는 거시적 관점에 이르기까지를 홍보활동은 감당해야 하기 때문이다. 따라서 대부분의 경우 우수 신입생을 이끌어 들임에 초점을 맞췄던 기왕의 방법에서 과감하게 거시적 입장으로의 변화를 요구받지 않을 수 없게 된다.

가령 매년 대입 학력고사가 끝난 이때쯤이면 각 고등학교에로 홍보요원 파견이라는 방법이 있다. 그러나 그것만으로 효과 획득에 부족하다는 점을 인식해야 할 것이다. 그 같은 방법은 시의에 적절하게 행해지기 때문에 일견 효과적인 것처럼 보일 수는 있다. 그러나 그것이 학년 초부터나 아니면 해당 고교에 대한 지속적인 관심표명의 맥락에서 연관적으로 이뤄질 때라야만 신뢰와 호응을 배가시킬 수 있다는 점을 염두에 두어야 할 것이다.

그러기 위해서는 장기적인 홍보계획이 연차적으로 입안되어야 하고 그 입안은 단기적인 계획의 실천이라는 도움을 얻어 집중적으로 행해지지 않으면 소기의 목적이 달성될 수 없을 것이다. 정보 전쟁이라는 말의 해석은 여러 갈래일 수 있다. 그러나 많은 정보의 비축 없이 사안에 대한 승리의 획득이란 가능하지 않다는 점의 확인을 그 말은 확실히 해준다. 요컨대 대학과 대학 간의 경쟁이 대학의 전통과 현재 대학의 교세와 연구실적 및 인재배출의 성과에 의해 판가름 된다면 타 대학의 이 같은 목적 달성에로 향하는 방법에 대한 정보를 처리할 수 있는 능력을 보다 더 확실히 할 필요는 있다. 이 점에 본 대학이 능동적인가를 점검하지 않으면 안 될 것이고 처리된 정보는 학교의 정책결정에 과감하게 반영될 수 있도록 장치되어야 할 것이다.

홍보활동의 미시적 관점에서 거시적 관점에로의 지향, 지속적인 장단기 계획에 의한 홍보활동, 정보의 비축과 그 처리능력의 실제적인 활성화와 정책에의 반영이 결국은 교세확충이라는 한 곳으로 모아질 때 입시홍보라는 홍보활동의 지엽적 사항은 성과를 얻게 될 것이고 우수 자질의 학생들은 스스로 원해서라도 동국대학교를 찾을 것이다. 대학의 발전과 교세를 확실히 인식시킴에 있어 괄목할 만한 연구 성과의 내보임보다 더 효과적인 방법은 있을 수 없다. 교세와 학교발전이 전국 규모의 대회에서 체육 분야가 우승하는 일이나 신입생 입시에서의 학력고사 점수 높낮이를 통해 따지는 일은 본 대학의 교수나 동문의 한 사람이 노벨상을 받는 일과 결코 비교될 수 없지 않는가. 어느 쪽이 홍보 면에서 효과적인가를 거시적으로 파악하는 일이야말로 미시적 홍보전략의 현주소를 다져주는 관건이 된다.

행정기구상의 홍보실이 홍보를 전담하고 있다는 생각은 교세발전이 오로지 행정담당자들에 의해 이룩된다는 생각만큼 원시적이다. 본 대학의 발전과 교세의 지금 상황이 어떠한 것이며 동국인 모두는 이 같은 사항에 공동의 책무를 지고 있음을 확실히 해야 한다. 따라서 공보실이 이 공동책무의 선두주자임을 확인해야 되고 동국인 스스로가 통절한 자기반성을 통한 성찰의 몸짓을 연구 성과 획득의 에너지로 결집할 때 고교졸업생의 우수 집단은 발길을 동국으로 돌리지 않을 수 없을 것이다. 그러므로 홍보의 시작이요 끝은 결국 교세의 신장이라 파악하는 까닭이 여기에 있게 된다.

▶ 1986.11.25. 동대신문 사설

분단, 유신, 물신주의

20세기 한국 현대사는 말의 정확한 의미에서 격동의 소용돌이였다.

서세동점이란 서구 열강의 제국주의 세력이 대륙진출이란 일본 군국주의의 야망과 충돌했던 현장이 극동이었음은 주지의 사실로 되어 있다. 금세기 초 이 같은 국제정세 속에서 일제에게 주권을 강탈당했던 뼈아픈 민족사의 수난이 36년간이나 계속되었음은 다시 한 번 우리를 비통하게 만든다. 해방과 광복이란 말의 뜻이 해방 쪽으로 보편화 될 수밖에 없었던 저간의 사정은 1945년 일제강점에서 벗어났던 민족의 환호가 많은 부분 세계 2차 대전의 종전과 상응되고 있다는 것을 나타내준다. 동족상잔인 6·25는 그러므로 전후 동서 양 진영의 세계전략과 무관할 수 없는 곳에 그 원인의 일단이 있음을 간과할 수는 없게 된다.

6·25의 발발을 임진왜란, 병자호란 더 멀리는 삼국통일 후 신라와 당나라의 전쟁과 같은 계열에 놓을 수 없음은 그것이 동족의 상쟁이었다는 점은 물론, 전후 미소 강대국의 세계전략에 우연히도 희생물이 된 점을 지나칠 수 없기 때문이다. 이 같은 사안들은 민족분단이란 통탄할 수밖에 없는 결과의 지속이란 상태로 국토를 분단시키고 민족의 저력과 에너지를 온존하게 결집 시키는 데 실패하도록 하고 말았다.

4·19를 독재정권에 항거한 민권의 승리로 파악할 때 휴전선 이북의 공산독재는 지금까지도 여전한 아성으로 존속된 것을 감안한다면 민족 모두의 민권승리로 기록하기에는 한계가 있음도 알아야 할 것이다. 5·16이 우리에게 무엇이었던가를 묻기 전에 이 같은 역사의 격랑이 분단 상황 속에서 민족의 생존권을 고양 시키는 방법의 새로운 모색에서 비롯되었음을 지나쳐서는 안 될 것이다. 그것이 경제 제일주의로 표방되었던 조국 근대화였었고 그것을 비판적 시각에서 조망할 때 물신주의의 팽배를 야기시켜 정신주의로 말할 수 있는 인간과 삶의 깊은 바닥을 애써 도외시하려고 했음을 지적하지 않을 수 없을 것이다.

유신체제란 그러므로 물신주의의 가치관에 의해 인간과 그 삶의 자유롭고 슬기로운 영역은 무시되어도 좋다는 발상에서 비롯된 제도적 장치였음을 상기할 필요가 있을 것이다.

바람직한 인간 삶의 영위란 정신에 바탕한 물질, 정신적 슬기와 자유가 물질적 파행과 퇴락의 소금이 되면서 존속하는 상태에서 가능하다고 우리는 파악한다. 따라서 물신주의가 스스로 지닌 파행과 퇴락의 극단에서 언필칭 10·26이란 유신의 종말을 보고자 한다. 그것은 도덕성의 결여, 권력암투의 파행성, 독재자가 언제나 갖게 되는 카리스미의 가면 뒤에 숨겨진 인간적 고독을 보게 된다. 그 후 7년, 소용돌이친 국내외적 상황 특히 몸살 앓고 있는 대학의 아픔과 진통을 애써 외면하려고 하지는 않는다. 그러나 분명하게 짚어야 할 대목은 이 같은 제반 상황들이 금세기초 우리 민족에게 닥쳐온 시련과 격랑의 맥락에서 파악되고 그 처방이 주어져야 한다는 점이다.

요컨대 그것은 외세에 대응하는 민족 주체성의 확고한 정립이며, 분단 상황의 극복을 도모하는 주체적 방법의 작동이고 물신주의의 폐해를 정신주의의 슬기와 유연함으로 처방하는 일이 될 것이다. 그러나 이러한 것들은 당연히 휴전선 이북의 지배집단들에 대한 감상적 대응방법이 아닌 투철하고 정확한 인식에 기초한 것이어야 할 것이고 일본과 중공 그리고 소련 등을 위시한 주변 세력들의 예리한 동태 파악을 통한 거시적 안목이 되어야 할 것이다. 특히 어느 계층, 어느 집단의 주장이 강도 높게 제시된다고 하여 그것만이 진실이라는 아집과 닫힌 발상은 지양되어야 할 것이다. 뿐만 아니라 그 어떠한 이유로라도 물리적인 힘과 폭력적인 방법은 척결되어야 할 것이다. 그 같은 방법은 어떠한 이유로서도 합리화되어서는 안 될 것이며 합리화될 수도 없음을 확실히 하고자 한다.

역사란 무엇인가. 그것은 인간 삶의 축적이다. 그러므로 역사의 주체는 인간이다. 소용돌이쳐 왔고 지금도 격랑 속에 있는 한국 현대사의 주체는 바로 우리들이다. 다음 세기를 바라보는 세기말의 시점에서 결코 두 번 다시 만나고 싶지 않은 유신체제와 10·26을 생각하며 역사주체인 우리 자신을 다시 한 번 확인하고 옷깃을 여며야 할 것이다.

▶ 1986.10.21. 동대신문 사설

연구研究와 면학勉學

우리는 혼돈의 시대에 살고 있다. 또한 우리는 척박하고 어려운 환경 속에 놓여있다. 불확실성으로 말해지는 세기말의 이 같은 상황인식은 대학과 대학인에게 보다 사려 깊고 능동적인 역사의식을 요구하고 있다. 물론 어느 시대를 막론하고 지성인의 형형한 눈빛은 당대를 풍족하고 만족스런 현장으로 파악한 적이 없었다. 그것은 지성인이라 통칭되는 역사의 주체들이 인간 삶의 영원한 이상과 직결된 휴머니즘의 높은 봉우리를 염두에 두고 이상의 현실화에 언제나 좌절해왔다는 의미이기도 하다.

그러나 그 좌절은 교훈으로서 역사 속에 새겨졌으며 확실한 현실인식을 토대로 자신들의 당대를 뼈아프게 성찰했던 성실한 삶의 방식으로 기록되었음을 간과해서는 안 된다. 이 같은 맥락에서 또 한 번 우리는 시대의 어려움에 대학과 대학인이 어떻게 대응해야 할 것인가를 생각하게 된다.

누가 뭐라 해도 대학이 진리를 천착하는 연구의 현장임을 부인할 수는 없다. 아울러 대학인이 연구의 주체임은 강조할 사항이라기보다는 원천적으로 대학인에게 주어진 명예임을 확인해야 할 항목이다. 따라서 어떠한 상황 인식도 이 같은 전제 없이 행해질 때 그것은 올바른 의미의 대학과 대학인과는 괴리를 초래하는 결과가 될 것이다. 대학인이 봉사의 기능을 강조하여 사회현실의 여러 징후들과 대립 충돌하는 경우라 할지라도 그것은 대학인이 진리 천착의 연구주체임을 거듭 확인하면서 행해지지 않을 때 전혀 무의미한 소요로 막 내려진다는 사실에 승복하지 않을 수 없다.

연구자로서 멍에를 짊어지고 있음을 확인하고 그에 상응되는 땀 흘림이 없이 대학인의 상황인식은 설 자리를 잃을 것이다. 그 같은 역사의식은 공허한 메아리로 감돌고 말게 될 것임은 명약관화하다.

면학이란 것은, 그러므로 대학인이 연구자로서의 자기 위상을 확실히 하는 구체적 행위다. 그 구체적 행위에 대한 나태와 포기는 곧 대학인으로서의 직무유기이며 그것이 팽배하게 될 때 대학은 존립의 터전을 잃고 만다. 이 소박하고 평범한 사항을 새삼 강조해야 하는 이유는 어디에 있는가. 동국대학교 80년의 나이테는 결코 쉽게 이루어진 연륜의 주름이 아니다.

그 주름 하나하나에 교육 구국과 민족정기와 천 개의 가람에 인각된 부처님의 해타와 땀 흘려 이룩한 동국정신의 광맥이 도사리고 있다. 그것에 상응되는 연구행위, 진리를 구도하는 면학의 발걸음이 만족한 것인가 우선 반문하고자 한다. 우리 대학의 대학인들이 불철주야 쉼 없이 면학이란 구체적 행위를 확실히 했다는 증표를 찾아냄에 우리는 소극적일 수밖에 없다는 것은 논문집과 저작물들이 상대적으로 빈약하다는 것의 또 다른 표현이다. 그래서 대학출판부 출판서목의 소략함과 교수논문집과 대학원논문집의 양과 질이 만족한 것인가 되돌아보게 된다.

연구 주체자는 연구의 실적을 저서와 논문으로 발언해야 한다. 그 발언들은 또 다른 연구자들인 학생들에게 구도의 길을 밝혀주는 등불로

꺼지지 말아야 한다. 누구 할 것 없이 가슴에 손을 얹고 일주일의 독서량이 얼마나 되는가를 대학생들이여, 생각해보라. 누구 할 것 없이 학문 외적인 여건들에 얽매여 정작 연찬을 뒷전으로 한 적이 없는가를 성찰해보라. 주어진 제도와 관습의 부정적 부문에 동원되는 지성은 사제적 지성이다. 예언자적 지성은 부단한 노력으로 그 같은 부정적 사항을 혁파하는 참된 지성을 의미한다. 연구라는 대학인의 멍에는 예언자적 지성을 요구하는 고삐이기도 함을 확실히 해야 한다.

혼돈되고 어렵고 척박한 세기말의 상황 속에 우리는 살고 있다. 올바른 상황인식은 연구의 주체로서 대학인에게 무엇을 요구하는가를 거듭 되돌아보게 한다. 어려운 상황여건이 연구진을 더욱 분발케 한 예를 사마천과 다산의 경우 등에서 우리는 얼마든지 목격하게 된다. 연구주체로서 대학이 자리 않을 때 대학은 존재의 가치를 상실한다. 연구 행위인 면학의 강조야말로 세기말의 상황을 극복하고 다음 세기의 새 지평을 여는 길임을 동국인은 엄정하게 생각해야 할 시점임을 거듭 확인하고자 한다.

▶ 1986.9.2. 동대신문 사설

통절한 자기반성을

- 개교 80주년을 맞아

개교 80주년. 바람 불고 비 오고 서리 내린 현대사의 순탄하지 않았던 고비를 굳세게 헤쳐 온 동국대학교가 여든의 나이를 헤아리게 되었다. 풍전등화의 조국 운명 바람막이로, 면면히 이어온 한국 불교정신의 표상으로, 어두운 질곡의 상황을 밝히는 진리의 등불로 민족혼과 불타정신을 습합시킨 선각자들에 의해 동국대학교가 세워지고 다듬어져 이 땅에서 지혜의 체득과 자비의 실천과 불퇴의 정진에 게으르지 않았음을 확인하고자 한다. 또한 이 모든 것의 현실화를 위하여 살신성인, 멸사봉공의 숭고한 보살정신으로 이타행을 실행하신 동국인 모두에게 옷깃을 여며 고개 숙이고자 한다.

그러나 이 숭모의 마음 다른 쪽에 동국대학교 오늘을 직시하는 또 하나의 시선이 있음을 숨기고자 않는다. 그 시선 속에 잡혀지는 가닥들은 80년의 오늘을 자축하는 것만을 결코 용납하려 않으며 우리에게 고통의 인식을 통해 도약을 위한 성찰을 촉구하려 한다. 그러한 가닥들을 통괄할 때 무엇보다 동국대학교 오늘의 위상을 한국의 다른 대학들의 오늘과를 비교하도록 유도하게 된다. 한국의 종합대학 속에 동국대학교가 차지하는 위치가 과연 소망스러운 것이냐 에는 아무래도 긍정적인 답을 유보할 수밖에 없게 된다. 80년의 온축된 전통에 걸맞게 그 같은 전통에 상응되는 객관적 평가를 획득하고 있느냐에 동국인 모두는 손을 모우고 심사숙고해야 되리라 믿는다.

어찌 인因이 없이 과果가 있겠는가.

이처럼 동국대학교가 전통에 걸맞은 평가에서 벗어난 곳에는 그 원인의 편린들이 널려져 있을 것이다.

변화가 극심한 불확실성의 산업사회에 적응하는 정책의 기동성은 존재하였던가. 초기 동국대학교의 기라성 같았던 한국의 석학, 나아가서는 세계적인 한국학 학자들의 업적을 계승하여 그것을 뛰어넘는 새로운 학문적 지평은 과연 개척되었던가. 대학의 양적 팽창이 질적 상승에 직결될 수 없음을 인식하여 정책적 배려를 시도하려 했던가. 문교정책의 비판적 수용입장을 견지하면서 진정한 대학상을 아픔으로라도 세우려 몸부림쳐 보았던가.

분교정책은 과연 바람직하였으며 경주캠퍼스와 본교 간의 균형적인

발전과 상호보완의 제도적 장치는 구비하였던가. 의과대학의 설립인가
는 만시지탄의 감이 없었는가를 돌이켜보며 인가에 뒤따르는 후속 제
반 계획의 실천은 확실하고 기동성 있게 집행, 진척되어가고 있는가. 대
학을 떠받치고 있는 기둥—교수와 행정요원 간의 갈등, 혹은 어느 한 쪽
의 지나친 아집은 없었으며 또 다른 기둥인 학생은 고교 졸업생의 자타
가 공인할 수 있는 우수 집단이라 말할 수 있었던가. 홍보활동은 원활했
으며 동문들은 순수하게 학교발전을 위해서만 헌신하고 있었던가.

보직교수와 평교수 간의 말 통로는 열려있었으며 교수들 연구업적이
재단의 재정적 뒷받침 속에 결실되고 있었던가. 언필칭 주인 없는 혹은
주인이 너무 많다는 세론에 한번 쯤 귀 기울여보았는가.

가장 민주적인 풍토적 특성을 토론으로 발전, 지양하기 위해 빈정거
림이나 불평불만보다 각자가 각고의 노력을 과연 게을리 하지 않았던
가. 이 같은 맥락에서 우리는 그동안 학교정책을 담당했던 분들의 공功
과 과過에 대한 엄정한 평가 또한 뒤따라야 할 것이라 믿는다.

그래야만 책임의 소재 확인을 통한 시행착오를 피할 수 있다고 파악
하기 때문이다.

대학의 캠퍼스가 한국의 오늘이 당면한 모든 고뇌를 집약적으로 안
고 있는 시대에 우리는 살고 있다. 이것은 몸서리치는 아픔이며 이 아픔
을 극복해야만 하는 역사적 당위 속에 놓여있다. 80의 원숙하고 노련함
을 지닌 동국대학교가 이 같은 역사적 당위의 멍에를 풀어야 할 책무를
가졌음을 강조하고자 한다. 그 같은 책무의 수행이야말로 이 땅에 새로
운 동국대학교의 위치 정립의 길 트임을 행하는 일이며 동국학맥의 실
천적 계승일 것이라 믿는다.

뼈저린 성찰과 그것을 통한 확고한 개혁의지 속에서라야만 동국의
웅비는 창출되고 약속될 수 있을 것이다. 개교 80주년. 그러므로 자축보

다는 오늘의 위상을 생각하며 통절한 자기반성을 행하는 일이 멸사봉
공, 살신성인의 보살행을 하신 선배들에게 오히려 보답하는 길이라 믿
어 의심하지 않는다.

▶ 1986.5.6. 동대신문 사설

도약을 위한 구체적 표징
- 의과대학 신설에 부쳐

　폐일언하면 의과대학 인가 및 의예과의 신설은 동국대학 80년 역사
의 획을 긋는 경사며 도약으로 향한 일대 전환점이다. 또한 그것은 동국
대학을 떠받치고 있는 한국 불교인들의 확실하고 줄기찬 발심의 구체
화된 표징이라 아니할 수 없다. 돌이켜보면 찬란했던 과거를 현재에 확
실하게 재건하고 미래의 보다 넓은 지평으로 이끌어감에 비교적 수세
의 입장이었던 한국불교와 동국대학교에게 그것은 능동적인 자각을 확
실히 매듭짓는 계기가 된다는 점을 간과할 수 없다.

　국가인력 수급계획의 하나로 대학의 입학 증원이 처음으로 동결되고
오히려 대다수 대학은 기왕의 정원을 축소 조정하는 시기에 의과대학
인가 및 의예과 신설을 확보했다는 것은 더욱 값진 일이라 평가하지 않
을 수 없다. 그러므로 학교당국의 주도면밀한 계획과 그 같은 의지를 전
달코자 밤낮을 가리지 않고 열화 같은 정성으로 정책당국에 용맹, 정진
했던 실무자들의 장한 뜻에 거듭 옷깃을 여미며 고개를 숙이지 않을 수
없게 된다.

　이미 우리는 한의과대학과 부속 한방병원을 갖고 있으며 부처님의
큰 뜻으로 병마에 시달리는 중생들에게 자비로운 시혜의 손길을 다독
거리고 있다. 이에 한방이 가진 장점을 폭넓게 수용하고 한방이 더디게

미치는 영역을 보완하면서 의과대학이 가동될 것임을 생각할 때 또 한 번 모든 동국인과 더불어 벅찬 가슴을 가지게 됨을 굳이 숨기고자 않는다. 이와 함께 몇 가지 우리들의 의견을 첨가하여 이 벅찬 감회를 현실화시키는 데 도움이 되고자 한다.

어떤 제도든지 그것을 바람직하게 운용하여 기대했던 바 목적을 획득하기 위해서는 인력자원을 확보하는 일이 관건이다. 물론 의예과가 의학과에로 진입하는 데는 얼마간의 시간적 여유가 있다. 그러나 그것은 결코 긴 시간이 아님을 상기할 때 교육현장으로서 의예과, 그리고 의학과에 교수진의 확보는 하루빨리 실현되어야 한다. 교수진 확보에는 모든 지혜가 총체적으로 집약될 수 있는 광범한 여론 수렴이 동반되어야 할 것이다. 그러기 위해 총장 직속의 설립 구성위 같은 것도 고려해 볼 만한 일이라 생각된다.

양방이 이 땅에 뿌리내린 것을 일 세기 정도로 파악할 때 일취월장의 발전을 거듭했음은 주지의 사실이다. 이에 인재난에 봉착할 리는 없을 것이므로 한국 의학계의 정예 엘리트를 유치, 초빙하는데 결코 인색해서는 아니 된다 함은 아무리 강조해도 지나치지 않을 것이다.

둘째로 부속병원의 설립을 주축으로 하는 제반 시설 여건에 대해 말하고자 한다. 우선 의과대학의 본부는 경주캠퍼스에 둔다고 하더라도 부속병원은 가능하면 본교캠퍼스를 중심으로 대도시에 건립하여 채산성의 문제도 고려하여야 할 것이다. 또한 큰 사찰을 중심으로 산간 깊숙한 곳에도 그 분원을 설치하여 청정수행하는 도량의 스님들에게도 실질적 도움이 되도록 배려해야 한다고 파악한다. 양방의 본거지인 구미제국에 실무진을 파견, 연수토록 하여 어느 대학병원보다 한발 앞선 시설 및 행정제도를 갖추도록 해야 할 것이다. 우리의 목표가 세계적인 대학건설에 있다면 세계로 향한 거시적 스터디는 빠르면 빠를수록 효과적일 것이라 믿는다.

셋째로 학교당국이 갖고 있는 계획을 시안으로 동국인들의 지혜를 수렴하여 가장 이상적인 마스터플랜을 작성, 정밀하고 치밀하게 실현해 나가야 할 것이며 한의과대학 및 부속 한방병원 개설 때의 값진 경험을 최대한 활용해야 할 것이다. 경주캠퍼스에 설치된다는 지역적 열세를 극복할 수 있는 장학제도를 비롯한 과감한 투자, 대대적인 홍보활동, 생물 및 화학과, 간호학과, 약학과, 치예과 등 연관 학과의 신설도 예의 검토되어야 할 것이다.

우리는 동국대학 80년 비원의 한 자락을 붙잡았다. 이제 모든 동국인의 의지가 구체화 되는 의과대학 및 의예과 신설에 보살정신으로 의지의 가닥들이 축적되어 동국발전과 불교중흥이 한걸음 현실화로 성큼 내딛게 되기를 기원하고자 한다.

▶ 1985.11.5. 동대신문 사설

한글날에 다시 생각함

집현전 학자들이 백성을 가르치는 바른 소리, 즉 한글을 만들어 세종께서 반포하신 지 5백40여 성상을 헤아리게 되었다. 그동안 한글이 겪어왔던 가시밭길은 이 민족, 이 겨레가 걸어온 길과 일치하고 있음에 새삼 말과 글의 운명이 곧바로 겨레의 그것과 이어진다는 사실을 다시 확인하게 된다.

자주, 민주, 실용을 근간으로 만들어진 한글의 우수성은 소리글자로 발음기관의 모양을 본뜸과 정밀하고 치밀한 음운체계, 음양오행사상에 바탕을 둔 과학적인 것임은 널리 알려진 바다. 그러나 한글이 과학적 문

자로 우수하다는 것을 확인, 검증하는 일만이 오늘날 우리들의 소임과
책무가 아니란 점에서 한글날의 의미는 더욱 깊고 무겁다고 파악하지
않을 수 없게 된다.

일차적으로 우수한 과학적 문자를 오늘의 현실생활에 가장 알맞게
실용화하고 있는가, 라는 성찰이 비롯되어져야 한다는 점을 들 수 있다.

1930년대에 만들어진 맞춤법 통일안은 그동안 많은 논란에도 불구
하고 아직 표음과 형태 위주의 양자를 바람직하게 승화시켰다고 보기
에 미흡하다고 판단된다. 시대가 변화한다는 것은 언어생활을 비롯한
모든 것이 변화함을 뜻하는 말이다. 그러므로 문자생활은 이같이 변화
하는 시대에 상응될 수 있어야만 확실한 문화적 집적을 쌓아올릴 수 있
게 될 것이다. 또 한편으로는 한글의 기계화 문제, 전용과 한자와의 혼
용문제 등도 이제는 매듭을 지어야 할 단계에 와 있다고 생각된다.

누구의 주장이 타당하고 이론에 적합한가를 따지는 일은 이제 하나
의 통일된 결단을 요청하는 시점에 와 있다고 우리는 파악한다. 현실생
활에 가장 적합한 말본의 통일된 원리가 설정되고 이 같은 여러 문제점
이 보다 깊게 연구 천착됨으로써 집약되고 통일된 원칙이 빨리 세워져
야 한다고 그러므로 생각하게 한다.

다음으로 거론할 수 있는 것이 우리말과 글의 자주성 확보문제다. 자
주성이란 말은 얼핏 닫힌 사고의 소산으로 생각되기 쉽다. 그러나 자주
성이란 보다 개방된 열린 사고로 나아가기 위한 스스로의 자세정립이
란 점을 확실히 인식할 필요가 있다. 그것은 민족자존심의 제자리 찾기
와 상관되기 때문이다. 우리말과 글이 수천 년 동안 한자문화권에 침윤
되었음은 물론 일제의 말과 글에 의해 오염된 것 역시 사실이다. 이 같
은 침윤과 오염을 아픈 경험으로 밀려오는 구미어의 물결에 슬기롭게
대처할 수 있어야 한다.

누구나 사용하기 간편한 실용성 있는 외래어 표기법을 정착시키는 것도 하나의 방법이겠고 대중매체의 말과 글의 쓰임이 정도를 넘지 않게 외국어 사용을 조절시키는 기구의 신설 같은 것도 한 방법이 될 것이다. 그러나 무엇보다 각자가 언어생활에서 우리 말글을 갈고 닦음으로써 그 자주성을 회복시켜주는 일이 확실해져야 한다고 우리는 믿는다.

또 하나는 불교와 우리 말글의 관계를 살펴보는 일이다. 한글 역경사업은 그동안 괄목할 만 했었다고 평가할 수 있을 것이다. 그러나 불교용어의 우리 말글로서의 실생활화는 아직도 충족된 상태라고 말하기는 어려울 것이다. '대웅전'과 '큰법당'의 거리만큼 오늘날 실생활어로서의 불교용어 보급은 미흡하다 아니 할 수 없게 된다. '사홍서원', '삼귀의'처럼 '반야심경'을 알기 쉬운 우리 말글로 바꿔 그것을 의식에 사용함으로 생활화하는 일은 전법에도 긍정적으로 작용될 것이라 믿어 의심치 않는다. '석보상절', '월인천강지곡'을 한글로 창작했던 정음 창제 당시의 일들은 불교인들인 우리에게 많은 교훈을 남겨주고 있다는 것을 지나칠 수는 없다.

한 민족에 있어 말과 글의 잠재력을 확장시키고 가능성의 새 지평을 제시하는 일은 시, 소설로 대표되는 문학인들의 작업에서 구체화된다. 한국 신문학을 사실상 주도해온 '동국문학'이 우리말과 글의 잠재력 개발을 통한 새 지평 제시 작업에 있어 기왕에 얼마나 능동적이었던가를 평가하고자 한다.

학교당국이 '한국문학연구소'를 확실하게 본격적으로 지원함으로써 그곳을 통해 동국문학인들이 보다 활성화된 창작 작업으로 우리말과 글의 창조적 결을 보다 개발하고 확장시킬 수 있기를 간곡히 기대하고자 한다.

▶ 1985.10.8. 동대신문 사설

시대정신과 민중문학

한국문학에서 민중은 아직도 확실한 개념을 정립한 용어가 아니다. 그것은 사람에 따라 얼마든지 다양하고 폭넓게 사용되는 용어다. 이를테면 민중을 통치수단으로부터 소외된 집단, 존경받을 만한 문화수단을 갖지 않는 사람들(한완상)로 규정하는가 하면, 정치 · 경제 · 사회 · 문화적인 여러 가치의 배분에 있어 보다 열세한 집단(안병영)의 총칭으로 파악하기도 하고, 서민 · 백성 · 인민 · 국민대중과 동의어로 파악하여 다수의 국민(백낙청) 정도로 해석하기도 한다.

물론 현상을 파악함에 있어 개념의 다양성이나 미정립이 결정적인 비판 요소인 것만은 아니다. 오히려 그 같은 다양성이 긍정적인 요인으로 말해질 수도 있다. 그러나 한국문학에서 민중 또는 민중문학이란 현상의 파악을 위해 민중이란 개념이 확실하지 않음을 일단은 확인할 필요가 있다.

문학은 삶을 대상으로 한다. 그러나 어떠한 계층의 삶을 보다 구체적 대상으로 하는가 하는 문제는 시대에 따라 변모를 보여 왔다. 리얼리즘이라 말해지는 문학의 이념은 소외받고 있는 계층의 삶을 보다 확실하고 진지하게 수용하려 했던 문학적 관점이었다.

소외계층이란 국민대중 즉 여러 가치배분에 있어 보다 열세한 일반서민을 말한다. 한국의 1970년대는 이 같은 일반서민이 경제발전의 그늘에서 매우 불이익을 감수했던 시절이다. 한국문학에서의 민중논의는 이 같은 시대적 배경에서 구체적으로 시발된 것이라 파악할 수 있다. 뿐만 아니라 유신시대라 불리는 이 연대는 정신적인 면에서도 획일화를 요구했었고, 경제적 목적달성을 분단이란 고통스러운 여건에서 달성하기 위해 기본권을 유보하려 했던 것 또한 사실이다. 여기에 리얼리즘이란 문학이념은 이 같은 시대적 현실을 문학에 수용하는 중요한 통로의 역할을 담당하게 되었다.

1960년대에 창간된 『창작과 비평』을 중심으로 한 일련의 문학평론가(백낙청·염무웅)들은 이 연대에 리얼리즘의 한국적 토착화에 전념하게 되었다. 많은 문학담당층들은 비판적이든 긍정적이든 이 같은 리얼리즘 논의의 범주에서 크게 벗어날 수가 없게 되었다. 이 논의에 긍정적이었던 문학 담당층은 현실상황에 능동적으로 발언해야 한다는 고발 혹은 참여문학의 양태로 작품을 생산하기 시작했다. 또한 이들은 그들 이전 시대에 있었던 순수·참여 논쟁의 연장에다 이으려 했고 현실에 강한 저항의 자세를 보였던 김수영, 신동엽의 시세계에 지대한 관심을 보이기도 했으며 강한 현실의식의 작품을 보였던 김정한의 소설을 높이 평가하기도 했다.

이 같은 사정 속에서 민중문학은 소용돌이쳤던 1970년대 말을 넘기고 80년대에 들어와 본격적으로 논의되고 그 논의를 실천하려는 양상으로 전개되었다. 그래서 드디어 민중문학의 주창자들은 단지 민중이 막연한 한국사회계층의 소외받은 서민이란 소박한 개념을 전제로 문학뿐만 아니라 정치적으로 불이익을 감수한다고 스스로 파악했던 소수의 체제 불만 지식인과 동반하려 했으며 일반 근로자들의 불이익을 앞장서서 대변해야 한다는, 그리고 그들에게 그것을 일깨워야 한다는 운동의 양태로 모습을 변화시키기에 이르렀다.

처음부터 민중 개념의 다의성 수용은 개념 미정립의 상태를 심화시켰고, 그렇기 때문에 체제 불만 지식인 그룹과 민중문학은 서로 합류될 수 있는 개연성을 갖고 있었으며 문학 아닌 행동의 표현으로 그들 이념의 현실화에 진력할 수 있는 함정을 지니고 있었다. 이점은 민중문학 주창자들이 문학인이냐 아니면 이념의 현실화를 위해 봉사하는 사회운동가인가의 구별을 할 수 없는 아노미 상태를 초래하게 되고 만다. 이러한 아노미 상태는 이미 문학의 범주에서 민중문학이 일탈된 행동적인 운동의 상태라는 것을 입증해주게 된다.

문학이 문제제기의 구조라고 하는 것은 문학이 언어를 통해 삶의 현장인 현실과 관계하고 있음을 전제한 언표言表다. 삶을 대상으로 하는 한에 있어 문학은 언제나 현실과 상관하고 있음을 부인할 수는 없다. 그러므로 문학은 언제나 현실과 언어를 통해 끈질긴 유대관계를 형성하고 있음을 확인해야만 한다. 삶을 대상으로 하는 문학이 삶의 어떠한 부분에 보다 시선을 집중하는가 하는 것은 시대적 요구인 시대정신과 관계한다. 그러나 시대정신에 배치되는 관점에서 삶의 단면을 대상으로 한다고 그 같은 관점은 타기되고 매도되어야 하는 것은 아니다.

시대정신에 충실한 관점과 대척되는 관점도 다 함께 다양성이라는 항목으로 묶여져야 하고 그 같은 다양성이 문학의 경직화를 막을 수 있는 소금의 역할을 하게 되며 변화하는 시대정신의 그 다음 지평을 열어주는 전위가 될 수 있음을 어떠한 문학이론도 인정하지 않으면 안 된다. 다양성과 상호보완이 문학 자율성의 근간이며 그것이야말로 풍요로운 문학 결실을 기대할 수 있는 관건이기 때문이다.

언어를 통하지 않을 때 어떠한 문학적 제스처도 이미 그것은 문학이라 볼 수가 없다는 점을 확인해야 한다. 그러므로 문학이 문제제기의 구조로써 삶의 여러 측면을 제시하려 할 때 그것은 언어를 통해야 되고 언어가 만드는 구조를 통해야 한다.

그 구조를 장르라고 부르거니와 장르라는 틀에 의해 작가의 정신 또는 이념이 형상화되어야 한다. 물론 기존 장르의 틀이 당대 삶의 현장을 현상화 함에 부족하다면 새로운 장르의 탄생은 필연적일 수밖에 없다. 형상화한다는 것은 대상을 미적으로 질서화하고 체계화한다는 것을 말한다. 미적 체계화와 질서화란 독자의 가슴에 부딪혀 부서지는 감동의 포말이다. 이 같은 감동을 획득하지 못할 때 작품은 그 문학적 성취에서 실패하고 말게 된다.

문제제기를 문학의 구조로 보는 것은 단지 대상인 삶을 독자에게 전달하여 어두운 현실의 부조리한 상황을 고발하는 메시지에 문학을 붙들어 매는 것을 뜻함이 아니다. 그것은 대상을 언어구조의 안쪽으로 끌고 와서 형상화하여 독자가 감동할 수 있도록 장치해야 한다는 것을 뜻한다. 감동의 통로를 통해 작가가 독자와 만날 수 있을 때 문학의 기능은 작동될 수 있으며 작가가 문학 속에서 제기하는 문제는 독자의 가치관에 새로운 의미의 파편이 되어 각인될 수 있을 것이다.

문학에서 이념과 함께 기법이 똑같이 중요하다 함은 이상과 같은 터전에서 수확되는 결실이다. 이념이란 작가 정신을 말하는 것이고 기법이란 그것을 언어로 형상화하여 감동의 통로를 개설하는 능력을 말함이다. 리얼리즘도 그 시작이 기법에 있었음을 레이몬드 윌리암즈는 리얼리즘의 변천과정을 기술하는 글(「Realism and the Contemporary Novel」) 속에서 소상하게 밝혀주고 있기도 하다. 실험정신이라는 것도 문학에 있어서는 이념인 작가정신을 보다 확실하게 담을 수 있는 형식을 찾아가는 멀고 먼 행로에서 시도되는 형식의 파괴와 재건 그리고 복구라는 기법 쪽에 악센트가 있음을 확실히 인식할 필요가 있다.

그러므로 이념과 기법은 떼어놓을 수 있는 것이 아니며, '무엇'과 '어떻게'는 문학이 가진 영원한 멍에와 족쇄가 될 것이다.

한국문학에 있어 민중문학은 민중 개념이 정립 안 된 채 막연한 일반 서민을 민중으로 포괄하는 의미로 수용되어 그들의 불평등과 불이익 그리고 보다 열악한 배분에 대한 관심으로 치닫게 되었다.

리얼리즘의 이념이 기법의 전제 없이 수용되었으며 그 결과로 문학 범주를 벗어나는 운동으로서 대두되게 되었다.

문학이 문학운동으로서 존립할 수 있는 것은 언어예술의 범위를 벗어나지 않으면서 작품에 감동의 통로를 개설할 때이다.

따라서 문학운동은 작품을 통한 작가의 삶에 대한 문제제기로 통괄되어야 한다. 이념의 현실화를 위해 문학인이 언어의 전달기능인 메시지만을 극대화하여 상황에 행동으로 발언하려는 것은 사회운동, 이데올로기 운동이지 문학운동은 결코 아니다. 그리고 그것은 문학을 사회 혹은 이데올로기에 종속시키는 결과를 초래하게 되며 문학의 자율성, 저 자유분방하고 다양성으로 풍요로운 문학의 평원을 짓밟는 행위가 되고 말 것이다.

문학은 민중의 삶과 아픔을 외면해서는 안 된다고 말하는 것은 당연한 이야기다. 그러나 그것은 민중의 개념이 정립되고 삶의 아픔이 형상화되는 것을 전제하지 않을 때 구호로 주저앉고 말 것이다. 감동의 통로를 차단한 어떠한 민중문학운동의 메시지도 강령이나 표어나 아포리즘의 단계를 벗어나지 못하게 될 것임은 자명한 일이다. 한국의 민중문학이 이 같은 운동의 단계를 극복, 진정한 문학 내적 운동으로 뿌리내리지 못할 때 굽이쳐 흐르는 역사의 강물 위에 잠깐 일렁이다 만 파문으로 사라지리라는 전망을 그래서 하게 된다.

▶ 1985.9.3. 부산여대학보

명작 속의 여인상

- 김동인 「감자」의 복녀

여인은 아름답다. 그리고 여인은 아름다워야 한다. 이 같은 생각이 잘못된 것임을 김동인의 소설 「감자」의 복녀는 우리에게 일깨워준다. 여인이 반드시 아름다운 것만은 아니고 여인이 한없이 누추할 수도 있다는 전형을, 그래서 김동인은 형상화한다. 안개 속에서 어른거리는, 우리 마음 속 저 깊은 곳에서 아지랑이처럼 피어오르는, 보랏빛 노을 속에 아련하게 잠겨가는, 그립고 아쉬운 비단자락 같은 부드러운 꿈속의 여인상을 여지없이 짓밟은 자리에서 복녀는 우리와 만난다. 그곳은 일제 식민지 치하의 평양 칠성문 밖 빈민촌이다. 열아홉 나이의 복녀는 이미 기혼자다. 그녀의 남편은 무지막지한 게으름뱅이다. 칠성문 밖의 빈민촌으로 오기 전 그녀는 80원에 팔려서 시집을 갔다고 김동인은 기술하고 있다.

팔려서 시집을 간 여인. 그 같은 여인을 언어로써 표상하는 것은 궁핍과 처연함을 확인하는 일이 된다. 궁핍의 확인은 복녀를 제도적 장치가 전혀 돌보지 않았다는 것을 의미한다. 빼앗겨 버린 국토와 주권은 복녀와 게으름뱅이 그녀 남편을 호적상에서는 정확하게 일제의 신민臣民으로 기록하였을 것이다. 식민지인을 돌볼 만큼 일제는 유연하고 우호적은 아니었다. 이같이 버려진 식민지인의 척박한 운명의 멍에는 복녀 자신의 의사와는 전혀 관계없이 팔려서 시집을 갈 수밖에 없도록 했다. 운명에 능동적으로 대처할 수 있는 문화적 학습을 깡그리 박탈당했던 그녀에게 있어 이것은 차라리 단순한 삶의 한 가닥에 불과했을 것이다. 결혼을 단순히 삶의 가닥이라고밖에 생각할 수 없었던 이 황량함 앞에 사랑이란 표현은 차라리 사치다. 궁핍함에서 비롯하여 처연함의 목메임을 갖게 되는 까닭이 여기에 있다. 식민지인으로서 방치된 1920년대 한국의 여인은 그래서 수동적이 될 수밖에 도리가 없다. 내던져져 아무렇게나 뒹구는 돌멩이처럼 그렇게 사회 속에, 상황 속에 버려질 때까지 복녀는 항거하고 그것을 박차버릴 아무 준비도 챙길 수 없었다.

남편에게 순종하며 남편이 시키는 대로 해서는 안 되겠다는 생각이 살아야 하는 호구糊口의 문제와 그래서 직결된다. 그때 복녀는 자신의 변혁기를 맞게 된다. 그것은 궁핍을 통해 삶의 진면목을 능동적으로 체득하는 과정에서 드디어 알게 된다. 송충이를 잡지 않고도 감독과 짜릿함 즐거움을 맛보면서 품삯은 더 많이 받을 수 있는 방법—그 방법을 통해 그녀는 '처음으로 한 개 사람으로 된 것 같은 자신까지 얻었다.'

궁핍 해결의 방편 속에서 여성으로서 인간실존의 진면목을 알게 되는 복녀는 그래서 아름다워지려고 화장도 하게 된다. 원래부터 기갈이 들려 몸부림치면서 나무꾼을 통해 성적 쾌락을 획득하는 차타레이 부인과는 완전히 다른 자리에 복녀가 우뚝 서게 됨을 알 수 있는 부분이다. 그래서 채마밭 주인인 중국인 왕서방을 대하는 복녀는 이제 여성으로서 성숙된 자세를 갖게 된다. 뿐만 아니라 사랑과 질투를 비록 본능적인 차원에서지만 가질 수 있게 된다. 그러나 그것은 곧바로 그녀의 파멸과 직결된다. 낫을 들고 왕서방에게 덤벼들다 복녀는 오히려 자신의 나머지 삶마저 탕진해버리고 만다. 여성으로서의 아름다움과 사랑과 질투를 능동적으로 행사하려다 좌절해버린다. 그래서 누추하고 궁핍하고 처연한 저 끝없이 질척이는 흙탕물 같은 여인의 실루엣을 우리들 가슴에 복녀는 드리워준다.

소설이 시대를 반영한다는 말은 지당하다. 그러나 소설이 시대와 그 시대를 살아갔던 사람들을 완벽하게 드러내 준다고는 할 수 없다. 소설 「감자」가 1920년대 식민지적 현실을 완벽하게 드러내 주고 있다고 말할 수는 없다.

복녀가 식민지를 살아갔던 당대의 방치된 한국여성의 대표적 전형이라고도 물론 말할 수 없다. 그렇지만 복녀로 형상화된 당시의 내버려진 제도적 시혜에서 완벽히 방치된 한국의 여인이 하늘에 별만큼 많았음은 사실일 것이다. 그것을 김동인은 언어로써 포착하는 데 성공했다. 그의 이 같은 날카로움은 아름답지 않아도 여인이 될 수 있다는 신념을 갖도록 우리를 유도한다. 아름답지 않은 여인도 한국의 여인이며 인류의 이름으로 포용되어야 함을 그는 소설 「감자」로써 매우 밝게 보여주고 있다.

이 같은 논의의 연장에서 한국여인은 수동적이란 선험적 발상법은 잘못되었음을 알 수 있게도 된다. 수동적이란 그렇게 될 수밖에 없도록 한 제도 혹은 문화적 배경이 만들어 낸 것임을 또한 확인할 수 있게 된다. 삶의 가장 본능적인 기본요건인 호구지책 속에서는 능동적으로 확실히 자리하게 되는 복녀를 우리는 만날 수 있기 때문이다.

아름다운 것이 소설 속의 여인상이란 고정관념에 복녀는 쐐기를 박는다. 그래서 김동인이 창조한 소설 「감자」 속의 복녀는 궁핍, 처연함이 어두운 통로를 지나 누추하며 칠칠맞지 못하게 흐트러진 차림으로 우뚝 우리 앞을 가로막고 돈만 주면 치마도 벗겠다고 할 듯한 환상을 심어주게 된다.

▶ 1985.5. 월간 해외취업선원

도전과 응전
- 개교 79주년을 맞아

개교 79주년을 맞는다. 짧은 한국의 대학사에 커다란 의미로 새겨질 동국대학교의 79주년은 말 그대로 한국 대학사의 살아 있는 증언으로서의 그것이다. 교육 구국의 투철한 발심으로 민족사학 동국대학교의 오늘이 있기까지 살신성인하신 여러분들에게 옷깃을 여미며 감사와 보은의 말씀을 드리고자 한다. 한편으로 우리는 그 같은 발심이 한국사에 지워지지 않는 자취로 영원히 각인될 것임을 다시 한 번 확인하고자 한다.

역사를 도전과 응전으로 파악하는 것이 가장 바람직한 역사관이라고 믿지는 않는다. 그러나 역사를 그 같은 관점에서 조망하는 일은 의미 있는 일이라는 점은 믿어 의심치 않는다. 동국대학교 79년을 돌이켜보면서 교육 구국이란 응전으로 일제 식민치하를 주권회복과 독립 쟁취를 위해 투쟁한 선배들의 뜻을 우리는 낱낱이 읽을 수 있다. 광복과 6·25 그리고 4·19를 거치는 현대사 도전의 격랑마다 현명하고 슬기롭게 응전하여 교세를 신장한 사실은 투철하게 확인해야 할 부분이다. 경주캠퍼스를 설치하여 신라 천 년의 불교적 맥을 되찾았다는 사실은 그중에서도 가장 두드러진 부분이 될 것이다. 그러나 우리는 60년대 이후 급격히 변화했던 한국사회에서 동국대학교 스스로가 얼마나 이 같은 변화에 도전하면서 한국대학 내지는 한국사에 능동적으로 대처했던가에는 성찰의 여지가 있음을 숨기고자 하지 않는다.

양적으로 팽창해가는 한국대학의 현실에서 질적으로 그것에 상응될 만한 충분한 응전책을 갖추었던가를 생각해야 될 것이며, 고도로 능률화되어가는 산업사회의 추세에 행정의 현대화를 위한 인적 및 제도적 장치를 활성화시켰던가도 짚어야 할 대목일 것이다. 우리의 판단으로는 양적 팽창에 질적 대응이 상응되지 않았으며, 산업사회의 격변에 대응되는 행정 및 인적인 제도적 장치는 매우 지지부진했었다고 판단될 수밖에 없는 실정이라고 본다.

가장 민주적인 응전 방법은 속도에 있어 다소 지지부진하다 하다는 것은 주지의 사실로 되어있다. 그러나 민주적인 제도의 강점은 그것이 질적 수준에서 가장 이상적 형태임을 부인하지는 않는다. 과연 동국대학교 오늘의 실상이 한국 석학의 요람이며, 한국 고교졸업생의 가장 우수한 집단의 총화인가에 대해 우리는 자신 있게 대답할 수 없음을 안타깝게 생각한다.

한국의 국학을 주름잡던 대학자들은 일선에서 물러나고 그 뒤를 이를 학맥들에 대해 과연 동국대학교는 충족될 만한 지원을 통해 응전을 했던가를 성찰해야 하고, 이유야 어디에 있든 우수 집단의 학생들을 동국의 식구로 맞이함에 있어 많은 부분이 타 대학에 뒤지고 있었음을 솔직하게 인정하여 광정하지 않으면 안 된다고 파악된다. 행정의 능률화가 이상적 행태에 육박하고 있는가도 돌아봐야 할 것이며 교수와 학생 그리고 지원하는 부서들 상호 협조관계는 어떠한가도 짚어봐야 할 부분이라 생각된다.

나날이 새롭게 변하는 것은 현대의 여러 가지 징후를 나타내는데 매우 적절한 말이다. 이 새롭게 변화하는 시대에서 79년의 동국대학교는 온고溫故하며 지신知新하는 슬기와 행동으로 기왕의 현실을 타개해나가지 않으면 안 될 것이다. 무엇에 동국대학교는 도전해야 할 것인가를 엄정하게 생각하여 그것에 대처하는 응전력을 가져야만 할 것이다.

80년을 바라보는 동국대학교의 역사는 말 그대로 찬연한 것임을 숨길 필요는 없다.

그러나 역사란 과거를 통해 현재를 확인하여 미래의 지평을 연다는 이미 진부한 말을 빌리지 않더라도 과거 속에 현재의 모습을 투영시켜 뼈를 깎는 아픔과 살을 저미는 고통으로 현재의 좌표를 확인할 필요가 있을 것이다. 그리하여 미래의 지평을 설정하지 않을 때 말의 정확한 의미에서 도전과 응전의 마당에서 주저앉게 되고 말 것이다.

기념행사 하나하나의 치밀한 계획과 준비도 필요하다. 그러나 이제 79년을 살아온 동국대학교의 동국인은 부처님의 말씀이 명하는 바대로 자리自利를 통해 이타利他할 수 있는, 도전과 응전을 통해 구각에서 탈피할 수 있는, 현재의 좌표를 아프게 인식하여 도약하는 가운데 79년의 개교기념일을 맞아야 할 것이라고 우리는 파악한다.

▶ 1985.5.7. 동대신문 사설

「가자, 우리의 둥지로」와 「파도야 파도야」

윤정모의 「가자, 우리의 둥지로」(『현대문학』 3월호)는 충격적인 작품이다. 충격적인 그만큼 아쉬움을 남기는 작품이기도 하다. 이민 간 한국인들의 삶을 그것은 오브제로 하고 있다. 윤태민의 희망과 좌절 그리고 귀거래사는 오늘 미국으로 이민 간 대부분 한국인의 그것을 압축하고 있다고 할 때 윤정모의 작가정신은 한국소설이 미처 쟁기와 보습을 대지 못한 미답의 대지를 갈아엎은 셈이 된다.

이민사회인 미국에서 추악한 한국인들이 어떻게 그곳의 타기해 마땅한 문화적 폐습과 관계하고 있으며 그리스도의 이름으로 어떠한 비리가 한인교회의 운영자들과 영합되고 있는가를 「가자, 우리의 둥지로」는 극명하게 제시하고 있다. 태민과 그의 아내 분임의 갈등은 그러므로 윤태민 일가의 것이 아닌 한국민 전체가 생각해야 될 문제로 클로즈업된다.

그러나 우리의 아쉬움은 소설 화자인 '나'와 태민을 성선性善 쪽에, 혜리 김과 장목사 등을 성악性惡의 편에 고정시킨 인물의 전형성에서 비롯된다. 또한 「탕자, 돌아오다」식의 진부하고 도식적인 분임의 회개와 고국으로 태민 일가를 돌아오도록 하는 구성상의 장치들에서 더욱 심화된다.

리얼리즘이란 그것이 소설에서 얘기될 때 소설이 가진 미학을 무시해도 좋다는 뜻은 아니다. 그러므로 당대의 부조리하고 어둡고 방기된 대상들을 단지 주제의식에 의해 내뱉는다고 해서 리얼리즘의 참다운 획득이 될 까닭도 없다. 윤정모는 지나치게 그가 생각하고 있는 모국 제일주의를 선善과 악惡이 분명한 전형적 인물 설정, 여러 어려운 사연 끝에 귀국하게 되는 사건의 전개 등을 통해 보다 강조하려 한 듯하다.

그러나 그것은 고발 일변도의 도식성과 진부한 마무리만을 드러내놓고 말았다.

정확한 의미에서 참다운 소설은 차라리 이 같은 치열한 작가정신이 구체적인 소설미학의 새 영역과 만날 때 소재주의를 뛰어넘은 예술의 지평과 조우한다는 것을 「가자, 우리의 둥지로」는 생각하게 해준다.

강용준의 「파도야 파도야」(『한국문학』 3월호)는 전쟁소설이다. 한국의 작가들이 지금까지 그래왔고 앞으로도 그리리라 말할 수 있는 가장 소설적으로 마무리될 수 없는 소재는 6·25일 것이다. 이 말은 6·25가 그만큼 소설로써 응전할 만한 다양한 조건들을 한국문학에 영원히 투사하고 있다는 뜻이기도 하다.

한국전에 중공군이 개입한 직후 서해안 일대의 한국군 유격대 구월부대와 백마부대 그리고 백령도 기지 미군사령부와 전투수행 사항 및 그에서 빚어지는 유격대 사이의 갈등을 다루고 있다. 김종벽, 김응수, 버커로 대표되는 인물들은 전쟁이란 극한 상황 속에서 살아 움직이는 투철한 반공투사들이다. 김종벽 대위와 버커 소령의 갈등, 그 중간 위치에 선 김응수 백마부대장의 임무수행 사항을 작가는 완벽하게 객관적으로 서술하고 있다.

김종벽 대위의 강한 주체성에서 동족상잔의 비극과 약소민족의 원통함을 깨물 수 있다면 버커 소령의 납득하기 힘든 처사에서 우리 민족의 세계사적 발언권의 한계를 읽을 수 있게 된다. 파도 속에 잠겨 간 구월부대 대원들의 오열 속에서 문득 우리는 병자호란 당시 유폐된 남한산성에서의 소설적 기록인 「산성일기」를 떠올리며 목이 메이게도 된다.

한국전쟁, 우리 민족 그리고 지정학적 위치―그러나 이것들은 소설 「파도야 파도야」가 주는 감동의 한 자락에 불과하다. 소설로서의 「파도야 파도야」는 그럼에도 불구하고 그것이 반공이란 커다란 테두리와 동족상잔을 애국심으로 포용하는 강용준 기왕의 소설세계를 크게 벗어나고 있지 않다는 지적을 유보할 수는 없도록 한다.

6·25의 체험을 전장에서가 아닌 의식을 통해 깊이 있게 파헤치려는 작가의 한 면모를 정소성의 「아테네 가는 배」(『문학사상』 3월호)에서 읽게 된다. 프랑스 유학생인 종식이 한반도와 유사한 이민족 지배와 고대문화의 찬란함을 공유하고 있는 그리스 여행을 통해 보게 되는 이산가족의 슬픔은 소아마비 주하를 통해서만이 아니다.

6·25 참전으로 하체를 홀랑 날린 마라차에게서도 중공인 이굉석에게서도 엘리자베드에게서도 똑 같이 확인하게 된다. 이들은 모두 전쟁을 의식 속에 녹여 갖고 있는 사람들이다. 그것이 인류 혹은 평화라는 이름 아래 어떻게 설명되어야 할 것인가를 정소성은 매우 이색적인 세팅과 인물설정 등의 구성으로 설득력 있게 조명해주고 있다.

▶ 1985.3.25. 부산일보 이 달의 소설

당당하고 패기 찬 동국인東國人, 졸업생에게 부쳐

해마다 이맘때는 학위수여식이 있게 되며 이를 즈음하여 졸업생들에 대해 언급하게 된다. 연례행사인 학위수여 식전을 두고 졸업생들에게 새삼 무슨 말을 한다는 것은 기실 해마다 동어반복에 지나지 않는다는 사실을 우리는 누구보다 잘 알고 있다.

이 같은 사정을 지실함에도 불구하고 새롭게 상아탑을 떠나 사회의 일선으로 나서는 졸업생 여러분께 또다시 당부하게 되는 것은 이들의 책무가 중차대하며 이들에게 거는 기대가 매우 크다는 반증임을 숨기려 하지 않겠다. 엄정하게 말한다면 졸업생에게 거는 기대가 크면 클수록 현실사회의 개선점은 보다 두드러져 있다는 것이며 졸업생의 책무가 중차대하다고 강조하는 만큼 이전의 졸업생이 책무 수행에 보다 덜 철저했음을 의미한다고 풀이할 수 있다. 이 같은 관점에서 금년도 2천4백50명의 학사들과 2백19명의 석사들과 19명의 박사학위 취득자인 졸업생 여러분에게 먼저 우리는 기왕에 사회로 진출했던 졸업생들의 현재가 어떠한가를 냉철히 관찰하여 인식해달라고 당부하고 싶다. 이러한 인식은 필경 현재 우리 사회가 안고 있는 문제점의 소재가 어디에 있으며 그것을 치유 또는 개선할 수 있는 방법을 그동안 각고연찬刻苦硏鑽한 지적 자산과 냉철하게 갈고 닦은 영롱한 슬기로 창출하여달라는 말이 될 것이다.

구태여 학위수여 식전을 두고 졸업을 축하한다는 당연한 말을 맨 앞에 선뜻 앞세우지 않는 심정을 또한 알아주길 바라고자 한다. 이것은 우리 시대가 안고 있는 어려움과 우리 민족이 처한 어려움이 그 어느 때보다 농밀함을 인식하려 하기 때문이다. 하기는 어느 시대 어느 민족을 막론하고 참다운 지성은 당대를 어려운 위기의 시대로 파악하지 않은 적이 없음은 사실이다. 그렇지만 우리의 생각으로는 금세기 말에 살고 있는 졸업생들은 민족적으로는 분단이란 멍에를 뒤집어쓰고 동서진영의 첨예화된 대결의 최일선에 위치하여 다음 세기에 반드시 와야 할 태평양시대를 끌고 갈 견인차로서의 책무가 더 강조돼야 한다고 파악하기 때문이다.

상아탑으로 특징지어지는 꿈과 낭만과 젊음과 지성의 산록을 지나 민족적 및 시대적 책무가 전신을 짓누르는 현실의 질곡과 형극의 골짜기로 들어서는 출발의 장소로 졸업을 생각하고 싶은 것에는 이유가 있다. 그것은 이 험난한 골짜기를 연마한 지혜와 슬기로 하루빨리 벗어나 자신과 민족과 인류를 가능성과 희망과 복지의 평원으로 끌고 가달라고 졸업생 여러분에게 간곡히 당부하고 싶기 때문이다. 이것이야말로 역사 주체로서 인간실존의 일차적 소임을 완수하는 길이라고 또한 우리는 믿어 의심하지 않는다.

진리탐구란 참된 것의 발견인 동시에 바르지 못한 것의 과감한 광정匡正을 말한다. 졸업생들이 캠퍼스에서 진리탐구의 날카롭고 지혜로운 정신으로 지금까지 스스로를 가꾸어왔다면 이제부터는 현실에서 많은 동시대인을 깨우치고 광정하는 능동적인 보살정신을 구현하는데 결코 게을러서는 안 될 것이라고 생각한다. 그것은 나를 통해 남을 인식하고 남을 통해 나를 넓혀나가며 인류의 영원한 소망인 복지와 평화를 달성하는 길이 될 것이기 때문이다. 또한 그것은 지혜의 체득을 자비의 실천으로 연결시키는 길이 될 것이고 불퇴전의 정진으로 향해 가는 역사창조의 길이 될 것이라 확신하기 때문이다.

대학생의 급격한 증가와 그 졸업생의 현저한 증가는 우리 사회의 특징적 현상이라 할 만하다. 그러나 아직도 대학문을 나선 졸업생의 전체 국민에 대한 비율은 그다지 높지 않다. 그러므로 졸업생들은 동시대에서 진리탐구의 혜택을 받은 선택받은 엘리트임을 인식하지 않으면 안 된다. 엘리트란 자부심 충족의 단어라기보다 사명과 책무가 주어지는 가치관의 다른 표현임을 명심할 일이다. 따라서 봉사할 줄 알아야 하고, 감사할 줄 알아야 할 것이며 희생할 수 있어야 하는 능동적 자각인이 되어야 한다고 강조하지 않을 수 없다. 이와 같은 점의 확실한 실천궁행이 또한 섭심攝心과 자애慈愛, 신실信實이 될 것이고 도세度世로 이어지는 불국토佛國土 건설의 초석이라 믿어 의심하지 않는다. 아울러 우리는 부처님의 가호 아래 졸업생 여러분이 당당하고 패기 찬 동국인東國人으로 우뚝해 줄 것을 기대하고자 한다.

▶ 1985.2.26. 동대신문 사설

2장
낙동강

한 학기를 마치며

한 학기가 마감되었다. 예년보다 짧은 기간이었지만 무척 다사하고 다난했던 한 학기를 돌아보는 심정은 말 그대로 감개가 무량함을 감출 수 없다. 학원자율화로 통칭되는 대학가의 진통은 그것이 보다 바람직한 한국 대학의 자리매김에 얼마나 능동적이었던가를 아직은 명확하게 진단한다는 것이 시기상조라고 파악된다. 그러나 주어진 자율을 어떻게 수용하고 그 폭과 영역을 어떻게 규정할 것인가에 대해 성찰할 수 있는 계기가 되었다는 점에서 의미가 심장했음을 말하지 않을 수 없게 된다. 보다 구체적으로 말한다면 한국 대학이 소용돌이치는 사회적 및 역사적 현장에서 짊어져야할 책무와 그것을 대학이념이란 고유의 대학본질과 상응시키면서 국가와 민족, 나아가서는 역사주체로서의 인간 존재에 대해 근본적으로 생각할 수 있는 문제제기가 되었다는 데에 그 의미는 중차대했었다고 말할 수 있게 된다.

언제나 강조되고 있는 문제의 일단이지만 대학이 연구와 교수의 기능에서 얻어진 성과를 사회에 환원하여 봉사해야 한다는 명제에 이론을 제기할 수는 없다. 그렇기 때문에 대학을 떠받치고 있는 연구와 교수라는 두 개의 주춧돌은 어떠한 경우에 있어서도 상처 받지 않아야 하는 영역이며 그 영역의 보다 확실한 확보를 위해 대학인이라면 전력을 투구해야 함은 췌언을 필요로 하지 않을 것이다. 우리의 생각으로는 이 같은 부단한 연구와 교수의 기능이 전제되는 곳에서 대학의 자율은 출발되어야 하고 그렇게 될 때라야만 학원 자율화는 명실이 상부되는 결실을 맺을 수 있을 것이라 생각한다.

광복 후 정부수립을 거쳐 동족상잔이란 미증유의 상처를 안고 4·19, 5·16 등을 거치는 사이 이러한 아픔과 매듭들을 대학으로 말해지는 진리의 도량이 힘겹게 떠안아 순리대로 해결의 실마리를 찾으려 했음도 사실이었다. 그러나 대학만이 그 매듭과 아픔을 해결하려고만 하지 않았다는 점을 대학인은 겸허하게 인정해야 할 것이다. 삽과 쟁기를 든 농부도, 열사의 땅에서 건설의 망치를 쥐고 있는 기술자에게서도, 노동자에게서도, 공업단지의 근로자들에게서도, 군인들에게서도 정도의 차이와 방법의 다름은 있었지만 내남없이 해결의 실마리를 위해 동참했었다는 것을 간과해서는 안 될 것이다. 대학인은 그리고 한국의 대학은 이 같은 점에 숙연해야 할 것이며 이 모든 이웃과 형제와 동포들에게 사안의 해결에 대한 보다 확실한 방법론의 제시를 연구와 교수의 기능을 통해 구체화해야 할 책무가 있음을 확인해야 할 것이다. 그러므로 대학의 봉사기능을 이 같은 문맥에서 우리는 파악하고자 한다.

논의의 실마리를 학내로 돌려볼 때 지난 한 학기는 동국대학의 발전과 새로운 도약을 향한 착실한 준비를 마무리했던 기간이었다고 말할 수 있을 것이다. 경주캠퍼스의 부속 한방병원 개원이 6개월로 접어들면서 이제 건실한 자리를 잡아가고 있으며 아직 미승인의 단계이긴 하지만 분교로서의 경주대학이 3개 단과대학으로 확실한 면목을 보이도록 계획 입안되었다는 사실, 승인 여부는 차치하더라도 의과대학 설립의 마스터 플랜이 문교당국에 신청되었다는 것들은 이 같은 사실을 입증하는 구체적인 사례로서 충분하다는 판단을 우리로 하여금 갖게 한다. 고시장학사와 경주의 교수아파트 준공 역시 연구 활동의 적극적 지원과 교수 요원 복지를 위한 동국대학의 구체적 의지의 표현으로 도약을 위한 밑거름이 될 것이라 확신하게 한다.

그러나 우리는 아직도 산재되어 있는 민족사학 80년의 동국대학이 안고 있는 문제점들이 일거에 해소되었다는 생각을 가질 수는 없게 된다. 그것은 한국의 모든 대학들이 공통으로 안고 있는 문제이기도 하겠지만 보다 능동적이고 효율적인 연구와 교수기능의 활성화를 위한 적극적인 지원의 극대화를 도모하는 일에 보다 사려 깊은 자세가 웅비동국을 위한 초석임을 강조하고자 한다.

뜨거운 태양 아래로 절절 끓는 대지에 소슬한 바람이 스치면 우리는 다음 학기의 준비를 서둘러야할 것이다. 다사하고 다난했던 한 학기를 마감하며 모든 대학인들의 성찰과 분발이 국가와 민족을 위한 소금이 되고, 모든 동국인들의 노력이 동국발전의 밑거름이 될 것을 바라고자 한다.

▶ 1984.6.26. 동대신문 사설

20세기 한국문학의 흐름

한국문학은 20세기에 들어와서야 비로소 근대적 의미에서의 문학과 만나게 된다. 이 말은 20세기 한국문학의 특수성을 말하는 것일 수도 있지만, 더 구체적으로는 20세기 한국문학이 자체로써 축적할 수 있는 현대문학적 에너지의 충전에 매우 불리한 조건을 애당초 갖고 있었음을 확인시켜주는 것이 된다.

신소설과 신체시로 말해지는 현대 한국문학의 모태는 그것이 문학인가 문학적인 단계에 머문 것인가에 대한 의구심을 충분히 가질 수 있도록 해준다. 만약 그것이 신라가요와 고려속요, 뿐만 아니라 시조, 가사, 구비문학 및 한국한문학이 가졌던 폭과 깊이와 자양분들을 섭취하여 주었더라면 이 같은 언표는 매우 허망한 포말로 잦아질 수밖에 없을 것이다. 갑오개혁으로 시작되는 세기말의 폐쇄적 왕조사회 붕괴와 국권상실의 전야에 대대적으로 행해졌던 과거에서의 탈출이란 가치관은 조야한 일본적 서구 근대화의 모델을 무작정 이 땅에 끌어들였다는 점과 긴밀한 함수관계에 놓인다는 것을 간과할 수는 없을 것이다.

이인직의 신소설과 최남선의 신체시는 그래서 과거에서의 탈출에서 성공할 수 있었지만 새로운 문학터전을 마련하기에는 역부족이었다. 그것은 차라리 새것으로 향한 언어의 끝없는 집적이었지 당당한 한 편의 소설문학, 시문학으로 입적시키기에는 너무 미숙아였었다.

20세기 한국문학 출발의 이 같은 취약성은 이광수의 계몽주의라고 통칭될 수 있는 일련의 소설에 와서도 도덕적 가치관의 정립과 소설문학 확립이라는 갈등을 필연적으로 동반하지 않을 수 없게 했다. 김동인의 「감자」에서부터 「김연실전」에 이르는 소설들은 그러므로 도덕적 가치관 정립에서 소설문학 확립 쪽으로 한국문학의 흐름을 돌려놓게 된다.

염상섭과 현진건으로 이어져 채만식, 박태원으로 연장시킬 수 있는 현장검증의 자세들은 이 같은 양극으로부터의 변증법적 지양의 자리에서 이루어진 것이라 말할 수 있을 것이다.

주요한의 등장이 한국시문학에 전환점을 마련했다는 말은 성급한 단정일 수 있다. 김억·장두철 등의 노력과 황석우·이상화 등의 많은 문학청년들이 가졌던 열정의 축적이 김소월이란 탁월한 시적 성과를 산출할 수 있었을 것이다.

김소월이야말로 과거로부터의 무작정 탈출이 한국문학에서 얼마나 무모한 것인가를 실증시켜준 장본인이며 한국현대시문학의 지층을 보다 두텁게 한 이폭메이커라고 보아야할 것이다. 그의 연장선에서 김영랑과 청록파, 초기 서정주의 시세계에 대한 맥을 짚을 수 있을 것이다.

국권상실의 통한을 머금었던 식민지 시대에 한용운의 시집『님의 침묵』과 이육사의 시집『청포도』를 가졌다는 것은 행복한 일이다. 철저한 저항의 의지와 국권회복의 확신을 그곳에서 읽을 수 있는 것은 감동을 동반하는 희열이 될 것이다.

정지용, 이상, 김기림으로 대표되는 실험정신의 소유자들은 서구라고 말해지는 세계문학의 한 자락을 분명히 감싸 쥐려고 했었다. 그러나 그들 역시 과거로부터의 부단한 탈출이란 명제를 새것에 대한 무한한 동경과 탐닉으로 시종일관 시키고 말았다. 표피적인 경련의 파악만으로 외국문학, 특히 서구문학을 한국문학에 이식하려 했기 때문에 비판적 수용을 통한 한국문학 유산들과의 행복한 접목을 시도하려는 데는 관심을 전혀 돌리지 못하고 말았다. 이 같은 그들의 자세는 한국문학을 서구를 중심으로 한 외국문학의 이론으로 종속시키려는 60년대 전후부터 오늘에 이르기까지 주류를 이루는 듯한 문학이론작업의 모형이 되었다고 말할 수 있을 것이다.

국권회복과 분단, 그리고 동족상잔의 비극은 20세기 한국문학에 결정적 충격을 준 매듭의 하나였다. 풀리지 않는 이 매듭을 붙들고 쉼 없이 언어와 투쟁한 자취를 이범선의 「오발탄」에서부터 최인훈의 「광장」, 홍성원의 「남과 북」, 전상국의 「아베의 가족」, 김원일의 「노을」과 「불의 제전」에 이르기까지의 많은 소설들에서 찾을 수 있게 된다.

이 매듭을 풀어보려는 문학적 노력은 그것이 문학 외적 상황에서 풀릴 때까지 그 방향과 깊이를 달리하면서 계속 한국문학에 자국을 남길 것이라 전망되기도 한다. 자유당 정권의 전횡을 무너뜨린 4·19의 감격을 김수영은 기왕의 시적 언어에서 벗어난 자리에서 형상화시켰다. 그것은 이후 시의 형식보다는 시정신에 보다 경도하는 듯 한 파격적 시론 「시여, 침을 뱉어라」로 이어지면서 경제적 목표달성으로 기본권을 유보당했던 유신체제에 저항한 시인들—김지하·조태일·신동엽 등에게 영향을 준 것으로 보인다.

특히 김지하의 시 「오적」과 「담시」 등은 그것의 풍자성이 구비문학 및 판소리의 가락에 근거하고 있음으로 해서 한국현대시 새 지평 확장에 긍정적으로 작용했다고 파악할 수 있을 것이다.

산업사회로의 급격한 이행, 경제적 발전의 그늘에 산적된 여러 문제들—부의 편재, 노사관계, 인구 도시집중으로 인한 계층 간의 위화감, 전파매체를 중심으로 한 대중문화의 통속화 경향 등이 유신체제의 70년대를 지나 80년대 중반을 바라보는 지금까지 한국문학의 주변 상황이다. 현실검증이 많이 제약 당했던 유신체제에서 한국 소설문학은 역사적 사건과 배경, 인물들을 통해 현실을 우회적으로 투시하려는 방법을 택했던 것으로 보인다.

박경리의 『토지』, 황석영의 『장길산』, 김주영의 『객주』, 현기영의 소설들은 이 같은 방법의 성과들로 꼽힐 수 있을 것이다. 그와는 대조적

으로 정면에서 현실검증의 제약과 맞서보려고 한 노력들을 조세희의
『난장이』 연작, 윤흥길의『아홉켤레구두』 시리즈에서 볼 수 있게 된다.
상품적 가치로서 소설이 대중의 통속적 취향에 영합해가는 소위 상업
주의 문학에 최인호 · 김홍신들이 성공하고 있는 것은 대중문화가 팽배
하는 주변상황에 한국문학이 결코 무관하지 않음을 말해주는 것이 될
것이다. 그러나 일군의 젊은 작가들은 황순원 · 김동리 · 오영수 · 이병
주 등이 쌓아온 업적을 바탕으로 소설의 미학을 추구하기도 히고, 소설
미학과 리얼리즘 이념의 접합을 시도하는 다양한 자세들을 견지하고
있다고 말할 수 있을 것이다.

그 대표적인 예로서 이문열의 소설을 꼽을 수 있을 것이다.

서정주 · 박재삼 · 정한모 · 조병화 · 박재천 등의 서정시에 대응하는
유치환 · 박두진 · 장호로 이을 수 있는 현실을 비판적으로 수용, 시적
리얼리티를 확보하려는 노력은 『마침내 시인이여』라는 시집으로 이어
져 그 자리를 폭넓게 확장시켜가고 있는 것이 사실이다. 동인지 활동을
하는 젊은 시인들의 시 역시 넓은 의미에서는 이 줄기로 합류시킬 수 있
을 것이다.

시의 형식을 해체하고 시에서 무한히 절망하는 듯 한 모습으로 극단
적인 실험의 의지를 드러내놓는 황지우 등의 작업은 비난과 공감의 양
극을 오가는 평가를 받고 있다. 그러나 그것이 한국 현대시에 충격적이
라는 점만은 누구도 부인하기 힘든 대목이 될 것이다. 20세기 한국문학
의 흐름은 그래서 다가올 세기를 향해 필사적인 언어와의 씨름을 예비
할 것으로 전망된다고 말할 수 있게 된다.

▶ 1984.6.5.동대신문

축적된 지혜의 활용을

- 창간 34주년을 맞아

『동대신문東大新聞』이 창간 34주년을 맞이하게 되었다. 바람 불고 비
뿌리며 서리 내렸던 서른네 해 동안 대학언론의 선구적 등불로, 참다운
대학문화와 언로言路의 당당한 모습으로 존속해온 자취를 돌아볼 때 감
개가 무량함을 감출 수 없다. 개인의 삶으로 헤아릴 때 이 같은 연륜은
뜻을 세워[이립而立], 살아가는 일에 미혹되지 않음[불혹不惑]을 예비하
는 나이에 값한다.

『동대신문』은 1950년 4월 15일에 출발하여 동족상잔이란 미증유의
민족적 비극을 감당했고 4·19, 5·16, 그리고 소용돌이쳤던 격동의 70
년대를 거쳐 오늘에 이른 한국 현대사의 증인이라 할 수 있다. 다난하고
평탄하지 못했던 그 길목마다에는 활자의 숲속에 젊음과 정열을 묻었
던 선배 기자 동인들의 살신성인殺身成仁했던 패기가 잠들어 있음을 알
고 있다. 또한 교육구국의 도량으로 불국토弗國土의 이상을 지향했던 동
국인들의 이타행利他行에 뿌리박은 멸사봉공滅私奉公의 피땀이 얼룩져
있음도 결코 간과할 수는 없다. 그러므로 그 같이 숭고하고 고귀한 개척
자적인 정신에 옷깃을 여미며 고개 숙여 감읍感泣하지 않을 수가 없게
된다.

대학과 언론이란 일견 상반되는 가치관 속에 있는 것으로 파악된다.
아카데미즘으로 표상되는 대학의 근본이념과, 저널리즘으로 말해지는
언론의 대중성은 화해할 수 없는 양극이라 보는 입장이 그것이다. 진리
탐구라는 지극히 개인적인 영역과 다수의 의견 혹은 그들의 권익을 수
렴 대변해야 하는 저널리즘의 성격은 접해질 수 없는 평행선적 존재라
할 수 있을 것이다. 오늘날 이 땅의 저널리즘의 한계와 그 어느 때보다
고통스런 아픔을 앓고 있는 이 땅의 대학이 결국은 대학언론이라 말해

지는 대학신문이 본질적으로 갖고 있는 문제 확산의 첨예화된 양태에
도 그 근거원인의 하나가 있다고 파악된다.

그러므로 대학언론의 핵심인 대학신문은 아카데미즘이 항용 갖게 되
는 폐쇄적 고고성을 지양시키고 대중적이며 거칠고, 선동적이며 경박
한 것을 타기할 속성으로 가진 저널리즘을 융섭, 대학과 언론 그 둘을
합한 대학언론에 빛과 소금으로 자리해야할 소명감이 있다고 생각하게
된다. 부연하면 대학신문은 상반되는 대학과 신문의 이념을 조화시키
는 일이 급선무라고 본다. 그래서 대학의 고민과 신문의 한계성을 극복
하는 변증법적 지혜를 창출하여 또 다른 지평으로 대학신문의 영역을 지
양시켜야 할 시점에 와 있음을 확인해야 한다고 강조하지 않을 수 없다.

대학인이란 대학을 구성하는 구성원 전부를 가리킨다는 데 대해 이
론異論이 있을 수 없다고 본다. 대학인이란 진리탐구의 주체인 두 기둥,
즉 교수와 학생 및 모두를 포괄한다. 대학에서의 신문이란 대학 구성원
모두의 것이며 그들의 의견과 권익, 문화형성의 구심체라는 점에 대해
보다 깊은 성찰이 요망된다고 본다. 대학신문이 학생만의 것이라는 강
변은 대학인이 학생 자신뿐이라든가, 대학인이 교수만으로 오로지 구
성된다는 생각만큼 편견일 것이다. 『동대신문』은 동국대학교 구성원
모두의 것이다. 또한 그것은 서른네 해 동안의 연륜 속에 각인된 가치와
역사가 제시하는 전통의 연장선에서 벗어나서도 안 될 것이라고 우리
는 생각한다.

자신이 역사를 개척하며 살아갔던 시대를 어렵고 고통스런 당대當代
로 파악 인식하지 않았던 지성은 없었다. 그 점을 감안하더라도 우리는
당면하고 있는 이 시대가 매우 어렵고 고통스러우며 특히 우리가 구성
원인 대학의 아픔과 어려움은 필설筆舌을 도단道斷하는 바가 있다고 생
각한다.

그러므로 『동대신문』이 서른네 해 동안 걸어오며 축적한 역사와 지혜가 이 같은 시점에서 더욱 능동적으로 요청된다는 점을 강조하지 않을 수 없다. 축적한 지혜의 활용을 강조하며 34년 전의 창간사의 일절을 통해 그동안 집적되고 각인된 지혜의 한 자락을 우리는 확인하고자 한다.

"학學의 온상으로서의 대학의 본질을 천명하고 민족문화선양에 기여하며 또는 인류가 주재하는 역사진행을 정확히 보도함으로써… 신세대의 연학研學, 내성內省, 사색思索, 창의創意, 명상冥想 그리고 봉사奉仕를 선명히 할 수 있는 프리즘의 분석을 표방으로 삼을 것과 관찰, 비판에 예의銳意 노력할 것이 동대신문의 본유本有하는 일반적 사회성과 사학私學적 독자성을 발휘하는 오직 하나의 길이다."

▶ 1984.4.17. 동대신문 사설

진리탐구의 주인이 되자

- 신입생을 맞으며

유난히 춥고 길었던 겨울이 떠날 채비를 하는 것 같다. 아직까지 꽃샘의 찬바람과 춘설이 흩날리기는 하지만 양지쪽 캠퍼스의 뜨락에는 술렁이는 봄소식의 전령이 두런거리는 것 같다.

아울러 우리는 4천4백여 새 동국인을 식구로 맞이하게 되었다. 봄과 더불어 그 부푼 청운의 가슴을 안고, 부처님의 크낙한 자비의 품속에 안기게 된 새 동국인의 면면을 우리는 기대와 희망 속에서 뜨거운 혈육의 마음으로 맞이하려 한다. 더욱 고무적인 사실은 이번의 새 동국의 식구들이야말로 예년에 볼 수 없었던 치열한 경쟁을 뚫고, 예년에 비해 드높은 고교까지의 학업 성취자들이라는 데 우리의 기대는 더욱 크고 기쁨은 농도가 더욱 짙어지는 것이다. 그러나 우리는 동국의 새 식구들이 아직은 대학이라는 곳에 생소할 것이며, 대학생활에 익숙해지기까지에는 상당 시간을 요하리라 생각한다. 이에 희망에 부푼 동국의 새 식구—신입생에게 몇 가지 당부하며 함께 생각하는 자리를 마련하고자 한다.

대학은 연구와 교수와 봉사의 기능을 가진 탐구의 현장이란 점을 동국의 새 식구들은 명심해야 할 것이다. 불철주야 진리의 세계를 탐구 연찬하는 연구의 성지가 바로 대학이며, 그 같은 연구의 집적들을 가르치고 배우는 곳이 또한 대학이다.

따라서 대학이란 곳은 뼈를 깎고, 살을 떼놓는 듯 한 아픔을 감내하며 도서관의 먼지 앉은 책장을 넘기면서 형극으로 일괄된 멀고 먼 진리 탐구의 여정을 한걸음 한걸음 떼어가는 곳임을 가슴에 새겨야 한다. 한 시간의 강의를 10시간 이상 확인하고, 10시간 이상의 반복과 확인이 다음 한 시간의 강의를 받기 위한 준비로 충당되어져야 한다. 원래 대학에서의 연구기능 속에는 진리의 상대성을 확인하는 비판의 정신이 재개해 있음을 알아야만 할 것이다. 어떠한 진리도 대학의 연구 기능의 범위 안에서는 도마 위의 생선이다. 말하자면 기존의 이론과 학설에 무한히 도전하는 학문적 자유가 펼쳐져 있는 평원이 연구의 기능 바로 그것이다.

자기의 학설을, 자기의 이론을 정립시키기 위해 진리탐구의 초년병들은 땀으로 몸을 씻을 필사의 각오가 있어야 할 것이다. 그러기 위해 배우는 교수의 기능이 그 곁에 도사려있음을 알아야 할 것이다. 연구를 위해 교수의 기능 또한 존재함을 확인해야 할 것이다. 봉사의 기능을 말하기 전에 신입생들에게 우리는 대학인에 대해 말하고자 한다. 대학인이란 연구, 교수라는 기능의 영역 속에서 말해지는 대학사회의 구성원을 말함이다. 때문에 연구와 교수의 주체인 대학생과 교수, 그리고 그들을 보필해주는 행정기능의 모든 요원들을 다 포괄함을 간과해서는 안된다. 다사다난했던 작금의 대학과 사회의 갈등은 대학인이 마치 학생 그 자신뿐이란 판단에서 기인한 점이 두드러졌음을 우리는 결코 숨기려 하지 않는다. 대학은 학생만의 것은 아니다. 대학은 대학인 모두의 것이며 학생은 대학인의 한 주요한 구성요소임을 우리는 신입생 여러분과 모든 학생에게 이 기회에 겸허하게 생각하며 확인하려고 한다.

한편 봉사의 기능이란 대학이 집적한 연구 성과의 사회적 및 역사적 환원을 의미한다 할 것이다. 어떠한 사변적인 논리로도 인간이 역사의 주체임을 부인할 수는 없다고 우리는 생각한다. 역사주체로서의 인간이 지녀야할 지도적 자세의 연마야말로 대학이란 도량이 아니고서는 이뤄질 수 없을 것이다. 신입생 여러분은 지도자로서의 자질을 스스로의 진리탐구 속에서 가다듬어야만 그 집적을 사회에 환원하는 봉사의 대열과 역사창조의 대열에 동참할 수 있을 것이다. 소의한식宵衣旰食이란 말이 있다. 임금이 정사에 바빠 새벽이슬 젖은 옷을 입고, 밤이 깊어서야 찬밥을 먹는다는 뜻이다.

임금이란 오늘날에는 역사적 주체자로서의 지도자로 우리는 해석하고자 한다. 연구에 바빠 미팅과 환영회 등에 빠지는 학우를 사갈시하던 풍토는 과감히 척결되어야 한다. 물론 대학이 낭만과 젊음을 구가하는 용솟음치는 청춘의 지번地番임을 우리는 부인하려 않는다. 그러나 연구와 학업을 게을리 하면서 미래의 지도자가 될 대학인이 놀자 풍조에 빠져드는 것을 용납할 수는 없다.

마지막으로 본교는 부처님의 정법正法정신에 의해 설립되었음과 교육구국의 기치 아래 이 나라 민족주의의 살아있는 표상임을 기억해달라는 것이다. 여러분의 수많은 선배들이 광복투쟁의 일선과 국토보전의 성전에서 산화했음을 알아야 하고, 오늘도 조국의 중흥을 위해 동분서주함을 귀감 삼아야한다. 자리自利가 아닌 이타행利他行의 보살도菩薩道에 입각한 불국토弗國土의 완성이야말로 동국인에게 주어진 인류사의

멍에임을 각인刻印해야 함을 다시 한 번 강보하며 후회 없는 대학생활
의 주인이 되어 줄 것을 당부하고자 한다.

▶ 1984.3.6. 동대신문 사설

동국웅비東國雄飛의 신기원新紀元
- 부속 한방병원 개원을 앞두고

대망의 본교 부속한방병원이 지난 7일 현판식을 가진데 이어 14일부
터는 임상실습이 시행되었으며 오는 월말께는 개원식을 가질 것으로
알려졌다. 이미 제1·제2 내과, 소아과 등을 비롯한 10개 진료과목이
개설되었으며 부대시설 및 최신 의료장비를 완벽하게 구비하여 사실상
개원에 들어갔다고 한다.

부속 한방병원의 개원은 우리 동국대학교 발전의 구체적 증표이며,
미래 동국웅비의 신기원이 될 것임을 믿어 의심치 않는다. 그동안 개원
을 위해 진력한 학교당국과 멸사봉공의 일념으로 노력한 관계자들에게
고마움을 전하고 그 노고를 치하하는 바이다.

부속 한방병원의 개원은 이 땅에 불교가 들어온 지 1천6백여 년이 지
난 지금까지 부처님의 가르침을 궁행하고 불국토의 이상 실현을 위해
정진한 노력은 있었지만 그것을 질병 퇴치에로 지향시켜 조직적 차원
에서 중생에게 시혜하려 했던 기관이 없었던 점을 감안할 때 뜻 깊은 일
이라 아니할 수 없을 것이다. 본교가 한의과를 개설하고 부속 한방병원
을 개원한 것은 바로 한국불교 1천6백여 년의 숙원을 해결한 쾌거이며,
중생의 고통을 삼제芟除시켜 그들을 제도하려는 불교이념의 능동적 발
현이라는 점에서 이를 높이 평가하고자 한다. 따라서 부속 한방병원의
개원은 동국대학교의 울타리를 넘어 한국불교가 지향하는 중생제도 의

지의 표징이며, 자비정신의 현실화라고 해도 과언이 아닐 것이다.

　시작이 반이며, 옥에도 티가 있다는 선인들의 말이 있다. 부속 한방병원 개원은 본교로부터 확산되어 한국불교 중흥, 나아가 인류 구제 대업의 확실한 성취를 약속하는 첫걸음이며 그것은 이미 절반 정도 실현성을 말해주는 것임은 확실하다. 그러나 처음 시작이라 주도면밀한 계획이 수반되었다 할지라도 아쉬운 점들이 있음을 지나칠 수는 없다. 타산지석으로 하여 새로운 발돋움의 밑거름이 되고자 염원하며 몇 가지 고언苦言을 개진하고자 한다.

　그 첫째는 본교 70개 학과 중의 하나인 한의과를 한의과대학 부속 한방병원으로 개원할 수는 없었을까 하는 점이다. 경주대학 소속의 한 계열학과에 한방병원이 사실상 부속된 것 같은 인상은, 이유야 어쨌든 사전에 제도적으로 불식시켰어야 되지 않았을까 한다. 주지하는 대로 그 규모에 있어 본교 한방병원은 국내에서 20여년 역사를 지닌 모 한방 의료원 다음이라고 한다. 일천한 비약적 교육실습 현장으로서 또는 의료원으로서 발전할 수 있게 시설규모에 맞는 제도적 장치의 선행이 금상첨화가 아니었을까 하고 생각하게 된다. 개원을 서두를 수밖에 없었던 사정이 불가피했다면 지금이라도 이 같은 사항은 검토되어 마땅하다고 주장하지 않을 수 없다.

　둘째는 홍보문제다. 구체적 홍보계획의 마련이야 소관부처에서 간과했을 리 없겠지만 개원식이 임박한 지금까지 홍보문제가 만족할 만한 상태가 아니라는 점에 주목하고자 한다. 부속 한방병원이 동국인을 주 대상으로 하는 인쇄 및 전파매체에서만 거론되는 듯한 실정은 부속 한방병원이 교육병원이라는 전제를 생각하더라도 시급히 극복되지 않으면 안 될 것이다. 병원의 위치가 본교와는 거리가 있는 경주캠퍼스에서 개원하게 되는 여건 상의 문제, 시비 여하 간에 한방이 양방의 처방에

비해 일반인들에게는 보다 수세적인 입장에 있는 것처럼 인식된 실정
에서, 한방인 부속병원의 홍보문제는 화급에 속하는 사항임을 강조하
지 않을 수 없게 된다.

　셋째는 진료진의 완벽한 확보와 미래에 대비한 인재양성이다. 필요
로 하는 한방의료 요원의 절대수가 국내에서 태부족이라는 점에 과민
하지 말기를 당부하고자 한다. 우리의 생각으로는 임상과 교육경험이
풍부한 우수 한방 의료인을 스카우트라도 해서 확보할 수 있는 능동성
이 무엇보다 요망된다고 본다. 대다수 일반인의 한의에 대한 이미지는
편작扁鵲, 화타華陀, 허준許浚으로 이어지는 원숙한 경지의 의노인적擬老
人的임을 겸허하게 인정해야 한다. 이점은 지나치게 강조할 필요도 없
지만 무시해서도 안 될 사항일 것이다. 운동선수 확보를 위해서도 노력
을 기울이는 실정에서 인술의 명의를 초빙함에 결코 인색해서는 안 될
것이다. 한편 우수 인재양성은 미래 부속병원 발전과의 맥락에서 대단
히 중요한 사항으로 한의학 관계학과의 대학원 석·박사과정 개설의
검토가 시급하다고 판단된다.

　끝으로 우리는 학교당국과 부속 한방병원의 의료진 모두에게 당부하
고자 한다. 불교이념의 의학적 구현은 그것이 바로 무명無明의 나락에
서 헤매는 중생에게 불심佛心의 광명을 심어주는 전법轉法의 시작이며,
살신성인하셨던 인술의 선배들이 남긴 희생정신의 창조적 계승이라고
확신한다. 부속 한방병원이 내실 있는 교육장으로서 그 운영진과 의료
진들이 영리에 추호의 유혹됨도 없이 이타행利他行의 보살도 실천으로
동국대학교 및 한국불교 중흥의 기수가 되어 중생의 육체적 고통은 물
론 정신적 고통도 치유함에 용맹정진해줄 것을 간구懇求하고자 한다.

▶ 1983.11.15. 동대신문 사설

경주대 내실화의 표징

- 경대교와 교수아파트 착공에 부쳐

신라 천년의 고도古都이며 한국불교문화의 찬란했던 성지인 경주에 세워진 동국대학교가 최근 들어 괄목할 만한 변화와 성장의 내실을 다지고 있다. 이것은 본교 발전의 한 구체적 표징으로서나 부처님의 원願과 제도濟度가 호국의 이념으로 수렴되어 이 땅에 펼쳐지는 산 증거로써 주목에 값하는 것이라 믿어진다. 특히 본교와 거리상으로 여러 가지 어려움이 내재하고 있음에도 불구하고 이 같은 성장을 주도하고 있는 모든 동국인들에게 우선 그 노고를 치하하지 않을 수 없다.

물론 우리는 경주대학의 변화와 성장의 현단계가 완벽하게 바람직한가에는 의문을 제기하지 않을 수 없다. 그러나 경주시내와 캠퍼스 간을 이어주는 경대교의 기공과 교수 및 사무직원의 아파트 착공은 경주에 있는 동국대학교의 이상이 보다 현실적으로 구체화되는 매우 구체적 실례가 될 것으로 믿어진다. 오천 여를 헤아리는 경주대학의 통학인구는 금장교를 우회하여 다니고 있음이 실정이다. 이것은 거리와 시간에 있어 매우 비능률적임은 누구나 인정하지 않을 수 없는 대목이 되고 있다. 이 점은 고도 경주의 도심과 대학문화의 산실을 효과적으로 융합, 전통적인 것과 진취적인 것이 지성으로 영글어 창조적으로 뿌리내리는 데 장애요소로 작용하고 있음이 사실이었다.

경대교의 기공은 이런 의미에 있어 단지 통학거리의 단축이란 의의를 훨씬 뛰어넘는 문화적인 의의가 있음을 간과할 수 없다. 대학문화라 말할 수 있는 첨단적인 현대문화와 신라문화의 전통적 맥락이 새롭게 이어지는 문화사의 신기원을 이룩하는 뜻을 경대교의 완성은 필경 갖고 있음을 우리는 강조하지 않을 수 없다. 때문에 예정된 완공일이 기필코 지켜지기를 바람은 물론 가능하면 공기工期가 단축되어 완공에 따르는 이차적인 부대 공사가 효과적으로 진행될 것을 바라마지 않는다. 부연하면 경대교 완공 이후 캠퍼스까지의 진입로 문제, 이제는 경주대학에도 부처님의 이념을 구현하는 교문의 설립이 확실하고 능동적으로 뒤따라야 된다고 믿어 의심치 않는다.

금장金丈의 허허벌판에 우뚝 선 건물들을 감싸 안으면서 동국인의 의지가 표상된 교문의 설립은 그러므로 중차대한 의미를 지닐 것이라 생각되며 그것의 설립은 빠를수록 좋다고 생각하지 않을 수 없다. 원레 대문은 그 집의 얼굴이란 말이 있지 않았던가. 이 같은 것이 경대교의 완공과 함께 내년도 신입생을 맞이하기 이전에 완공될 수 있었으면 한다.

우수학생 유치의 문제까지를 이 같은 맥락에서 파악할 때 경대교의 완공과 그 부대공사의 조속한 완결은 필요불가결함을 다시 한 번 강조하고자 한다.

교직원의 아파트 착공은 오래전부터의 염원이 실현된 것이라는 점에서 그 의의는 매우 깊지 않을 수 없다. 대학을 진리의 산실이라고 할 때 연구의 주체인 교수와 그들을 적극 지원하는 사무직원의 복지와 후생 문제는 대학 구성원의 핵심인 대학생의 문제 못지않게 중요성을 띤 것이라고 우리는 생각한다. 이 같은 관점에서 교직원 아파트의 착공을 경하하며 이 기회에 몇 가지 점을 지적해두고자 한다.

첫째는 경주대학의 전임교수 요원의 만족할 만한 확보가 하루빨리 실현되어야 한다는 점이다. 학생 대 교수 비율이 경주대학에 있어 어떠한 상태인가를 신중하게 생각할 때 이 문제의 해결은 화급한 사항임을 인정하지 않을 수 없다. 아파트 준공으로 우수 교수의 확보에 적극적으로 대처할 구체적 계획이 입안되어야 한다고 강조하지 않을 수 없다.

둘째 역시 첫째 문제의 연장이라 볼 수 있을 것이다. 아파트 준공 후에는 본교와 분교의 교수 교류가 활발하게 이뤄져야 한다고 생각한다.

본교와의 거리를 감안할 때 교수 교류의 문제는 다른 대학의 경우와 비교 논의될 수 없는 성질의 사항이다. 그러나 이제 아파트가 준공되면 비교 논의가 될 수 없다는 사항은 자연 해소되게 된다. 사무요원의 일부가 교류되고 있는 현시점에서 본교와의 교수교류가 가능하지 않다는 논리는 자가당착일 뿐 아니라 경주에 있는 동국대학교의 현재 교수들에게 소외감을 불러들임은 물론 타교로의 전출을 야기 시킬 것이며, 우수 교수를 확보함에 있어서도 결정적 장애요인으로 작용할 것이다.

한국적 현실에서 우수 교수 요원이 경주에서만의 근무를 전제할 때 쉽게 경주의 동국대학교를 원할 수 있을까 의문이다. 뿐만 아니라 학문의 균형적 발전을 위해서라도 동일 학교 안의 교수는 후생복지시설의 뒷받침 속에서는 오히려 권장될 사항이라 믿지 않을 수 없다. 학문의 국제적 교류까지를 교환교수의 형태로 권장하는 추세에서 유독 본교만이 이점에 초연할 필요가 없음을 강조하고자 한다. 한 톨의 밀알이 썩지 않고 어떻게 저 풍요한 결실을 기약할 수 있겠는가. 소승적 발심發心에서 벗어나 대승적 보살도에 입각한 개개인의 개척자적 희생 위에서만 동국대학교의 도약과 발전이 약속될 것이다.

경대교의 기공과 교수아파트의 착공에 즈음 뜨거운 박수를 보내면서 특히 공사중 현장관계자의 안전과 건강을 부처님께 기원하고자 한다.

▶ 1983.9.13. 동대신문 사설

내실화로 제2의 도약을

― 경주대학발전에 부처

경주대학이 유서 깊은 고도에 설립된 지 벌써 오개 성상을 헤아리게 됐다. 그동안 시설 면에서 괄목할 만한 자리를 잡은 것은 경하할 일이 아닐 수 없다. 이 같은 결과야말로 개척자적 소명감과 동국대학 발전에 초석이 되고자 한 경주 동국인들의 열熱과 성誠의 결정임은 물론 그들이 바로 말의 정확한 의미에서 귀감임은 췌언을 필요로 하지 않을 것이다. 인문사회학관, 한의학관, 도서관, 기숙사를 두루 갖춘 경주대학의 시설 면에서의 정립은 이제 경주대학이 보다 확실한 내실의 가다듬을 구축하여 명名과 실實이 부합되는 새로운 제2의 도약을 꾀해야 할 시점에 와 있다고 판단하지 않을 수 없게 한다. 우리의 생각으로는 경주대학의 발전이 곧바로 동국대학의 발전이며 동국대학교의 발전이야말로 이 땅에 부처님의 정토를 구축하는 민족과 인류의 이상현실에 한발 다가서는 길이라고 믿어 마지않는다.

이같이 생각할 때 경주대학은 분교적이며 단과대학적인 성격에서 파악되기보다는 경주에 있는 동국대학교의 구체적 현신現身이라는 맥락에서 이해되어야 한다고 생각된다.

찬란했던 불교문화를 이 땅에 뿌리내리게 하고, 삼분된 국토와 민족을 불교이념의 기치 아래 통일시켰던 천년 신라의 중심지에 본교가 한 세기 가까이 쌓아온 이상을 실현시켜야 하는 곳에 경주대학설립의 확고한 자리매김이 있어야 한다는 점이다. 따라서 단과대학으로서의 경주대학이 아닌 경주에 있는 동국대학교라는 인식이 전제될 때 기왕의 경주대학이 쌓아온 발전의 축적 위에 제2 도약의 실마리가 확산되어 갈 것이다. 일례를 들어 말해본다면 경주대학을 경북지방의 교육적 발전과 문화에 기여하는 지방문화권의 일부가 아니라 경주지방 일원의 문화권을 동국대학교의 문화권 속에 포용하여 동국대학의 이상실현을 이곳에 펴는 전진기지로서의 능동적 역할과 소임 속에 놓아야 한다는 말이 될 것이다. 그러기 위해서는 보다 빨리 그리고 구체적으로 경주대학 기왕의 시설적 여건을 바탕으로 내실화를 위한 총력을 집중해야 한다고 생각하게 된다.

첫째, 우수교수의 충원과 우수학생 유치를 위한 과감한 행정적 결단을 기대하고자 한다. 대학존립의 여건을 연구와 교수의 기능 면에서 바라보는 것은 이미 고전적 관점에 속한다. 질 높은 연구실적을 바탕으로 한 교수 아래 그것을 소회하여 새로운 차원으로 창조할 수 있는 자질의 학생 확보야말로 대학발전을 위해 아무리 강조해도 지나치지 않을 것이다. 경주대학 현재의 좌표를 예의 검토할 때 우리는 결코 이점에서 만족할 만한 대답을 얻을 수 없음을 우려하지 않을 수 없다고 본다. 전국을 대상으로 한 우수학생 유치를 위한 전반적인 홍보활동의 재검토, 우수교수 충원에 대한 고루하고 인습적이며 소승적인 자리에서 이제는 탈피해야 한다고 판단되는 소이가 여기에 있다. 국내외는 물론 대학 간의 교수 교류가 권장되는 추세임을 감안할 때 본교의 우수교수 충원을 위한 제도적 장치들은 전반적인 검토가 필요할 것이며, 특히 경주대학 내실화를 위한 관점에서 학내 교수의 교류폭은 반드시 넓혀지고 실행되는 것이 바람직스럽다고 확신해마지 않는다.

둘째, 연구활동 활성화를 위한 연구비지급의 대대적인 집중화를 들지 않을 수 없다. 이미 개설된 경주대학의 연구소는 여건적 특성과 긴밀히 관계함으로 연구비 및 특성의 극대화에 의해 동국대학교의 의지는 눈부시고 확실하게 뿌리내릴 수가 있게 될 것이다. 한국적 특수여건에 기인하여 만에 하나라도 경주대학 교수들이 지방 근무에서 소외감을 가졌다면 연구 활동의 대대적인 지원에서 그 극복을 모색할 수도 있다고 우리는 판단한다.

셋째, 부속 한방병원의 조속한 개원을 다시 한 번 촉구코자 한다. 이것의 의의를 우리는 새삼 중언부언 않고자 한다. 본교의 한 세기 가까운 역사에서 이것은 획기적 사실일 것이며 경주대학 제2도약의 구체적 표징이 될 것이라 의심치 않는다.

전통과 인습은 구분해야 한다는 말은 진부할지 모른다. 그러나 모든 역사적 집적이 다 전통일 수 없음을 우리는 통절히 인식해야 된다고 믿는다. 대학의 오랜 역사적 집적 모두는 전통이 아니며 그 속에는 인습의 요소가 내재하고 그것은 과감히 팽개쳐야 할 것이다. 인습과 전통을 혼동한 사례가 기왕에 있었다면 경주의 동국대학에서는 전철을 밟지 않기 위한 아픈 성찰과 삭오가 있어야할 것이다. 행성의 능률화를 우리는 이 같은 관점에서 조명하고자 한다.

경주대학 제2의 도약을 그 내실화에서 찾기를 기대하면서 지금도 그것을 위해 밤낮을 가리지 않고 각고하는 동국인들에게 우리는 진심으로 고개 숙이고자 한다.

▶ 1983.6.14. 동대신문 사설

낙동강

낙동강의 가슴을 보았다. 그것은 희디흰 사장沙場가의 소나무 숲 사이로 보란 듯이 깔려 있었다. 창원서 마금산 온천을 거쳐 신촌과 명촌 마을까지. 그 양지바른 마을 앞쪽에서 부끄럼 없이 희고 풍만한 가슴을 드러내놓고 있었다.

을숙도에서나 명지에서나 맥도의 선창가에서 바라본 낙동강의 아랫도리는 황량하고 어쩌면 처연하기까지 한 스산함이 있었다. 한없이 불어오는 샛바람 속에 황토 색깔의 갈대밭만 있었다.

유년시절 낙동강은 차라리 공허함이었다. 텅 비어 가는 소년의 마음 속에 철새들의 끼룩대는 소리가 각인되었다. 그 소리는 도회로 향하는 소년의 탈출을 세차게 부채질 했었다. 탈출의 막다른 골목인 빌딩 숲 그늘에서 이제는 그것이 얼마나 허망한가를 알았을 때 양수리에서 한강의 유현幽玄함을 목격했다.

그것은 차라리 한 폭의 동양화였다. 잘게 찰싹이는 물결 속으로 틔여가는 그 청징淸澄함은 정숙이었다. 그러나 그곳에는 낙동강 같은 희디흰 가슴이 없었고 풍만한 관능이 없었다. 강화도로 가는 길목의 한강 아랫도리에 정감은 없었다.

시커먼 기름덩이가 떠가는 추하게 내던져진 갯벌은 차라리 주검이었다. 낙동강 하구의 황량함이 근원적인 고독에 상응하는 정감이라면 한강의 그것은 문명의 찌꺼기를 통째로 집어삼킨 거대한 메커니즘의 숨겨진 표정이었다. 70년대 물신주의物神主義에서 눈을 돌렸을 때 한강은 죽어가고 있었다. 그래서 한강의 소생은 막대한 재정적 뒷받침으로 본격화 되었다. 일컬어 한강종합개발계획. 소 잃고 외양간 고치면 잃은 소 값과 수리비는 상승하는 법. 왜 일찍 성찰하지 못했던가.

낙동강 하구언 공사, 논란 속에 곧 착공한다고 한다. 낙동강의 아랫도리를 철책으로 묶어 이쪽 가랑이와 저쪽 가랑이 사이를 메우고 국토를 확장하자는 것. 실失보다 득得이 승勝함을 입안자들은 강변한다.

생태계의 변화와 그에 따른 철새 도래지의 훼손이 그 이득보다 우선한다는 반대자들의 목소리는 이제 외면당하고 말았다. 그러나 생각해 보라. 철새 도래지 훼손은 말할 것도 없고 사람의 감정을 깔아뭉개고 그 자리에 사람이 살아본들 어쩌자는 것인가. 빵만으로 살 수 없다는 것은 빵의 필요성을 폄하함이 아니다. 물질과 정감의 조화 속에 삶은 더욱 풍요로워 지는 것은 사람 사는 이치가 아닐까.

▶ 1983.2.4. 부산일보 칼럼

김장호 수필집 『속·나는 아무래도 산으로 가야겠다』

시는 느끼고, 소설은 체험하고, 수필은 읽고 난 뒤 생각한다. 정서가 시와 밀접히 관계하고, 현실이 소설과 끈질기게 묶여 있다면, 수필은 훨씬 자유스런 공간에서 독자와 만난다. 그때 독자는 수필과 생각이란 평원을 함께 질주하게 될 것이다. 우리가 아는 바로는 그렇기 때문에 수필이란 격식에 얽매일 필요가 전혀 없는 문학의 갈래다. 자유분방한 이 문학은 그래서 때로는 누구나 집적거려 보는 동네북이 되는 운명에 처할 때도 있게 된다.

전문적인 수필가로 자처했던 몇몇의 이름을 거론한다는 것은 가령 시인이나 소설가의 이름을 나열하는 일보다 훨씬 곤혹스런 까닭은 전혀 우연이 아니다. 차라리 수필은 수필가라는 전문인에 의해 직조되는 비단이라기보다는 누구든지 짤 수 있는 무명과 같은 대중적인 것이다. 대중적인 글. 그렇기 때문에 쓸 수 있는 필자의 폭과 향유하는 독자의 영역이 다양할 수밖에 없게 된다.

『속·나는 아무래도 산으로 가야겠다』는 수필집이다. '속'이라는 표현을 통해 이 수필집은 이전에 나온 같은 이름의 수필집 그 속편임을 알 수 있다. 그리고 「알파인 에세이」라는 부제를 통해 산을 사랑하는 지은이가 산과 관계있는 수필을 모은 것임을 또한 알게 된다. 「젊은 산악인에게」를 1부로 「눈 내리는 저녁 산마루에 혼자 서서」가 2부, 「히말라야의 새 물결」, 「회양산」, 「한국의 알피니즘 탐구」를 각각 3, 4, 5부로 해서 전체 5부 62편의 수필을 묶었다.

산을 이지적 대상으로 보는 입장과 산을 정감의 대상으로 자기 속에 용해시키는 두 관점으로 이 62편의 수필은 대별이 가능하다. 1, 3, 5부가 전자에 속한다면 2, 4부는 후자에 해당될 것이다. 그러나 이 두 큰 앵글 속에 잡힐 수 있는 수필들은 하나 같이 정확한 문장으로 서술되어져 있음에 주목하게 된다. 정확한 문장이란 지은이가 가진 풍부한 어휘력을 확실하고 단단한 어법의 체계 속에 개성적으로 표상화한 것을 의미한다.

때로는 논리적인 테마를 냉철하고 과감하며 정치精緻하게 풀이하고, 때로는 정서적인 사항들을 시정詩情으로 승화시켜 감동의 파문을 격렬하게 요동시키는 파토스적 뜨거움이 꽉 들어차 있음에 경악하게 된다. 아무나 집적거려 되는 글이 결코 수필일 수 없음을 확인하게 되는 것은 이 책 속의 수필이 정확한 문장이기 때문만은 아니다.

그것은 그 문장을 표상시킬 수 있기까지 글쓴이의 체험이 얼마나 소중하고 값진 것인가를 확인하는 데서 비롯되는 것이다. 딜타이 류의 표현을 빌리면 그것이야말로 '이념에 의한 체험의 확대와 심화'가 가져온 필연적인 산물임을 알 수 있게 된다. 62편 수필 어느 구절을 들어내 놓더라도 거기에서 우리는 체험의 확대와 심화가 깊이와 넓이를 헤아릴 수 없는 영역으로 확실하고 정연하게 치닫고 있음을 목격할 수 있게 될 것이다.

2부에 속해 있는 수필들은 그것을 더욱 극명하게 보여주는 준거가 된다는 것은 그러므로 일종의 도취감이며 분명한 행복감이 아닐 수 없다. 그래서 언덕 정도밖에 오르지 못한 사람일지라도 이 일련의 수필 속에서 에베레스트와 알프스를, 설악과 한라와 지리와 회양산을 생각하고 그 산자락의 일우—隅를 가슴에 품을 수 있는 희귀한 도취감에 빠질 수 있게 될 것이다.

수필은 전문적인 수필가를 확실하게 가지기 힘든 문학의 갈래다. 이 말은 수필이 만인의 것임을 표백하는 진술이다. 산을 꼭 알피니스트만 올라야 한다는 것은 차라리 억지다. 전문가가 있기 힘든 문학이 전문가를 자처함이 억지일 수 있는 산이란 대상과 만나 엮어내는 문장의 향연.

그래서 이 수필집은 전혀 새로운 영역의 탁월한 형상화로 한국문학에 각인될 수 있으리라 확신하게 된다.

산을 오르지 않고 산에 오르는 이유를 묻는 것이 어리석다면, 이 알파인 에세이를 읽지 않고 이 같은 견해에 돌을 던지는 일이 얼마나 무모할 것인가. 이점의 확인을 위해서라도『속 · 나는 아무래도 산으로 가야겠다』를 모두에게 권하고 싶은 것은 분명 하나의 보람이다.

▶ 1983.1.1. 부산여대학보. 서평

진리에로 향한 땀과 노력을
- 새해 새 아침에

새해다. 1983년. 우리는 다시 새로운 해의 아침에 출발의 옷깃을 여미며 역사 창조의 자세를 가다듬는다. 개인에게는 개인의 역사가, 나라에는 나라의 역사가, 학교에는 학교의 역사가 그리고 학보사에는 학보의 역사라는 백지가 우리 앞에 펼쳐져 있다. 그 백지 위에 우리는 무엇을 구성할 것인가를 생각한다는 것은 역사가 곧바로 우리들에 의해 창조되어야 하고 창조된다는 엄숙한 사명과 무거운 책무라는 사실을 확인시켜주게 된다.

때문에 나태와 안일을 허용할 수 없으며 자족과 안분을 묵과할 수 없고 그 모든 것을 포괄하는 무사안일에 과감한 쐐기를 박아야 한다. 땀을 흘리는 노력과 이상의 현실화를 위해 부단히 나아가야 하는 행동과 어떠한 상황과 역경일지라도 극복의 피와 땀이 그것을 이길 수 있는 의지로 수렴되고 시지프스적 가다듬음이 프로메테우스적 결단과 합치되어야 한다. 사람이 살아가는 삶의 현장이란 동화 속 꿈의 세계가 아니며 학문의 현장인 대학이란 목가적인 풀피리 소리 속에 아련히 트여가는 낭만의 평원이 아니다.

현실이란 냉혹한 것이며 사람과 사람의 얽어 매임 가운데 스스로를 정립하는 일이란 와신臥薪하고 상담嘗膽하는 것을 능가하는 고통과 어려움의 형극이다.

대학이란 곳이 취직을 위한 수단이나 결혼과 처세를 위한 훈련장은 아니며 학문은 딜레탕트적 여기餘技가 더더구나 아니다. 학문이란 새로운 진리의 정립을 위해 기존의 진리에 대한 과감한 도전으로부터 그것의 재검증을 통해 확실하고 엄격한 그러면서 보편하고 타당한 자기의 학설을 가다듬는 어렵고 고되며 짜증날 정도의 노력과 인내를 요구하는 항해다. 그래서 그것은 나만이 아닌 우리를, 우리만이 아닌 인류 전체를 나아가서 전 우주의 평화와 복지를 위해 봉사하는 절대적 가치를 추구하는 일이다.

이 같은 학문이란 항해에 대학이란 배를 타고 동승한 대학구성원이 어떠한 자세와 어떠한 각오로 자신을 가다듬어야 하는가는 더 이상의 췌언을 필요로 하지 않는다. 대학구성원의 본분이란 이 같은 맥락 속에서만 말해질 수 있는 것이며, 대학구성원의 그 어떤 활동도 이 같은 범주를 벗어날 때 그것은 타락이다. 타락이라기보다 차라리 그때 그들은 이미 대학구성원이라 불릴 수 없다. 세계적인 추세를 말하면서 얄팍한 상식으로 더듬은 먼지 앉은 이론이란 자[尺]로 자신과 자신이 살고 있는 현장을 가당찮게 측정할 수 없다.

세계는 우리와 동떨어진 별개의 존재양태가 아니며, 어떠한 이론도 우리는 정립할 수 있으며, 어떠한 자[尺]라도 그것은 상대적임을 왜 짐짓 망각하려드는가. 우리는 세계 바로 그것이며 우리는 모든 가치의 최후의 집산임을 확실히 알아야 한다. 한 척의 요트로 태평양을 횡단할 수 없다는 생각은 크고 훌륭한 여객선으로 태평양을 건널 수밖에 없다는 생각만큼 어리석다. 일엽편주로 험난한 항해를 성공적으로 이끌 수 있음을 우리는 알 수 있고, 그랬을 때 그것은 훌륭한 여객선의 귀항보다 더욱 값지다는 사실 앞에 숙연해야 한다.

학문이란 바다에 대학이란 배가 대학구성원을 태우고 진리의 항구로 항해할 때 대학이란 배의 규모는 결코 결정적인 문제가 될 수는 없다. 배에 탑승한 대학구성원의 항해술—그것은 피와 땀으로 얼룩진 각고의 노력이라 불리는 그 항해술이 문제의 관건이다. 나태하고 안일하고 안분지족하는 자에게 그러므로 키를 잡게 할 수는 없다. 그들은 아예 학문의 항해에 탑승시키지 말아야 한다. 배의 규모—대학의 규모와 시설이 왜 학문 연구에 결정적 역할을 한다는 저 낡아빠진 서구식 합리주의에서 우리는 벗어나지 못하는가.

사마천이 냉온방과 조명시설이 완벽한 연구실에서 세계적 대작인 『사기史記』를 집필했던가.

완벽한 시설 속에서 집현전 학자들은 『훈민정음』을 창제했으며, 『목민심서牧民心書』를 다산茶山은 시설과 여건을 불평하며 탈고했던가. 종합대학이 아님으로, 여자 단과대학임으로, 캠퍼스가 협소함으로 약간의 어려움도 없다는 말은 결코 아니다. 그러나 그것이 학문의 절차탁마切磋琢磨에 결정적 하자로서 작용된다는 생각은 처음부터 설득력을 지닐 수 없음을 우리는 알아야 한다.

문제는 대학구성원의 우리들 땀과 노력을 통한 지혜의 결정結晶이 진리의 항구에 닻을 내리는 결정적 요소임을 확실히 인식하자는 것이다.

부산여자대학이란 배는 부산여자대학구성원들 모두가 탑승하고 있다. 그리고 이 배는 진리의 항구를 향해 20여년을 항해해오고 있다. 우리가 사려 깊게 살펴야 할 일은 이 모든 동승자들 상호간의 관계와 거기에서 비롯되는 의견의 소통과 합일이다.

그것이 정체된 상태거나 획일적이거나 관료적이거나 독선적일 때 진리의 항구에서 차츰 멀어져간다는 사실을 냉정하게 인식할 일이다.『부산여대학보』는 이 같은 상황의 개연성을 제거하기 위해서 부단히 작용해왔다. 그리고 앞으로도 그 같은 입장에는 변함이 없을 것이며 변함이 있어서도 안 될 것이다.

새롭게 동터오는 1983년에 옷깃을 여미며 우리가 목메이게 역사 창조의 주체임을 더욱 강조하는 까닭도 여기에 있다. 우리의 역사는 누가 써주지도 않고 창조해줄 까닭도 없다. 그것은 우리가, 나 스스로가 해야 될 천부적 소명감임을 다시 한 번 강조한다. 우리 모두 진리에의 각오가 땀과 노력으로 의지의 칼날을 더욱 날카롭게 벼릴 것을 새해 새 아침에 당부하고자 한다.

▶ 1983.1.1. 부산여대학보. 사설

창조적 행동인을 바란다

　- 졸업생에게

대학인의 사회적 역할에 대한 논의는 대학이 사회 속에 존재하는 한 마감 될 수 없는 항목이다. 대학의 양적 팽창에 의한 질적인 저하가 문제의 쟁점으로 구체화되는 것도 대학과 대학인의 사회적 역할에 대한 필요성이 더욱 점고되기 때문이라고 파악할 수 있다. 사회현상의 다기화와 산업화에 의한 물질적 현상의 팽배에 대학이 지닌 고유한 본질인 진리에의 탐구와 천착의 기능이 비판적으로 작용할 수 있는 터전이 시급히 요청된다는 것도 이 같은 문맥에서 이해되고 해석되어야 할 것으로 보인다.

그러므로 대학과 대학인의 사회에 대한 역할이란 풍요로운 물질적 향유로 인한 사람 본연의 자세확립에 물질만능 내지는 물신주의物神主義 경향에 대응해서 참다운 삶의 정립이 거기에만 있지 않다는 부단한 각성과 성찰을 유도할 수 있도록 충격하는 일이 매우 중요하리라 믿어진다.

요컨대 삶이란 정신적 이념에 의해 물질적 수단이 통어되어야 하고 삶의 현장인 사회란 그 같은 조화 속에서 가치 있고 바람직한 사람의 생활터전이 되어야할 것임은 매우 당연하다.

왕조사회가 붕괴된 것은 민족의 생사여탈권이 일제에 강점된 것과 일치하는 시점이었다. 광복과 동족상잔의 비극이 상응하는 시기였고, 민족분단의 통탄할 상황 속에서 4·19, 5·16 등의 전환기를 맞았던 것이 현실이었다.

70년대의 괄목할 만한 경제적 성장은 민족사에 있어 획기적인 일이였었지만 거기에 못지않게 대학의 존재양태에 대한 심한 회의를 동반시켰던 시기였었다.

격동했던 시기를 거치면서 대학과 대학인의 사회적 역할에 한국의 대학과 대학인이 수수방관했던 것만은 아니었다.

그러나 그 같은 격동기의 상황들을 포용하고 수렴시켜 참다운 민족사의 전개와 사회 현실에 작용할 수 있는 이념을 아직도 정립하지 못하고 있는 듯함은 가슴 아픈 일이 아닐 수 없다. 그렇지만 부단하게 그 이념의 정립을 위해 노력하고 기왕의 노력들을 발전적으로 승계해야할 책무가 지금의 대학과 대학인에게 있음은 명약관화하다.

따라서 진리탐구와 천착에 매진하고 사회현장으로 나아가는 대학의 졸업생들이야말로 정신의 평온에 떠올린 무지개를 물질적 생활의 터전에 뿌리 내리도록 해야 할 것이라 믿어진다.

꽃의 향기와 아름다움이 영속할 수 없음을 두고 화무십일홍花無十日紅이라 했다. 말하자면 한때의 아름다움이 얼마나 유한有限한가를 갈파한 생활의 지혜인 셈이다. 젊음과 청춘 역시 영속되지 않는다. 젊음과 청춘은 생애라는 영역 속에 설정되어진 일정기간에 지나지 않는다.

이 기간 동안 대학이란 울타리 속에서 아름다움이란 시각적 양태를 진리와 지성이란 감동적 자세로 환원시키기에 땀과 노력을 기울였던 것이 대학을 떠나는 졸업생들이다. 학사學士라는 말은 그렇기 때문에 의미심장함을 그 말 속에 언제나 머금고 있는 실로 감동적인 명명命名이다. 화무십일홍花無十日紅의 꽃을, 격랑 속에 영롱하게 다져져 이제는 닦을수록 빛이 나는 영원한 아름다움의 진주眞珠로 환원시킨 젊음과 청춘의 시절이 대학생활이었음을 확인할 필요가 있을 것이다. 거기에 쏟은 저 불면의 밤과 천둥과 번개가 몰아치던 고뇌의 언덕을 넘어왔던 것이다.

현실이란 언제나 그곳에서 삶을 영위하는 사람들로 하여금 안주安住하게 내버려두지는 않는다고 파악함이 올바른 태도일 것이다. 때로는 불편과 불안과 불행의 나락으로 떼밀어 붙이는 괴물이라고 보아야할 것이다. 그것을 표현하여 형극이라 일컬을 수 있을 것이며, 가도 가도 오아시스 나타나지 않는 사막이라 말할 수 있을 것이다. 그러나 그것은 사람과 사람의 관계에서 형성되는 것임을 깨달아야 할 것이다. 학사라는 명명은 그러므로 영원히 빛을 내는 단단하고 영롱한 현실의 진주로서 족쇄를 과감히 풀 수 있는 행동인으로, 불편과 불안과 불행의 나락을 지성으로 메울 수 있는 예지인으로, 사막 한가운데서 물을 퍼 올리는 능동적 창조인이 될 것임을 확실히 하고 있음을 알아야 한다.

역사창조의 행동하는 지성인이란 말은 바로 이 같은 멍에를 졸업하는 대학인이 스스로 메고 있음을 확인시키는 외에 아무것도 아님을 확실히 해야 할 것이다. 부산여자대학이란 이 같은 창조적 행동인의 산실

産室임이 무엇보다 확실하고, 창조적 행동인이 조국의 앞날을 더욱 희
망적으로 측정할 수 있는 관건임을 명백히 하여야할 것이다.

부산여자대학이 대학으로서의 일천日淺한 역사 속에서 이만큼 한 사
명의식과 이만큼 한 전통창조의 모범을 보였음은 무엇보다 꽃을 진주
로 만들 수 있었던 저 뼈를 깎고 살을 에이는 피와 땀의 결정임을 알아
야할 것이다. 한국의 대학과 대학인이 안고 있는 문제의 해결이 수련인
에 의해 매듭 풀려지길 간구하며 졸업생들의 분발을 당부해마지 않는
까닭도 여기에 있다.

▶ 1982. 부산여대학보. 사설

우리는 누구이며 무엇인가

- 창간 16주년에 부쳐

부산여대학보가 창간 16돌을 맞는다.

바람 불고 비 오고 서리 내린 열여섯 해. 그것은 감개무량의 세월이었
다. 격동했던 시대의 여울을 헤치면서 굳굳하게 자라온 '부산여자대학'
과 『부산여대학보』도 모습을 바꾸면서 발행되어왔었다. 월간月刊에서
격주간隔週刊으로 얼굴을 달리하면서 초급대학에서 4년제 대학으로 성
장해온 '부산여자대학'과 함께 슬픈 사연, 기쁜 소식을 전하고 아픈 곳
과 건강한 자리를 진맥하며 진통과 소용돌이 속에 생동함을 멈추지는
않았다.

인因이 없으면 어떻게 과果가 있겠는가. 여기에는 창간의 어려움을
열의와 희생으로 감당했던 여러분들의 살신성인殺身成仁의 충정忠情이
있었다. 대학시절의 젊음과 꿈을 활자의 숲속에 묻어버린 학생기자들
이 있었고, 오직 이타利他와 정론正論을 위해 밤낮을 바꾸셨던 주간主幹

교수들의 헤아리기 힘든 땀방울이 있었다. 그리고 대학당국의 확고한 결단과 용기 있는 지원이 있었다. 그러므로 열여섯 살의 부산여대학보는 그 발자취 속에서 오늘을 냉철하게 성찰해야 하고 가차 없이 자신을 비판해야 할 당위를 갖게 된다고 우리는 믿는다.

대학신문은 대학이란 범주의 신문이란 영역을 공유하고 있음을 부인할 수는 없다. 대학의 기능과 신문의 기능이란 두 본질은 대학신문이 처음부터 짊어지고 있는 멍에라고 우리는 파악한다. 그러므로 아카데미즘이 환기시키는 학문 도량으로서의 대학과 저널리즘으로 말해지는 신문의 본질은 근본적으로 상충相衝되어질 수밖에 없다. 이 화합할 수 없는 둘 사이에서 대학신문은 계속적인 고민을 하는 것이 현실이다. 학문 탐구에 있어 정보자료 매체로서의 기능이 강조되는가 하면 저널리즘의 비판 기능이 강조되고, 여론 수렴의 기능을 소리 높이 외치기도 한다.

오늘날 한국대학이 안고 있는 문제들이 문제로서 제시되고, 오늘날 한국 언론이 안고 있는 한계와 책무가 고스란히 공존하는 영역이 대학신문이라고 우리는 파악한다. 그래서 대학신문이 때로는 대학 당국의 검열 속에 놓이는가 하면 독립기관이 아닌 제도적 예속화를 감내해야 하는 경우도 있는 것은 모두가 대학신문이 안고 있는 아포리아의 예각화된 갈등일 뿐이다. 그러나 우리가 주목하는 것은 예각화된 갈등이 아니라 갈등을 해소할 수 있는 새로운 자리의 모색이다.

우리의 판단으로는 그 같은 자리가 마련되지 않는다면 대학신문의 존립 자체가 무의미해질 것이며 경우에 따라서는 혼란을 더욱 심화시킬 수도 있다고 보기 때문이다. 말하자면 아카데미즘과 저널리즘은 상보相補관계에 놓일 수도 있을 것이며, 그 상보관계에 대한 모색이 하루빨리 정립되는 길이 찾아져야 한다는 생각이다.

부산여대학보의 그동안은 이 같은 갈등상태를 논의할 만한 단계가 아니었다고 우리는 솔직히 자백한다. 이 말은 그동안 부산여대학보의 소박한 의식상태의 반증이며 수준 이하의 신문제작 속에서 그렇게 먼 거리에 있지 않았다는 반성이기도 하다.

원고를 모으고, 모인 원고를 활자로 배열하고, 독자가 읽건 말건 호수號數만 늘여가는 안이한 편집태도가 만연해 있었음을 돌이켜보는 것은 가슴 아픈 일이긴 하지만 사실이었다고 생각된다. 이 지적은 동시에 부산여대학보가 약동하는 실험정신에 의한 새로운 지평을 열어야 하는 창조적 당위 속에서 확실히 짚고 넘어가야 할 부분이다. 그것은 아직도 부산여대학보가 부산여자대학의 홍보 매체로서의 기능이 최우선해야 한다는 생각이나 부산여대학보가 부산여자대학생들의 여론을 지도하고 전적으로 반영해야 한다는 의식의 범위 속에서만 몸부림치고 있어서는 되지 않는다는 뜻이기도 하다.

확실히 대학의 홍보, 대학생들 여론의 지도 및 반영은 대학신문이 감당해야 할 중요한 몫이다. 그러나 그것이 전부가 아니라 중요한 부분 중의 하나라는 뼈아픈 인식이 수반되지 않을 때 부산여대학보의 발전은 심각한 국면에 처할 것이라 우리는 생각한다. 대학신문이 학도호국단의 계몽운동의 나팔수가 될 수만은 없고, 입시요강의 홍보 책자화 될 수만은 없다는 점은 매우 중요한 문제가 될 것이다.

대학은 진리탐구를 근간으로 하는 연구의 기능과 진리를 전수하는 교수의 기능과 그것들을 사회에 환원하는 봉사의 기능을 가진 현장이다. 신문은 자신이 숨 쉬는 현장의 목탁木鐸이며 그것은 비판의 기능과 전달의 기능, 계도啓導의 기능을 포용하는 것이다. 대학신문은 이들의 기능이 갈등하는 것이 아니라 그 기능들이 상호보완 되는 자리에서 제작되는 것이 이상적임은 당연하다. 진리탐구는 기존의 정설에 대한 회의에서 시작될 것이다. 그것은 비판정신이 진리탐구의 전제조건임을 표백하는 말이며 그것은 또한 신문의 비판 기능과 관계할 수 있는 영역이 될 것이다.

교수, 봉사의 기능은 전달, 계도의 기능과 합치될 수 있을 것이다. 이 것은 아카데미즘과 저널리즘이 동반자로서 새 영역을 확장시킬 수 있음을 시사하는 부분이 될 것이다. 또한 아카데미즘의 고고화孤高化가 조절되고 저널리즘의 경박성이 지양되는 장場으로서의 열림이 가능함을 입증할 수도 있게 될 것이다.

그러나 대학신문은 그것이 대학사회의 것임으로 하여 저널리즘의 기능이 아카데미즘의 기능을 우선할 수 없음을 알아야 할 것이다. 그러므로 대학의 기능 속에 신문의 기능이 용해, 수용될 때 대학신문의 첨예화된 갈등은 해소될 수 있으리라 우리는 믿는다.

대학생만이 유일한 대학사회의 구성원이 아니란 사실은 대학신문의 독자가 대학생만이 아니란 말과 같다. 대학의 구성원은 교수와 학생, 그리고 운영을 담당하는 행정인구들을 모두 포함한다. 따라서 대학신문의 대상은 교수와 학생 그리고 행정인구 나아가서 대학과 관계한 동문同門들을 모두 포괄해야 한다는 사실을 알아야 한다. 때문에 대학신문의 여론은 이 모두의 입장을 통괄해야 할 것이고, 계도의 측면도 이 모든 구성원들과의 관계에서 정립되어야 할 것임으로 대학생만의 일방통행일 수는 결코 없다. 그리고 그것은 또한 대학이 국가와 사회에 기여할수 있는 역할과의 관계 속에서 논의되어야 할 것이다.

부산여대학보가 대학신문이 갖는 갈등의 단계 이전에서 몸부림쳤다는 가슴 아픈 자책은 16년의 연륜이 짧아서가 아니라고 우리는 생각한다. 소박하다고 말할 수 있는 의식상태, 수준 이하라고 폄하될 수 있는 제작 자세가 대학신문의 갈등을 해소하는 데는 전화위복의 긍정적 작용을 할 수도 있다는 점을 간과하지 말아야 할 것이라고 강조한다. 그리고 그것을 현실화 시키려는 각고刻苦의 노력이 제작 및 편집 스텝에 더욱 가속화 하여야 할 것이라고 우리는 믿는다.

좋은 약은 입에 쓰고, 아끼는 아이에게 매 한 대 더 때린다는 선현들의 지혜로운 말씀을 기억해야 할 것이다. 실제 아프리카의 사자 중에 새끼의 곪은 상처 부위를 물어뜯어 낭자狼藉하게 한 다음 혀로 핥아 아물게 만드는 놈들이 있다고 한다.

우리는 누구이고, 우리는 무엇인가.

우리는 『부산여대학보』라는 대학신문이고, 우리는 '부산여자대학'의 구성원이다. 부산여자대학이란 울타리는 폐쇄의 철조망이 아니다. 그것은 우리가 한없이 확장해갈 수 있고, 확장해가야 하는 진리의 도량이며 자유의 지평이고 낭만과 꿈의 평원이다.

부산여자대학은 한국의 대학이고 그것은 세계 속의 대학이며, 진리의 무지개를 인류의 역사 위에 떠올려야 하는 책무 속에 존재한다. 부산여대학보는 부산여자대학에서 어떠한 순간에 있어서도 꺾이지 말아야 할 진리의 파수꾼이다.

우리가 정신의 진폭을 경직화시키려는 대학사회의 관료화에 대응하고, 진리의 체계화를 부단히 저지하려는 권위주의에 유연한 비판의식을 가져야 하듯이, 16년을 돌아보고 오늘의 자신을 성찰 비판하는 당당한 부산여대학보가 되어야함을 힘주어 강조하는 이유가 여기에 있다. 그것이야말로 16년 동안 쌓아왔던 부산여대학보 관계자의 땀과 열정과 희생정신의 창조적 계승이며 앞날의 부산여대학보에 새 지평을 여는 길이 될 것임을 우리는 확신해 마지않는다.

▶ 1982.10.20. 부산여대학보. 사설

이른바 '독서의 계절'에 생각함

책 읽기에 일정한 기간이 있다는 것은 책과 불가분의 관계에서만 존립의 터전이 있게 되는 대학생활에서는 어쨌든 우스꽝스러운 일이다. 주경야독晝耕夜讀이란 말이 무엇을 뜻하는가를 냉철하게 성찰해본 사람에게 있어서도 책 읽기에 기간을 설정하는 일이 황당하고 무계함을 직감하게 될 것이다.

그러므로 책 읽기란 장소의 여기저기를 가릴 것 없고 때의 이제와 저제를 가릴 나위 없이 언제나 생활화되고 습관화되어야 한다는 것은 아무리 강조해도 지나치지 않을 것이다. 책이란 무엇인가라는 때 묻은 질문에 대한 명쾌한 해답도, 책 속에 길이 있고 진리가 있다는 도덕 교과서류의 아포리즘도, 그 명백하고 확고한 자리를 알기 위해 책을 읽을 수밖에 없는 것은 당연한 일이다.

인쇄술의 발달이 인류역사에 기여한 바를 묵과 할 수 없듯이 우리는 문화의 계승과 전수가 책을 매개로 하여 가장 확실하고 명증하게 이루어짐을 인식해야 할 일이다. 문화의 계승과 전수가 문화의 창조라는 확실한 목표를 향해 집중되고 문화의 창조가 인류의 보편적 복지향상과 그 맥을 같이 하며 지구에서 삶을 영위하는 모두에게 정신적 소득의 균등한 분배라는 이상을 실현시키는 곳에 책이 갖고 있는 운명적 멍에가 있게 될 것이다.

이같이 책이 가진 무거운 책무를 한없이 넓게 펼쳐진 정신의 평원에 하나씩 심어가는 일, 그것이 대학생활의 시작이요, 끝임을 우리는 확실하게 알아야 할 것이다. 책 읽기는 그래서 일정한 기간을 두고 최후의 나팔소리처럼 불어 제쳐야 하는 강조기간의 성질을 띨 수는 없고, 선선한 바람, 달 밝은 밤, 귀뚜리 소리 들으며 삼매경에 빠지는 계절적 여건과 상관함수일 수는 더더구나 없을 것이다. 절절 끓는 삼복 염천에 속대

발광욕대규束帶發狂欲大叫하면서 심취하고, 엄동설한의 살을 에는 냉기 속에서 한 자 한 자 의미의 진폭을 가늠해가야 하는 곳에 책 읽기의 참된 의의와 책이 가진 책무를 확인하는 열쇠가 놓여 있음을 알아야 할 일이다.

고급문화와 저급문화의 분류는 분석과 체계화를 장기로 하는 서구식 발상 방법에 많이 접근하고 있다. 그러나 경직화했던 지난날의 봉건 혹은 봉건적인 닫힌 사회 속에서는 고급문화가 지배계급의 균형 잡힌 형상화의 틀과 문화적 혜택의 독점적 향유라는 특혜 속에서 이루어졌던 숨길 수 없는 현상임을 묵과 할 수는 없다. 그리고 이 분류방법의 장점을 겸허하게 인정하지 않을 수도 없게 한다. 따라서 그 혜택에서 소외된 집단의 저급문화는 조악粗惡하며 무질서와 혼돈의 양태를 노골적으로 드러내놓고 말게 된다.

오늘날에 있어서 이 같은 문화의 이원적 분류가 전혀 그 바탕 및 과정을 달리하고 있음을 확실히 알아야 한다. 현대의 고급문화와 저급문화는 이 같은 문화혜택의 독과점적 현상에서 비롯되는 것이 아니라 문화혜택의 선택적 향유에서 결과됨을 명확히 인식해야 할 일이다. 문화혜택의 선택적 향유란 문화혜택을 수혜하는 개인적 기호 및 지적 수준과 밀접히 관계하는 것이다.

대학이 추구하는 이상적 문화의 유형이 문화적 일반현상을 지도적으로 주도하는 고급문화여야 함에 우리는 이론을 제기할 수 없다. 그러므로 문화혜택의 선택적 향유에서 대학생은 대학이 가진 지적 수준에 상응하는 선택의 영역에 자리해야 할 것임은 당연하다.

문화적 축적이 구체적으로 현실화 되는 매체가 책이라는 것은 숨길 수 없는 사실이다. 책이라고 해서 다 책일 수 없음은 책에도 양서良書와

악서惡書의 구별이 엄존함을 의미하게 된다.

좋은 책과 나쁜 책의 구별은 일단 그 구별을 필요로 하는 사람 및 계층의 문화적 수준과 관계하게 될 것이다. 어린이에게 있어『플란다스의 개』는 양서일 수는 있을 것이다. 그러나 대학생에게 있어 그것은 악서까지는 아니더라도 결코 양서일 수는 없다.『주부생활』,『레이디경향』,『엘레강스』,『여원』등의 여성지와『선데이 서울』류의 주간지가 대학이 추구하는 현대의 이상적 고급문화의 유형에 창조적으로 관계하는 양서일 수는 결코 없다는 사실에 숙연해야 한다.

대학생이 대학의 고급문화를 창조적으로 집적해야 한다면, 칸트의『순수 이성비판』, 토인비의『역사의 연구』,『우파니샤드』,『삼국유사』와『삼국사기』, 로크의『시민정부론』, 다윈의『종의 기원』, 리스먼의『고독한 군중』, 니체의『비극의 탄생』, 벨의『이데올로기의 종언』, 플라톤의『국가론』등등의 봉우리들은 비판적으로 섭렵되어야 마땅할 것이다. 만약 이 같은 문화혜택의 선택적 향유가 바탕되지 않을 때 한국 문화의 주변성과 저속성, 한국 대학생의 유치한 정신연령은 두고두고 우람한 메아리로 기록될 것이다.

책 읽기는 때와 장소와 그 어떠한 조건도 말해지지 않는 곳에 자리한다. 공기와 더불어 사람이 살아가듯이 책과 더불어 인간은 문화를 배우고 문화를 창조한다. 책이 없는 곳에 문화가 존재할 수 없듯이 저속한 문화의 시궁창 속에서 새로운 문화 창조의 장미꽃은 개화하지 않는 법이다.

당신이 들고 있는 주간지, 당신이 펼쳐보고 있는 여성지에서 눈을 감아라. 만약에 당신이 대학생이라면 그것은 책 읽기도 아니며 바람직한 여가의 선용도 아님을 명심하라. 그리고 도서관의 내밀한 양서의 숲 속에서 당신의 정신연령을 한껏 성숙시켜보라.

▶ 1982.9.28. 부산여대학보 사설

여성교양교육의 강화를
- 사회적 역할을 생각하며

여성의 사회적 역할에 대한 논의는 그동안 여성의 사회에 대한 기여도가 매우 낮았기 때문이 아니다. 오히려 변화하고 다원화 되어가는 현대의 산업사회에 있어 이왕에 여성들이 사회에 기여한 높은 업적과 그 같은 기여가 더욱 더 중요하고 보다 더 절실하게 필요하다고 인식되기 때문일 것이다. 이 같은 상황에서 우리는 여성의 사회적 역할이 보다 바람직하게 구체화되고 그렇게 되기 위해 여성교육이 어떠한 방향에서 효과적이며 중점적으로 시행되어야 할 것인가를 살펴보지 않을 수 없게 된다.

본교는 미래의 여성 지도자를 양성하는 여자대학이다. 대학이 가진 기능과 역할에 대한 논의는 대학이 생기면서부터 지금까지 줄기차게 천착되어왔다. 그러나 연구와 교수의 기능 못지않게 사회봉사의 기능이 첨가되었다는 저간의 사정은 대학이 그리고 대학의 구성요원인 대학생이 대학에서 무엇을 탐구해야 할 것인가에 많은 시사를 주고 있음을 인식하지 않을 수가 없게 한다.

본교가 여자대학이라면 여자대학생이 가져야 할 자세와 그 같은 자세 정립을 연마시켜야 할 교육방향의 설정이 사회에 있어서 여성의 역할과 긴밀한 연관 속에서 이뤄져야 하고, 실현되어야 함은 췌언을 필요로 하지 않는다. 이 같은 문맥에서 우리가 살펴봐야 할 것은 일반대학들이 가진 교수요목이나 교수방법과는 다른 우리대로의 특색 있는 방법과 교수요목이 허용하는 범위 안에서 제도적으로 마련되어 실행되어져야 함을 강조하지 않을 수 없게 된다.

물론 본교가 지금까지 여자대학으로서 특색 있는 여성교육을 실시하지 않았다는 것이 아니라 그 특색의 폭을 보다 더 확장시키고 가능하면 그것이 실질적으로 운용 집행될 수 있는 제도적인 장치를 확고히 하는 것이 바람직하다는 의미다.

오늘날 한국의 대학들이 안고 있는 일반적이며 공통적인 고민과 그것으로 인한 대학 자체의 고뇌를 모르는 바 아니다.

보다 구체적으로 열거하면 졸업정원제에 따르는 제반문제, 실험대학 운영에 따르는 문제, 교수요원의 충족문제, 양적 팽창에 의한 질적 저하 등은 그 가장 두드러진 문제점이고 전체 문제점에서 본다면 그것은 빙산의 일각에 불과할 것이다. 지나친 문교 당국의 규제 및 지시 일변도에서 오는 대학 고유의 자율성에 대한 논의와 반성은 이제 그 한계점에 이른 듯한 감을 금할 수 없다는 것이 중론인 것으로 안다.

본란은 이 같은 대학의 대내외적인 문제점의 해결은 문제점 자체의 획기적 해결이라는 연역적인 접근이 아니라 가능한 것에서부터 점차적으로 개선해나가는 신중하면서도 사려 깊은 지혜에 의한 귀납적인 해결이어야 함을 여러 차례 강조한 바 있다. 대학마다 구성되어 이미 본격적인 활동을 하고 있는 것으로 아는 학사개혁위원회도 이 같은 맥락에서 보다 진지하고 소망에 부응하는 활동의 결실이 기대 되는 소이를 여기에서 찾고자 한다.

사회구성원이 사회의 여러 현상을 습득하면서 사회자체에 대한 개혁 의지로 자신을 승화시켜 가고 사회발전 내지는 사회변화라는 역사 주체자로서의 몫을 감당하기 위해 가장 필요한 것을 교양에다 두는 것은 이론의 여지가 없다.

그 교양이 여성이라는 쪽에 한정되어 말해질 때 그것은 여성에 있어 갖추어져야 할 인격형성의 초석이 되는 여성교양이라는 말로 바꾸어 말할 수 있다.

다양한 지식의 습득이 진리탐구를 위해 필요불가결한 요소라 함은 지극히 당연하지만 그것이 교양에 바탕하지 않는 한 사회발전에 긍정적인 요소가 되기에는 미흡하다.

지식습득이 교양에 바탕하지 않는 것일 때, 그것이 인류에게 가공할 만한 결과를 초래했음을 우리는 독일의 나치나 이탈리아의 파쇼, 일본의 군국주의에 동원되었던 세계적 석학의 행위 속에서 읽을 수 있게 된다.

교양은 그러므로 교양의 정신에 입각한 것이어야 하고 교양의 정신은 항상 인류의 보편적 양심과 향방을 같이 하고 있음에 주목해야 한다. 따라서 교양은 그 주된 정신을 비판에다 두어야 하고 비판할 수 있는 잠재적 능력의 계발에 교양은 뿌리를 내리고 있어야만 할 것이다.

본교의 교수요목에 의거한 지식습득은 학점취득이란 구체적인 항목을 통해 측정된다.

그러나 본 대학이 여자대학인 만큼 여성교양의 함양과 연마에 교수요목이 얼마나 부응하느냐, 부응한다면 실제 강의실에서의 그것으로 충분한가에 대해서 긍정적인 대답을 하기에 우리는 솔직히 회의적이다. 본교뿐만 아니라 어떠한 대학에 있어서도 사정은 마찬가지일 것이다.

그렇다면 여성의 사회적 역할이 더욱 더 중차대해지는 시점에서 많은 제약과 문제점이 공존하는 한국 대학의 실정이라고 이 상태를 그냥 방치해 둘 수만은 없다. 허용하는 범위에서 여성 교양의 함양과 연마에 대학당국은 과감한 용단을 내려야 할 것이라고 우리는 강조한다.

물론 특강형식의 초청강연이 보다 실질적으로 내실을 가질 수 있게 지혜와 정성으로 연사 및 연제에 신경을 쓴다든지, 정기적으로 생활에

절에서부터 신부수업에 이르기까지 교양강좌를 실시토록 제도화한다
든지, 동창회를 이용한 선배 동문들의 대거 참여에 의한 여성 특유의 교
양 습득에 눈을 돌리는 것도 방법의 하나일 수는 있을 것이다.

그것이 내실화되고 충실히 시행될 때 강제 규정을 생각하지 않더라
도 학생들의 참여가 적극적일 것임을 우리는 확신해 마지않으며 대학
당국의 결단을 이 기회에 촉구하고자 한다.

▶ 1982.9.14. 부산여대학보 사설

현 상태 지혜로운 활용
- 신축강의실의 준공에 부쳐

지난 12월 착공한 신축 강의실이 드디어 준공하게 되어 40여 강의실
이 증축되게 되었다. 그동안 어려운 재정적 여건 속에서 완공시키기까
지의 대학당국과 밤낮으로 혼신의 힘을 기울였던 관계 사무처 여러분,
특히 현장에서 어려운 작업을 감내했던 분들의 노고에 감사의 마음을
전하고자 한다. 이제 졸업정원제로 인해 자연 증가될 수밖에 없었던 수
련인들의 강의실이 숨통을 트게 되었음은 물론, 수련인 모두의 염원인
광역 캠퍼스에로의 행진이 본격적으로 시동된 듯하여 감개가 무량함을
숨길 수 없다.

구슬이 서 말이라도 꿰어야 보배라는 말이 있다. 어떠한 여건일지라
도 그것을 활용하는 지혜가 수반되지 않을 때 기대한 바의 성과를 획득
하기 어려움을 시사한 말이다. 강의실이 강의실로서 갖춰야 할 시설의
물샐틈없는 장치가 뒤따라야 함은 췌언을 요하지 않는다. 그러나 강의
실을 직접 사용하는 수련인들의 자세가 정립되지 않을 때 그것은 흙 속
의 진주며 내던져진 구슬에 불과하다. 수련인 각자가 시설물에 대한 애

호와 시설물의 값어치에 상응하는 면학의 자세가 반드시 수반되어야 한다는 것은 이 같은 차원에서 아무리 강조되어도 지나치지 않을 것이다.

우리는 수련인이 처하고 있는 현실적인 여건을 이 기회에 다시 한 번 사려 깊게 돌아봐야겠다는 것을 강조하고자 한다. 이상적 현실과 실제적 여건의 간극間隙은 있을 수밖에 없는 것이 인간 삶의 현장이다. 그 간극의 폭을 좁히려는 노력이 성실함과 함께 언제나 자리하고 있는 속에서 우리는 의지의 굳센 모습과 인간의 아름다운 땀의 결정을 만나게 된다. 도대체 한국의 어떠한 대학이 만족할 만한 이상적 여건을 갖추고 있는가? 수련인의 캠퍼스는 수련인들의 지혜에 의해 얼마든지 활용하는 데 따라 학문의 연구 및 교수와 대학생활의 폭넓은 낭만을 구가할 수 있을 것이며 이상적 현실과의 간극을 좁혀갈 수 있을 것이다.

서클실이 협소하다고 한다. 우리의 생각으로는 오전 9시 이전과 오후 9시 이후의 모든 강의실은 비게 된다. 강의실과 서클실을 병용할 수 있는 방법 강구도 그 중 하나가 될 것이다. 세미나실의 절대적 부족을 한탄한다. 세미나실이 있어야만 학문의 심도가 깊이를 더해간다는 논리에 우리는 회의적이다. 비어있는 강의실은 물론 교수 연구실의 적절한 활용에 따라 세미나의 내용은 얼마든지 내실을 갖게 될 것이다. 운동장이 협소하다고 한다. 이미 그러고 있지만 체육관의 무제한 공개를 통해 그것을 보완할 수 있을 것이다.

도서관이 협소하다는 데에 의견을 같이 한다. 그러나 도서관이 시험기간을 제외하고 정말 좌석이 없다면 기간이 일주일이나 되는 현재의 도서 대출 제도에 의해 빈 강의실이나 벤치에서 저자의 심오한 사상에 흠뻑 젖을 수도 있을 것이다.

강의시간의 간격을 메우기가 힘들다는 수련인들의 이야기에 우리는 동의한다. 그러나 강의시간의 긴 틈을 이용하여 숲 속의 벤치에서 5월의 싱그런 자연을 만끽하여보라. 그것이 어두컴컴한 다방의 귀를 괴롭히는 스피커 소리보다 훨씬 나을 것이다. 아니면 빈 강당이나 강의실의 의자에서 독서나 사색을 할 수도 있음을 간과해서는 안 될 것이다.

그렇다고 하여 수련인이 처한 현실적 여건에 대한 개선책과 그 구상이 한시라도 고삐를 늦추어도 좋다는 말은 아니다. 개선책의 현실화에 대학당국은 더욱 더 박차를 가해야 할 것이며, 그것의 일환을 우리는 신축된 강의실의 준공에서 확인하고자 한다. 광역 캠퍼스의 현실화는 수련인 모두의 간절한 염원을 넘어 비원悲願인 것이 사실이다. 비원의 현실화라는 피안에 도달하기까지에는 험난한 파도와 형극의 여정이 자리함을 수련인 모두는 다시 한 번 확인해야 할 것임을 우리는 재삼 당부하고자 한다.

신축 강의실의 준공과 함께 수련인 모두의 옷깃을 여미는 각오와 현실여건의 지혜로운 극복이 요망되며 대학당국의 과감한 현실여건의 개선책에 기대를 건다.

이것이야말로 효율적 캠퍼스 이용을 촉구하는 소이이며 본 대학 발전의 전기가 약속되는 기틀임을 강조해 마지않는다.

▸ 1982.5.11. 부산여대학보 사설

무지개와 멍에

무지개를 아는가. 그것은 천상과 지상의 다리며, 현실과 이상을 이어주는 희망의 상징이다. 많은 사람들은 그래서 무지개를 타고 천사처럼 이상향으로 가고 싶은 꿈에 젖어 살아왔다. 무지개를 볼 때 두근거리는 가슴을 가졌던 사람이나 무지개처럼 황홀한 환상에 밤마다 젖었던 사

람을 막론하고 무지개는 현실이 아닌 이상의 저쪽에 뿌리를 둔 꿈의 형
상이었다. 그러나 무지개의 다리목을 밟아 본 사람이 있었던가. 무지개
의 난간을 손으로 잡아 본 사람이 하나라도 있었던가.

무지개를 향한 인간의 끝없는 동경은, 대학을 향한 인간의 끊임없는
요구와 동류항이다. 그러나 앞엣 것이 인간 정감의 확산이라면, 뒤엣것
은 인간 이지理智의 수렴이라고 생각할 수 있다. 그 차이의 이쪽과 저쪽
에 정서와 현실이란 말뚝이 있을 것이다. 두 개의 말뚝을 이어주는 끈질
긴 인간의 욕구는 대학이란 이지의 창을 통해 결집을 보게 될 것이다.
그 결집은 그러므로 완벽하고 정치한 이념의 덩어리가 아니라 꿈으로
에워싸여진 이지의 수정알일 것이다.

투명하며 견고하고, 견고하며 부드러운 그 결집은 푸른 하늘을 향해
퍼져가는 정감의 노래 소리일 수도 있고, 푸른 하늘로부터 쉼 없이 불어
와 나뭇잎, 풀잎을 흔드는 바람일 수도 있을 것이다.

그러므로 대학인이란 이 어쩔 수 없는 인간 욕구의 결집을 멍에로 메
고 있는 존재의 한 양태임을 전제하여야 한다. 그러니까 특이한 집단이
나 또 다른 부류의 존재가 아니라 인간 욕구를 집중적으로 모아가야 하
는 멍에를 메고 있는, 많은 존재의 하나에 불과하다. 이러한 확인 없이
는 대학인이란 다만 선민적 정신의 편향 속에 머무는 유별난 존재에 불
과할 것이다.

누가 만드는 이상의 국가이든, 누가 주장하는 최선의 국가 이념이든,
그것은 '우리'라는 단단한 끈에 의하여 묶여 있다는 유대 속에서 생성된
인간 욕구의 결집이 아닐 때, 광야의 고함에 지나지 않을 것이다. 그래
서 대학인이 만드는 이상 국가는 모든 인간의 욕구가 대학을 향해 수렴
된 곳에서부터 인간 존재 전체에로 확산하여지는 제도와 이념을 그 바
탕으로 가져야 할 것이다.

제도와 이념은 그러므로, 가장 일반적인, 그리고 가장 민중적인 저 인간 삶의 밑바닥으로 깊게 뿌리 내려진 한 그루의 나무로 우뚝 세워지는 것이 소망스러운 것일 것이다. 그 소망스런 나무의 한 가지는 정감의 영롱한 꿈을 갖는 무지개를 향해서, 또 한 가지는 나뭇잎을 바람에 흔들리며 튼튼한 이지의 인간 욕구를 향해 힘차게 뻗어나는 새로운 인간의 결집으로 자라야 할 것이다.

모래알이 모여 바위를 만드는 평범한 진실은 바위가 놓일 곳을 미리 예견한 신의 섭리에 의한 것은 아니다. 그러나 만들어진 바위는 어쨌든 땅 위에 놓일 수밖에 없다.

하나하나의 개별 존재가 존재의 집단을 이루는 것은 국가를 만들기 위해 마련된 결성은 아니다. 그러나 집단을 이루었을 때 그것은 국가라는 이념의 조직체로 성장해야 할 것이고, 그것은 어쨌든 인간 존재의 그 속에 놓여야만 존립의 타당성을 보장받을 수 있을 것이다.

모래가 바위로서 존재하기 위한 최소한의 시간적인 경과는 개별 존재가 집단을 이루는 시간적 경과와는 그러나 판이하다. 자연적인 시간의 경과에 의해서 집단이 되고 국가가 되는 것은 아니다. 그것은 개별 존재의 피나는 노력과 응집력에 의한 주체적 노력에서만 가능하게 된다. 이것이야말로 국가에 대한 개인의 봉사와 자기희생을 요구할 수 있는 근본적 근거가 되는 부분인 셈인데, 국가와 인간 존재는 따라서 동일체라는 점임을 아무리 강조해도 좋다는 대목이 될 것이다.

무지개는 붙잡을 수 있는 것인가.

무지개는 꿈과 이상의 저편에서 우리의 의식에 떠오르는 정감의 태양이다.

대학을 향한 인간 욕구의 집적이 이지의 무지개를 한 개 더 떠올릴 수는 없겠는가.

대학인은 그래서 아무 차이도 없는 인간 존재의 보다 적나라한 욕구의 멍에를 진 한 부류에 불과하다.

'나'는 '나'이면서 동시에 꿈이며 의지며 국가 그것인 것을 확인할 때 대학인의 가장 근본적 입장은 굳건한 지평으로 넓고 멀게 열릴 것이다.

▶ 1981.11.30. 부산여대교지 「수련」

유행가 또는 대중가요

'유행가'라고 하면 조금 어색한 단어가 될지 모른다. '대중가요'라고 하면 훨씬 전달이 빠르고 개념이 명료해질 것이다. 요즘은 대중가요라고들 부르는 것이 일반적이기 때문이다. 그러나 이 의미가 똑같은 두 단어는 사실 상당히 거리가 있는 명명命名임을 우리는 알아야 한다. 유행가라는 명명은 사회적 변천과 깊이 관계되는 생각 속에서 붙여진 이름이다. 변화하는 사회에서 그 사회를 풍미하는 노래, 그러니까 그 노래는 새롭게 변화되는 사회 속에서는 새로운 모습으로 탈바꿈하지 않을 때 사장되고 만다. 말하자면 유행가는 그 스스로 단명短命임을 이마에 써 붙이고 다니는 이름이다.

'대중가요'란 명명은 사회의식의 차원과 관계한다. 그것은 사회계층의 어느 부분이 그것을 주로 향유하고 있다는 전제를 그 바닥에 깔고 있는 이름이다. '대중'이라 말해질 수 있는 이 대부분의 사회 구성원은 그러므로 그 노래를 항상 즐긴다는 뜻도 물론 포함하고 있다.

변화하는 사회적 현상에 중점을 두고 붙여진 이름이거나, 사회구성원의 계층적 의식이 전제되어 붙여졌거나 유행가와 대중가요라는 이 이명동의異名同義의 노래는 우리의 정감을 직접적이고 노골적으로 자극하고 있음을 부인할 수는 없다.

밖에는 펑펑 함박눈이 쏟아지고, 창밖의 어둠을 밀어내고 가는 자동차의 굉음이 신경질적으로 가슴을 짓누를 때, 따끈한 한 잔의 정종 잔을 앞에 두고 듣는 '한오백년'의 구성진 가락 속에서 대부분의 사람들은 한없이 가라앉은 삶의 한恨이란 심연과 마주하게 될 것이다. 혹은 이미자의 그 촉촉하게 젖어있는 그러면서도 길게 가라앉는 가락 속에서 어딘가 떠나고 싶은 역마驛馬의 운명을 감지하게도 될 것이다. '돌아와요 부산항'이란 이름의 노래가 풍미하던 것은 재일동포 성묘객들이 조국을 방문하던 때다. '눈물 젖은 두만강'을 부르며 눈물로써 실향의 아픔을 짓씹는 것을 보면 유행가와 대중가요로 동시에 명명되는 이 노래의 직접적이고 노골적인 정감의 자극에 경탄하지 않을 수 없다.

솔직하게 말해서 상대上代의 구전口傳되어져 정착된 우리의 가요 역시 오늘날 유행가 혹은 대중가요의 범주에서 크게 벗어났다고 나는 보지 않는다. 유행되어져 대부분의 서민이 불러 생명이 지속된 조상의 유산을 유행가 따위와 동격으로 볼 수 있느냐의 반론 속에는 대중이란 계층에 대한 모멸의식이 음험하게 도사리고 있음에 우리는 주목해야 한다. 성현成俔 등이 『악학궤범樂學軌範』을 편찬할 때 '가사가 속되어 싣지 않는다(詞俚不載)'라는 사고와 동일한 맥락 속에 있는 이런 발상은 좀 더 확산한다면 선민의식選民意識의 일종이라 불러도 좋으리라 생각된다. 그 향유 계층이 대중 혹은 서민이라고 해서 모두 다 속되고 비천하다는 것은 그러나 향유 계층이 대중 혹은 서민이기 때문에 다 훌륭한 예술성을 획득하고 있다는 말만큼 편견이다. 우리가 정작 이 점을 간과하지 않는다면 문학 혹은 예술성의 획득에는 어느 정도의 선민의식과 어느 정도의 대중의식이 포용되어져야 한다는 말에 동의하지 않을 수 없을 것이다.

그래서 상대의 우리 가요가 상대인의 감정을 노골적으로 직접적으로 자극할 수 있었다면 그 구체적인 알맹이는 무엇일까를 한 번쯤 생각해 보게 된다.

상대가요를 개괄할 때 향가, 속요, 시조 등으로 보는 것이 일반적인데 시조時調는 사설시조 이전은 주로 사대부士大夫의 전유물이었으므로 대중 내지는 서민과 어쩌면 무관한 듯 하나 시조를 시여詩餘로도 명명했던 저간의 사정을 살피면 시조가 한시漢詩의 그 곁 혹은 저만치서 사대부 그네들의 정신적인 서민의식에 깊은 웅덩이로 고였던 그러나 맑고 끈질긴 향기였음을 알게 된다.

향가鄕歌의 현전 작가들이 승려 혹은 그에 준하는 사람들임은 주지하는 바다. 그러나 그중 「풍요」나 「헌화가」 등의 작가는 그것을 아무리 훈고학적으로 고증한대도 신라 서민에 깊이 뿌리 내려졌음을 부인하기는 힘들 것이다. 그러나 그곳에는 불교의 종교적 색깔이 착색되어 불경의 한 부분, 혹은 기구祈求를 듣는 것 같음을 숨길 수는 없다. 그러나 '랑郎이여, 그릴 마음의 녀올길이 / 다북쑥 우거진 마을에 잘 밤이 있으리이까'(「모죽지랑가」)에서 보이는 '끝없는 바람과 떠돎'을 우리는 짚고 넘어가지 않을 수 없다. 그래서 속요 「정읍사」에서 '달님이시여, 높이 돋으시어'로 이어지는 '바람'의 공간을 향가는 예비하게 된다. 이것은 또한 '이럭저럭 낮은 지내왔는데 / 올 사람도 갈 사람도 없는 밤은 또 어찌하겠는가'(「청산별곡」)의 '떠돎[彷徨]'으로 이어져서 '계십시오 하면 / 서운히 여겨 오지 않을지 몰라 / 가시는 것처럼 도로 와 주십시오'(「가시리」)의 '바람'과 '체념'으로 고정시키고 만다. 그래서 '바람'과 '떠돎'의 저 직접적인 정감은 '체념'으로 노골화되고 그것이 시조에 와서는 한恨으로 심화되면서 우리들 대중의 의식공간에 한의 웅덩이를 깊이 파고 만다. 특히 시조에서, 낙백하여 초야에 묻힌 선비들의 한恨은 때로는 오뉴월 무서리보다 더 몸서리치는 고독으로 날을 세우고 있음을 우리는 보게 된다.

'산촌에 눈이 오니 돌길이 묻혔구나 / 시비柴扉를 여지마라, 날 찾을 이 뉘 이시리 / 밤중만 일편명월一片明月이 긔벗인가 하노라'

좌절과 실의 그것이 고독을 껍질로 하여 한恨의 응어리를 만들고 있음을 우리는 간과해선 안 된다.

이같이 상대가요의 정감은 그것이 항상 직접적이고 노골적임으로 하여 대중적이었다. 그래서 그것의 표현양태에는 많은 변질이 있었지만 그 깊게 깔려있는 기본적인 동류항에는 변함이 없었다. 그 동류항은 '바람과 떠돔'을 날로 하고 '체념'을 씨로 하여 직조한 한恨이란 이름의 한 장 비단 조각이다.

유행가는 대중가요다. 대중가요는 유행가임으로 하여 대중의 애환이 담긴 노래가 된다. 그 대중은 옛날에도 있었고 오늘도 있다. 저 어둑해진 골목길을 돌아나가는 사람의 등 뒤에서 '한 오백년 살자는데 웬 성화요'라는 스피커가 코허리를 찡하게 한다.

사실 민요가 보여주는 저 막막한 해학도 필경은 이 맥락 속에 있는 하나의 요소가 아니겠는가. 그런데도 어쩌면 한국의 오늘날 시인들은 유행가 혹은 대중가요만도 못한 언어의 거품만을 물고 저마다 핏대만 올리고 있는가. 대중의 정감을 직접적이고 노골적으로 제압하는 언어의 알맹이를 찾지 못하는가. 그것이 한국문학의 한계라면 우리는 끝없이 슬퍼질 수밖에 없다.

▶ 1981.1. 은행계

나의 이상적 여대생 상像

여성은 아름다워야 한다. 나는 이 소박한 정의의 열렬한 신봉자다. 그리고 나아가서 이 정의는 결코 아름다울 수 없는 여성들을 향한 증오의 언어가 되기보다는 차라리 그런 여성을 향한 연민의 언어가 되기를 바라고 있다.

젖소가 소이듯이 서울이 대한민국의 일부분이듯이 여대생 역시 어쩔 수 없이 여성이라는 커다란 나무의 한 가지 혹은 하나의 잎사귀에 불과하다. 그러나 그 가지는 혹은 잎사귀는 그렇지 않다고 생각하는 분이 없지는 않겠지만, 소가 인류에게 베푸는 혜택을 대표하는 것이 젖소듯이, 서울이 대표적인 대한민국의 도시듯이 여대생은 여성이라는 나무를 대표하는 그 나무의 모든 부분에 절대적인 영향을 미치는 매우 중요성을 지니는 부분이라고 생각되어 진다. 그래서 '여성은 아름다워야 한다'는 정의는 '여대생은 더욱 아름답지 않으면 안된다.'라는 정의로 바꾸어 생각해도 한 치의 틀림이 없을 것이라고 나는 굳게 믿고 있다. 굳게 믿고 있기 때문에 이 말을 '아름다움'에 대한 충분한 분석을 다음 차례로 미루며 내가 생각하는 이상적 여대생 상의 첫째 조건으로 내세우지 않을 수 없는 것이다.

'아름다움'은 두 가지의 전혀 상반되는 것의 조화라고 생각된다. 그 하나는 육체적인 아름다움 즉 선천적인 것이며 그 다른 하나는 정신적인 아름다움 즉 후천적인 것이 그것이다. 그러나 나는 '아름다움'을 육체적인 것과 정신적인 그 어느 하나만을 강조하여 얘기하는 사람의 반대 편에 서지 않을 수 없다. 말하자면 '아름다움'이란 희랍의 발랄하고 싱싱한 육체적인 것과 중세의 차라리 접근할 수 없는 근엄한 정신적인 것이 잘 조화하여 결합한 것이라고 생각하기기 때문이다. 기억할 것이다. 고무신을 끌고 원서 보따리를 든 듯 머리 손질이 엉망이며 옷 색깔에 도무지 신경을 쓴 것 같지 않은 자칭 책벌레의 여대생에게 느끼던 환멸의 정도와 당신이 앉은 극장의 뒷좌석에서 딱딱 요란스레 껌을 씹으며 유행가의 가사를 흥얼거리던 고운 몸매와 정성스레 치장을 한 그 여성에게 느끼던 환멸의 정도가 똑 같았다는 것을 아직도 분명 기억할 것이다. 그렇다. '아름다움'이란 육체적인 선천적인 것과 정신적인 후천적인 것 어느 하나의 강조가 아니라 그 둘이 균등하고 견제하면서 이루는 하나의 음악 그러나 연주가 몹시 까다로운 음악인 것이다. '그러면' 하고 사람들은 반문할 것이다. '선천적인 육체의 아름다움은 어쩔 수 없는 운명적인 것이 아닌가?'라고. 그러나 분명 나는, 운명이란 것이 그것을 부정할 수는 없지만 정확히 파악하고 인식한다면 충분히 변모가 가능하여 개선할 수 있는 것이라고 알고 있다. 그렇다면 모든 여성은 '가꿈'에 의하여 육체의 선천적인 아름다움과 정신의 후천적인 아름다움을 능히 획득할 수 있다고 생각한다. 그래서 이 아름다움을 스스로 키우고 가꿀 줄 아는 여성—그런 여대생을 나는 내가 생각하는 이상적 여대생상의 둘째번 조건에 내세우지 않을 수 없다.

고등학교 때 우리들은 분수함수의 그래프를 배웠다. X대 Y대의 그 어느 곳에도 접하지 않고 영원히 접근하는 그래프를 그리면서 나는 그때 현실과 이상이라는 문제에 대해서 생각했다. 어떠한 현실도 이상이라는 피안에 도달할 수 없는 것이라고 나는 차라리 단정하였다. 그러니까 인간의 이상은 항상 현실에 배반되어질 수밖에 없다는 좌절 같은, 그것은 일종의 인간한계에 대한 혐오까지 불러일으켰다. 그러나 요즘 나는 생각한다. 보다 그것을 일찍, 보다 그것을 철저히 인식 못 한 것이 얼마나 내 삶의 방향을 흐려놓은가를 요즘 나는 안타깝게 반성한다. 마찬가지다. 여성도 남성이란 그늘 속에 꿈만 파먹고 사는 한 마리 인형일 수는 없다. 꿈, 그 이상의 한계를 빨리 인식하는 여성, 그래서 항상 능동적이며, 항상 행동적일 수 있는 여성—그런 여대생을 나는 나의 이상적 여대생 상의 세 번째 조건으로 내세움에 주저하지 않는다.

아무래도 나는 이 글을 쓰는 것이 내 분수에 맞지 않는다고 생각한다. 그것은 내가 생각하는 '이상적 여대생'이란 현실과 이상의 배반 관계를 감안할 때 사실 존재하지도 않을 것이며 그렇기 때문에 이 글은 추상적인 너무나 추상적인 것이 될 수밖에 없다고 단정하기 때문이다. 그럼에도 불구하고 나는 이 글을 써야만 했다. 그것은 릴케가 장미를 말한 것처럼 '여성—오! 순수한 모순이여!' 라는 이 추상적 발언이 그러나 여성을 말함에 있어 타당하다고 생각했고 그렇기 때문에 이런 추상적인 글도 여성을 말함에는 능히 용납되어야 한다고 믿었기 때문이다. 끝으로 나는 여성—나의 이상적 여대생 상을 말함에 있어 외지外誌가 전하고 있는 드골 부인의 끔찍이 남편을 사랑하는 다음과 같은 말 속에서 구체적인 한 면모를 찾아보고 싶다.

"1962년 8월 22일. 저녁 8시. 별장에서 돌아오던 부처夫妻가 저격을 당했다. 고개를 숙이라는 경호원의 말에도 부처는 꼼짝하지 않았다. 후에 무섭지 않더냐는 물음에 이본느 여사女史는 말하였다. 왜 무섭소, 두 사람 함께 죽으면 좋지 않소?"

▶ 1966. 부산여대교지 「수련」 2호

3부
속―전파에 실은 문학 수첩

1장
소설의 상품 만들기

원효 큰 스님이 주는 교훈

원효 스님은 신라에 불교가 공인된 지 90년 만인 제26대 진평왕 39년 인 617년에 태어나서 제31대 신문왕 6년인 686년에 열반하셨습니다. 주로 신라가 삼국을 통일하기 전후에 많은 활동을 하신 분입니다.

원효 스님은 해박하고 심오한 불교 지식으로 방대한 분량의 불교 관계 저술을 남기신 불교학자이기도 하셨습니다. 또한, 귀족 불교화되다시피 한 신라의 불교를 대중화하고 일반 서민에게 불교가 무엇인가를 설파하신 위대한 스님이셨습니다.

잘 알려져 있다시피 원효 스님과 신라의 요석 공주 사이에서 설총이 란 대학자가 태어났습니다. 설총은 한자를 우리말의 표기에 맞도록 변화시킨 문자인 이두를 체계화하신 분입니다. 말하자면 설총의 아버지

되는 분이 원효 스님입니다.

원효 스님은 14~15살 때 출가하신 뒤, 스스로 첫 새벽을 뜻하는 원효로 법명을 지었다고 합니다. 고려 때 일연 스님이 쓰신 『삼국유사』에 의하면, 어머니께서 원효 스님을 잉태할 때 유성이 당신의 품 속으로 들어오는 꿈을 꾸었다고 합니다. 낳을 때에는 오색의 구름이 땅을 뒤덮었다고도 합니다. 훌륭한 스님의 탄생을 예고하는 설화입니다.

의상 스님 또한 원효 스님과 같은 시대의 큰 스님이었습니다.

중국 송나라 때 찬녕이란 분이 편찬한 『송고승전宋高僧傳』의 기록에 의하면 이 두 스님은 문무왕 1년인 661년에 당나라로 유학의 길을 함께 떠났다고 합니다.

비가 오는 밤길을 가다가 하룻밤을 지내기 위해 땅굴 속에 여장을 풀었다고 합니다.

이튿날 아침 깨어보니 그곳은 땅굴이 아니라 오래된 무덤이었다고 합니다. 비가 계속 내려 하룻밤을 더 지내다가 원효 스님은 의상 스님과 헤어져 신라로 되돌아오게 되고 맙니다. 물론 원효 스님과 헤어진 의상 스님은 그 길로 당나라로 유학을 떠났습니다.

원효 스님이 신라로 되돌아오고 말았던 까닭을 이렇게 말하고 있습니다.

'마음이 일어나므로 갖가지 현상이 일어나고 마음이 사라지니 땅굴과 무덤이 둘이 아님을 알았다. 무엇을 구하고 어디에 가서 무엇을 배운단 말인가. 신라에 없는 진리가 당나라에는 있으며, 당나라에 있는 진리가 신라에는 없겠는가.'

원효 스님의 이 깨달음을 한마디로 말하면 모든 것은 마음에서 비롯한다는 뜻입니다. 이것을 '일체유심조一切唯心造'라고 합니다.

기쁘고 즐겁고 슬프고 원통한 것이나 평온하고 무섭고 아름답고 더러운 모든 것이 다 마음에서 비롯되는 생각에 연유하고 있습니다. 어떤 상황이나 대상은 실체입니다. 그 실체에 대해 우리가 인식하여 생각하는 것은 오로지 우리의 마음에서 비롯되는 것입니다. 그러므로 우리의 마음이 생각하는 바에 따라 그 실체는 아름답게도 추하게도, 기쁘게도 슬프게도 느껴지게 됩니다. 이러한 마음에서 일어나는 현상을 가지고 대상의 진면목인 실체를 파악했다고 말할 수는 없습니다.

우리가 정작 실체를 파악하기 위해서는 이러한 마음에서 일어나는 모든 것을 버려야 할 필요가 있습니다. 마음을 비워 대상을 바라본다는 것은 대상의 실체에 다가서기 위한 노력의 하나입니다. 그러므로 '마음을 비운다.'라는 말은 유행어가 된 정략적 표현이 아니라, 대상의 실체를 파악하기 위한 불교의 진리 구도를 위한 마음가짐입니다. 당대의 큰 스님이셨던 성철의 화두에 이런 것이 있습니다.

'산은 산이고 물은 물이다'.

이 말 또한, 대상을 마음에서 일어났다 사라지는 어떤 것을 통해서 보지 말고, 있는 그대로 바라보아야만 그 실체에 접근할 수 있다는 경구입니다. 우리가 파란 안경을 끼고 세상을 보면 세상은 파랗게 보입니다. 검은 색깔의 안경을 쓰고 밖을 보면 바깥세상은 온통 까맣게 보일 수밖에 없습니다. 마음에 일어나 사라지는 생각은 안경과 같습니다. 우리는 안경을 벗고 대상을 바라보아야만 실제의 모습을 바라볼 수 있듯이 마음에 일어나는 모든 것을 버리고 대상을 바라보아야만 그 실체에 접근할 수가 있습니다.

산의 실체는 산일 따름이고 물의 실체는 다만 물일 따름입니다. 그것을 마음에서 일어나는 어떤 것으로 바라보면 그때 이미 산은 산의 실체가 아니고 물은 물의 실체가 아닙니다.

또한 진리가 있는 곳은 특정한 공간이 아니라 어디에고 있습니다. 다만, 그것을 우리는 보지 못할 따름입니다. 진리가 당나라에 있다면, 그것은 신라에도 있습니다. 위대한 것이 유럽과 미국에 있다면 그것은 한국에도 있을 것입니다. 더욱 현대는 정보통신에 의해 세계가 한울타리가 된 세계화 지구화 시대입니다.

지식이나 진리를 구하기 위해 외국 유학이 능사만은 아닐 것입니다. 외국, 특히 미국의 음악대학 유학생 중 대부분은 한국인이라고 합니다. 그래서 미국의 음악대학은 한국 유학생에 의해 지탱된다는 말까지 미국에서는 나돈다고 합니다.

예술의 실체를 구도하기 위해 외국으로의 유학만이 능사일 수는 결코 없습니다. 예술의 실체에 다가가기 위해서는 끊임없는 자기 수련과 지치지 않는 용맹과 정진이 있어야 할 것입니다. 마음먹기에 따라서는 한국에서의 수련이 더욱 가치 있는 것이 될 수도 얼마든지 있을 것입니다.

마음을 비우고, 마음먹기에 따라서는 공간과 시간에 관계없이 어디에서도 진리의 체득이 가능하다는 것을 1,400여 전의 원효 큰 스님의 행적에서 우리는 읽게 됩니다. 당으로 유학을 갔던 의상도 큰 스님이셨지만, 그렇다고 발길을 돌려 신라에서 득도한 원효 스님이 그보다 못한 업적을 이룬 스님이었던 것은 결단코 아님을 우리는 알아야 합니다.

▶ 2000.01. KBS 사회교육방송 칼럼

삼보三寶

여행을 하게 되면 누구나 즐겁습니다. 새로운 풍광風光이 그렇고, 가는 곳마다 다른 풍습이 그러하고, 낯선 곳에서 자신을 새삼 되돌아 보게 되는 성찰의 시간이 즐겁습니다. 그리고 새로운 의미를 자신의 가슴 속에 오롯이 담아 두게도 되는 일은 우리들 삶의 가장 중요한 활력소의 하나가 분명합니다.

여러분은 여행을 많이 다녀 보셨을 것입니다. 멀게는 다른 나라로 가깝게는 한국의 산천을 이곳저곳 누비며 '나'만의 시간을 가지면서, '나'만의 세계에 낯설고 새로운 갖가지 사연을 하나하나 새겨 놓았을 것입니다.

한국의 아름답고 뛰어난 명승지는 대개가 산을 중심으로 이루어집니다. 금강산이 그렇고, 설악산, 지리산이 그러합니다. 그리고 그 산속의 가장 아름답고 빼어난 곳에는 대부분 사찰이 자리합니다. 사찰은 불교의 도량입니다. 많은 사람들은 그것을 그냥 '절'이라고 부릅니다. 도량이란 불교의 진리를 구도하는 스님들이 용맹정진하는 곳입니다. 그리고 부처님을 모시고 있는 성스러운 예배 장소이기도 합니다.

석가모니 부처님께서 인도, 지금은 네팔에 속해 있는 룸비니 동산에서 마야부인의 몸으로부터 탄생하신 것은 음력으로 4월 8일입니다. 이 날을 부처님 오신날 즉 초파일이라고 부릅니다. 초파일이 되면 많은 사람들은 자신의 소망을 등불에 답니다. 이들 등을 연등이라고 합니다.

연등에는 부모에 대한, 자식에 대한, 아내와 가족, 그리고 그리운 사람에게 대한 소망이 오롯이 담깁니다. 등에 불을 켜서 달면 사람들은 그 등불이 길게 길게 비춰어 무명의 어둠 속에 있는 자신의 마음을 밝히고, 자신의 소망을 부처님께 가져다주게 되어 소망이 성취된다고 믿었습니다.

초파일 날, 절에 가본 사람이면 이 연등 행렬의 화려함에 절로 감탄을 연발하지 않을 수 없을 것입니다. 어둠이 깔리면 소망을 달아놓은 연등의 불빛이 장관을 이루게 되기 때문입니다.

한국에 불교가 들어온 지는 1,600여 년을 헤아립니다. 신라 시대 불교문화가 찬란하게 꽃피었던 것은 다 알고 있는 사실입니다. 불국사, 석굴암, 감은사 터의 당당하고 웅장한 석탑, 다보탑, 석가탑 등 아직 남아 있는 이루 헤아릴 수 없이 많은 불교의 귀중한 유산을 누구나 기억할 것입니다. 불교를 국교로 삼았던 고려 시대까지를 합하면 천여 년 가까이 한국인의 마음과 생활 구석구석에 그 자락이 드리워진 민족의 종교가 불교였다고 해도 지나친 말이 아닐 것입니다. 아무리 부인한다고 해도 우리 민족 정서와 생활 속에는 아직도 불교적인 요소가 많이 남아 있는 것만은 사실입니다.

그런데 여러분들은 여행길에서 절에 들렀을 때 무엇을 보고 느꼈습니까.

사찰이란 대부분이 비슷비슷한 건물에 불과합니다. 하기는 그 건물을 둘러싸고 있는 주변의 풍광은 아름답기 그지없습니다. 그것은 내소사도 백양사도 화엄사도 불국사, 해인사, 송광사, 선운사도 다 공통된다고 할 수 있습니다. 그래서 사람들은 그 똑같은 절의 모습에서 그다지 색다른 감회나 감동을 받지 못하는 경우도 있습니다. 누가, 여행길에서 문화유산을 보게 되면, 보는 사람이 알고 있는 것만큼만 보인다는 말을 했습니다. 그것은 매우 적절한 표현인 것 같습니다.

우리가 기본적인 사실이나 약간의 지식만 가지고 있다고 해도, 여행길에서 만나게 되는 사찰에서는 보다 의미 깊은 메시지를 전달받을 수 있다고 생각하기 때문입니다.

사찰의 건물 구조는 여러 개로 나누어져 구성되어 있는 것이 일반적입니다. 그중에서 가장 중요한 건물은 부처님의 모습 즉 불상을 봉안해 놓은 큰 법당 건물입니다. 그것을 대웅전이라고 합니다. 대웅전에는 부처님의 모습인 불상이 모셔져 있습니다. 스님들은 그 앞에서 아침, 저녁 예불을 하고, 참배객들은 그 앞에서 합장하고 절을 하기도 합니다. 그런데 참배객이 법당에 들어갈 때는 불상이 마주 보이는 앞의 문으로 들어가는 것은 결례입니다. 법당 건물의 양옆으로 나 있는 문을 통해 들어가는 것이 예의입니다. 앞문은 스님들이 드나드는 문이기 때문에 그러합니다. 스님은 부처님의 진리를 구도하는 주체입니다. 그래서 스님은 삼보三寶의 한 요소입니다. 그분들을 공경하는 일이 바로 불교의 성서로움에 경의를 표하는 일이기 때문입니다.

삼보는 글자 그대로 세 가지 귀중한 보배입니다. 불교의 핵심이 되는 세 가지 중심이 삼보입니다. 그것에 경의를 표하는 것이야말로 무엇보다 불교의 도량인 사찰에서는 필요하고 또한 중요한 일입니다.

삼보는 불법승佛法僧을 말합니다. 불佛은 부처님을 뜻합니다. 부처님이야말로 진리를 깨우친 주체이고, 무명에 있는 우리에게 깨우침의 참 길을 열어주시는 분이므로 중요합니다. 법法은 부처님이 우리들에게 가르쳐 주시는 말씀을 말합니다. 그 말씀 또한 소중한 것이므로 그것은 문자로 기록되어져 있습니다. 그것이 경전입니다. 부처님 말씀 모두는 엄청나게 많으므로 경전도 엄청나게 많은 분량입니다. 그 모두를 일컬어 팔만대장경이라고 합니다.

승僧은 앞서 말한 구도의 주체인 스님을 가리킵니다.

경남 양산 영축산 속의 통도사를 가 보셨습니까. 그곳의 큰 법당에는 부처님의 모습인 불상이 놓여 있지 않던 것을 보았습니까.

불상이 놓여야 할 자리 뒤쪽이 훤하게 트여 있고 거기에는 탑이 하나 보입니다. 그 탑 속에는 부처님의 진신사리가 들어 있다고 합니다. 신라 때 인도로부터 부처님의 사리를 가져와 봉안했습니다. 사리舍利란 열반하여 다비 즉 화장을 하면 득도得道한 결정으로 남게 되는 육신의 부분입니다. 부처님의 육신인 진신사리가 있는데 굳이 불상을 만들어 놓을 필요가 없다는 의미가 통도사의 큰 법당에 불상이 없는 까닭이 됩니다. 그래서 통도사를 한국의 불보佛寶 사찰이라고 합니다.

부처님께서 가르치신 모든 말씀을 문자로 집대성한 팔만대장경을 인각하는 경판은 경남 합천 가야산의 해인사에 소중하게 보존되어 있습니다. 해인사를 한국의 법보 사찰이라고 하는 것은 이런 연유 때문입니다.

전남 승주 조계산에는 송광사가 있습니다. 신라말 혜린선사께서 창건한 이래 고려의 보조국사 등 16국사를 배출하였습니다. 한국의 사찰 중 큰 스님들을 가장 많이 배출한 곳이 바로 이 송광사입니다. 그래서 송광사를 한국의 승보사찰이라고 합니다.

불교에서 삼보가 무엇이며, 그것은 어떤 의미를 갖게 되며, 한국에서 그것을 대표하는 도량인 사찰이 어디란 것을 알고, 그곳에 갔을 때, 그곳에서 보다 뜻 깊은 메시지를 우리는 받을 수가 있을 것입니다.

그때, 우리들의 여정은 보다 더 즐겁고 의미 있는 삶의 한 부분이 될 것입니다.

▶ 2000.01. KBS 사회교육방송 칼럼

보살菩薩과 보살행菩薩行

평범하게 살아 가는 것이 결코 쉬운 일이라고 할 수만은 없습니다.

그러나 많은 사람들은 평범하게 사는 일이 무지렁이처럼 힘없고 보람없이 사는 일이라고 생각하여 자탄自歎하기도 하고, 자신을 나무라기도 하면서, 심지어 자학적인 생각에 빠져들기도 합니다. 그래서 무엇인가 평범하지 않고 보람 있게 사는 길이 없을까를 생각하면서 노심초사勞心焦思하기도 합니다.

'수졸守拙'이라는 말이 있습니다. 예술이론에서 사용되는 이 말은 가장 일상적이고 평범하게 작품을 완성하는 일이 얼마나 어려운 것인가를 강조하는 말입니다. 아무리 세련되고 고답적인 기교로 작품을 제작한다고 해도, 완성된 작품은 가장 평범하고 자연스러운 모습으로 제작되어야만 어떤 인위적인 기교도 드러나지 않는다는 것입니다. 그럴 때 작품은 성취도가 가장 두드러진다는 의미로 해석할 수가 있습니다.

졸렬하게 보이는 듯한 평범함이 가장 자연스러운 것이고, 가장 자연스러운 것이 가장 위대하고 훌륭하다는 뜻을 이 말은 머금고 있습니다.

불교에서는 '평상심平常心'이란 말을 자주 사용합니다. '평상심'이란 말을 강조하는 것은 많은 사람들이 평상심을 가지기가 그렇게 쉬운 일이 아니라는 것을 말해주는 것이기도 합니다. 어떤 경우에 있어서나 평범하게 살면서 가지게 되는 마음을 그대로 간직하라는 것이 평상심의 본래 의미입니다. 사람들이 평범하게 살면서 가지게 되는 평상심을 유지할 때 걱정과 근심인 온갖 번뇌는 사라지고 평화롭고 평온하게 자신을 다스릴 수가 있게 된다는 것입니다.

요컨대 평범한 것은 가장 훌륭한 것이고, 위대한 것이며, 평화로운 것입니다. 그러므로 평범하게 사는 일은 가장 훌륭하고 위대하게 사는 일이며, 평화롭게 자신을 가다듬는 일이기도 합니다. 그러니까 평범하게 사는 일이 어찌 쉽고 간단한 일이라고 할 수 있겠습니까.

그러나 평범하게 사는 일은 보람 있게 사는 일과는 갈래를 달리합니다. 우리가 그저 훌륭하거나 위대하거나 자신을 평화롭게 다스리는 일에만 만족한다면 보람 있게 산다고 말하기 어렵습니다. 보람 있게 사는 일은 '나'만의 일에만 만족하는 것이 아니라, '나'와 더불어 살고 있는 우리 모두가 내가 가지고 있는 이 훌륭하고 위대하고 평화로운 것을 공유할 수 있도록 만들기 위해 노력하는 일입니다.

사람들은 운명이라고 하는 같은 배를 타고, 삶이라고 하는 바다를 항해한다고 실존주의 철학자 사르트르는 말합니다. 그렇기 때문에 우리는 공동의 운명을 가지게 된다고 말합니다. 인간 존재란 나 혼자만이 현실 속에서 오로지 우뚝 서 있는 것이 아니라 현실의 모든 구성원과의 관계 속에서 살고 있다는 것입니다. 그런 관계 속에 살고 있음으로 다른 사람의 일이 곧 나에게 관계되고, 나의 일이 곧 다른 사람에게 영향을 미치게 된다는 것입니다.

그러므로 다른 사람의 불행을 그대로 내버려둔다는 것은 곧 나 자신을 불행 속에 두어두는 것과 동일하게 됩니다. 헐벗고 굶주리고, 억압받고 핍박당하는 불행한 사람들을 그대로 내버려둔다는 것은 나에 대한 직무유기입니다. 그 사람들을 억압과 굶주림의 불행에서 벗어나게 하기 위해 나는 혼신의 노력을 기우려야만 됩니다. 그러한 노력과 자세로 살아가는 삶이 인간존재의 실존적 책무라고 사르트르는 강조합니다.

평범하게 살아가는 사람은 선남선녀善男善女들입니다. '선善'이라는 말이 의미하듯이 그렇게 살아가는 사람은 착하게, 아름답게 그리고 진실하고 올바르게 살아가는 사람들입니다. 그러나 선남선녀들은 보람 있게 삶을 사는 방법에 대해서는 맹목합니다. 보람 있게 사는 방법에 맹목하고 있다는 것은 사르트르의 설명에 의하면 인간 존재의 책무에 무심하고, 자신을 직무유기 하는 것과 같습니다. 인간 존재의 책무에 무심하고, 자신에 대해 직무유기 하는 것은 삶과 세계와 인간 존재에 대한 참다운 의미를 깨닫지 못하고 있는 까닭입니다. 삶과 인간 존재에 대한 참다운 의미의 빛을 보지 못한 채 어둠 속에 헤매고 있는 형국입니다. 불교에서는 이 상태를 무명無明이라고 합니다. 무명의 세계 속에 자신을 내버려 두는 사람을 그래서 범부凡夫라고도 합니다.

'내'가 '남'과 더불어 '우리'라고 하는 공동체에 관계하면서 살고 있다는 인식을 아프게 가지는 일은 저절로 되는 것이 아닙니다. 그것은 거시적이면서 깊게 인간과 삶을 보는 형형하게 깨어 있는 정신을 요구합니다. 불교에서는 그것이 수행修行을 통해서 가능하다고 말합니다. 또한 그 수행은 용맹과 정진 속에서 이루어져야 한다고 말합니다. 그래서 인간과 삶에 대한 참의미를 체득한 존재 그것을 나한羅漢이라고 말합니다.

나한은 이제 인간과 삶에 대해 참의미를 스스로 체득한 사람입니다. 즉 불교적 용어로는 스스로 자自, 이로울 리利, 자리自利한 사람입니다. 나한이 스스로의 체득에만 만족한다면 자리自利한 것에 그치고 맙니다. 나한은 이제 그것을 나와 관계하고 있는 우리 모두에게 실천적 행동으로 보여주어야만 합니다. 자리自利하지 못한 사람을 깨우치게 하고, 그들을 무명無明의 세계로부터 벗어나게 해야 합니다. 그렇게 인간과 삶에 대한 참의미를 그 사람들도 실천적 행동으로 옮길 수 있게 이끌어야 합니다.

그것이야말로 '나'만이 아닌 '우리' 모두를 위해 봉사하는 능동적인 삶의 자세라고 부처님께서는 말씀하십니다. 즉 그것은 이타적利他的인 행위이고, 이타적 행동을 실천하는 인간이 보살菩薩이며, 그가 실천하는 능동적인 깨우침이 바로 보살행입니다. 범부에서 나한으로, 나한에서 보살에 이르는 것. 그래서 보살은 불교에서의 이상적 인간상이고 보살행은 인간의 이상적인 행동의 지표가 됩니다.

보살과 보살행은 결코 쉽지 않은 평범한 생활을 하는 선남선녀들인 모든 중생을, 인간과 삶의 참의미를 깨닫게 하여, 보람 있는 삶을 살아가게 하는 진리와 지혜의 장명등長明燈입니다. 그래서 우리는 불교를 휴머니즘이라고 하는 이유를 여기서도 다시 한 번 발견하게 됩니다.

▶ 2000.01. KBS 사회교육방송 칼럼

구도求道와 서정주의 시 「꽃밭의 독백獨白」

세상에 영원히 존재하는 것은 없습니다. 모든 것은 변화하거나 소멸하고 맙니다. 불가능한 것처럼 행세하는 무소불위無所不爲의 권력도 결코 예외는 아닙니다. 그래서 사람들 입에 오르내리는 '화무십일홍花無十日紅'이나 '달도 차면 기운다'는 말은 이러한 권력의 영원하지 않음 즉 무상無常함을 우리에게 일깨워 주고 있습니다.

'열흘 동안 시들지 않고 피어 있는 꽃이 없다'라는 의미인 '화무십일홍花無十日紅'이나, 항상 기울어지지 않고 보름달처럼 둥글게 떠 있는 달은 어디에도 있을 수 없다는, '달도 차면 기운다'는 경구는 권력의 무상함을 두고 오래 전부터 내려오는 지혜의 아포리즘이라고 보아도 무방할 것입니다.

무상이란 말은 영원하지 않다는 한자어입니다. 그래서 사람들은 삶의 덧없음을 인생무상이라고들 합니다. 보다 정확하게 인생무상이란 말은 사람이 산다는 것은 영원하지 않다는 뜻입니다. 사람은 영원히 살수 없는 존재임이 분명합니다. 그래서 인간은 언젠가 죽을 수밖에 없는 존재―유한한 생명을 가진 존재라고 하여 모탈mortal이라고 합니다.

죽음은 인간이 피할 수 없는 난관, 달리 말하면 아포리아 입니다. 인간은 죽음 앞에 무력하고, 그 무력감에서 사람은 삶에 깊이 모를 허무를 갖게 된다고 니체는 말합니다. 그러나 이 허무감을 벗어나는 길은 인간 존재가 유한하다는, 인생이 무상하다는 것을 철저히 인식하는 길밖에 달리 방법이 없다고 강조합니다. 그 철저한 인식을 통해 이 허무감으로부터 벗어나는 인간, 그 인간을 니체는 초인超人이라고 하여 그의 철학이 추구하는 이상적인 인간상으로 설정했습니다. 니체의 철학을 초인의 철리哲理라고 하는 것은 바로 이런 데서 연유합니다.

요컨대 삶은 유한하고 권력 또한 한계가 있을 수밖에 없습니다. 아니 삶과 권력뿐만 아니라 이 세상에 존재하는 모든 것은 유한하고 무상합니다.

이러한 사정을 미당 서정주는 이렇게 시로서 표현합니다.

> 노래가 낫기는 그 중 나아도 / 구름까지 갔다간 되돌아 오고, /
> 네 발굽을 쳐 달려간 말은 / 바닷가에 가 멎어버렸다

노래는, 노래가 속해 있는 영역인 예술 모두를 가리킨다고 할 수 있을 것입니다. 그 예술이 이 세상의 모든 것 중에서 그래도 나은 것이라고 시인은 말합니다. 그러나 그것도 한계를 가지지 않을 수 없습니다. 구름까지 갔다가는 되돌아올 수밖에 없지 않습니까. 힘차게 달려가는 말. 그것은 권력을 가리킵니다. 그 말 역시 바닷가에서 더 이상 나아가지 못하듯이 한계를 가진 무상의 존재라고 시인은 말합니다.

> 활로 잡은 山돼지, 매[鷹]로 잡은 山새들에도 / 이제는 벌써 입
> 맛을 잃었다

잡은 산 돼지나 산 새들은 부귀영화를 누리면서 산해진미의 이 세상 모든 호의호식을 말합니다. 그것에 한계를 느꼈다고, 아니 한계가 있고, 영원할 수 없다고 시인은 표현하고 있습니다.

그래서 시인은 존재하는 것의 무상함을 깨닫게 됩니다. 이 깨달음은 진리를 찾을 수 있는, 진리의 세계에 도달할 수 있는 지혜의 길을 모색하게 만듭니다.

> 꽃아, 아침마다 개벽(開闢)하는 꽃아, / 네가 좋기는 제일 좋아
> 도 / 물낯바닥에 얼굴이나 비취는 / 헤엄도 모르는 아이와 같이 /
> 나는 네 닫힌 문(門)에 기대섰을 뿐이다

그 지혜의 길은 아침마다 개벽하는 꽃입니다. 꽃이 피는 것을 개벽한

다고 표현한 것에서 우리는 꽃을 지혜와 진리로 가는 한 줄기 길이라는 것을 나타내고 있는 시인의 마음을 헤아릴 수가 있습니다. 그러나 그 길로 통하는 곳에 문이 닫혀 있습니다. 시인은 다만 무력하게 서 있을 수밖에 없습니다. 문을 열어야 할텐데…… 다음 구절은 그 문을 열려고 하는 시인의 의지가 나타나는 부분입니다.

> 문 열어라 꽃아, 문 열어라 꽃아, / 벼락과 해일만이 길일지라
> 도 / 문 열어라 꽃아.

　지혜와 진리로 통하는 길이 벼락과 해일만의 형극일지라도, 문을 열고 지혜와 진리로 통하는 길로 나아가겠다는 의지를 시인은 표현해 놓고 있습니다. 이 시인에게 있어 지혜와 진리의 길은 무엇이겠습니까. 그것은 바로 불교라는 것을 간과해서는 안됩니다.

　'벼락과 해일만이 길'이라는 말 속에서 그것을 읽을 수 있습니다. 지혜와 진리의 길을 찾아서 가는 수행의 길은 그렇게 쉬운 일이 아닙니다. 그것은 어떠한 고통도 감내하면서 자신과의 싸움에서 자신을 극복하여야만 하는 길입니다. 니체의 앞서 말한 설명을 빌리면 초인으로서 우뚝 서는 길이기도 합니다.

　사홍서원四弘誓願은 불교의 지혜와 진리를 헤아려 네 가지 큰 소원을 이루겠다는 의지를 담은 구도자의 맹세입니다. 중생을 다 건지겠다는 중생무변서원도衆生無邊誓願道, 번뇌를 다 끊겠다는 번뇌무진서원단煩惱無盡誓願斷, 가 없는 부처님 말씀인 법문을 모두 배우겠다는 법문무량서원학法門無量誓願學, 불교의 진리, 부처님의 가르침을 다 이루겠다는 불도무상서원성佛道無上誓願成이 그것입니다.

　이 맹세의 실천이 바로 지혜와 진리의 길로 나아가는 구도자의 목표입니다. 그러나 어디 그 길을 가서 진리와 지혜를 체득하는 것이 쉬울

수가 있겠습니까. 그것을 벼락이 치고 해일의 밀려오는 길이라고 한 것입니다.

그러므로 지혜와 진리를 체득하려는 일의 처음은, 일체의 존재하는 것에 대한 무상함을 확실히 인식하고, 어떤 역경도 넘어 수행의 길을 가겠다는 의지를 확인하지 않고서는 불가능하다는 것을 서정주의 이 시는 새삼 일깨워줍니다.

또한, 깨달음의 길이 얼마나 어렵고, 깨달음의 길이 지혜와 진리를 통해서 인간을 어떻게 정신적으로 구원하는가를 불교는, 니체의 초인의 철리를 훨씬 뛰어넘어, 우리에게 제시하고 있다는 것을 이 시는 다시 생각하게 해주는 생활의 지혜라고 할 수 있을 것입니다.

▶ 2000.01. KBS 사회교육방송 칼럼

인간이란 보물

세상에서 가장 소중하고 존귀한 것을 보물이라고 말합니다.

그러나 이 보물은 사람에 따라 다를 수가 있다는 점을 지나쳐서는 안 됩니다. 부모에게 있어 자식은 소중하기 이를 데 없는 보물 중의 보물일 것이고, 아내에게 있어 지아비와 남편에게 있어 아내는 무엇과도 비교할 수 없는 귀하디귀한 보물일 것입니다. 예술가에게 있어 자신의 작품은 소중하기 이를 데 없는 보물이고, 목수에게 있어 연장과 작가에게 있어 펜과 원고지 또한 무엇과도 바꿀 수 없는 보물입니다.

그러니까 보물이라고 하는 것은 소중하고 존귀한 무엇이지만 사람과 직업 그리고 계층에 따라 사뭇 다르게 규정된다는 점을 우리는 지나치지 말아야 합니다.

그러므로 시각을 달리해서 본다면, 보물이란 누구에게 있어서나 두루 통용될 수 있는 어떤 특정한 물건이나 대상이 아니라, 그 사람이 처해 있는 처지와 놓여 있는 상황에 따라 다르게 선택되어 질 수 있는 그 무엇일 것입니다. 그래서 이 사람에게는 소중한 보물이 저 사람에게 있어서는 그다지 귀중한 것이 아닐 수도 있을 것입니다. 조용히 헤아려 본다면 이 세상에 존재하는 모든 것, 즉 삼라만상의 하나하나는 누구에겐가는 반드시 보물이 될 수 있을 것이란 사실에 생각이 미치게 됩니다.

삼라만상의 어느 하나는 누구에겐가는 소중하고 존귀한 보물이 된다는 이 사실을 깊이 생각하면, 세상에 존재하는 그 어느 것 하나라도 소홀하게 다루고 생각할 수 없다는 것을 우리는 새삼 깨닫게 됩니다.

뜰에 서 있는 나무 한 그루, 스쳐 가는 바람에 가늘게 흔들리는 나뭇잎, 나뭇잎 사이로 트여 있는 푸른 하늘, 사람들 발길에 차여 바닥에 뒹구는 작은 돌멩이 하나도 그 가치가 누구에겐가는 보물로 존재할 것이란 생각에 경건함을 가지고 옷깃을 여며야 할 것입니다.

길거리를 헤매는 남루한 옷을 걸친 불쌍하고 가난한 사람들, 손을 내밀어 도움을 청하는 헐벗은 아이도 어느 누군가에게는 무엇과도 바꿀 수 없는 보물이란 점을 잊어서는 안 될 것입니다.

일찍이 석가모니 부처님께서는 마야 부인을 통해 이 세상에 싯달타 왕자로 룸비니 동산의 보리수 아래서 태어나셨습니다. 태어나시자 한 손으로 하늘을 가리키고 또 한 손으로는 땅을 가리키시면서 '천상천하 유아독존天上天下唯我獨尊'이라고 말씀하셨다 합니다.

'하늘과 땅 이 우주 속에 오로지 나 홀로 존귀하다'라고 풀이할 수 있는 한자어입니다. 그러나 글자 그대로 새기면 이 말의 참뜻을 이해하기 힘이 듭니다. 이 말의 참뜻은 석가모니 부처님 혼자만이 오로지 존귀하다는 뜻이 아닙니다. 석가모니 부처님을 포함하는 이 세상의 인간 즉 사람이 우주 속에서는 가장 존귀한 보물이라는 뜻으로 이해하고 해석해야 할 부분입니다. 인간이 곧 하늘이라는 동학의 '인내천人乃天'이라는 말도 석가모니 부처님의 이와 같은 말씀의 연장선에서 생각할 수 있을 것입니다.

부처님은 인간을 가장 존귀한 보물로 보신 분입니다. 우주 속에서 사람이 가장 귀중한 보물이라는 부처님의 생각이야말로 인간 본위의 휴머니즘입니다. 그리고 부처님이야말로 지금으로부터 2500년 훨씬 전에 휴머니즘을 설파하신 인류 최초의 진정한 휴머니스트이십니다. 잡다하게 현학적인 표현으로 인간 존재를 설명하지 않으시면서도 부처님이야말로 간단하고 명료하게 그리고 확실하게 인간 존재의 우주 속에서의 가치와 의미를 촌철살인 하셨던 분이십니다.

사람이 우주 속의 보물이면, 사람을 둘러싸고 있는 모든 자연과 그 현상도 보물입니다. 소중한 보물을 간직하기 위하여 우리는 그것을 잘 감싸서 보관합니다. 인간이란 보물을 에워싸고 있는 자연과 그 현상은 바로 보물을 감싸서 보호하는 보자기와도 같은 것입니다. 보물이 중요한 만큼 그것을 감싸서 보호하는 보자기도 얼마나 중요한 것입니까.

사람을 에워싸고 있는 자연과 그 현상, 생태계와 환경의 중요성이 여기에 있습니다. 그러니까 부처님께서 우주 속에서 인간의 소중함을 말한 것은 바로 자연과 그 현상, 그리고 생태계와 환경의 소중함과 중요성을 동시에 말씀하신 것입니다.

인간의 무절제한 개발의욕은 자연을 파괴하고 생태계를 망가뜨리고 있습니다. 이것은 바로 우주 속의 보물인 인간을 망가뜨리는 것으로 이어집니다. 인간이 소중한 것만큼 자연도 소중한 것입니다. 자연환경이 온존하지 않고서는 인간이란 보물이 온전할 리가 없습니다.

자연환경을 우리가 지키고 잘 관리해야 하는 것은 바로 우리 자신을 잘 보존하고 관리하는 일과 다를 바가 없습니다. 우리가 발을 딛고 살고 있는 이 지구 속의 삼라만상, 그 어느 것 하나라도 소중하지 않은 것이 없다는 것은 인간이 우주 속에서 최상의 귀중한 존재 즉 보물임을 확인하는 것과 같은 의미입니다.

무엇보다 인간은 우주 속에서 가장 귀중한 존재인 보물이고, 그러므로 인간을 에워싸고 있는 삼라만상은 모두가 다 귀중한 보물입니다. 자연환경을 파괴하는 일을 이제라도 빨리 그만 두고 그 소중한 보물을 간직하는 일이 곧바로 인간을 보전하는 일임을 우리는 석가모니 부처님의 말씀을 다시 새기면서 아프게 깨달아야 할 것입니다.

▶ 2000.01. KBS 사회교육방송 칼럼

해인사 · 최치원 · 성철 스님.

해인사는 가야산의 웅장하고 깊은 품 안에 놓여 있습니다. 팔만대장경이 봉안되어 있다고 해서 이 절이 유명하지만은 않다는 것을 이 절에 한 번이라도 발길을 들여놓은 사람이면 누구나 느낄 수 있게 될 것입니다. 이 절의 빼어난 풍광과 정취는 자연과 신앙심의 조화가 어떻게 구체화할 수 있는가를 잘 말해주고 있습니다.

신라시대 최치원은 당나라에 건너가서 그곳의 과거에 급제한 재원이었습니다. 급제 후 「황소의 난」에 『토황소격문』을 써서 문명文名을 대륙에 떨친 사람이기도 합니다. 고국 신라로 금의환향했을 때 신라는 이미 말기에 접어들고 있었습니다. 따라서 6두품의 엄격한 신분제도, 문란한 정치제도는 최치원으로 하여금 신라의 현실상황에 절망하게 하였습니다. 모든 것을 내팽개치고 뜬구름처럼 천하를 떠돌게 됩니다. 외롭게 떠도는 구름이란 뜻의 고운孤雲을 아호雅號로 삼은 것은 우연한 일이 아닙니다. 그의 발길이 남쪽 바닷가에 닿아 그가 명명命名한 해운대란 이름의 명승지가 오늘까지 세상에 남아 널리 알려지게 된 것입니다.

최치원이 만년에 가족과 함께 은거한 곳이 가야산의 해인사입니다. 그곳에서 그는 신선이 되었다고 다분히 설화적 요소를 지닌 『고운전孤雲傳』은 적고 있습니다. 실제 해인사의 팔만대장경판이 있는 장서각 동편 언덕에는 그때 최치원이 막대기만 한 크기로 꽂은 나무가 아름드리 거목이 되어 있습니다. 그의 한시를 조선조의 허균은 가냘프긴 하지만 뛰어나다고 평합니다. 그 한시는 이렇습니다.

> 「秋風吹不盡(가을바람 쉼 없이 불어 쓸쓸하고)/世路少知音(세상에 알아주는 사람없음이여!)/窓外三更雨(창 밖엔 비 내리는 한 밤중)/燈前萬里心(등잔 앞에서 마음은 먼 고향으로 가는 것을).

천하를 주유周遊하는 심정의 일단을 읽을 수 있는 구절입니다.

해인사는 팔만대장경말고도 많은 내력을 가진 곳입니다. 최근에는 한국불교 대표적 종단인 조계종 종정이신 성철 큰스님이 그곳 백련암에 계서서 유명하기도 합니다. 성철 스님은 독학으로 5개 국어에 능통할 뿐 아니라 눕지 않고 앉아서만 8년간 '장좌불와長坐不臥'의 수도를 하신 이 시대 대표적 선승禪僧이셨고 수도자修道者였습니다. 직접 뵈려면 3천 배拜라는 오체투지의 불교식 절을 해야만 가능했던 것도 유명한 일화였습니다. '산은 산이고 물은 물이다'라는 법어를 화두로 내걸면서 사물과 삶 그리고 진리의 본질을 갈파하기도 하셨습니다. 그런 스님께서 지난 11월 4일 열반하셨습니다. 7일 동안의 장례를 치루고 10일 11시부터 12일까지 다비가 치루어졌습니다. 다비는 불교식 장례로서 일종의 화장입니다. 문득 김동리 소설 『등신불等身佛』을 떠올리게 됩니다. 만적이란 스님의 소신공양을 통해 인간에게 있어 고뇌와 구원의 관계를 깊이 있게 천착한 작품입니다.

스님의 법신法身에서는 많은 사리가 나왔다고 합니다. 사리는 수행과 득도의 표징으로 석가모니 부처님의 법신에서 수많이 쏟아져 나온 이후 그것이 바로 믿음의 대상이 되기도 했습니다. 양산의 통도사에는 대웅전에 부처님의 조상彫象이 없습니다. 부처님의 진신사리眞身舍利가 봉안되어 있기 때문입니다. 그래서 통도사는 불보 사찰이 된 것입니다. 사리는 그만큼 중요하게 여겨집니다. 그런 사리가 성철 스님의 법신에서 많이 나온 것은 스님 생전의 수행과 가르침으로 미루어 미리 예견된 것이기도 했습니다.

해인사와 최치원과 성철 큰스님. 다비와 소신공양 그리고 사리. 그것을 통해 김동리의 『등신불等身佛』을 생각해봅니다. 인간존재의 고뇌와 그것을 극복하는 수행. 인간의 구원과 업보에 관한 것들을 한 번 더 반추해봅니다.

아무튼, 아직도 불교는 한국인 정신의 근원과 문학의 한가운데를 차지하며 흐르는 도도하고 큰 물줄기임을 다시 확인하게 됩니다.

▶ 1993.11.26. KBS 사회교육방송 칼럼

『25시』 작가의 죽음

강대국 사이에 낀 약소민족의 고난과 운명을 묘사하고, 서구문명에 대한 기계주의, 기술만능의 병독에 침해되어 인간이 인간으로서의 가치를 정당히 주장할 수 없게 됨으로써 유럽의 시간은 기독교에서 말하는 메시아의 강림으로도 무엇 하나 해결할 수 없는 최후의 시간 다음에 오는 25시 속에 있다고 1948년 파리에서 출간된 소설 『25시』는 말해주고 있습니다. 이 소설은 또, 주인공 이온 모리츠의 기구한 역정을 통해서 체제와 이데올로기 앞에 한 개인의 삶이 얼마나 무참하게 희생되는가를 적나라하게 제시해주고도 있습니다. 이 작품은 35개 국어로 번역되어 많은 사람의 심금을 울렸습니다. 영화로도 만들어진 이 작품은 안소니 퀸의 열연이 아직도 눈에 선연하게 떠오릅니다.

이 작품, 소설 『25시』는, 루마니아 태생의 작가이면서 그리스 정교회의 사제인 콘스탄틴 비르질 게오르규(Constantin-Virgil Gheorghiu)의 대표작입니다. 게오르규가 지난주 22일 75세를 일기로 파리에서 눈을 감았습니다. 루마니아의 부크레시티 및 독일의 하이델베르크 대학에서 철학과 신학을 공부하고 루마니아 외무성의 문화사절단 수행원을 지내면서 63년 그리스 정교회의 사제 서품을 받았습니다. 그는 71년 이후 루마니아 정교회 파리 사제로 있으면서 작품 활동을 계속하였습니다. 루마니아가 소련에 의해 적화된 뒤인 46년 이후 파리에서 사실상의 망명생활을 했습니다. 60여 편의 작품을 남긴 그는 앞서 말한 『25시』 외에도 그것의 후편으로도 꼽히는 『제2의 찬스』, 『키렐레사의 학살』, 『아가피아의 불멸의 사람들』, 『혼자 떠도는 사내』 등이 있습니다.

그의 작품세계를 관통하고 있는 것은 자신이 바라지 않는 삶을 살아야 하고 타인의 생각이나 행동에 따르도록 강요받고 있는 현대인들이 그것을 거부할 때 소외당하진 않을 수 없는 비극의 천착입니다. 게오르규는 조국 루마니아에 대한 사랑과 뜨거운 애국심을 갖고 있었습니다. 그래서 그는 망명생활 동안 조국 루마니아의 상황에 끝없이 절망하기도 하였으며, 약소민족으로서 분단의 아픔을 가진 한국에도 남다른 관심을 보였습니다. 6차례나 한국을 방문했던 그는 지난 84년 세 번째 방문길에서는 '25시로 치닫는 시계가 23시로 회귀하는 것을 보기 위해 한국에 왔다'고 말하기도 했습니다. 『한국찬가』, 『한국-미지의 나라』 등 한국에 관한 저술을 통해 게오르규는 한국인의 삶과 역사에 감탄을 금하지 못하고 있습니다. 그의 이 같은 지극한 한국애는 그의 조국 루마니아가 유럽 현대사의 시계 속에서 메시아의 재림으로도 구원받지 못할 최후의 25시에 위치했다면, 한국 역시 전후 동서냉전의 상황 속에서 가장 절망적인 25시에 갇히는 고통을 겪었다는 약소민족으로서의 동병상련이 작용한 결과라고 말할 수 있을 것입니다.

한 작가의 죽음은 우리에게 무엇인가를 생각하면서 게오르규의 죽음을 대하는 마음은 착잡하지 않을 수 없습니다.

게오르규는 자신의 민족과 조국의 비운을 문학으로 형상화 하는데 비교적 성공하고 있습니다. 달리 말한다면 게오르규의 문학적 응전은 루마니아의 문제를 보편적인 인간 전부의 문제로 제기하는 데 성공하고 있다는 것입니다. 게오르규의 작품이 우리에게 전해주고 있는 것은 약소민족과 국로서의 루마니아 이야기에 국한하고 있지 않습니다. 그것은 루마니아 이야기이면서 동시에 같은 시대를 살아가고 있는 모든 사람의 존재론적 물음이 되고 있습니다. 게오르규의 문학이 성공할 수 있었던 것도 이러한 맥락에서 파악할 수가 있을 것입니다. 요컨대 작가는 자신의 이야기를 근원적이고 보편적인 인간의 문제와 결부시킬 수 있어야 합니다. 문학은, 보다 구체적으로 말한다면 소설은, 작가가 체험한 것을 상상력으로 결부하여 다만 이야기로 전달하는데 그쳐서는 안 됩니다. 그렇게 될 때 그것은 작가의 한恨풀이나 넋두리에 머물고 말게 됩니다. 그것은 어떠한 감동도 독자에게 줄 수가 없습니다. 감동을 주지 못하는 소설은 문학적으로 성공한 작품이 아닙니다.

6·25 42주년, 임진왜란 400주년을 맞았습니다. 이 비참한 전쟁의 체험과 약소민족으로서 한국민족이 겪은 비극적 사항을 한국문학은 인류

의 보편적 문제로 끌어올리는데 아직까지 성공하고 있지 못합니다. 이 비극을 인간의 근원적인 존재론적 물음과 결부시키는데 수동적일 따름입니다. 『광장』, 『순교자』, 『오발탄』 그리고 『불의 제전』, 『영웅시대』 등의 작품은 이러한 우리의 갈증을 풀어주는데 미흡합니다. 한국의 작가들은 도대체 무엇을 하고 있다는 말입니까. 산업사회의 말초적인 이야기의 재미를 추구하면서 상업적인 돈벌이에 매달려 있는 것인지 어쩐지 도무지 알 수가 없습니다.

한국문학, 그 주체인 작가들이 지금 무엇을 하고 있는지, 뼈를 깎는 고통을 극복하면서 무엇을 어떻게 써야 할 것인지의 화두를 게오르규의 죽음은 우리에게 분명히 제시하고 있다고 생각됩니다. 한 작가의 죽음은 그래서 우리에게 뜻 깊은 것이며 오늘의 우리문학을 생각할 때 참담함이 앞서는 것을 숨길 수 없게 해줍니다.

▶ 1992.6.27. KBS1 방송 칼럼

소설의 상품 만들기

소설의 발생부터 돌이켜 생각해보고자 합니다. 소설의 발생과 성장은 서민의식의 발흥과 관계하고 있습니다. 서민의식이란 지배계층이었던 귀족이나 양반의 지배적인 논리가 아닌, 피지배자였던 민중 혹은 민초인 백성들의 생각과 가치관입니다. 따라서 여기에서 출발한 소설은 정제되고 세련된 문학의 양식인 시와는 달리 처음에는 거칠고 가다듬어지지 않은 장르였습니다.

소설을 두고 패관잡서 즉 세상의 풍설과 소문을 수집하는 벼슬아치들이 엮은 잡다한 이야기와 동격으로 생각한 중국을 중심으로 한 동양에서의 규정이 이것을 말해줍니다.『데카메론』을 소설의 시작으로 하는 서양에서의 사정 역시 이것과 비슷합니다. 관능적이며 말초적인 성적性的 사항을 근간으로 하는『데카메론』에는 고상하고 세련된 귀족적 교양이 자리하고 있지 않습니다.

서민이 역사의 전면에 자리하고 그들이 역사의 주역이 되는 산업혁명과 프랑스 대혁명을 겪으면서 소설은 서민의 삶 그리고 그 현장인 현실에 관심을 가지게 됩니다. 리얼리즘의 이념적 골격이 형성되는 것이 이 무렵입니다. 소설이 서민의식과 관계하고 그들의 삶과 현실에 부단히 작용하려는 것은 그 발생론적 측면에서 보면 지극히 당연할 수밖에 없습니다.

오늘, 느닷없이 왜 소설의 발생을 돌이켜보아야 하는가, 하는 곳에 한국소설의 심각한 문제가 도사리고 있다고 생각하기 때문입니다.

베스트셀러 즉 많이 팔리는 소설이 훌륭한 소설이라고 단정할 수는 없습니다. 그러나 전혀 팔리지 않는 소설보다 그것은 독자에게 큰 영향을 끼치고 있다는 사실을 부인할 수는 없습니다. 지난 시기의 역사적 인물에 대한 소설적 관심은 근년의 이른바 베스트셀러 소설의 공통적인 특징으로 보입니다.

한의학의 큰 봉우리였던 허준의 일대기인『소설 동의보감』이 그렇고 특이한 사상적 궤적을 남긴 기인 이지함의 생애를 엮은『토정비결』이 독자들에게 큰 반향을 일으켰고, 지금도 일으키고 있습니다. 또 정약용의 파란만장한 생애를 소설화한『목민심서』의 일부가 출간되어 그역시 독자들의 관심을 끌고 있습니다. 지금까지 소설적 웅전의 불모지대나 다름없었던 지난 시절 이 땅에 산 인물에 대한 조명은 이데올로기라는 이념적 사항에 너무 매달려 있던 80년대까지의 한국소설에 대한 반작용으로 해석될 수도 있을 것입니다. 그래서 진실로 우리의 것에 목말라하던 문학의 잠재 독자들 마음을 뒤흔들었다고 할 수도 있을 것입니다. 소설의 재미 속으로 독자를 흡입하고 내동댕이치다시피 방치한 우리 것에 대한 천착을 긍정적인 것으로 평가해야 할 것입니다.

그러나 생각해보면 한국소설 여명기의 『홍길동전』이나 『임경업전』, 40년대 벽초 홍명희의 『임꺽정』, 70년대 황석영의 『장길산』 등에서 이미 역사적 인물의 소설화를 경험한 바 있다는 것을 간과할 수는 없습니다. 그렇다면 최근의 베스트셀러 소설들이 이 같은 작품의 성과를 뛰어넘고 있느냐는 점을 검토할 필요가 있을 것입니다. 요약해서 말한다면 최근의 베스트셀러의 작품들은 이들 작품의 문학적 성과와는 전혀 그 자리를 달리하고 있습니다. 이들 베스트셀러의 작품들은 소설의 발생 초기에 이 장르가 지향했던 설화적 재미와 속악성, 말초적 흥미의 적절한 배합을 그 주조로 하고 있습니다. 거기에는 소설이 가진 삶과 현실, 자아와 세계에 대한 갈등을 통한 인물의 성격창조라는 덕목이 없습니다. 소설의 동기가 된 인물의 작가적 해석을 통한 새로운 창조가 보이지 않습니다.

『동의보감』이란 명저를 쓴 명의 허준의 일생이 이야기로 재현되어 있고, 『토정비결』이란 역술서를 쓴 이지함의 기행이 다만 서술되어 있을 뿐입니다. 소설이 역사보다 진실하다는 말은 역사적 사항을 작가가 새롭게 해석하고 그것을 인물의 성격창조를 통해 구체화할 때 가능해지는 것입니다. 소설에서 리얼리즘을 말할 수 있는 것도 이것의 연장선상에서의 논의로 보아야 할 것입니다.

그럼에도 이 작품들이 잘 팔리는 이유는 오히려 다른 곳에서 찾아야 할 것입니다. 그것의 하나를 광고전략에 의한 소설의 '상품 만들기'에 있다고 파악합니다. 소설의 '상품 만들기'는 출판계의 한탕주의와 그것에 영합하는 일부 작가들의 상업주의에 기인한다는 판단입니다. 사정이 이렇다면 베스트셀러가 훌륭한 작품은 아니지만 독자에게 끼치는 막대한 영향을 생각하지 않을 수 없습니다. 이른바 본격 · 순수소설을 주장하는, 읽히지도 않고 팔리지도 않는 소설에 매달리고 있는 작가들이 이제는 읽히는 작품을 써야 할 때입니다. 상업성에 영합하지 않으면서 치열한 작가정신으로 시대와 현실, 역사와 삶에 형형한 눈빛으로 소설적 대응을 하여야만 할 때입니다.

그럴 때 한국소설은 발생론적 유아기를 벗어나 도약할 수 있을 것입니다. 비로소 그때 한국의 독자들은 참다운 소설의 세계를 경험함으로써 문학의 진면목에 한 걸음 다가갈 수 있을 것입니다.

▶ 1992.6.13. KBS1 방송 칼럼

포스트모더니즘에 관한 작은 담론

지난해 하일지의 소설 「경마장 가는 길」을 두고 평론가 전영태와 작가가 논쟁을 한 일이 있었습니다. 산업화 사회로 이행하는 당대 한국의 모습을 소설로 걷어 올리려는, 이른바 세기말 과 후기 산업사회의 여러 징후들을 소설의 형식과 내용에 담아내려는 포스트모던한 발상이 왜 비판받아야 하는지를 작가는 항변했습니다. 이에 대해 평론가 전영태는 삶의 진정성이 무엇인가를 일단은 생각해야 하고 표피적이고 말초적이며 시류 편승적인 작가정신은, 설사 그것이 포스트모더니즘으로 미화된다고 해도 비판받아야 하고 극복되어야 한다고 말했습니다.

요컨대 작가는 포스트모더니즘을 옹호하고 자신의 작품이 그 같은 영역에 서 있음을 당당하게 개진했고, 평론가는 그러한 작가의 정신적 입지와 그 입지에서 생산된 소설을 삶의 진정성, 서사정신의 본질에 입각해서 비판했습니다. 우리나라 문학논쟁의 대부분이 그렇듯이 이 두 사람의 논쟁도 인신공격적인 방향으로 선회하면서 끝을 맺고 말았습니다. 그러나 포스트모더니즘에 대한 한국적 수용과 그 비판적 측면이 얼마간 부각될 수 있었다는데 그 의의를 찾을 수 있을 것입니다. 물론 이 논쟁 이전에 리얼리즘의 이념적 특성을 강하게 주장하는 민중 혹은 실천문학 계열의 평론가들이 포스트모더니즘의 수법과 그 한국적 수용에 강한 회의와 비판을 가한 적이 있었습니다.

신예 비평가 류철균이 이인화라는 필명으로 쓴 소설 『내가 누구인지 말할 수 있는 자는 누구인가』는 제1회 작가세계문학상을 수상한 소설입니다. 이 소설은 포스트모던한 시대 혹은 세기말인 이 당대에 좌표를 잃은 지식인의 혼란과 갈등 그리고 헤맴을 그리고 있는 작품입니다. 좀 낯선 이름인 혼성모방기법을 사용한 소설이기도 합니다. '혼성모방기법'이란 말은 생소하게 들릴 수밖에 없는 소설의 기법입니다. 포스트모더니즘에서 이야기되는 것으로 여러 사람의 작품들 부분 부분을 따와서 짜깁기하여 소설을 만드는 기법을 말합니다.

이 작품을 두고 무척 생소한 이름의 젊은 평론가 이성욱이 '표절이다'라고 주장했습니다. 그는 이렇게 말합니다.

> "미학에서 기존 작품의 이미지와 형식을 빌려 와 자신의 작품 원료로 삼는 것을 통상 차용·인용이라 한다. 차용은 그 대표적인 예다. 그러나 차용에는 정당한 절차와 방법이 수반되어야 하는데 그것은 누가 보더라도 알 수 있는 형식과 내용의 공공연함과 명백한 의도성이다. 한데 이 씨의 작품에는 이런 정당한 절차가 전혀 없다. 다만 기존 작품의 여러 부분들을 여기저기에 베껴 놓았을 뿐이다. 또 그 베끼는 수법과 양은 놀라울 정도다. 따라서 우리는 이 씨의 방법을 차용이 아니라 표절 혹은 도용이라고 할 수밖에 없다."

　이인화는 이러한 이성욱의 주장에 시대착오적인 모든 것은 아름답다고 대답하면서 시대착오적인 혼성기법 그 자체가 인간존재의 위기와 갈등, 실의를 짜깁기를 통해 내보이는 것이라고 말합니다. 그리고 이러한 새 기법을 이념선택의 첨예한 갈등 속에서 배운 기존의 관념과 관행으로 역사의 방향성 상실 등을 말하는 것은 무의미하다고 대응합니다.

　하일지, 전영태의 포스트모더니즘에 관한 논쟁이 보다 포괄적인 원론적 입지에 있었다면, 이인화와 이성욱의 이번 논쟁은 포스트모더니즘의 소설적 기법 중 '혼성모방'이란 것이 표절이냐 아니냐, 그것을 표절로 보는 것이 새 기법을 관행으로 평가하는 진부한 시각이냐 아니냐의 여부로 모아집니다. 그러나 간과하지 말아야 할 것은 이번의 논쟁이 표절 여부로 모아지고 있는 것은 포스트모더니즘이란 세기말 후기 산업사회에서의 다원주의적이고 권위무시적이며 절대적 믿음과 권위에 대한 회의와 부정에서 비롯된 이 사조를 검증하는 태도로서는 바람직하지 않다는 점입니다. 실험정신에 의한 새로운 것의 모색은 예술과 문학이 애당초 지니고 있어야 하는 덕목이고 그러한 정신에서 작가가 혼성모방기법을 택했다면 그것이 표절이냐 아니냐 보다는 그 같은 작가정신이 새로움의 건설을 얼마나 성취하고 있느냐의 여부에 논의의 초점이 모아져야 할 것입니다. 작가 역시 표절 여부나 새 기법을 관행으로 평가하지 말 것을 주문할 일이 아니라 자신이 선택한 기법과 포스트모더니즘이 이 시대의 징후를 가장 잘 담아내 주는 사조임을 개진하고 자신의 작품이 얼마나 치열하게 이 시대적 징후에 대응하는가를 논리적으로 주장해야 할 것입니다. 아직도 이 논쟁은 끝나지 않아 이 같은 우리의 기대가 실현될 수 있기를 기대해보게도 됩니다.

　아무리 형편없는 논쟁도, 논쟁이 없는 것보다는 바람직합니다. 논쟁은 곧 담론이고 이 담론을 통해 각기 가지고 있는 삶에 대한 인식의 불완전성이 보완될 수 있기 때문입니다. 논쟁의 적막강산 시대를 오랫동안 체험하고 있는 우리 문학이 포스트모던한 소설기법을 두고 행해진 이번 새로운 세대의 논쟁으로 진일보한 논쟁의 모습을 가다듬으면서 포스트모더니즘에 관한 담론의 새 지평을 열어줄 것을 기대해봅니다.

▶ 1992.5.30. KBS1 방송 칼럼

김춘수의 동시들

5월도 벌써 중순을 넘어섰습니다. 온 누리에 신록의 신선한 빛깔과 내음이 햇살 속에 눈부신 계절입니다. 5월을 계절의 여왕이라고 불렀던 시인의 감각적 표현이 너무 적합하다는 생각을 하게 됩니다.

5월에는 많은 것을 생각하게 하는 날들이 있습니다. 음력으로 4월 8일이기는 하지만 대체로 5월 초순경에 해당되는 부처님 오신 날을 통해, 우리는 깨달음의 참뜻이 무엇인가를 생각해보게 됩니다. 5일의 어린이날을 맞이하면서 미래 역사의 주인공이 될 이들 어린 새싹들이 과연 바람직하게 자라고 있는가를 되돌아보고, 이들에게 우리는 어른으로서 제몫을 다하고 있는가도 성찰하게 됩니다. 8일의 어버이날과 15일의 스승의 날을 통해 부모님의 가없이 넓고 깊은 은혜를 새겨보게 되고, 나를 가르쳐 오늘이 있게 한 선생님들의 고귀한 뜻을 뜨거운 마음으로 되새겨 보게도 됩니다.

그래서 5월은 어린이에서부터 부모님, 선생님 그리고 깨우친 성자의 면모까지를 되돌아보게 되는, 어쩌면 성찰의 달이기도 합니다. 이 성찰의 달에 우리는 언어로써 성찰과 깨달음의 한 자락을 응축해놓은 시적 장르와 만나게 되고 그것을 생각하게 됩니다.

그것은 동시童詩라는 장르입니다. 어린이들을 대상으로 해서 그들이 읽고 즐기는 시를 일반적으로 동시라고 말합니다. 그리고 어린이들이 즐겨 읽는 이야기 즉 어린이를 대상으로 해서 그들의 상상과 생활의 편린을 꾸며놓은 이야기를 동화童話라고 합니다. 그러니까 동시와 동화는 어린이를 대상으로 해서 그들의 생활을 시와 소설로 직조한 것이라 할 수 있습니다.

연중 많은 동시와 동화가 발표되고 있습니다. 그런데 올해 5월엔 시단의 원로인 김춘수의 동시가 시 전문지 『현대시학』에 발표되어 우리의 주목을 끕니다. 1922년 경남 충무에서 출생하였으니 올해 일흔을 넘긴 김춘수는 『구름과 장미』, 『꽃의 소묘』, 『비에 젖는 달』, 『처용단장』 등의 시집을 낸, 뛰어난 언어감각으로 사물의 본질과 실존의 모습을 언어로 현현시킨 시인으로 평가받고 있습니다. 최근에 와서 '무의미의 시'라는, 시에서 의미를 배제하고 읽는 이에게 즉물적인 이미지만을 제시해야 한다는 시론을 개진하고 있기도 합니다.

김춘수가 쓴 동시가 주목을 받을 수 있는 이유는 그동안 동시는 동시만을 전문으로 쓰는 아동문학 담당자들에 의해 주도되어 왔으며 시인들 특히 원로급의 시인이 동시 장르에 무관심했던 것이 사실입니다. 이러한 관습을 깨뜨리고 원로시인이 직접 동시를 창작한 점이 그 첫째입니다. 따라서 아동 문학가들이 교훈적이며 계도적인 교육적 내용의 아동문학에 많이 치우쳐 있는 것과는 달리 '정서의 함축과 암시에 신경을 쓰면서' 그 '정서는 인류의 원초적인 그러면서 영원불멸의 것'이라는 이른바 낭만주의적 문학관에 뿌리를 둔 입장에서 교육적, 계도적이 아닌 동시, 다시 말하면 동시를 시詩로 바르게 인식하자는 입장에서 썼다는 점입니다.

"수염이 자 가웃 / 눈은 왕방울, // 못난 여치가 사는 / 마을이
있다. // 치자꽃 피는 달밤에 / 여봐라 활개 치며 / 나들이 간다."

「못난 여치」라는 제목의 이 동시 전문은 그동안 한국 동시들이 의식
적이든 무의식적이든 3.4나 4.4조의 자수율에 의존하던 것에서 벗어나
고 있음은 물론 교육적, 계도적이 아닌 즉물적인 시정신에 놓여 있습니
다. '치자꽃 피는 달밤' 같은 환상적이며 낭만적인 이미지는 그동안 한
국 동시가 보여주지 못한 영역이 아닌가 하고 생각하게 됩니다.

요컨대 김춘수가 발표한 「못난 여치」를 비롯한 「미미의 집의 미미」,
「겨울 파리」, 「달맞이 꽃」, 「발톱 하나」 등의 동시는 그동안 어린이들
을 대상으로 어린이의 정감을 어른들의 눈이 교육적이며 계몽적으로만
치우쳐 관찰하고 형상화했던 것에서 과감히 벗어나고 있다는 것을 확
인시켜줍니다. 바로 그 점이 한국의 아동문학 좁게 말해 한국의 동시에
새 활력을 부어주는 계기가 될 것이라 생각하게 되는 까닭입니다.

영국의 시인 워즈워스의 유명한 시구 '어린이는 어른의 아버지'라는
구절은 어린이의 심성이야말로 순수한 것이어서 어른들의 귀감이 된다
는 의미일 것입니다. 한국문학에서 아동문학이 차지하는 위치를 이 5월
에 생각해 보면서 보다 많은 시인이 동시 창작에 참여하여 어린이의 문
학적 안목을 넓혀주었으면 좋겠다는 생각을 갖게 됩니다. 이런 점들을
김춘수의 동시는 깨우쳐주게 되며, 그의 동시는 지금까지 한국 아동문
학에서 볼 수 없었던 점을 제시한 하나의 성과라고 아니 할 수 없게 됩
니다.

▶ 1992.5.16. KBS1 방송 칼럼

임진왜란 400주년 그리고 한국소설

400년 전 조선왕조 14대 선조25년 그러니까 임진년이었던 1592년 4월에 일본이 침입해 와서 일으킨 전쟁이 임진왜란입니다. 그러니까 올해는 임진왜란 400주년이 되는 해입니다. 보다 정확하게 말씀드리면 몇 주 전인 4월의 셋째 주간이 임진왜란 발발 400주년에 해당되는 시점이었습니다.

400주년 임진왜란을 기념하여 역사학계에서는 1598년까지 7년 동안 계속된 이 전쟁에 대한 재평가 작업이 활발하게 이루어지고 있다는 소식입니다. 그리고 여러 분야에서 이 전쟁에 대한 회고와 성찰이 진행된다는 것은 반가운 일이 아닐 수 없습니다. 과거를 통해서 현재를 성찰하고 미래를 건설한다는 다소 진부한 역사인식 방법을 말씀드리지 않는다 해도 지난 역사의 참담하고 아픈 상처와 매듭을 오늘을 살아가는 우리들이 정확하게 파악하고 인식하는 일은 중요한 것이 아닐 수 없고, 매우 필요한 일이라고 강조하지 않을 수 없습니다. 그래서 이 같은 역사적 사항을 문학이 어떻게 수용하며 대응하고 있는가를 살펴보지 않을 수 없게 됩니다.

전쟁이라고 하는 미증유의 한계상황은 인간 삶의 바탕을 깡그리 무너지게 하며 삶의 질을 철저하게 파괴해놓습니다. 현실과 삶 그리고 인간을 탐구하는 문학이 이러한 전쟁에 관심을 갖는 일은 따라서 매우 당연한 일입니다. 오히려 이러한 전쟁에 무관심하다면 그것은 문학의 직무유기가 될 것이며, 그러한 민족이 창출하는 문학의 뜨락은, 말의 정확한 의미에서, 역사의식도 민족정기도 삶과 현실에 대한 거시적 안목도 자리 잡고 있지 않은 척박한 토양이 되고 말 것입니다.

그래서 나라마다 그들 국가 민족이 겪은 전쟁에 관한 구체적인 문학적 소산을 갖고 있다는 것은 결코 우연한 일이라고 할 수 없습니다. 러시아에는 나폴레옹의 러시아 침공을 다룬 톨스토이의 거작『전쟁과 평화』가 있고, 독일인 자신들이 일으키고 겪었던 1차 대전의 쓰라림을 레마르크는『개선문』으로 형상화했습니다. 스페인 내란을 다룬 헤밍웨이의『무기여 잘 있거라』, 처칠의『2차 대전 회고록』등도 전쟁문학의 백미로 말할 수 있을 것입니다. 마거릿 미첼은 미국 남북전쟁의 실상과 그 속에서 좌절하지 않고 굳굳하게 살아가는 스카레트 오하라라는 여주인공을 미국 여성의 전형으로『바람과 함께 사라지다』에서 창조해 내고 있습니다.

　한국문학의 경우는 어떠한가를 생각하면 우리는 잠깐 어리둥절해지지 않을 수 없습니다. 이민족이 침입해 일으켰든, 민족 상쟁이라 말해지는 우리 민족 스스로 야기시킨 전쟁이든, 전쟁문학에 대한 작가들의 문학적 대응에는 많은 문제가 도사리고 있습니다. 가령 한국의 전쟁문학이라고 하면 우리는 6 · 25 정도에서 생각의 고리를 고정시키고 마는 것이 그 좋은 예입니다. 우리 민족의 민족사적 발자취를 보다 폭넓고 깊이 있게 바라보는 이른바 거시적인 안목이 한국의 작가들에게는 결여되어 있음을 이 대목에서 확인하게 됩니다.

　이러한 사실은 필연적으로 삼국을 통일하기 위해 신라가 일으켰던 대 고구려, 대 백제의 전쟁, 몽고가 침입해 일으켰던 고려시대의 항몽전쟁, 올해 400주년이 되는 임진왜란, 그리고 병자호란 등에 대한 이렇다 할 문학적 성과를 이루고 있지 못한 결과를 가져왔습니다. 임진왜란의 경우 당시 창작된 것으로 보이는 작자 미상의『임진록』과 같은 소설적 성과를 거론할 수는 있습니다. 그리고「청산별곡」과 같은 고려 속요에서 항몽전쟁의 피묻은 자국을 발견할 수는 있습니다. 그러나 앞서 말한 전쟁문학의 거작들에 대비할 때 우리 전쟁문학의 초라함에 한국작가들은 깊은 반성과 성찰을 가져야 할 것이라 생각됩니다.

임진왜란에 대한 문학적 대응을 이미 고인이 된 작가 박종화와 「바비도」로 동인문학상을 최초로 수상한 김성한이 『임진왜란』이란 제명으로 소설화하지 않은 바는 아닙니다. 그러나 그 작품을 살펴보면 그들의 노력에도 불구하고 그 작품은 아직도 『전쟁과 평화』나 『바람과 사라지다』 등에 필적할 만한 전쟁문학의 성과가 아님을 알 수가 있습니다. 한국작가들이, 당대의 한국문학을 담당한 사람들이 거시적 안목의 역사의식과 민족정기에 대한 확고한 신념으로 이러한 전쟁에 대한 문학적 대응을 소홀히 할 때 한국문학의 현주소에는 뿌리 없이 휘날리는 초라한 몇 편의 국적 미상 작품이 가을날 낙엽처럼 달랑거리고 있을 것입니다.

더욱 안타까운 것은 한국작가들이 400주년이 되는 임진왜란에 대한 대응이 미비함을 노려서 일본작가가 쓴 『소설 임진왜란』을 발 빠르게 번역해놓고 그 작가 소전실小田實을 초청하여 일본시민과 한국시민이 다 함께 임진왜란의 희생자였다는 그야말로 지극히 일본인적인 작가적 전쟁인식을 개진하도록 하고 있는 일입니다. 일본이 400년 전에 우리를 침입했던 전쟁을 기념하기 위하여 일본인이 그것을 대상으로 한 작품을 번역해놓고 그 일본인을 불러 그 전쟁 '임진왜란'을 생각하게 하는 것은 아무리 한국문학이 임진왜란 대응에 미진했다 하더라도 가슴 아프고 뭔가 잘못되어도 한참 어긋나버린 아이러니가 아닐 수 없다고 생각됩니다.

제비 한 마리가 왔다고 해서 봄이 오지 않듯이 일본인의 『소설 임진왜란』 한 편과 한 일본인이 일본의 한국침략전쟁이었던 임진왜란을 한일 양국국민이 다 같은 피해자라고 한다 해서 일본인의 잘못이 뉘우쳐진다거나 임진왜란에 대한 소설적 성공이라고 할 수는 없을 것입니다. 그러나 무엇보다 한국의 당대 문학의 담당자인 작가들이 민족의 아픈 상처인 전쟁에 대한 문학적 응전이 허약함을 뼈저리게 인식하고 그 극복을 통해 한국전쟁문학의 진면목을 작품으로 보여줄 수 없겠는가를 임진왜란 400주년인 이 시점에서 생각해보는 것은, 어쩌면 가슴 아프면서 동시에 화가 나고 역정이 나는 일이라고 말하지 않을 수 없습니다.

▶ 1992.5.2. KBS1 방송 칼럼

문학교육의 방법

중고등학교에서의 문학교육은 문학의 잠재적 독자를 확보한다는 의미에서 매우 중요한 구실을 합니다. 교육이란 말 자체가 그렇듯이 무엇을 가르치고 계몽한다는 의미가 그 속에 포함되어 있어 벌써 싫증을 유발할 수 있는 소지가 다분합니다. 그러나 교육을 통해 알지 못했던 사항을 파악, 이해하게 되고, 이해가 전제되지 않고서 대상을 올바르게 자기화 시킨다는 것은 불가능합니다. 따라서 '교육'이란 말 자체가 얼마간의 싫증을 우리에게 안겨준다고 해도 교육을 통하지 않고 '문학'의 참된 모습과 문학 이해의 구체적 대상인 작품의 참맛을 음미하거나 그 이해를 올바르게 하기는 불가능합니다.

중고등학교에서의 문학교육이 중요한 것은 미래의 문학 독자를 확보한다는 면에서만 그 의의를 찾을 수만은 없습니다. 보다 구체적으로 말한다면 문학 이해의 대상인 작품 즉 시나 소설 혹은 희곡과 수필 등이 원래 지향하고 있는 인간에 대한 탐구 또는 현실과 사회 그리고 삶에 대한 고찰이 청소년 미래의 자기 인생 설계와 삶의 질을 향상시키는 데 능동적으로 작용하기 때문입니다. 문학교육을 통해 문학과의 접촉을 보다 쉽게 할 수 있도록 하며, 문학작품의 이해를 보다 깊이 있고 올바르게 할 수 있게 하는 일은, 때문에 문학을 위해서 뿐만 아니라 젊은 청소년 미래의 자기 삶에 대한 질적 향상을 위해서도 중요한 역할을 감당한 다는 것을 간과해서는 안 될 것입니다. 문학교육의 중요성은 바로 이러 한 맥락에서 논의되고 고찰되어야 할 것입니다.

최근 출간된 문학비평전문지『현대비평과 이론』제3호가 문학교육 의 중요성에 착안, 특집으로 '문학교육, 무엇을 어떻게 가르칠 것인가' 는 현재 우리나라 중고등학교에서의 문학교육 문제점에 대해 심도 있 는 논의에 접근하고 있어 많은 것을 생각하게 해줍니다. 이 특집에 참가 한 김윤식·김흥규·박인기·이상옥·이상섭·곽광수 교수들의 논의 는 대체로 지금 중고등학교의 문학교육이 20년대 영미비평계의 신비평 에 토대하여 작품의 이해와 감동보다는 분석에 치중, 학생들에게 '문학 혐오감' 즉 '문학에 대한 싫증'을 유발시킨다고 비판하고 있습니다. 그 들의 논의를 직접 인용하면 이렇습니다.

> "상징이니, 심상이니, 모호성이니, 아이러니, 역설이니, 긴장이 니, 구조니, 플롯이니 하는 용어들이 빈번히 원용되고 있어, 심지 어는 전지적 시점이니, 객관적 상관물이니 하는 말까지도 아무 거리낌 없이 언급된다. 그러는 사이 학생들이 국어과목을 가장 싫어하거나, 가장 두려워하게 된 것도 부인할 수 없는 사실이다."

문학작품의 올바른 이해를 위해서는 작품에 대한 분석이 필수적이긴 합니다. 그러나 작품에 대한 분석이 일반성을 결여하여 전문적인 영역 으로 흐르는 것은 작품의 올바른 이해에 오히려 장애요소가 된다는 점 을 확실히 할 필요가 있습니다. 그러다보면 그것은 이해를 위한다기 보 다는 작품해석을 위한 지식을 강요하는 쪽으로 나아가 문학의 구체적 대상인 작품의 이해와 감상보다는 문학이론에 대한 논의로 그 방향이 전환된다는 점을 일선의 문학교육 담당자들은 인식해야 할 것입니다.

또 신비평 류의 작품접근 방법은 이상옥 교수가 앞서 말한 논의에서 지적하고 있듯이, '지금은 많이 퇴조했고, 다른 비평이론들과 함께 현대의 중요한 비평방법 중의 하나로 남아 있을 뿐'이라는 점을 반드시 인식할 필요가 있을 것이다.

문학작품에 대한 이해가 어느 하나의 방법에 의존해서 설명되고 논의될 때 그것은 문학작품의 온전한 모습을 파악하는 일이라고 하기 어렵습니다. 문학작품의 온전한 이해는 다양한 방법론에 의거한 접근방식이라야 가능할 수 있을 것입니다. 다양한 방법론에 의한 접근방식이란 신비평류만이 아닌 역사주의적, 사회주의적, 심리주의적인 모든 방법론을 의미합니다. 이러한 방법론들에 의한 다양한 접근만이 생명체인 문학작품을 올곧게 설명해줄 수 있고, 그 같은 설명에서 도출되는 이해가 문학교육의 참다운 자리가 될 것입니다.

생명체인 문학작품을 어떻게 가르칠 것인가는 매우 어렵고 벅찬 질문입니다. 그러나 그것을 다양한 방법론에 의한 접근을 통해 이해시키고 작품의 재미가 손상되지 않으면서 피교육자들이 흥미롭게 접근할 수 있는 통로를 확보하는 것이 무엇보다 선행된 곳에서 논의가 진행되어야 한다는 것만은 아무도 부인할 수 없을 것임을 분명히 말씀드리고 싶습니다.

▶ 1992.4.18. KBS1 방송 칼럼

작가 이병주의 타계

'태양에 바래지면 역사가 되고, 월광月光에 물들면 신화가 된다'는 특이한 아포리즘을 즐겨 소설 제명의 부제로 했던 작가 이병주 선생께서 지난 4월 3일 유명을 달리하셨습니다. 1921년 경남 하동에서 태어나셨으니 올해 71살이 되는 셈입니다. 지난달 3월 중·단편소설 42편을 6권으로 묶어 올해 상반기에 출간하고, 『관부연락선』을 비롯한 35편의 장편을 순차적으로 펴내어 모두 81권으로 계획한, 방대한 분량의 그의 전집 첫 권인 『내 마음은 둘이 아니다』가 선 보인지 한 달여 만에 유명을 달리하셨습니다.

작가 이병주 선생은 몇 가지 점에서 우리 문단의 이색적인 존재였습니다. 1965년 7월 당시 종합교양지였던 『세대世代』에 「소설 알렉산드리아」를 발표하면서 문단에 정식으로 입적했던 과정이 우선 그렇습니다. 60년대 중반인 당시만 해도 일간지의 신춘문예나 문예지의 추천을 거치지 않고 기성문단에 발 들여 놓기는 매우 어려웠습니다. 그런데 중편에 해당하는 소설을 종합교양지에 발표하여 화려한 주목을 받으며 등단한 일은 요즘에도 드문 일이라 아니 할 수 없습니다.

1965년 작가로 정식 등단했으니까 44세인 중년에 비로소 소설가가 된 셈이었습니다. 같은 연령의 다른 작가들은 이미 중견으로 군림할 때 그는 신인으로 독자들에게 선보였던 것입니다. 소설가가 되기 이전 이병주 선생은 부산에서 발간되는 국제신보와 부산일보의 주필과 편집국장을 지낸 언론인이었으며, 경상대학교의 전신인 진주농대와 경남대학교의 전신인 마산의 해인대학 등에서 강단에 선 대학교수였던 것입니다. 그러니까 언론인과 대학교수 그리고 작가라는 직업을 두루 거친 분이십니다.

일본 메이지대학 전문부 문예과를 1941년에 졸업하고 다시 와세다대학 불문학과에 진학하여 학병으로 차출되는 바람에 학업을 중단할 수밖에 없었던 청장년기의 이력은 박헌영 이후 남로당 지하총책이었던 박갑동을 주인공으로 한 대하소설 『지리산』과 『관부연락선』 등에 우회적으로 서술되어 있기도 합니다. 다른 작가에 비해 매우 뒤늦게 등단하고 등단 이전에 언론인과 대학교수로 종사한 것은 작가로서 이색적인 경력이라 아니할 수 없었습니다.

작가로서 뒤늦게 출발했지만 이병주 선생은 어느 작가도 해내지 못한 정력적인 다작으로 지금까지 2백자 원고지 10만장이 넘는 분량의 작품을 생산하셨습니다. 며칠 동안이고 밤을 새우면서 소설을 쓰셨고, 동양고전에서 외국원서에 이르기까지의 폭넓은 지식을 바탕으로 많은 문제작을 쏟아내셨습니다.

역사적인 소용돌이 속에서 변색되어 가는 인간상과 오늘날의 가치관을 신랄하게 비판, 스토리의 다양한 굴곡에서 오는 흥미와 그 핵심에 접근하는 역사의식 그리고 역사와 사회, 인간과 양심의 문제를 이데올로기와의 관련에서 천착한 것이 이병주 선생 소설의 전반적인 세계였다고 할 수 있을 것입니다. 그의 역사에 대한 소설적 관심은 복고적인 것이 아니었습니다. 『지리산』, 『관부연락선』, 『소설 남로당』, 타계직전까지 쓰고 있었던 『소설 제5공화국』 등은 모두 해방공간 이후 현대사까지를 망라하면서 '현재에 살아 숨 쉬는 역사' 그것에 무게를 실어 소설로서 형상화하는 것이었습니다. 세미 다큐멘터리 즉 반실화적半實話的인 특이한 구성을 즐겨 사용했던 이병주 선생의 소설은, 그래서 많은 독자들을 확보할 수 있었습니다. 말하자면 소설의 문학성과 대중성을 접합시킬 수 있었습니다. 이것은 춘원 이광수가 당대에 소설의 문학성과 대중성을 접합시킨 점과 매우 유사하다고 말할 수 있을 것입니다.

그래서 이병주 선생의 소설문학은 황순원, 김동리의 그것에 비해 보다 많은 독자의 확보에 성공하고 있었다는 점을 결코 가볍게 볼 수는 없을 것입니다. 이러한 독자들을 확보하는 데는 이병주 소설이 갖고 있는 화려하면서도 치밀하고, 유장하면서도 날카로운 문체에도 또한 많은 원인이 있었다고 파악할 수 있을 것입니다.

　궁형宮刑으로 거세를 당한 후 그 절절한 아픔을 불멸의 역사서『사기
史記』로 저술한 사마천과 촌철살인의 경구로 가슴을 뒤흔들어 놓았던
철학자 니체를 흠모하면서 격동의 시대를 살다간 작가 이병주. 그의 정
력적인 필력도 어쩔 수 없이 마감될 수밖에 없었습니다. 소설의 문학성
과 대중성의 만남을 행복하게 실현시킬 수 있었던 그의 죽음은 한국문
학에서는 안타까운 손실이라 아니할 수 없을 것입니다.

　삼가 명복을 빕니다.

▶ 1992.4.4. KBS1 방송 칼럼

이병주 문학전집 81권 출간

　작가 이병주의 문학전집이 모두 81권으로 기획되어 출간된다고 합니다.
『내 마음은 둘이 아니다』를 첫 권으로 선보인 이 문학전집은 그의 중·
단편소설 42편을 6권으로 묶어서 올해 상반기 중 출간하고『관부연락
선』을 비롯한 35편의 장편들을 순차적으로 내놓게 된다고 합니다.

　우리 문단에서 이병주는 몇 가지 특색을 지닌 좀 이색적인 작가입니
다. 1965년 7월 당시 종합교양월간지였던『세대世代』에『소설 알렉산
드리아』를 발표하면서 문단에 정식으로 입적한 과정이 우선 이색적입
니다. 60년대 중반이었던 당시만 해도 일간지의 신춘문예나 문예지의
추천을 통하지 않고는 기성문단에 작가로서 발을 들여놓는 일은 거의
불가능에 가까운 때였습니다. 그런데 중편에 해당하는 소설을 종합교
양지에 발표하면서 그것도 화려한 주목을 받으며 등단한 일은 당시에
는 물론 지금도 결코 예사로운 일이라 할 수가 없습니다.

1921년 경남 하동에서 출생했으니까 올해 우리 나이로 71살에 접어
든 노작가인 이병주는 앞서 말씀드린 1965년 작가로 정식 등단했으니
까 44세인 중년에 비로소 소설가로서의 직함을 갖게 된 것입니다. 당시
같은 연령의 다른 작가들은 이미 중견으로 군림할 때 소설가로서의 정
식직함을 갖게 되었는데, 이 직함 이전에 그는 부산에서 발간되던 국제
신보 주필 겸 편집국장을 역임한 언론인이었고 진주농대와 해인대학
등에서 강단에 섰던 교수이기도 했습니다. 일본 메이지대학 전문부 문
예과를 1941년 졸업하고 다시 와세다대학 불문과에 진학하여 학병으로
학업을 중단할 수밖에 없었던 그의 청장년기의 이력은 그의 소설『지리
산』,『관부연락선』 등에 우회적으로 서술되어 있기도 합니다. 말하자
면 일반 작가들에 비해 매우 뒤늦은 연령에 등단하고 그 등단 이전에 이
미 교수와 언론인으로 종사한 경력을 지닌 점이 또한 이색적이지 않을
수 없습니다. 이 뒤늦게 작가로서 출발한 이병주는 그 뒤 한국의 현존하
는 어느 작가도 해내지 못한 정력적인 다작으로 200자 원고지 10만장
이 넘는 분량의 작품을 생산하게 된 것입니다. 이 같은 기록은 한국문학
사에서 그 유례를 찾아보기 힘든 분량에 해당되고, 모두 81권이라는 한
국문학사상 최초의 방대한 분량의 전집을 펴내게 된 것입니다.

그의 출세작에 해당하는 중편소설『소설 알렉산드리아』는 '힘에 겨
운 일을 시도하다가 좌절한 사람을 나는 사랑한다'는 니체의 말로써 끝
을 맺고 있는데 이상을 향해 그것에 성실하려는 지식인의 좌절을 섬세
한 감성과 날카로운 지성으로써 엮은 인간 내부의 기록이며 동시에 상
황에 대한 문명 비평적 시각에 입각한 문제작으로 평가받고 있습니다.
이 작품은 4·19 이후 이병주가 교원노조 및 관계하던 신문사에서「한
국 중립화론」을 주도했다는 이유로 5·16 후 투옥되어 무기징역을 선
고받고 복역하다 풀려난 후 쓴 작품으로 작가 후기에서 당시의 옥중기

에 해당된다고 적고 있기도 합니다.

역사적인 소용돌이 속에서 변색되어 가는 인간상과 오늘날의 가치관을 신랄하게 비판하고, 스토리의 다양한 굴곡에서 오는 흥미와 그 핵심에 접근하는 역사의식 그리고 역사와 사회, 인간과 양심의 문제를 이데올로기와의 관련에서 천착하는 것이 이병주 소설의 전반적인 세계라고 말할 수 있을 것입니다.

그런데 우리는 이병주의 이 같은 소설세계가 많은 독자들에게 호응을 얻고 그만큼 문학적 성취도를 갖고 있는가에 대해서는 한번쯤 되돌아보게 됩니다. 이러한 물음은 당시에 결정적인 호응을 받고 영향력을 행사했던 춘원 이광수의 작품들이 문학적 성취에 있어 그것에 걸맞지 않고 있는 점과 매우 유사한 경우가 아닌가 생각되기도 합니다.

요컨대 소설의 대중성과 문학성과의 관계에 있어 이병주의 소설이나 이광수의 작품이 그 수준에 있어 행복한 만남을 이루지 못하고, 소설이 가진 흥미로 대중성을 획득하면서 그것을 문학적 가치로 상승시켜 확립하는데 수동적이었다고 말할 수 있을 것 같습니다.

문학적 성취를 어느 정도 확보하면서 대중성을 갖지 못한 황순원, 김동리의 소설과는 대조적으로 대중성을 확보하면서 문학성을 획득하는데 열세인 이병주의 소설은, 말하자면, 대중성을 가치적 실체로 파악하지 않고 수적인 다수의 실체로 인식하여 소설이 흥미를 통해 그 영향력을 대중에게 행사해야 할 것이란 생각에서 비롯된 것으로 파악되기도 합니다.

200자 원고지 10만장. 이토록 방대한 분량의 작품을 집필한 작가 이병주의 81권의 문학전집 출간소식을 접하면서 한국소설에서의 대중성과 문학성을 또다시 되씹어보게 됩니다.

▶ 1992.3.21. KBS1 방송 칼럼

서정주의 '친일문학' 고백

원로 시인 서정주가 지난주 발간된 계간지『시와 시학』봄호에 과거 친일한 자신의 행위를 반성하는 듯한 회고를 했습니다. 그 잡지의 주간인 문학평론가 김재홍과의 대담에서 밝힌 '먹고 살기 위해서 친일은 어쩔 수 없었다'는 내용의 이 고백을 접하면서 사람들은 '용기 있는 행위다' 혹은 '이제 와서 뭐 새삼스레 그런 회고 투의 고백이냐' 등의 상반된 반응을 보이고 있는 것 같습니다.

솔직하게 말해서 원로 노시인의 이 같은 회고적 고백에 우리의 심정은 착잡하기 이를 데 없습니다. 한국 현대 시문학의 실질적인 증인인 서정주의 이러한 자백은 한국 시문학에 드리워졌던 어두운 장막이 결코 예사롭지 않았다는 점을 재확인하는 일이며, 문학과 정치권력 혹은 문학과 민족 혹은 국가에 대해서 새삼 되돌아보게 해주기 때문입니다.

이러한 생각은 '친일했음'을 공공연히 고백하는 노시인의 감회 너머에 도사리고 있는 한국 신문학의 실질적인 리더였던 많은 작가와 시인들이 질곡의 국권상실기인 일제 때에 훼절하였음을 확인하지 않을 수 없도록 하는 아픔을 동반합니다. 육당 최남선, 춘원 이광수, 석경우 최재서, 현민 유진오 등의 친일행각은 그들의 문학적 업적에 뒤지지 않을 만큼 널리 알려진 사실입니다.

얼마 전에 작고한 문학평론가 임종국이 쓴 「친일문학론」에 의하면 앞서 말한 사람 외에 일제 당시 훼절하여 친일하지 않은 작가와 시인은 거의 없었음을 확인하게 됩니다. 대부분의 문인들이 친일행각을 하였습니다. 이러한 사정에 대해 친일작품을 모아 엮은『친일문학작품집』까지 70~80년대에 출간되었다는 것은 부끄러운 대목이라 아니할 수 없습니다.

그러나 잔혹한 식민주의자들이 정치권력을 휘두르는 상황에서 나약한 문인들이 그들의 폭압에 항거하지 못하고 훼절한 것을 심정적으로 이해할 수 없는 바는 아닙니다. 그렇지만 분명히 해야 하는 것은 그들의 행위를 '이해'한다는 것과 '평가'한다는 것은 별개의 사항임을 확실히 하는 것입니다.

'이해'하는 것이 심정적 차원이라면 그 행위에 대해 평가 혹은 심판하는 것은 역사적 사항이며 그렇게 되어야만 하는 민족생존과 자존권의 문제라는 점입니다. 문학이 이것을 다 안아야 하는가에 의구심을 가지는 사람도 있을 수는 있습니다. 그러나 문학이 언어를 재료로 하는 인간 영혼의 나타냄이라면 인간 영혼의 집합체인 민족에 대한 문학의 소임은 인간과 삶 그리고 현실에 대한 문학의 소임에 못지않게 막중하다고 아니할 수 없습니다.

많은 사람들이 친일한 것보다 극소수의 사람이지만 그들에 맞서 언어로서 민족생존과 자존권을 지키려 했던 분들에게 보다 주목할 이유가 바로 여기에 있습니다. 이상화·한용운·이육사·윤동주 등의 시에서 확인되는 그 피맺힌 울분과 국권상실의 한恨과 민족독립의 확신과 애타는 바람은 그것이 바로 대다수 작가 시인들의 작품들을 능가하면서 포괄시키는 자리에 있음을 확실히 할 수밖에 없습니다. 따라서 친일이란 훼절을 한 사람들의 문학은 이들의 고통과 뼈를 저미는 아픔과 저항의 도도한 물결 앞에 한줌의 흙먼지에 지나지 않는다는 것을 무엇보다 분명히 해야 하며 그들 민족을 지킨 문인들의 아픔을 생각하는 자리에서 친일행각이 논의되어야 심정적인 이해를 뛰어넘는 역사적 평가가 될 것입니다.

서정주의 자백을 이해하면서도 그의 친일행각을 냉혹하게 비판하여야 하는 이유가 여기에 있습니다. 친일행각을 자백하지 않는 사람도 많은데 그의 행위는 용기 있는 것이라고 말하는 사람도 있을 수 있습니다.

그러나 다른 사람이 하지 못하는 이른바 '용기 있는 행위'라고 해서 친일행각의 문학적 죄과가 결코 희석될 수 없다는 점을 분명히 해야 할 것입니다. 뿐만 아니라 국권상실기인 일제시대를 지나 자유당 독재정권의 권력에 기생한 일컬어 '만송족晚松族'의 문인들, 유신과 5공 시절 정당하지 못한 권력의 켠에서 진정한 문학을 압살했던 행위의 주체자들이 대부분 앞장서 친일한 문인들이었다는 것은 친일행각이 '살기 위해 어쩔 수 없었던 일'이라는 이 후안무치한 표현의 진정성을 의심하기까지 해줍니다. 그래서 정치권력과 문학의 관계를 되돌아보지 않을 수 없게 되고 김일성과 김정일의 권력에 봉사하는 북한 문학의 현단계를 우리는 가슴 아프게 생각하지 않을 수 없게 됩니다.

그래서 우리는 서정주의 친일행각 고백을 대하면서 국권상실기에 훼절했던 문인의 어쩔 수 없었던 상황을 이해는 하면서도 준엄하게 비판하지 않을 수 없으며, 아직도 정치권력 앞에 문학의 진정성을 완벽하게 확보하고 있지 못하는 분단 현실 속의 '한국문학'을 바라볼 수밖에 없는 안타까움을 가집니다.

▶ 1992.3.7. KBS1 방송 칼럼

이광수 탄생 100주년

올해는 춘원 이광수 탄생 100주년이 되는 해입니다. 그리고 이번 주는 그의 100주년 탄생일이 있는 때입니다. 다 아시다시피 춘원은 한국 신문학의 개척자이며 한국 근·현대사의 불행한 시대를 살다간 작가이며 사상가였습니다. 춘원에 대한 연보와 기록들은 다소 엇갈리는 모습을 보여주고 있기는 합니다만 가장 믿을 수 있는 기록들은 그가 지금부터 100년 전인 1892년 음력 2월 1일 탄생하였으며, 그 음력 탄생일을 환산하면 양력으로 2월 27일이 됩니다. 따라서 그의 정확한 탄생 연월일은 1892년 2월 27일이 정설로 인정되고 있는 것이며 이번 주는 어려운 시기를 고뇌하며 살았던 한 훌륭한 작가가 탄생한 100주년이 되는 주일입니다.

춘원 이광수는 평안북도 정주군 갈산동에서 태어나서 서울과 일본 등지에서 학창시절을 보냈습니다. 그가 1917년 한국 최초의 근대 장편 소설인 『무정無情』을 쓴 것은 일본 동경의 와세다대학교 철학과에 재학 중인 25세 때의 일이며 한국 신문학의 본격적인 시작은 여기서부터 비롯하게 됩니다. 그러니까 그는 육당 최남선과 더불어 잡지 『소년』, 『청춘』 등의 편집과 집필에 참가하면서 신문학운동의 핵심적인 역할을 담당해왔으며, 20세기 초 한국 시의 여명기에 신체시인으로서 또 최초의 근대소설 작가로서 한국 현대문학의 실질적인 기초를 확립한 것으로 평가할 수가 있습니다.

춘원의 문학적 특성은 대체로 네 가지 정도로 요약해볼 수 있지 않을까 합니다.

첫째로 그는 대중본위의 작품을 썼다는 점을 들 수 있을 것입니다. 둘째 작품을 통해 민족주의적 정신을 구현하려고 했다는 점과 셋째 일반 대중에게 꿈과 이상을 심어주기 위해 노력하는 계몽주의적이며 이상주의적인 문학적 경향과 넷째 계몽정신에 입각한 설교적 요소가 작품 속에 강하게 노출되는 점 등이 그것입니다.

말하자면 그의 문학은 민족주의적인 것과 계몽주의적인 두 개의 축을 중심으로 일제 식민지 시대를 어렵게 살아갔던 한국의 대중에게 꿈과 이상을 심어주려는 곳에 뿌리내리고 있었다고 말할 수 있을 것입니다. 식민지 시대를 살았던 대부분의 지식인이 그러했듯이 춘원도 일제 말기에는 훼절하게 되고 친일적인 행각을 하게 됩니다. 한국 현대 신문학의 개척자로서의 면모와 훼절한 친일주의자로서의 상반된 면모는 춘원 문학에 대한 관점을 양극단으로 치우치게 해줍니다.

'힘이 굳세지 못한 문학'(박영희), '이광수 문학을 매장하라'(김수산), '모순과 자가당착'(김동인), '무위 무기력한 인물'(최명익), '역사적 진보성을 포기한 문학'(임화), '위선의 문학'(김동석), '표면적이고 평면적인 문학', '만질수록 덧나는 상처' 등의 평가는 춘원의 문학을 부정적인 시각으로 관찰하는 대표적인 것들입니다.

'발아기를 대표한 대작가'(김태준), '한국 신문학의 아버지'(주요한), '근대소설문체의 확립'(김우종), '현대문학사의 가장 큰 작가'(백철), '현재형이며 진행적일 수밖에 없는 춘원'(김윤식), '거대한 기념비적인 문사'(이재선), '근대문학의 영원한 금자탑'(구인환), '개화기 소설을 넘어서는 자리'(조남현) 등의 평가는 춘원의 문학을 긍정적으로 찬양하는 자리에 서는 관점들입니다. 이렇게 춘원의 문학에 대한 평가가 극단적인 상반성을 띠게 되는 것 자체가 한국 현대문학이 안고 있는 특수성과 맥을 같이 하고 있다는데 주목하고자 합니다.

갑오개혁에 의한 한국의 근대화는 일제식민지와 맞물리고 8·15 광복과 이데올로기에 의한 조국 분단은 우리의 근·현대사가 세계 속에 알몸으로 노출되면서 얼마나 격동하는 아픔을 겪었는가를 웅변해줍니다. 이 시기에 춘원은 태어나서 성장하고, 살았습니다. 그리고 바로 이 시기가 한국 현대문학이 시작되는 시기였으며 그 일을 춘원은 누구보다 열정적으로 감당해냈습니다. 그가 신문학의 개척 그리고 민족운동과 친일행각 그래서 6·25의 남북전쟁 때 북으로 납치되어 그 이후의 행적을 아직도 공식적으로 소상하게 알지 못하는 것은 바로 춘원의 비극이면서 한국 근·현대사의 비극이고 한국 현대문학의 슬픔이라고 말하지 않을 수 없습니다.

가슴 아프고 쓰라린 사연 그것을 누구보다 몸으로 겪으면서 근·현대사의 아픈 상처를 온몸에 피멍으로 새기면서 산 작가가 바로 춘원 이광수라는 생각을 그래서 하지 않을 수 없게 됩니다.

춘원 이광수의 탄생 100주년.

그러나 우리는 이 훌륭한 한국 현대문학의 개척자가 몸으로 부딪혀 간 아픈 사연을 가닥가닥 풀어헤쳐 그것을 오늘의 문학 몫으로 비판적 계승을 하는데 너무 소극적인 것 같습니다. 보다 능동적이고 적극적인 논의를 통해 아픔을 문학적 의미로 형상화하는 지혜와 슬기가 요망된다고 하지 않을 수 없습니다. 춘원처럼 우리 역시 아직도 아프고 쓰라린 분단과 전환기의 역사적 매듭에 결박되어 있다는 확인 역시, 그래서, 필요할 것이란 생각입니다.

▶ 1992.2.25. KBS1 방송 칼럼

노벨문학상 콤플렉스

한국문학에 있어 노벨문학상은 무엇인가를 한번쯤 생각해보고자 합니다.

우리가 알기로 노벨문학상은 세계에서 그 권위가 가장 인정되는 상으로서 아직도 우리나라에서는 수상자를 내지 못하고 있다는 점입니다. 1901년 프랑스의 시인 쉴리 프뤼돔(Sully Prudhomme)의 『미술에 있어서의 표현에 관하여』를 시작으로, 1차 세계대전 중이었던 1914년과 1935년 그리고 2차 세계대전 중이던 1940년에서 43년까지를 제외하고는 매년 수상자를 선정했으니까 지난해까지 모두 85명에게 영광이 주어진 상이 바로 노벨문학상입니다.

사람들은 노벨문학상을 우리 문학이 그 수상자를 내지 못했다는 것은 한국문학의 수준이 아직도 세계문학의 수준에 미치지 못하고 있음을 단적으로 말해주는 것이라고 주장하기도 합니다. 또 혹자는 정치, 경제적인 영향력이 노벨문학상 수상자를 결정하는데 큰 영향력을 행사하는 것이 보통이라고 전제하고, 그동안 한국의 정치 경제적인 영향력이 빈약했다는 것을 안타깝게 여기기도 했습니다.

사실 세계문학의 수준이라는 것을 설정해 놓고 오늘의 한국문학을 대비시키면 얼마간 한국문학의 수준이라고 할까, 성취도가 빈약하게 느껴질 수도 있습니다. 그러나 한국문학은 한국문학 나름대로의 변화와 발전의 궤적을 갖고 있으며 삶과 인간 그리고 현실을 파악하는 나름대로의 특색과 특장을 갖고 있음을 간과할 수 없습니다.

정치 경제적인 영향력의 행사라는 측면도 그렇습니다. 만약 노벨문학상 수상자 선정에 정치 경제적인 영향력이 행사된다면 노벨문학상은 문학상으로서의 공신력에 결함을 갖고 있다는 것을 반증해주는 셈이 됩니다.

따라서 우리들은 노벨문학상이라고 하는 국제적으로 알려져 있고 그 권위를 인정받고 있는 상을 한국문학이 정복하지 못했다는 것을 그토록 안타깝고 애통하게 여길 필요는 없다는 것을 말씀드리고 싶습니다. 요컨대 우리문학이 노벨상에 대한 콤플렉스를 가질 필요는 없으며, 지금까지 그 같은 콤플렉스를 가졌다면 이제 거기에서 벗어날 필요가 있다는 점을 지적하지 않을 수 없습니다.

그런데 얼마 전 노벨상을 주관하는 스웨덴 한림원이 한국 펜클럽에 올해 즉 1992년도 노벨상 후보작 추천을 의뢰했고 한국 펜클럽은 최인훈의 『광장廣場』을 추천했다고 합니다. 스웨덴 한림원이 후보작 추천을 의뢰하는 것은 연례행사이고 후보작으로 추천한다고 해서 수상작으로 바로 이어지지 않는다는 점을 생각한다면 후보작 추천이 그렇게 큰 문학적 이슈가 될 수는 없습니다.

그럼에도 불구하고 새삼 최인훈의 소설 『광장』에 대해서 '분단국 지식인의 고민을 적나라하게 묘사'했다는 등의 논의를 접하면서 우리는 아직도 노벨상 콤플렉스에서 벗어나고 있지 못함을 확인하게 되고, 저널리즘적인 얄팍한 화제성 기사에 한국문학 혹은 한국문단의 한켠이 맥을 쓰지 못하고 있다는 한심한 지경을 목격하게 됩니다.

그동안 한국문인으로서 노벨상 후보로 추천된 것은 69년에 『순교자』의 작가 김은국, 75년에 시인 김지하, 81년에 작가 김동리, 90년에 시인 서정주 등 4명이었습니다.

김은국 씨는 한국펜클럽, 김동리 씨는 한국문학진흥재단 등 국내 문학단체들의 추천이었고 김지하 씨는 일본펜클럽, 서정주 씨는 프랑스 문학단체 등 외국문학단체에서 추천 의뢰되었습니다. 추천을 의뢰받은 한국펜클럽이 69년에 김은국 씨의 『순교자』를, 올해에 최인훈 씨의 『광장』을 추천한 것도 문제점이 전혀 없는 것이 아님을 생각하면 우리는 안타까워집니다.

『순교자』가 6·25의 비극적 현장에서 인간의 실존문제를 천착했다면 『광장』은 이데올로기에 희생당하는 한국인의 처참한 자화상을 형상화했습니다. 작품 자체로서는 대단히 주목받아 마땅하지만 노벨상이란 것이 원래 전 세계의 문학과 문학인을 그 대상으로 하기 때문에 한 작가의 우수한 작품보다는 그 작가의 전반적인 문학적 성취와 그 업적에 초점이 모아진다는 사실에 한국펜클럽에서 후보작 의뢰를 취급하는 관계자들은 맹목하고 있지 않았나 하는 점입니다. 그 같은 입장에서는 김은국·최인훈이 황순원·박두진보다는 훨씬 수세적이라는 것을 확인할 필요가 있었을 것입니다.

한국문학과 노벨문학상.

우선 한국문학은 노벨상의 콤플렉스에서 빨리 벗어나야 할 것이란 생각입니다. 이 콤플렉스를 형성하는 주요 원인인 노벨상만이 이 지구 상에 있어 최상의 문학적 가치가 아님을 우리는 확인할 필요가 있을 것이고, 문학에 있어 노벨상은 공적상 같은 성격이 훨씬 많이 작용한다는 것을 영국의 수상 처칠이 『2차 대전 회고록』으로 이 상을 수상했다는 점을 통해 다시 한 번 상기할 필요가 있을 것입니다.

그렇습니다. 문학상 따위와는 무관하게 열심히 인간과 그 삶 그리고 현실을 언어로 형상화할 때 한국문학은 발전적 변화 속에 놓일 수가 있을 것이란 생각입니다. 따라서 한국문학이 노벨상 콤플렉스 따위에서 벗어나는 일이 오히려 한 단계 그 수준을 상승시키는 것이라는 생각을 하게 됩니다.

▸ 1992.2.8. KBS1 방송 칼럼

소설과 재미

오늘은 최근 소설의 한 경향에 대해 말씀드리고자 합니다.

얼마 전 TV 드라마로도 소개되었습니다만, 조선시대의 명의였던 허준의 일대기를 다룬 소설 『동의보감』이 많은 독자들에게 좋은 반응을 얻어 근래에 찾아보기 힘든 슈퍼 베스트셀러가 되어 있다고 합니다.

엄격한 신분제 사회였던 왕조시대에 그 벽을 뛰어넘고, 병마에 시달리는 사람을 그것으로부터 해방시키려는 인간의 강인한 의지와 집념을 다룬 이 소설은, 파란만장한 한 인간의 생애를 그 소재로 하고 있습니다. 소설이 아닌 말로만 들어도 벌써 흥미가 유발되는 그런 소재임에 틀림없습니다. 이 소설을 두고 한 평론가는 이른바 순수본격소설들이 갖추고 있지 못한 '재미'가 적절하게 배합되어 있다고 파악하고, 오늘의 한국 순수본격소설이 극복해야 할 요인의 하나를 이곳에서 찾고자 하였습니다.

사실 소설 『동의보감』을 읽어보면 구성과 문체에 많은 문제점이 지적될 수는 있지만 누구에게나 쉽게 읽히면서 재미를 느낄 수 있게 쓰였음을 알 수가 있습니다. 소설이 이야기이며 이야기의 덕목은 재미에 있다는 것은 소설론의 기초적 사항입니다. 따라서 소설 『동의보감』은 이 같은 소설의 기본적 덕목을 갖추고 있어 독자들을 사로잡았다는 것으로 생각할 수 있습니다.

그러나 우리는 소설이 '재미'만으로 지탱될 수 없다는 말에 귀를 기울이지 않을 수 없습니다. '재미'를 뛰어넘는 삶과 인간, 그리고 현실과 역사에 대한 통찰력을 가지게끔 독자를 소설 속에 끌어들여야 하고, 새로운 인간의 성격을 창조하여 '인간학'으로서 면모를 갖추어야만 제대로의 자리를 확보했다고 말할 수 있게 됩니다. 이 점이 바로 대중 혹은 통속소설과 순수본격소설을 구별하는 변별요인이 된다는 것을 지나쳐서는 안 됩니다.

소설 『동의보감』이 순수본격소설의 반열에 입적될 수 있느냐의 여부는 바로 삶과 인간, 현실과 역사 그리고 새로운 인간학의 구축에 얼마나 적극적이며 독자들의 영혼을 그것으로 하여 감동의 늪에 침잠시키느냐에 달려있습니다. 좀 성급히 단정한다면 소설 『동의보감』은 이러한 일에 소극적이고 수동적이라 파악하지 않을 수 없습니다. 따라서 소설 『동의보감』이 오늘의 한국소설 성과라고 말할 수는 없게 됩니다. 그러므로 소설 『동의보감』은 베스트셀러가 베스트 북은 아니라는, 즉 잘 팔리는 소설이 반드시 훌륭한 작품은 아니라는 평범한 말을 새삼 일깨워주게 됩니다.

그런데 이 소설『동의보감』의 상업적 성공에 편승하려는 일련의 시도가 소설의 무시할 수 없는 경향을 이루고 있습니다.『소설 을지문덕』,『소설 진시황』,『소설 강태공』,『소설 공자』,『소설 사기史記』,『소설 원효대사』,『소설 이태백』,『소설 토정비결』,『소설 두보』,『소설 이백』 등등 실제 했던 역사적 인물을 대상으로 한 소설이 우후죽순처럼 서점가의 진열대를 장식하고 있습니다.

그 소설들의 작가는 무척 낯선 이름들이고, 그 소설 책 어디를 봐도 작가에 대한 소상한 설명과 연보를 찾아볼 수가 없습니다. 이 소설들 거의 전부는 역사적 사건이나 인물을 이야기의 대상으로 삼아 홍미 위주의 나열식 서술로 일관하고 있습니다. '소설'이란 말을 하기가 민망하고 부끄러울 정도의 유치한 표현과 서술이 대부분임을 확인하면 얼굴이 달아오릅니다.

아무리 상업적 계산에 초점을 맞추었다고 할지라도 이처럼 후안무치하게 소설이란 이름으로 글을 쓴다는 것은 작가에게나 독자에게 있어서나 문학에게 모욕적이라는 생각이 들기도 합니다. 그러나 냉정하게 생각해보면 한국의 작가들 그리고 한국소설 오늘의 위상 그 한 부분을 생각해볼 수 있는 계기를 만들어도 줍니다.

'가짜 역사'를 만드는 '가짜 소설'이 '독학자'들에 의해 판을 치고 있다고 오늘의 한국소설 위상을 개탄한 비평가가 있기도 했습니다만, 어쨌든 한국의 대부분 작가들은 순수본격소설이라는 울타리 속에 그들 작품을 안주시키면서 정작 독자들이 목말라 하고 있는 소설에서의 '재미'에 맹목하고 있다는 점의 확인입니다. 순수본격소설의 울타리를 걷어치우고 소설이란 넓고 큰 인간학의 지평에 소설의 모든 것을 아우르면

서 삶과 현실, 역사와 인간에 대한 통찰로 독자들의 영혼을 사로 잡아야
할 것입니다.

그때 소설이란 이름으로 횡행되는 이 바람직하지 못한 경향은 제풀
에 꺾이어지고 말 것입니다. 요컨대 소설이란 이름의, 없어져 마땅한 최
근의 경향에는 순수본격적인 작품의 울타리에만 매달려있는 오늘의 한
국작가들에게 많은 부분 책임이 있다는 사실을 결코 잊어서는 안 될 것
이며, 오늘의 작가들이 순수본격소설이란 울타리를 철수하고 광대무변
한 소설의 인간학 쪽으로 힘차게 진군하기를 요구하게 해줍니다.

▶ 1992.1.25. KBS1 방송 칼럼

문학인과 문단 선거

'문단'이라는 것은 좀 애매한 구석이 있는 말입니다. '문학인들의 사
회'라는 사전적 풀이를 들추어보아도 그렇습니다. 문학하는 사람들만
이 집단촌락을 이루어 생활하는 곳이 없기 때문에 '문단'이란 말의 뜻풀
이 역시 애매하기는 매한가지입니다.

그러니까 문학하는 사람, 다시 말해서 글 쓰는 사람들끼리 모이는 하
나의 사회를 가상하고, 그 사회를 지칭하여 '문단'이라고 말한다는 식으
로 생각할 수 있을 것입니다. 학문하는 사람들의 사회를 가리킬 때 '학
계'라 하고, 언론에 종사하는 사람들이 모인 공동체를 가상하여 '언론
계'라고 하는 맥락에 비추어서 생각한다면 크게 틀리지 않을 것입니다.

그러니까 '문단'이란 '문학계'를 말하고 시인, 소설가, 평론가, 수필가,
희곡작가들이 그들의 관심사이면서 목표이기도 한 문학을 논하고, 문
학을 사랑하는 그런 가상적인 사회를 말한다고 할 수 있을 것입니다. 물

론 그 가상적인 관념의 사회에는 문학 이외의 것이 개재할 수도 없고, 해서도 안 될 것입니다.

문학이란 무엇을 뜻합니까. 이론적으로 문학의 개념을 규정하자는 뜻이 아닌 평범한 사람들의 생각으로는 '글 쓰는 일' 혹은 '글 쓴 것'을 말할 것입니다. 그렇다면 '문단'이란 사회는 '글 쓰는 일'이나 '글 쓴 것'이 그 사회 가치척도에 있어 지상의 목표가 될 것임을 불을 보듯이 환합니다. 신년 벽두에 왜 느닷없이 '문단'이란 말과 '글 쓰는 일과 글 쓴 것'을 말하는지 어리둥절해 하실 것입니다.

'문단'이란 이 가상적인 사회에 '선거'라는 회오리가 불어 닥친 것을 말하기 위해서입니다. 우리나라 문단의 큰 모임은 둘이 있습니다. 하나는 '한국문인협회'라는 단체이고 또 하나는 '국제 PEN클럽 한국본부'라는 것입니다. 한국문인협회는 문인들의 모임이고 국제 PEN클럽 한국본부는 시인 편집인 소설가들의 국제적인 모임의 한국지부인 셈입니다. 이 두 단체는 모두 문인들의 친선 도모와 글 쓰는 일을 외곽에서 지원하는 일을 모임의 취지로 삼고 있습니다. 따라서 문인들이 보다 좋은 글, 훌륭한 글을 쓰게 하기 위한 여건조성을 좀 적극적이고 조직적으로 해보자는 것입니다. 문인들의 권익옹호랄까, 문인들의 사회적 불이익을 '바로 잡아보자'는 뜻이라고 생각하면 됩니다. 아시다시피 모임에는 그 모임을 대표하는 사람이 있기 마련입니다. 그래야 그 모임이 도모하고자 하는 일을 보다 효과적으로 해낼 수 있기 때문입니다. 대개 친선 도모를 목표로 설정하는 모임에는 연장자가 그 대표직을 맡게 되고 그래야만 유교적 가치관이 아직도 온존하는 우리 사회에서는 친선 도모가 탈 없이 잘되기 마련입니다.

그런데 문인들의 친선 도모 모임 대표가 언제부터인지 무슨 명예직 혹은 이권이 있는 것처럼 보이기 시작하더니 이 대표자리를 간선제로 하다가 직선제로 바꾸면서 정치인들의 선거전략 못지않게 바람몰이 작전까지 동원되는 글 쓰는 일이 전혀 아닌, 글 쓰는 일과는 조금도 관계가 없는 표몰이에 적극적인 사람들이 등장했습니다. 그들은 전화로, 우편으로 그리고 그 모임의 회비대납이나 선물공세 등으로 기상천외한 일들을 벌이기도 했습니다. 요새 많이 유행하는 표현대로 이거 될 일입니까. 이래서 되겠습니까.

글 쓰는 사람의 가상적 사회인 문단에서는 글 쓰는 일이 시작이고 끝이어야 합니다. 글 쓰는 일과 써놓은 글에 대한 담론이 알파이자 오메가여야 합니다. 마찬가지로 문단의 모임인 무슨 협회나 클럽에서는 써놓은 글 즉 문학적 업적과 그 성취도를 공인 받을 수 있는 원로가 좌장 즉 그 모임의 대표로 추대되어야 합니다. 그래서 무슨 행정이나 사무적인 일은 그 좌장께서 그 부문에 좀 통달한 듯한 문인을 불러 그때그때 해결하도록 하면 됩니다. 그러면 문인들 모임의 세미나가 호텔에서 뷔페로 이루어지고 그 지방 행정책임자가 그들 문인을 모시는 것처럼 구색을 맞출 필요도 없고, 무슨 국제대회니 해서 글에 대한 담론이나 글 쓰는 문인들의 인권 같은 문제는 뒤로 젖혀두고 유력한 정재계 인사들과 어울려 파티나 하는 것 따위도 불필요해질 것입니다.

말씀드릴 필요도 없이 글은 혼자서 쓰는 것입니다. 따라서 글 쓰는 문인은 혼자 혼신의 정력으로 자신의 영혼과 인간의 삶, 현실의 총체적 모습을 형형한 눈빛으로 관찰하여 언어의 그물에 담아 올리는 사람입니다. 그런 사람들이 본래의 일은 젖혀두고 모임을 만들고 그 모임에 자신을 대표로 뽑아달라고 '선거 운동'하는 일은 목불인견을 넘어서서 문학에 대한 모독이고 문학인의 삶에 대한 모욕이며 인간의 고귀한 영혼과 정신을 짓밟는 일이라 아니할 수 없습니다.

한국문학 침체의 한 원인이 이 같은 문단선거 작태에도 있음을 직시

한다면 한국문학 나아가 인류의 정신적 위업달성을 위해서도 이 같은 문단인의 모임인 협회와 클럽은 하루빨리 해체되어야 할 것이란 생각이 듭니다.

또 그렇습니다. 문학은 질의 문제이지 결코 양의 문제가 아닙니다. 한 사람의 셰익스피어와 톨스토이, 허균과 이광수를 시집 몇 권, 소설 몇 편, 비평 몇 줄을 쓴 언필칭 문인과 어떻게 대등하게 한 표로서 똑같이 평준화할 수 있습니까. 문학과 선거는 말 자체가 벌써 성립되지 않는 어불성설이 아니고 무엇입니까. 듣건대 문학인의 모임 뿐 아니라 다른 예술인들의 모임에도 이 같은 작태가 벌어지고 있다는 보도를 접하면서 아연해 지지 않을 수 없습니다.

우리는 정말 진정한 예술인, 문학인으로 돌아가야 합니다. 그러기 위해 우리는 작품 그것을 목표로 해야 하며 그것으로 발언해야 합니다. 실천문학, 민중문학을 비판하는 까닭도 그들이 작품을 통해 말하려하지 않고 다른 방법으로 문학을 도구화하기 때문임을 새겨볼 필요가 있을 것입니다.

▶ 1992.1.11. KBS1 방송 칼럼

2장

정치인의 애송시 유감

다시 생각해보는 시조時調

한국시에서 가장 오래된 장르가 시조입니다. 일반적으로 시조는 한국 시에서 유일한 정형시라고 말합니다. 알다시피 정형시란 일정한 형식적 틀이 정해져 있는, 그러니까 그 형식에 맞게만 창작되면, 시의 중요한 요소 중 하나인 가락 즉 리듬을 가질 수가 있는 시를 말합니다. 초장 중장 종장의 세 줄로 일단 형태가 확정되고 다시 각 장의 글자 수가 초장과 중장이 석자 넉자 석자 넉자로, 종장이 석자 다섯자 넉자 석자의 범위로 확정됩니다. 그래서 3.4.3.4 3.4.3.4 3.5.4.3이란 글자 수로 말해집니다.

고려조 중엽 이후인 14세기경에 그 형태가 확정된 것으로 본다면 시조는 오늘날 700여 년의 역사를 가진 시의 장르가 되는 셈입니다. 한국 문학에서 가장 오래도록 그 생명을 지속시킨 이 시조는, 그러니까 한국인의 정서에 가장 적합한 것으로 말할 수도 있을 것입니다.

그러나 실상 한국의 현대시에 있어서 시조는, 다양하고 자유분방한 자유시의 범람과 세력에 얼마간 위축되고 있는 듯한 것이 실정이고 여기에 대응하여 시조의 형태적 변형도 여러 가지로 실험되고 있는 것이 사실입니다.

시조라는 명칭이 시절가조時節歌調의 준말이라는 것에서도 여실해집니다마는 원래 시조는 당시 유행하던 노래라는 뜻으로 가창歌唱되었다는 것을 알아야 됩니다. 이 노래에서 문학적 요소인 그 가사만을 음미한다면, 옛시조의 경우 우리는 음악의 요소를 맹목하는 꼴이 되고 맙니다. 그리고 현대시조는 아예 이 음악의 요소인 창唱을 배제하고 있다는 데서 옛시조가 오늘날에는 그 반쪽만을 계승하고 있다고 말할 수도 있습니다.

음악과 음악적이란 것은 시에서 리듬을 말할 때는 분별해야 합니다. 시의 리듬이 음악적이긴 하지만 음악 그 자체가 아니란 말은 현대시조가 음악적인 가락을 추구는 하되 음악 그것을 추구하는 것은 아니라는 점을 확인할 필요가 있을 것입니다. 현대시조의 고민과 몸부림은 현대시가 갖고 있는 형태를 유지하면서 시적 성취에서 그것을 어떻게 대응하느냐에 있다고 해도 지나치지는 않을 것입니다.

어쨌든 시조라는 이 전통적인 한국시의 장르를 보다 당대화 시키려는 시인들의 노력은 그렇게 돋보이지는 않습니다. 그러나 11년째 시조백일장을 연례행사로 하면서 시조의 대중화에 노력을 펴고 있는 일간 신문사가 있다는 것은 퍽 다행스럽고 한국시의 풍요로움을 위해서는 평가되어야 할 일로 판단됩니다.

『중앙일보』사가 매년 10월 중 행하고 있는 '중앙시조백일장'은 중·고등부와 대학·일반부로 나누어 참신하고 새로운 시인들의 우수한 현대시조시를 발표하고 있는 것은 높이 평가할 일이 아닐 수 없습니다. 강산도 변한다는 시간적 축적을 쌓은 이 백일장에 입상된 시조를 읽으면 한국현대시조의 변화된 모습과 새로운 시문학 담당층들의 날카롭고 새로운 언어감각에 경탄하게 됩니다. 문제는 이들 새로운 시인들의 시조에 대한 본격적인 문학적 논의가 뒤따라야 하겠고, 이러한 논의의 필연적 귀착지인 한국현대시에서 시조의 역할과 그 계승, 그리고 변화에 대한 보다 심층적인 탐구에로 이어져야 하겠다는 점입니다.

사회적 변화양상, 달리 말하면 변화된 현실의 모습을 언어로 담아낼 수 없을 때 그 문학적 장르는 소멸하고 맙니다. 시조가 700여 년 동안 그 생명을 유지할 수 있었다는 것은 한국인의 정서의 근원에 깊이 뿌리내리고 있다는 반증일 수는 있지만, 변화된 현실상황과 그것을 만드는 당대인의 정서와 괴리된다고 해도 그 존속을 보장받을 수 있다는 말은 아닙니다. 이 같은 맥락에서 현대시조의 담당층은 깊은 성찰이 있어야겠다고 생각하게 됩니다.

「목숨」이란 제목으로 대학·일반부에서 장원을 한 서광식 씨의 작품은 현대한국자유시가 획득 못한 리듬을 얻으면서 자유시가 갖게 되는 개성적인 율조와 심상인 이미지의 조립에도 성공하고 있다고 판단됩니다.

> "얼마나 걸어가며 오래 기다려야 / 밝아질 것인가, 바람은 나
> 를 끌고 / 자꾸만 깊어지라고 / 낮아지라 한다."

연시조의 형식을 취한 서광식 씨의 「목숨」의 첫 연입니다.

프랑스 '누보로망'의 작가 미셀 뷔또르(Michel Bytor)가 지난주 한국에 와서 행한 문학 강연에서 '예술과 현실에서 가장 중요한 것은 언어'라고 한 말이 바로 시에서는 하나의 좌우명 같은 것이고 그 점을 한국 현대시조는 보다 깊이 생각할 필요가 있을 것이라고 말하게 됩니다.

가을이 점점 깊어가고 있는 시점에서 한국현대시문학의 위상을 보다 깊이 있게 생각해보고 싶어집니다.

▶ 1991. KBS1 방송 칼럼

정한숙鄭漢淑 새 문예진흥원장

새 문예진흥원장에 소설가 정한숙 선생께서 취임했다는 소식입니다. 6·25라는 전쟁의 상황을 배경으로 종가제도宗家制度를 유지하려는 구세대와 이것에서 벗어나려는 신세대의 갈등과 대립을 깊이 있게 다룬 작품 「고가古家」의 작가가 바로 정한숙 선생입니다.

이미 고인이 된 소설가 전광용, 시인 정한모와 '시탑詩塔', '주막酒幕' 등의 동인으로 활동하면서 문학을 시작하였습니다. 고희를 앞둔 나이에도 시와 소설을 꾸준히 발표하고 있는 정력적인 작가입니다. 뿐만 아니라 30여 년 동안 고려대학교에서 문학 강의를 해 오신 국문학계의 원로이기도 합니다.

후배들에게 과감하게 강의를 맡기고, 국문학의 발전을 위해서는 젊고 유능한 사람으로 빨리 강단이 세대교체가 되어야 한다는 것을 주장하셨으며 이것을 실천한 것으로도 유명합니다. 어쨌든 정한숙 선생은 작가로서 뿐만 아니라 학자로서도 그 업적과 평판이 확고하게 자리 잡힌 문단과 학계의, 말의 정확한 의미에서, 원로입니다. 지난 7월에 예술원의 새로운 원장으로 추대된 것도 이 같은 관점에서 볼 때 결코 우연한 일이라고 말할 수 없게 됩니다.

이러한 분이 이 땅의 문학과 예술을 후원하고 그 업적과 성과를 보다 높이려는 정부 차원의 기관에 3년 동안 그 책임을 맡게 되었다는 것은,

경제 제1주의에 떠밀리고, 산업화에 푸대접 받으며, 올데갈데없이 표류하고 있다고 해도 지나치지 않을 이 땅의 문학, 예술을 위해서는 매우 다행스럽고 기대되는 바가 많다고밖에 할 수 없습니다. 물론 지금까지 문예진흥원장들이 이 땅의 문학과 예술의 진흥을 위해 노력한 것을 결코 과소평가하고 싶지는 않습니다. 그리고 과소평가 되어서도 안 될 것입니다.

그러나 초기의 곽종원 원장이나 80년대 5공화국 때의 정한모 원장 시절을 돌이켜보면 문예진흥원이 문학과 예술을 진흥한다는 명분으로, 국민의 세금에 준하는 진흥기금으로, 정부 당국자 다시 말하면 정권을 맡고 있는 당사자들이 요구하는 문학 예술적 관점에로 문학과 예술을 끌고 가려 했다는 것을 우리는 숨기고 싶지가 않습니다.

물론 이 같은 일들은 문학과 예술의 주체인 작가들에게 문예진흥원이 외면당하는 결과로 될 수밖에 없었지만 참다운 문학과 예술의 진흥을 꾀해야 한다는 입장에서 볼 때 안타까운 일이 아닐 수 없습니다. 요컨대 문예 진흥의 참다운 길을 모색하기 위해서는 문예진흥원을 문화부 산하의 정부기관에 둘 것이 아니라 독립기구로 개편하고 자율성이 주어지는 통치자 직속의 문학예술진흥에 관한 지원의 심장부가 될 수 있도록 해야 할 것입니다.

이 일은 여석기 원장도 재임 기간 동안 해내지 못한 일입니다. 진흥기금을 전달만 하고 일정 기간 후에 그 쓰임새를 점검하는 정도에서 정부의 소임은 끝나야 합니다. 문화부 산하의 기관으로, 예술원장이 진흥원장의 발령과 임명장을 문화부장관으로부터 받게 되는 희극적인 일도 그렇게 될 때 없어질 것이고, 예술원장이 문예진흥원장으로 임명되어 예술원이 격하되었다는 비아냥거림도 그때는 불식될 것입니다. 문예진흥원을 통치권자인 대통령 직속의 독립기구로 만드는 일은 문학과 예술을 정권유지의 한 방편으로 만드는 일을 막을 수 있는 길이 될 것이고 자유분방하고 다양한 문학 예술적 가치관이 다 함께 공존하게 하는, 일컬어 백화난만한 문예부흥의 도래를 초래할 수 있게 할 것입니다.

이 일을 정한숙 원장께서는 해낼 수 있고, 해낼 수 있는 가능성을 그의 지금까지 문학과 국문학계의 업적을 통해 확인할 수 있다는 것을 말하고 싶습니다. 그리고 이러한 기대에 부응할 수 있게 새 진흥원장은 진력해야 하리라고 우리는 생각합니다.

임명 직후 기자회견에서 '진흥원은 정책입안기관이라기보다 문학인과 예술가들의 후원기관'이라고 한 것은 공감하지 않을 수 없는 말입니다. 후원기관이기 때문에 지원할 것에 대해 어떤 조건이 있어서는 안 될 것입니다. 문학과 예술의 지원이란 그 성과가 단번에 나타나는 것이 아닙니다. 정성과 공을 들여 가꾸어야 화초가 일 년에 한 번 꽃을 피우듯 문학과 예술은 지원의 꾸준한 배려 속에서만 한번 개화가 가능한 그 꽃의 생리와 같습니다. 따라서 성급하게 지원의 결과를 보지 못한다고 하여 지원방법을 바꾼다는 등의 단견을 정책화해서는 안 될 것이고, 그 같은 일이 지금까지 있었는지의 여부를 자세히 점검해봐야 할 것입니다.

예를 들면 다소의 부작용과 그 성과가 미미하다고 판단하여 문학지에 대한 고료 지원을 중단한 것 등은 그동안 문학지의 재정을 악화시켜 월간에서 격월간 또는 계간으로, 아예 휴간상태로 되는 결과를 초래했고, 그것은 결국 작가들의 발표지면을 축소시켜 '진흥'에 역행하는 일이 되고 있는 것 등을 세심하게 재검토해야 할 것입니다.

문학과 예술에 대한 지원은 그 효과가 눈에 보이게 곧바로 나타나지 않는다는 것이나 문학지에 대한 고료 지원 중단이 야기하고 있는 문학에 대한 반 진흥적인 요인이나 정부 산하 기관으로서의 문예진흥원이 갖고 있는 위상의 일그러짐을 작가 그리고 학자인 새 진흥원장 정한숙 선생께서는 누구보다 잘 알고 있을 것입니다. 그래서 우리가 새 문예진 흥원장에 거는 기대는 그 어느 때보다 높다는 것을 강조하고 싶습니다.

▶ 1991. KBS1 방송 칼럼

100권을 넘어서는 시집 시리즈

출판사가 시집을 기획하여 그것을 시리즈로 100권 이상 출간했다는 것은 주목받아 마땅한 일입니다. 말이 쉬워서 100권이지 100여 명의 시인들이 시집 100권을 출간했다는 것은 1960년대까지만 해도 상상할 수 없었던 일이었습니다. 그만큼 시를 읽는 독자들도 늘어났다는 것을 의미하고 시가 일반 독자들과의 거리를 좁히고 있다는 것을 반증한다고 일단 파악할 수 있을 것입니다.

『시선詩選』이란 제목을 달고 시집의 시리즈를 먼저 시작한 것은 '문학과지성'사, '문학세계'사, '창작과 비평'사 등이었습니다. 이들 세 출판사가 펴낸 시집들 즉『문지시선』,『문학세계시선』들은 이미 지난 상반기에 100권을 넘어섰고 이번에『창비시선』이 김명수의『침엽수지대』, 김남주의『사상의 거처』를 출간함으로써 100권을 넘어서게 되었습니다.

『문지시선』시리즈는 다양한 시세계를 그 시리즈의 시집들에서 보여주고 있으며 특히 젊은 시인들의 해체시라 말할 수 있는 실험성이 강한 시들을 과감하게 시집으로 출간하고 있는 특색을 가지고 있습니다.『문학세계시선』은 정통적인 한국 서정시의 맥을 견지하는 시세계의 시들을 출간했습니다.『창비시선』은 '안일과 순응주의에 빠진 한국 시단에 큰 반성을 불러일으키며 시의 <민중현실발견>이라는 새 차원의 문학적 이정표를 수립하겠다'는 기치 아래 현실을 강조하면서 독자에

게 읽히기 쉬운 시들을 간행한 특색을 찾을 수 있습니다. '민중현실발
견'이라는 말이 의미하고 있듯이『창비시선』의 시들은 이른바 70년대
후반에서 80년대에 이르기까지 '민중시'라는 개념을 새롭게 정립하는
데 결정적 역할을 담당하면서 현실에 밀접하게 관련하는 민감한 현실
대응의 일컬어 참여시를 그들의 시집에서 보여주고 있습니다.

어쨌든 이들 세 출판사가 시작한 시집 시리즈는 그 후에 청하, 민음사
그리고 다른 출판사에서도 뒤를 이어 기획 출간하면서 화려한 시의 연
대였던 80년대를 이끌어왔습니다. 한국 시를 위해서 이들 시집 시리즈
들이 담당했던 몫은 대단히 중요한 것이었다고 말할 수 있습니다. 첫째
시를 일반 독자들에게 가깝게 접근시킨 점, 둘째 시집도 베스트셀러가
될 수 있음을 확인시킨 점, 셋째 종래 한국시의 흐름이 서정시 일변도였
던 것을 다양한 갈래, 즉 전통적 서정시 계열, 모더니즘 계열, 민중시 계
열 등으로 다변화시킨 점 등을 그 중요한 것으로 거론할 수 있을 것입니
다. 실제 서정윤의『홀로서기』같은 시집은 한국 시문학사상 초유의 판
매기록인 100만부를 돌파하는 성과를 보였고 박노해의『노동의 새벽』,
신경림의『농무』, 김지하의『타는 목마름』, 김수영의『거대한 뿌리』,
김초혜의『사랑굿』같은 시집은 10만부 이상의 판매기록을 세워, 시집
이 상업적으로도 성공할 수 있다는 기틀을 마련했고, 그만큼 시를 일반
독자들과 밀착시켜주는 결과를 낳았습니다. 시의 대중화를 위해 얼마
나 큰 몫을 이들이 해낸 것인지 모릅니다.

그러나 이들 시집 시리즈의 간행이 반드시 긍정적인 몫만을 한국 시
문학에 제공한 것이라고 볼 수는 없습니다. 그것은『창비시선』이 특히
그렇습니다만 기존 문단체제에 대한 도전으로 과감하게 신인들의 신작
시들을 시리즈의 시집에 포함하여 간행함으로 해서 아직 미숙한 시적
성취도를 그대로 노정시켜 선전구호와 시의 경계를 모호하게 한 점이

나, 시는 쉽게 쓰여야 한다는 생각이 제대로의 시적 형상화를 거치지 않은 채 조악한 언어를 거칠게 진술하고 있는 것들이 그 좋은 본보기가 됩니다. 뿐만 아니라 제대로의 작품 수준을 견지시키지 못한 채 시집의 시리즈를 간행함으로 해서 특히『문학세계시선』에서 보여주는 대로 단지 시집을 출간하기 위해 시들이 동원되고 있는 것 같은 의구심을 짙게 가지게 되는 것들은 이들 시집 시리즈 간행자들이 보다 주의 깊게 성찰해야 할 부분이라 생각됩니다.

시와 일반 독자들과의 거리를 좁히는, 다시 말하면 시의 대중화도 좀 사려 깊게 생각해야 할 문제입니다. 다만 시가 쉽게 쓰여 일반 독자들이 손쉽게 그것을 이해하고 즐겨 감상하는 곳에만 시가 머문다면 시와 대중가요가사와의 차이에 대해 말할 수 있는 자리가 없어집니다. 따라서 시의 대중화는 일반인들의 정서를 고양시키는 면을 시가 담당해야 한다는 측면을 반드시 가지고 있다는 것을 확인할 필요가 있습니다. 달리 말한다면 시의 대중화는 일반 독자들에게 시가 영합하는 것이 아니라 일반 독자들을 시 속으로 끌고 오는 시적 장치여야 한다는 것입니다. 이렇게 될 때 시의 대중화라는 미명하에 시를 통해 대중을 선전선동하려는 목적문학적 자세도 문학의 자율성 앞에 힘을 잃고 말 것이란 생각입니다. 어쨌든 시집 시리즈가 100권을 넘어선 일은 아무래도 한국 시문학에 있어서는 매우 의미 깊은 일인 것만은 확실하다는 판단입니다.

▶ 1991. KBS1 방송 칼럼

소설에 대한 김윤식과 이문열의 생각

비평가 김윤식의 논의에 대해 작가 이문열이 반론을 제시했습니다.

비평가의 논의에 작가가 정면으로 이의를 제기한 셈입니다. 논의의 초점은 이문열의 작품을 두고 김윤식은 '소설'이라기보다는 '이야기'라고 전제하고, 소설은 시민적 삶과 운명을 같이 하는 것으로 시민사회의 윤리범주와 가치체계에서 벗어날 수 없는 데 대하여, 이야기는 시민사회와 관계없이 고대로부터 계속돼온 운명 순응적인 말 그대로 이야기라고 정의했습니다. 아울러 시민사회가 정상적으로 진행될 때는 소설적인 것이, 반대의 경우에는 이야기적인 것이 우세하다고 진단한 다음, 현재 소설의 이름을 빌려 나타나는 것 중 대부분이 가짜 역사에 관한 이야기라고 했습니다. 그런 가짜 역사에 관한 이야기의 대표적인 작품으로 이문열의 소설 『황제를 위하여』를 예시하고 이 작품은 자유와 평등이라는 개념과 '애비가 남로당이었다'는 개념을 바탕으로 황당무계한 가짜 역사 이야기라고 단정했습니다.

이에 대해 이문열은 '권위주의 저널 비평을 거부한다'는 제목으로 첫째 논리의 문제, 둘째 텍스트 독법의 문제, 셋째 주관적인 호오好惡를 객관화 시키는 기술의 문제로 김윤식의 논의를 요약 반박하고, 자신의 반박은 '좁게는 우리 평단을 위해, 좀 거창스럽게는 이 나라의 문학을 위해 하나의 우상파괴작업 또는 그릇된 전범의 파기라는 뜻을 가지고 있을 것'이라고 말하고 있습니다. 아울러 이문열은 '한때나마' 김윤식이 소속하고 있는 대학에 적을 둔 적이 있는 '사람'으로서 김윤식이 저널리즘 비평을 청산하고 '그만 학교로 돌아가십시오'라고 감정적 대응을 굳이 숨기려 하지 않고 있습니다.

김윤식의 논의가 논리적이라면 이에 대한 이문열의 반론은 대단히 감정적이라는 인상을 강하게 받게 됩니다. 우선 김윤식이 체계화한 소설과 이야기 그리고 그것이 발생된 발생론적 근거제시는 충분히 객관성을 획득할 수 있는 견해이고, 그 같은 전제에서 소설에 대한 접근을 시도한다는 것은 설득력을 갖기에 충분하다고 파악할 수 있습니다. 그러나 김윤식의 이 같은 논의를 '권위주의 저널 비평'으로 전제하고 비평가 김윤식을 '우상'으로 인식하고 그것을 파괴해야 하겠다든지 김윤식의 비평 활동을 '그릇된 전범'으로 인식하면서 그것을 파기해야 하겠다는 등의 이야기는 이성적인 사고에 바탕을 둔 논리적인 표현이라기보다는 감정적 판단에 기초한 지극히 비논리적 감정대응이라 아니할 수 없을 것입니다.

우선 '저널 비평'과 대학에서의 '문학연구'를 별개의 것으로 파악하는 것은 비평의 개념과 그 영역에 무지하다는 것을 표백하는 것입니다. 비평과 문학연구는 불가분의 관계에 있고 저널 비평과 아카데믹 비평은 비평의 하위개념으로 그것은 병렬적 자리에서 비평에 있어 대등한 위치와 역할을 감당하고 있다는 점을 간과하고 있음을 노정하는 것입니다.

뿐만 아니라 작가 이문열이 학생으로서 김윤식이 재직하고 있는 학교에 학적을 두었다는 것을 '한때나마 선생님이 계신 학교에 적을 둔 적이 있는 사람'이라고 썼습니다. 이것은 김윤식이 '독학자라 황당무계한 소설을 쓸' 수밖에 없다는 비약적인 논리전개보다 어쩌면 더욱 감정적이고 오만한 자세라 아니할 수 없습니다.

학생으로 '학적'을 가졌던 것과 교수로서 '직업'을 가진 일은 결코 수평적으로 비교될 사항이 아니라는 점입니다. 따라서 '한때나마 학교에 적을 둔 적이 있는 사람'이란 표현은 '한때나마 학교에 적을 둔 적이 있는 학생'으로 기술되었어야 온당할 것이란 판단입니다.

어쨌든 평론가 김윤식의 논리적인 소설비판에 작가 이문열은 감정적으로 대응하고 있다는 것이 논쟁 1차전인 지금까지의 상황이라고 파악됩니다.

자신의 논리가 얼마간 비약적이고, 방대한 독서량과 꾸준한 비평 활동을 통해 영향력을 가질 수밖에 없는 것이 바로 우상이라 단정되어도 좋은지, 전범 파기라고 타매唾罵되어도 무방한지에 대한 성찰이 김윤식에게 있어야 된다면, 소설의 자리를 이야기의 소박한 수준으로 끌어내리고 기존의 역사소설을 평석評釋이란 이름으로 번안하는 상업주의와의 결탁이나 이 격동의 시기에 안일과 평범함을 추구하는 자세가 작가로서 온당한 것인가를 이문열은 준열하게 스스로 비판해야 할 것이란 생각이 듭니다.

　작가와 비평가의 갈등은 옛날부터 지금까지 수없이 많이 있어 왔습니다. 논쟁이란 이름에 걸맞게 되려면 무엇보다 감정적 진술이 지양되고 논리적이며 이성적인 의사개진이 상호 존중되면서 서로의 생각이 변증법적으로 지향되는 자리에서 한국문학의 내일은 보다 가능성을 지니게 될 것입니다. 김윤식과 이문열의 앞으로의 논의를 기대하면서 그것이 결코 신상발언의 차원을 넘어 문학적 의견의 상호 교감이 되어주기를 기대하고자 합니다.

▶ 1991.12.7. KBS1 방성 칼럼

『화사집花蛇集』 간행 50년

　『화사집』은 미당 서정주가 1941년 2월, 그러니까 일제 식민지 시대에, '남만서고'라는 출판사에서 펴낸 그의 첫 시집입니다. 여기에는 인간의 몸부림치는 본능적인 생명의식이 꿈틀거리는 시 24편이 수록되어 있습니다. 이 시집이 간행된 것이 올해로 꼭 반세기가 되는 50년째 접어드는 셈입니다. 육당 최남선이 1906년 11월 『소년少年』이라는 잡지를 펴내고 그 잡지의 첫머리에 「해海에게서 소년少年에게」라는 권두시를 쓴 것이 한국 신시新詩의 출발점이 되어 11월 1일을 '시의 날'로 제정하는 데 큰 역할을 한 분인 언론인 김성우 씨를 한국시인협회가 명예시인으로 추대한 적이 있습니다. 세계에서 그 유례를 찾아볼 수 없는 '명예시인'이란 칭호를 받게 된 김성우 씨는 시를 사랑하는 사람이며, 시의 대중화를 위해 부단히 노력했고, 지금도 '지용회' '미당시회' 등을 주도하면서 시의 보급에 남다른 열성을 보여주는 분입니다. 김성우 씨가 문단에서는 까맣게 잊고 있었던『화사집』출간 반세기를 그가 몸담고 있는 한국일보의 칼럼에 알리면서, 생존하고 있는 시인 서정주의 시에 대한 관심이 고조된 것이 지난 9월 무렵입니다.

사실 서정주는 생존하는 한국시인 중에서 가장 으뜸가는 시인이라는 점에서 모든 사람이 동의를 하는 큰 시인입니다. 그럼에도 불구하고 그가 십수 년 동안 문단으로부터 홀대 아닌 홀대를 받고 있었던 것은 전혀 까닭이 없는 것이 아니었습니다. 일제 말기에도 그러했고 3 · 15 부정선거를 만들었던 자유당 독재정권 때도 그러했으며 유신과 5공의 군사정권 시절에도 시인으로서 그의 정치적 처신은 그다지 긍정적이 되지 못했습니다. 이광수라는 큰 문인이, 그가 큰 문인이었기 때문에 일제의 총칼 앞에 옴짝달싹할 수 없어 결국 훼절할 수밖에 없었듯이 미당 서정주도 너무 큰 시인이었기 때문에 정치적으로 이용당할 수밖에 없었던 저간의 사정이 반드시 있었을 것입니다. 그러나 이광수와 같은 시대에 한용운, 이육사 같은 일제에 맞서서 저항한 문인이 있었던 사실을 상기할 때 춘원 이광수의 훼절은 결코 용서될 수 없을 것입니다. 미당 서정주도 마찬가지로 올곧지 못한 정치적 상황에 맞서 투쟁한 문인들이 있어 그들이 겪은 고통과 문학 투혼을 생각할 때 그의 애매하면서 친 체제적이었던 행위가 결코 용납될 수는 없을 것입니다. 그래서 미당 서정주가 문단으로부터 홀대 아닌 홀대를 받았던 것을 나무랄 수도 없을 것입니다.

그러나 그가 시 속에 담아놓은 그 치열한 인간과 그 삶에 대한 몸부림은 그것대로, 그의 정치적인 처신과는 다르게 보아야 할 측면도 있다는 것을 지나쳐서는 안 될 것입니다. 이 점에서 김성우 씨는 시와 시인의 일상생활을 분리하고, 시를 사랑하는 민족이 정서적으로 승화된 민족이고 그런 의미에서 50년 동안 한국 시 문학사를 송두리째 짊어지고 살아온 노시인 미당 서정주의 시를 다시 읽어야 한다고 주장했습니다. 이론 정연하고 시를 사랑하는 그 고귀한 정신에 감동된 문단과 일반인들은 『화사집』 50년을 새삼 생각하게 되었고, 미당 서정주 시에 대한 관심이 부쩍 고조되었습니다. 그래서 '미당시회'가 마련한 미당 시 잔치가 지난달 말에 동숭동 아트홀에서 있었고 그것을 두고 전통적인 정서의 회복이라는 다소 선동적인 문구들이 신문에 오르내리기도 했습니다. 또한 11월 1일에 창간된 『문화일보』에서는 『화사집』의 초간본인 수제본手製本을 윤동주가 남긴 유품을 보관하고 있는 그의 동생 집에서 발견하게 되었음을 대서특필하기도 했습니다.

훌륭한 시인에 대한 예찬은 그것대로 매우 소중한 것입니다. 그러나 훌륭한 시인의 예찬은 그의 시에 대한 철저하고 엄정한 검증이 병행되지 않을 때 다만 심정적인 찬탄에 머물고 맙니다. 앞서 말했던 것처럼 최근 『화사집』 간행 50주년이란 이름으로 행해지는 여러 갈래의 행사들과 미당 시에 대한 접근은 다소 들뜬 기분으로 이제까지 홀대하던 큰 시인에 대한 반작용으로 심정적 예찬 일변도로 흐르는 것 같기도 합니다. 사실 이러한 경향은 한국시 넓게 말해서 한국문학의 발전적 변화를 위해서는 바람직하지 않다는 판단이 섭니다. 예찬은 반드시 예찬받아야 하는 근거제시가 문단으로부터 철저하게 이루어지지 않을 때 정치적인 행사나 무슨 시위처럼 물거품으로 사그라질 수도 있고, 말의 정확한 의미에서 예찬의 완성된 형태도 아닙니다. 요컨대 그의 시에 대한 장점과 한계성이 동시에 철저하고 엄정하게 검증될 때 예찬이 심정적인 영역을 뛰어넘어 문학과 역사적인 항목으로 자리 잡게 될 것이란 말입니다. 미당 서정주의 시가 예찬 받아야 하고 그가 훌륭한 시인이라는 점이 철저하게 분석 평가되어야 한다는 의미입니다. 이 점이 『화사집』 간행 50주년이 되는 이번에도 사려 깊게 생각되지 않으면서 행해지는 것이 안타깝습니다. 그리고 또 한편으로는 미당 서정주의 한계성이 보다 뚜렷이 부각 되어 그것을 뛰어넘는 내일의 한국 시인이 나와 주기를 이 기회에 대망해야 할 것입니다. 미당 서정주의 시가 좋으면 좋은 만치 그것을 극복하려는 시정신이 당대의 시인으로부터 나오지 않는다면 한국 시의 발전적 변화의 앞길은 어둡다고 보기 때문입니다.

▶ 1991.11.9. KBS1 방송 칼럼

우리 문학에 대한 어긋난 인식

오늘은 우리 문학에 대한 최근 논의의 두 가지 양상에 대해 말하려고 합니다.

하나의 양상은 문학의 본질적인 문제에 맹목하면서 당대적 시류에 문학의 가치를 지나치게 무겁게 두는 경향이고, 또 하나의 흐름은 문학 논의, 보다 구체적으로 말씀드리면 문학담론의 생동하는 현장이라 할 수 있는 비평의 텃밭을 송두리째 폐허화시키려는 경향입니다. 결론부터 말씀드리면 이 두 가지의 흐름은 언뜻 보기에는 대단한 설득력이 있는 듯하지만 따지고 보면 그것 자체가 우리 문학의 발전적인 변화 즉 진보의 발걸음에 족쇄를 채운다는 사실과 문학 담당자의 당당한 일원인 독자들을 오도할 수도 있는 엄청난 결과를 유발할 수 있을 것이라는 점입니다. 시대정신이란 당대적 가치의 또 다른 표현입니다. 그 시대가 갖고 있는 최선의 가치이며 그것이야말로 그 시대 삶과 인간이 지향해야 하는 이상적인 틀을 의미합니다. 그러나 그것은 그 시대의 당대인에 의하여 그 옳고 그름이 판단되는 사항이라기보다는 역사적인 흐름이 경과한 연후에 여러 가지 다양하고 다각적인 척도에 의해 총체적으로 비판, 검토되어지는 사항일 것입니다. 따라서 그 시대를 지배하는 경향을 곧바로 시대정신이라고 말하기는 어렵습니다. 그것을 시류時流라고 하는 편이 타당할 것입니다.

> "문학이 시대정신을 잃고 표류하고 있다. 80년대 문단을 주도했던 진보적 민족·민중문학 쪽은 소련 등 사회주의 국가의 몰락으로 전망부재의 늪 속에 빠졌으며 순수·자유문학 쪽은 본격문학이 유통되지 못하고 감각적 차원의 질 낮은 문학만 읽히는 독서시장을 방치한 채 자기성향의 문인들끼리만 읽히는 문학의 폐쇄회로에 빠져들고 있다."

이렇게 어느 일간지 문학담당 기자가 쓰고 있습니다. 80년대를 주도했던 것은 민족·민중문학이라고 단정한 것 자체도 정황을 편향된 시각으로 파악한 데 기인한 것이지만 시대가 요구하는 시대정신을 문학이 잃고 있다는 진술은 잘못되어 있습니다. 그것은 문학이 충실하게 그 시대를 언어로 반영하면서 그 속에서 당대의 총체적 삶의 진실을 파악하도록 하는 것이 문학의 본령이기 때문입니다. 만약 문학이 시류라고 엄격하게 표현할 수 있는 당대의 지배적인 듯한 흐름에 철저히 추종하여 그 전위가 된다면 그것은 문학의 본령을 벗어날 뿐만 아니라 정치 사회적인 도구로 문학을 전락시키고 말게 됩니다. 문학이 문학의 본령을 지키는 일은 정치적인 파행성에 맞서는 역할을 감당할 수 있는 길이 되고, 사회적인 부조리에 소금의 역할을 감당하는 가장 당당한 길이 되기 때문에 어떠한 경우도 문학의 자율성은 보호되고 지켜져야 합니다. 소련 등 사회주의 국가의 몰락이 민족 · 민중문학을 침체하게 했다는 진단이 타당한 것이라면 소련 등 사회주의 국가의 몰락이 보다 인간다운 삶의 갈망에 그 목적을 두고 있는 것이 명약관화하므로 민족 · 민중문학은 이 점을 맹목한 꼴이 되고 그러한 문학은 전위가 아니라 시쳇말로 페레스트로이카에 대한 보수 반동이란 점을 인식할 필요가 있을 것입니다. 이런 잘못된 파악과 판단이 80년대의 어두운 시대에 일부 혈기 방장한 젊은이들에 의해 한국문학을 자꾸만 편향된 길로 끌고 가려 했던 점은 이제 비판 받아 마땅할 것입니다.

시를 해석하여 평가한 비평가를 그 시를 쓴 시인이 잘못 읽었다고 정면으로 대응하고 나선 사실이 그 다른 한 흐름의 구체적 예입니다. 시 전문잡지 『현대시학』 9월호의 기획 특집 '오독된 나의 시'에서 무려 14명의 시인이 조목조목 그것을 따지고 있습니다. 얼마 전 「경마장 가는 길」이란 소설을 쓴 작가가 평론가를 싸잡아 자기 소설을 잘못 읽었다고 한 것과 결국은 같은 맥락에 해당됩니다. 그러나 고급 독자에 속하는 비평가는 시인이나 소설가가 의도하는 사실을 꼭 그대로 찾아내는 무슨 점쟁이는 아닙니다. 그리고 시인이나 소설가가 쓴 작품이 그들 의도대로 시와 소설의 그릇 속에 제대로 담기지 못해 그 의도를 다르게 헤아릴 수는 얼마든지 있는 일입니다. '의도적 오류'니 '작품은 지은이의 손을 떠나면 벌써 자신의 것이 아니다'라는 말들은 이러한 사정을 무엇보다 웅변해줍니다. 어쨌든 이러한 사항이 무시된 채로 시를 쓴 시인이, 소설을 쓴 작가가 자기가 작품에서 뜻한 바를 잘못 해석한다고 목소리를 높여 합창하는 일은 비평의 풍토가 본래부터 가져야 하는 자유로운 담론의 터전을 쑥대밭으로 만들고 마는 결과를 가져올 수 있습니다. 비평정신의 부재야말로 지성이 잠자는 동면기이며 그 동면기야말로 문학의 발전과 진보가 제자리걸음을 하는 정체기가 될 것입니다.

그릇된 인식과 잘못된 파악의 이 두 가지 최근 한국문학 흐름은, 그래서 빨리 바로 잡아야한다는 점을 무엇보다 강조하고 싶어집니다.

▶ 1991.9.9. KBS1 방송 칼럼

정치인의 애송시 유감

계간 『시와 시학』 가을호에서 대통령과 정치인들의 애송시를 감상문과 함께 받았다는 소식입니다. 색다른 기획이고 주목을 끌만한 착상입니다. 노태우 대통령은 그의 애송시로 육사 이원록의 「청포도」를 들었고, 민자당의 김영삼 대표위원은 이상화의 「빼앗긴 들에도 봄은 오는가」, 민주당의 이기택 총재 역시 이육사의 「청포도」를 들고 있습니다. 좀 유별난 것은 재야 정치인인 백기완 씨는 황해도의 민요 「왱왱찌쿵찌쿵」을 내세우고 있습니다. 시와 민요를 엄격히 구별하기는 힘든 일입니다. 그러나 일반적으로는 집단 창작에 해당하는 민중의 노래인 민요와 개인 창작인 시와는 구별해서 말하는 것이 상식으로 되어 있습니다. 물론 민요를 시가 아니라고 말하기는 어렵습니다만 민요를 애송시로 내세우는 것은 아무래도 어색한 것만은 사실입니다. 사회현상과 역사흐름을 비판적 시각과 함께 철저한 저항적 자세로 대응하는 재야 정치인으로서의 백기완 씨의 면모가 애송시 한 편을 내세우는데도 적용되는 것 같습니다.

유교적 가치관이 지배하던 중국문화권에서는 '문文'을 숭상하는 것이 당연지사였습니다. 일찍이 공자는 '문'을 대표하는 '시詩'를 두고 '사무사思無邪' 즉 어지럽고 간악하며 거짓됨이 없는 생각이라고 말했습니다. 그래서 고양된 정신 즉 영혼의 가장 참된 부분을 언어로 응축시킨 것이 '시'라고 말했습니다. 그래서 '시는 뜻을 말한다'는 '시언지詩言志'를 설파했습니다. 그래서 지도자의 자질을 검토하여 등용하는 과거제도에 있어서도 시를 짓는 능력 즉 작시作詩의 능력을 큰 비중으로 다루고 있음은 누구나 잘 알고 있는 사실입니다. 중국문화권인 우리나라에서도 이 시적 자질 즉 문학적 능력이 뛰어났던 정치가들을 가질 수 있었던 것은 문학 쪽에서 생각할 때는 펙 자랑스러운 일이 아닐 수 없습니다. 그래서 옛날의 정치인들은 다 문사文士 즉 문학인이었던 것은 문학에서는 커다란 영광과 자부심으로 두고두고 내세울 만합니다. 설총 · 최치원이 문학인이면서 정치가였고, 정지상 · 김부식 · 이인로 · 이규보 · 정몽주 등은 뛰어난 경세가면서 또한 시인이었습니다. 조선시대의 송강 정철, 고산 윤선도는 그들이 조선조 시문학의 쌍벽이면서 정치가였음은 더 말하는 것이 우스운 노릇입니다.

　이러한 우리의 전통에서 볼 때 어쩌면 정치인들이 문학 특히 시를 가깝게 하고 언제나 시를 애송하는 것은 당연한 일인지 모릅니다. 그러나 오늘날의 정치라는 것은 얼마간 술수가 개재된다는 것을 이심전심으로 알고 있으며, 영혼과 양심이라는 정신적인 사항보다는 경제나 산업 즉 물질적인 토대에 더 신경을 쓰다 보니 자연 시와 거리가 있게 되는 것은 아닌가 하는 생각을 가지게 됩니다. 그럼에도 불구하고 정치인들이 이상화, 이육사와 같은 식민지의 암흑시대에 민족혼과 독립에의 절절한 염원을 형상화한 시들을 가슴 한가운데 간직하면서 애송하고 있다는 것을 헤아릴 때 펙 다행한 일이라는 평가를 할 수도 있을 것입니다. 그러나 아쉬운 것은 국민의 지도자들인 대통령과 정치인들의 애송시라면 백 년도 채 넘지 못한 한국 현대시만을 즐겨 읊을 것이 아니라 최치원의 한시漢詩 절구라든가, 정철의 사미인곡이나 윤선도의 시조, 아니면 고려 속요에서 뛰어난 민중의식을 보여주는 「청산별곡」이나 향가의 한 편쯤도 애송시에 넣을 수 있는 안목과 문학적 견식을 가져야 할 것이란 생각이 듭니다. 그런 맥락에서 볼 때 잡지사에서 색다른 기획의 원고 청탁을 받고 보좌관들에게 상의하거나 혹 대필시킨 것은 아닐까 하는 의구심을 완전히 떨쳐버릴 수도 없게 됩니다. 그렇지만 자신의 애송시를 정치가들이 한번 쯤 생각하고 정리할 수 있는 기회를 가짐으로써 황폐할 대로 황폐화된 오늘날의 정치적 풍토를 신선한 감로수로 적셔주는 계기가 될 수도 있을 것이란 바람을 가져보게 됩니다. 그리고 문학을 비롯한 예술인들의 영혼이란 시대의 한계와 삶의 유한성을 뛰어넘어 영원하고 불멸함을 확인할 수 있는 기회가 될 것이라 파악하게도 됩니다. 끝에 충담사가 지은 향가 「안민가安民歌」를 적어보는 것은 대통령을 비롯한 정치가들의 애송시 범위가 협소함을 생각하고, 오늘날 정치가들의 정치적 경륜을 얼마간 반성적으로 검토하자는 의미가 담겨있습니다.

'임금은 아버지요
신하는 사랑하실 어머니요
백성은 어린 아이로고' 하실지면
백성이 사랑을 알리이다.
구물거리며 살손 물생(物生)이
이를 먹여 다스려져
'이 땅을 버리고 어디가려' 할지면
나라 안이 유지될 줄 알지어다.
아으 임금답게 신하답게 백성답게 할지면
나라 안이 태평하니이다.

▶ 1991.8.24. KBS1 방송 칼럼

22회 동인문학상 수상작 「방황하는 내국인」

가장 전통이 오래되고 권위가 공인되는 제22회 동인문학상 수상작이 예년보다 빨리 발표되었습니다. 김원우의 「방황하는 내국인」이 그 수상작이었습니다. 일 년 동안 발표된 작품 중에서 가장 우수한 작품을 선정하여, 그 부문의 권위자들에게 심사를 의뢰해서 당선작을 결정하는 것은 어느 문학상이나 공통된 것입니다. 물론 이번 동인문학상도 역대 수상작가 14명과 문학평론가 16명 등 모두 30명에게 각각 한 편씩을 추천하게 하여 이호철·김우창·최인훈 씨가 최종 심사를 맡은 것으로 발표되었습니다.

수상작품인 「방황하는 내국인」과 이 작품을 쓴 수상작가 김원우를 말하기 전에 우선 몇 가지 사항부터 먼저 검토해볼 필요가 있다고 생각됩니다.

추천된 최종 후보작품들을 살펴보면 우리 소설문학의 모습이 분명 변모하고 있다는 것을 확인하게 됩니다. 최종까지 수상후보작으로 논의되었던 것은 수상작인 김원우의 「방황하는 내국인」을 비롯, 현기영의 「거룩한 생애」, 홍상화의 「겨울 봄 여름 그리고 가을」, 최윤의 「아버지 감시」, 이문구의 「유자소전」, 안정효의 「미늘」, 정찬의 「얼음의 집」, 이인성의 「마지막 연애의 상상」 등 모두 8편으로 알려졌습니다. 이 후보작가들 중에서 홍상화와 안정효를 주목할 필요가 있습니다. 이들 작가는 언필칭 제도권 문단의 기성질서를 거치지 않은 작가들입니다. 다시 말하면 추천이나 신춘문예 등의 등단수단을 밟지 않은 작가들이란 말입니다. 스스로 작품을 써서 출간하여 독자들에게 작품의 수준을 물은 작가들입니다. 분단의 비극과 사무친 혈육에 대한 사랑을 그린 장편 「피와 불」을 통해서 홍상화는 문단에 등장했고, 월남전을 다룬 「하얀 전쟁」으로 안정효는 그의 작가적 역량을 독자에게 심판받았던 사람입니다. 이들의 또 다른 작품이 가장 권위가 공인되고 전통 있는 문학상의 수상 후보작으로 당당히 입적되었다는 것은 이제 우리의 소설문학도 기존의 입학 시험식 등단방법에서 과감히 탈피해야 함을 웅변하는 것이라고 말할 수 있을 것입니다.

다음으로는 심사위원들에 관한 부분입니다. 동인문학상 수상 작가이고 많은 역작을 낸 소설가이긴 하지만 그 소설가는 지금 왕성한 창작 의욕에 의해 새로운 작품을 선보이고 있지 못한 작가란 점이 감안되었어야 할 것이고, 심사위원 중 평론가로 참가한 분은 소설 쪽보다는 그의 문학적 입지점이 운문 분야인 시詩쪽임이 고려되었어야 했을 것입니다. 또 심사위원 세 분이 모두 50대란 점은 작품을 평가하는 관점의 편향성이 개재될 수 있다는 것을 파악했어야 할 부분입니다. 언어로서 직조하는 문학은 무엇보다도 시대에 민감한 감수성이 요청되고, 그 감수성에 의해 작품의 성취도가 좌우된다는 점을 결코 가볍게 생각할 수는 없을 것입니다. 그러므로 무엇보다 심사위원의 수를 예년처럼 5명에서 6~7명 정도 늘려서 다양한 관점과 세대별 가치관이 합일되는 어떤 자리가 마련될 수 있도록 했으면 하는 아쉬움을 남기게 됩니다.

수상작가 김원우는 그동안 지식인 위주의 소설을 써냈다고 우선 말할 수 있습니다. 그는 1977년『한국문학』지를 통해 중편「임지」로 등단한 뒤「무기질 청년」,「인생 공부」,「장애물 경주」,「세 자매 이야기」그리고 최근의「아득한 나날」등의 작품에서 소시민적 일상의 틈을 예리한 관찰력으로 꿰뚫어보면서 정치-사회적 격변 속에서 묵묵히 자기의 삶을 이끌고 가는 중산층과 지식인의 정신적 방황을 에세이 풍의 소설로 써왔습니다. 이번 동인문학상의 수상작인「방황하는 내국인」은 각기 다른 4개의 이야기를 독립되게 묶으면서 그것들이 서로 연결되게 이른바 옴니버스식 구성을 취한 작품으로 그의 종래 작품세계에서 크게 벗어나고 있지 않습니다. 그 4개의 이야기들은 좌표를 잃고 맥없이 표류하는 당대 한국사회의 세대별 그리고 계층별 내면을 잘 묘사하고 있습니다. 20대에서부터 60대에 이르는 작중인물들은 잡지사 기자, 건물 임대료로 살아가는 실향민, 여성근로자, 광고회사 카피라이터 등이며 이들 서로 무관한 작중인물들의 삶에 대한 관찰을 통해 한국사회의 거대한 구조를 비판적으로 점검하고 있습니다. 그래서 이 작품은 '변화하는 생활상의 문학적 처리', '우리 사회 진단을 형상화한 기록', '현란한 입심, 싱싱한 재담'이란 평가를 받기에 충분한 것으로 판단됩니다.

문학상, 그것도 전통과 권위를 공인받는 문학상은 그것에 걸맞은 상의 운영 면에 대한 고려를 보다 철저히 할 필요가 있을 것입니다. 단지 수상작가에게는 쥐꼬리만 한 상금 몇 푼을 쥐어주고 작품집을 출간하여 상의 권위로 돈을 벌겠다는 생각이 어떤 형태로든 작용될 때 한국 소설문학의 장래는 암담하기만 할 것이란 말을 부언하고 싶습니다. 그 점을 동인문학상이 운영 면에서 아직도 완전히 극복하지 못하고 있는 것 같아 안타까울 따름입니다.

▶ 1991.7.26. KBS1 방송 칼럼

한국문학이론의 자생적 체계화

7월입니다. 우거진 녹음이 더욱 싱그러운 계절입니다. 이런 계절엔 비좁고 답답한 실내를 벗어나서 푸른 숲을 끼고 탁 트인 들판으로 뛰어나가고 싶은 것이 모든 사람의 공통된 마음일 것이라 생각해봅니다. 찬란하고 강렬한 여름의 햇살 아래 대지의 온갖 것들이 싱싱한 생명력을 드러내놓고 있는 곳에서 잠시 문학이란 언어의 예술을 접어두고 온통 약동하는 삶의 실상을 확인하고 싶을 것입니다. 그러나 글을 쓰는 사람들은 대부분의 경우 그 같은 바람을 희망사항으로 접어두면서 언어가 만드는 예술의 공간을 넓히려고 불면의 밤을 지새우기 마련입니다.

90년대를 넘어서면서 최근 한국문단에는 민중문학과 순수문학 혹은 참여문학과 그렇지 않은 문학이란 양극화 현상이 조금씩 극복되고 지양되는 모습을 보여주고 있습니다. 이러한 경향은 매우 당연한 것이긴 합니다만 그동안 한국문학이 걸어온 길을 뒤돌아보면 의미가 새로운 바가 없지 않습니다. 아시다시피 20세기부터 본격적으로 전개된 한국 현대문학은 일본을 통해 유입된 서구문학의 지배적인 영향권 속에 있게 되었고 보다 평범하게 표현한다면 서구문학에 신세를 지고 있게 되었습니다. 따라서 한국문학의 이론은 많은 부분 서구문학 이론에 그 터전을 갖게 되었습니다.

한국 현대문학 초기의 이론가였던 1930년대 김진섭, 김광섭, 정인승 등의 『해외문학』파가 그렇고, 최재서, 김기림, 양주동 등이 모두 외국문학 전공자였던 점은 이러한 사정을 잘 말해주고 있습니다. 50년의 6·25와 60년대 4·19 이후에도 이 같은 사정은 별로 변하지 않았습니다. 요절한 김현이나 유종호·김우창·김화영·김치수·김주연 등의 문학이론가들이 모두 서구문학 전공자였다는 점을 결코 가볍게 생각할 수만은 없습니다. 이러한 현상은 서구 이론의 쟁점들이 곧바로 한국문학에도 치열한 토론의 대상이 될 수밖에 없는 현상에 직면하게 되었습니다. 프로문학과 민족문학이 갈등하던 뿌리에서부터 민중문학과 순수문학의 논의를 생각한다면 결국 이러한 문학 논의들은 대부분 서구문학의 짙은 그림자 속에 있다는 것을 부인하기 힘들 것입니다. 최근의 포스트모더니즘(Post-Modernism) 논의도 마찬가지란 점을 결코 간과할 수는 없을 것입니다.

앞서 말했지만 90년대를 넘어서면서 여러 가지 사회변화의 정황과 더불어 이 같은 문학논의의 양극화 현상이 극복 지양되면서 다양한 관점에의 논의들로 변해간다는 것은 한국문학이 이제는 서구문학 이론의 영향권에서 서서히 벗어나고 있음을 구체적으로 말해주는 것이라 할 수 있는 부분입니다. 이러한 흐름과 더불어 또 하나 빠트릴 수 없는 것은 한국문학 연구자들의 노력이 결집되면서 문학이론의 분야에서 한국문학 전공자들의, 한국문학을 중심으로 한 이론의 체계화가 괄목할만하다는 점입니다. 김윤식 · 조동일 등이 그 대표적인 이론가들로 꼽힐 수 있을 것입니다. 그런데 최근 시인이면서 서울대 교수인 오세영의 『상상력과 논리』라는 저서와 시인이면서 문학평론가이고 고려대 교수인 최동호의 『평정平定의 시학詩學을 위하여』라는 두 저서는 한국문학이 한국문학 전공자들에 의해 이론의 체계화가 이루어지고 있다는 하나의 구체적 증표로서 그 의미가 매우 크다는 점을 강조해두고 싶습니다.

> "지난 두 세대 동안 나는 고독하게도 문학이 정치나 이데올로기에 종속되는 것을 거부해왔다. 물론 이 말은 정치나 이데올로기를 배제한다는 뜻이 결코 아니다. …… 그 어떤 입장을 취하든 간에 다만 문학이 정치나 이념에 종속될 수 없다는 사실을 밝혀두고자 한다"는 『상상력과 논리』 속에 나오는 오세영의 말이나,

> "…… 90년대는 그 동안 헝클어지고 해결되지 않던 쟁점들을 하나씩 풀어나가야 되는 시기이다. 그 길목에 서있는 우리에게 '평정'이란 용어는 그 도상에서 족출하는 문제들에 대한 반명제로서의 시학을 정립하는 지표로서 적절하다"

고 말하는 『평정의 시학을 위하여』에서 표명한 최동호의 견해는 그동안 서구문학의 이론적 틀에 의해 양극화의 이론적 갈등을 보여 왔던 한

국문학이 이제는 그곳에서 벗어나 다양한 시각과 다원화에로 나아가는 한국문학 그 스스로의 자생적 원리를 이론적 체계로 가다듬고 있다는 점에서 큰 의의가 있다는 평가를 내릴 수 있을 것입니다.

▶ 1991.7.6. KBS1 방송칼럼

김달진 문학상 수상작품

김달진 시인은 그렇게 널리 알려진 시인은 아닙니다. 그러나 그가 1930년대 서정주·오장환·함형수 등과 함께 『시인부락』 동인으로 참여하여 모더니즘과 초현실주의 풍의 시적 경향을 지양, 인간 생명의지를 천착, 시적으로 형상화하는 일에 문학사적 족적을 남겼음을 문학사들은 기술하고 있습니다. 그렇지만 서정주·오장환·함형수 등의 이름에 가려 그의 시 작업은 그렇게 화려한 각광을 받지는 못했습니다. 89년 타계할 때까지 『청시』, 『올빼미의 노래』 등의 시집을 간행했고 80년대에 들어와서 원숙한 경지의 동양적 정신세계와 불교적 세계관에 입각한 선적禪的 요소가 짙게 밴 시편들을 남기기도 했습니다. 일찍이 입산하여 스님으로 금강산에서 불교를 공부하기도 했지만 환속하였습니다. 그렇지만 불교와의 인연으로 이미 입적하신 춘원 이광수의 8촌 형인 이운허 스님이 이끌던 역경원의 역경위원으로 불경의 번역에 많은 힘을 기울였습니다. 뿐만 아니라 『한산시寒山詩』의 번역과 무엇보다 돌아가시기 전에 3권으로 된 『한국 한시漢詩』의 번역은 한국문학의 잠재된 자산인 한시를 오늘날 한국시에 접목시켜 한국현대시의 새로운 영역을 개척하려는 사람들에게 많은 도움을 준 것으로 한국 번역문학에 매우 큰 업적이 아닐 수 없습니다.

　　김달진의 이러한 시 세계와 업적을 기리기 위해 지난해에 김달진의 사위인 문학평론가이며 고려대 교수인 최동호가 중심이 되고 유족들에 의해 제정된 ‘김달진 문학상’은 그 1회 수상을 『겨울 악견산』이란 시집을 펴낸 박태일 시인에게 수여하였습니다. 10년 이상의 문단경력을 가진 중견시인으로 그 시적 성취도에 비해 많이 알려지지 않은, 말 그대로 능력 있는 시인이지만 그만큼 평가의 권역에서 일탈되고 있는 시인을 그 수상 대상자로 한다는 좀 색다른 원칙을 내세우고 있는 문학상입니다. 상금은 없지만 수상 시인의 시집을 간행하게 한다는 것도 다른 문학상과는 다른 독특한 점입니다. 올해 2회가 되는 이 김달진 문학상의 수상자로 이준관 시인이 선정되었고 그 시상식이 지난 6일 청량리의 ‘삼정사’라는 절에서 있었습니다. 김종길·장호·김윤식·황동규·김재홍이 심사를 하여 선정한 이준관 시인은 우리에게 매우 낯선 이름의 중견시인이라 김달진 문학상의 취지에 걸맞은 시인이란 생각을 했습니다. “70년대에 등단하여 한동안 열심히 쓰고 발표도 하였지만, 80년대에 이르러 거의 전 기간을 침묵으로 보냈다. …… 나로서는 삼십 대의 황금 같은 시절을 침묵으로 암울하게 지내는 동안 우직한 소의 끈기와 참을성을 배웠다”라고 수상 소감에서 이준관 시인이 말하듯이 그는 비교적 과작寡作에 속하는 시인이기도 하고, 아동문학인 동시童詩에 많은 힘을 쏟기도 한 시인으로 알려졌습니다. 그러나 그의 수상작품인 「가을 떡갈나무 숲」 등에 보이는 그의 시 세계는 교감을 통해 따뜻한 마음으로 세계를 감싸 안는 느긋하면서 넉넉한 마음가짐을 읽을 수 있어 김달진이 그의 시 세계에서 보여준 동양적인 허적虛寂과 지혜의 세계를 떠올리게 됩니다. 따라서 해체시니 포스트모더니즘이니 노동시니, 민중시니 도회시니 하는 등의 실험적이고 전위적인가 하면 이념 편중의 시에 식상하면서 시의 본질이 무엇인가에 대한 회의를 갖게도 되는 이즈

음 한국시의 풍토에 이준관의 시 세계는 신선한 충격으로 받아들여집
니다. 말하자면 시의 본령은 정감의 세계이며 그 정서적 평원인 정감의
터전에 삶과 현실을 따뜻하게 감싸 안는 지혜와 슬기의 언어를 직조하
고 있는 모습은 분명 새로운 주목의 대상이라 아니할 수 없습니다. 굳이
이준관의 「가을 떡갈나무 숲」을 소개하는 이유는 누가 어떤 그럴싸한
논리로 시를 말한다 해도 시의 본령은 정감의 세계이며 그것이 언어와
만나 엮어내는 경이의 세계를 들어냄에 있음을 확인하기 위해서입니다.

　　　　가을 떡갈나무 숲
　　　　　　　　　이준관

떡갈나무 숲을 걷는다. 떡갈나무 잎은 떨어져
너구리나 오소리의 따뜻한 털이 되었다. 아니면,
쐐기집이거나, 지난 여름 풀아래 자지러지게
울어대던 벌레들의 알의 집이 되었다.

이 숲에 그득했던 풍뎅이들의 혼례(婚禮),
그 눈부신 날개짓소리 들릴듯한데,
텃새만 남아
산(山)아래 콩밭에 뿌려둔 노래를 쪼아
아름다운 목청 밑에 갈무리한다.

나는 떡갈나무잎에서 노루발자국을 찾아본다.
그러나 벌써 노루는 더 깊은 골짜기를 찾아,
겨울에도 얼지 않는 파릇한 산울림이 떠내려 오는
골짜기를 찾아 떠나갔다.

나무 등걸에 앉아 하늘을 본다. 하늘이 깊이 숨을 들이켜
나를 들이 마신다. 나는 가볍게 오늘밤엔

이 떡갈나무 숲을 온통 차지해버리는 별이 될 것 같다.
떡갈나무 숲에 남아있는 열매 하나.
어느 산(山)짐승이 혀로 핥아보다가, 뒤에 오는
제 새끼를 위해 남겨 놓았을까? 그 순한 산(山)짐승의
젖꼭지처럼 까맣다.

나는 떡갈나무에게 외롭다고 쓸쓸하다고
중얼거린다.
그러자 떡갈나무는 슬픔으로 부은 내 발등에
잎을 떨군다. 내 마지막 손이야. 뺨에 대 봐
조금 따뜻해질거야. 잎을 떨군다.

▶ 1991.6.8. KBS1 방송 칼럼

민족작가회의의 김지하 제명除名과 『태백산맥』의 인세 시비

최근 문학과 관계있는 두 가지 일은 한국문학 오늘의 모습과 문제점을 매우 상징적으로 말해주고 있어 주목됩니다. 「타는 목마름으로」라는 시로 대표되는 민주주의에 대한 비원을 담은 뛰어난 성과의 시를 내놓았을 뿐 아니라 「오적」, 「담시」 등의 정치와 사회에 대한 풍자로 유신시대의 닫힌 세계를 정면에서 시로 응전한 김지하 시인이 연이은 분신焚身으로 생명경시의 풍조를 보이는 일부 운동권을 향해 쓴 글을 두고 '민족작가회의'가 그를 제명했다는 것이 하나이고, 그동안 축적된 역사 및 사회과학의 성과를 바탕으로 이데올로기와 민족분단 문제를 이른바 해방공간을 배경으로 치밀하게 소설로 직조한 『태백산맥』의 작가 조정래가 출판사와 인세 문제로 분쟁에 휘말렸다는 것이 또 다른 하나입니다.

김지하 시인과 '민족작가회의'와의 관계는 문학단체와 작가관계 즉 표현의 자유에 관한 작가와 집단과의 관계이며, 조정래와 출판사인 한길사와의 인세문제는 작가와 출판사간의 이해관계에 관한 것으로 문학의 유통구조와 상업주의에 관한 사항입니다. 김지하 시인은 '민족작가회의'의 제명에 대해 본인으로서는 그 단체에 가입한 일도, 가입을 애걸한 일도 없기 때문에 제명과는 무관하다는 입장을 밝힌 것으로 알려졌습니다. 그러나 사실 이러한 입장은 논의하고자 하는 것과는 큰 관계가 없습니다. 우리가 말하고자 하는 것은 한 작가가 자신의 생각을 개진하는 데 있어 소속한 단체가 그 내용을 시시비비하는 자세에 있습니다. 문학단체는 근본적으로 문학적 이념을 같이 하는 사람들의 집단이라는 점에 이의를 제기할 수는 없습니다. 그러나 문학적 이념인 이른바 문학관은 창작의 자유와 표현의 자유를 전제한 것이며 비문학적 요인이 문학을 압박하거나 옥죄이는 것으로부터 문학을 지키는 일에 그 일차적 소임을 담당하는 것이라는 점에서 다른 단체와는 분명히 구별됩니다. 따라서 문학단체는 그 구성원인 작가들이 창작을 함에 있어 무엇이든 표현할 수 있는 자유를 한껏 보장해주면서 전체적으로는 그 단체의 문학적 이념인 문학관을 견지하는 것이 올바른 길일 것입니다. 토론과 대화를 통하지도 않고 단체 구성원이 개진한 내용을 집행부가 일방적으로 비판하고 제명을 하는 일은 그 자체가 폐쇄적이고 획일적이며 전체주의적 발상의 소산이고 표현의 자유를 이념의 틀로 결박시키는 일입니다. 뿐만 아니라 그 같은 일은 한국문학이 아직도 양극화된 상태에서 흑이 아니면 백이라는 이원적 사고에서 벗어나고 있지 못하며 담론의 정신 즉 비평정신이 제자리를 찾고 있지 못함을 여실하게 보여주는 일입니다. 작가의 창작과 표현에 대한 정치권력 등의 가시적인 횡포와 억압으로부터 작가와 문학을 지켜야 하는 일은 중요합니다. 또 눈에 보이

지 않는, 획일적이며 전체주의적인 문학적 이념으로 창작과 표현에 족
쇄를 채우는 일도 꼭 같이 경계해야 할 것입니다. 80년대 이후부터 정치
권력의 폭압과 맞선다는 구실로 그것과는 정반대의 자리에서 또 다른
이념의 족쇄로 문학을 결박시킨 결과는 문득 30년대 KAPF문학의 기수
박영희의 '얻은 것은 이데올로기요 잃은 것은 문학'이라는 한탄을 새삼
생각하게 해줍니다. 어떤 경우에라도 작가의 표현과 창작의 자유는 보
장되어야 하며 한국문학에 자유로운 담론의 비판정신이 뿌리내려려 함
을 김지하 시인에 대한 민족작가회의가 취한 태도는 우리에게 일깨워
줍니다.

작가가 인지印紙를 붙이지 않은 책을 출판사가 시중에 내다 판 것이
사실이라면, 작가 조정래의 주장대로 한길사는 용서받을 수 없는 범법
행위를 한 것입니다. 백만 부 이상의 판매부수를 올렸고 7억 정도의 인
세가 작가에게 지급되었다는 소설『태백산맥』은 민중, 분단, 사회주의
적 이데올로기 등의 요소가 80년대에서 오늘까지 우리 문학을 상업적
으로 성공시켜줄 수 있는 항목들임을 입증시켜줍니다. 그러한 현상이
바람직한 것인가의 여부는 제쳐 두고 가장 비상업적인 요소들일 것 같
은 사항이 상업적으로 성공하면서 작가와 출판사가 인세의 문제로 갈
등을 일으킨 것은 한국문학 오늘의 현상이 후기 자본주의 사회로 이행
하면서 작가도 출판사도 함께 상업주의에 깊이 발을 빠트려놓고 있음
을 보여주는 대목이 됩니다. 그렇다면 작가와 출판사는 인세 여부를 놓
고 왈가왈부하기 이전에 민중, 분단, 사회주의적 이데올로기를 소재로
한 소설『태백산맥』이 그 내용과는 전혀 다르게 상업적으로 성공할 수
있었던 상황이 극히 파행적이 아닌가를 한 번쯤 성찰할 수 있는 기회를
가졌어야 할 것입니다.『태백산맥연구』라는 것을 소설『태백산맥』을
더 팔기 위한 수단으로 출간할 것이 아니라 '민중'이라 포괄할 수 있는

소설적 품목이 계속 한국문학에 끼치는 역작용도 고찰해봤어야 할 것이라는 이야기입니다. 이전의 폭압적인 군사문화에 대한 반작용과 분단에 대한 극복의지가 한국문학에 언제나 최선의 가치로 자리할 수 없고, 해서도 안 될 것이며 그것을 교묘한 상업적 수단으로 이용하여 치부하려는 가장 비민중적인 일부 출판인들의 자세도 이 기회에 고쳐져야 되지 않을까 하는 생각을 가지게 해줍니다.

▶ 1991.5.25. KBS1 방송 칼럼

창간 40주년의 『현대문학』

그 월간 잡지가 창간되었을 때 태어난 사람은 벌써 불혹의 나이 40을 바라봅니다. 강보에 싸였던 아기가 이제 중년을 넘보는 연령이 되었습니다. 그동안 그 책은 매달 한 번도 거르지 않고 우리 앞에 모습을 보였습니다. 자유당의 독재를 거치고 4·19, 5·16, 10·26, 5·18을 지나면서 현실을 너무 외면하는 편집 방향을 가졌다고 젊고 패기 넘치는 소장 비평가들에게 호된 질책과 나무람을 받기도 하였습니다. 뚜렷한 방향과 그 지향하는 바가 전혀 특징이 없다는 점을 신랄하게 꼬집히기도 하였습니다. 특색이 없는 것이 오히려 특색이라고 할 정도로 그 잡지는 요란스런 구호와 치장과는 처음부터 담을 쌓기도 하였습니다. 창간 당시의 주간이었던 평론가 조연현과 편집장이었던 소설가 오영수—이 분의 소설 「갯마을」은 많은 독자들에게 감동을 안겨주었으며 영화와 TV 드라마로도 만들어졌습니다. 오영수는 이미 고인이 되었습니다. 아시는 분은 이미 짐작하셨겠지만 이 잡지는 순수문학지인 월간 『현대문학』입니다. 올 1991년 1월호가 통권 433호가 되는 이 순문학지에 대해서 말하고자 하는 것은 아닙니다. 그러나 이왕 말이 나온 김에 하는 이야기입니다마는 『현대문학』지 만큼 20세기 한국문학에 영향을 끼친 잡지가 없을 것입니다. 많은 시인과 소설가 그리고 평론가와 희곡작가들을 배출했다는 점에서뿐만 아니라 사실상 발표지면이 이 잡지가 유일했던 50년대 후반기에서 70년대에 들어서기까지의 한국문학사는 이 잡지를 두루 살펴봄으로써 그 주요한 갈래가 잡혀진다는 사실을 아무도 부인하기가 힘들 것입니다. 부연한다면 순문학지 『현대문학』은 한국 현대문학사 바로 그것이며 20세기 후반의 한국문학을 정립한 빛나는 공적을 세웠다고 말할 수 있을 것입니다.

그 잡지가 1년에 한번 발간을 목적으로 전국 고교생을 대상으로 해당 학교 문예담당 교사의 추천을 받아 응모한 시·소설·수필·논설문 중에서 우수작들을 선정하여 『청소년 현대문학』지를 펴냈습니다. 결론부터 말씀드린다면 이러한 기획은 매우 참신한 것이며 환영할 만한 일입니다. 아시다시피 문학은 음악과 미술과는 또 다른 특성을 지닌 예술입니다. 문학은 그것이 언어를 재료로 한다는 점에서 인간 생활과 가장 밀접한 관계 속에 놓이는 예술이며, 가장 현실적인 언어를 그 도구로 한다는 것에서 현실인식이 가장 투철한 예술의 장르입니다. 그러므로 음악 혹은 미술과는 또 다른 현실인식과 역사의식을 문학 속에서 찾을 수 있고, 인간의 양심과 인간 본연의 모습을 그들 영혼의 숨결과 함께 언어로써 확인하는 것이 문학의 영역입니다. 그런데 물질화 기계화 산업화되어 가는 현대의 여러 징후들은 이 같은 문학의 영역을 아주 좁혀놓고 있으며, 인간 본연의 모습을 많은 부분 마모시켜 놓고 있는 것이 사실입니다. 따라서 문학은, 시와 소설은, 전파매체에 의해 한없이 침식당하기도 하며 말초적이며 속악한 대중 혹은 통속문화의 홍수 속에 힘없이 휩쓸려 그 흔적이 사라져가는 것이 현실입니다. 문학은 골치 아픈 것 또는 문학인들끼리 읽는 것 정도로 일반인들로부터 멀어져가고 있으며 그 가치도 폄하되어가는 것이 사실입니다. 음악과 미술은 어릴 때부터 부모들이 학원에 보내 고액의 레슨을 시키면서도 한 편의 동화, 몇 개의 동시를 아이들에게 읽히려 하지 않는 것이 실정입니다. 학교의 국어교육에 그것을 아주 맡겨버리는 것이 사실입니다. 고등학교의 경우에 있어서도 대학입시 위주의 문학작품 읽기와 쓰기의 획일적 교과목 위주 문학교육이 오히려 청소년에게 문학을 부담스러운 것으로 만들기도 합니다. 이런 현상 속에서 오랜 역사와 전통, 그리고 사실상 한국 현대문학을 주도해온 순 문학지가 청소년들의 문학작품을 공모하여 그것을 본격적인 수준의 문학 차원에서 작품집으로 엮는다는 것은 획기적이라 아니할 수 없습니다. 쓰기의 작업은 필연적으로 읽기의 수련 없이 이루어질 수 없는 것임을 생각할 때 청소년들의 독서 생활을 이러한 기획은 선도해줄 수 있을 것입니다. 그리고 이 같은 일들은 문학인구의 저변확대, 잠재독자들의 개발에도 능동적으로 작용할 것입니다.

　아무튼 오랜 전통의 순수문학지『현대문학』이『청소년 현대문학』을 간행한 일은 이런 의미에서 뜻깊은 일이라 생각하지 않을 수 없습니다. 앞으로 1년에 한 번이 아니라 계절마다 한번 혹은 반년 간 정도로 이러한 기획이 확산될 것을 기대해봅니다. 젊은이에게 문학의 참다운 이미지를 심어주는 일은 미래의 훌륭한 문학작품을 기대할 수 있는 가장 확실한 담보임을 이 기회에 말씀드리고 싶습니다.

▶ 1991.1.19. KBS1 방송 칼럼

신춘문예 당선작품

새해 아침에 신춘문예 당선자들의 명단을 접합니다. 수많은 경쟁자들과의 경합을 거쳐 그들의 작품이 당선되기까지의 조바심과 불면의 밤들을 생각하면 그들 당선자들의 기쁨이 바로 나의 기쁨처럼 여겨지기도 합니다. 그들의 영광이 있기까지의 긴 나날을 생각하면 글을 쓴다는 것이 결코 영광스런 일만은 아닐 텐데 그 일을 무슨 운명처럼 감당한 그들이 존경스럽기조차 합니다.

사실 신춘문예가 한국현대문학사에 빛나는 자취를 남겨왔음을 결코 잊을 수가 없습니다. 길지 않은 우리의 현대문학사에 뚜렷한 문학적 봉우리를 형성한 서정주·김동리 등이 모두 신춘문예를 통해 등단하여 작품 활동을 시작한 사람들입니다. 뿐만 아니라 오늘 문제작가로서 우리의 주목을 끌고 있는 황석영·윤후명 등이 모두 신춘문예를 통해 문학의 길에 들어선 작가들입니다.

신춘문예의 시작은 국권상실기였던 일제 식민지 치하에서였습니다. 3·1독립운동 이후 일제 무단정치가 이른바 문화정치로 바뀌면서 1920년 『조선일보』와 『동아일보』가 창간됩니다. 그 5년 후인 1925년 『동아일보』가 최초로 신춘문예 현상모집을 실시하게 되어 『동아일보』 신춘문예 제1회 당선자인 소설에 최자영·이문옥, 시 부문에 김창술 등을 뽑게 됩니다. 이들의 이름이 이후 문학사에 보이지 않는 것을 보면 이들의 작품 활동은 그렇게 두드러졌던 것은 아닌 듯합니다. 『조선일보』는 좀 늦은 1928년에 신춘문예를 시작하게 되는데 「시가詩歌」, 「전설傳說」, 「실화實話」 등의 특이한 장르를 모집한 이 최초의 조선일보 신춘문예는 입선작과 선외 가작 등 여러 사람을 뽑게 됩니다. 이들 입선자 속에는 해방공간이라 말해지는 1945년에서 50년까지의 기간 동안 정력적인 비평 활동을 하고 북쪽으로 간 평론가 이원조李源朝의 이름이 보이기도 합니다. 그는 「광야」와 「청포도」의 시인 이육사의 동생입니다.

1925년에 시작한 신춘문예는 올해로 66년의 연륜을 갖게 됩니다. 이 연륜은 한국현대문학사의 전개와 맞먹게 되고, 신춘문예가 앞서 말했다시피 한국현대문학사에 큰 비중을 차지하고 있다는 사실을 부인할 수 없도록 합니다. 고희를 바라보는 신춘문예의 연륜은 문학에 대한 가치 평가와 그것을 생각하는 관점도 많이 변했다는 것을 느끼게 해줍니다. 식민지 치하에서 해방공간으로 그리고 6·25와 4·19, 5·16, 5·18을 거쳐 오늘에 이르는 동안 문학에 대한 생각도 변하지 않을 수 없었음은 당연한 일입니다. 산업사회에 들어섰고, 후기 자본주의의 속악성이 말초적이고 통속적인 대중문화에로 치닫고 있는 황폐한 정신 상황에서 문학은 가치가 절하되고 무슨 '귀신 씨나락 까먹는 소리'처럼 공허하고 고리타분하게 들려지는 것이 사실입니다. 그래서 대중적인 것과 가장 밀접하게 관계하는 저널리즘 즉 신문이 신춘문예를 예전처럼 크게 취급하고 다루지 않는 것은 당연한 일인지도 모릅니다. 이 칼럼을 준비하는 지금까지 당선자와 작품 명단만 발표해놓고 아직 당선작품을 게재하지 않은 곳이 여럿 있음에서도 이 점은 확인됩니다. 그러나 가장 대중적인 신문이 신춘문예 공모라는 세계 어느 곳에서도 찾아보기 어려운 본격적인 문학행사를 아직도 갖고 있는 것이 얼마나 다행한 일인지 모릅니다. 그만큼 우리에게 있어 '문학'은 아직도 대접을 받고 있다는 생각을 하게 됩니다.

지금까지 발표된 올해 신춘문예 당선작품들 역시 지난해와 마찬가지로 우리가 직면하고 있는 민감한 사회적 관심사에 작가들이 관심을 보이고 있는 특색을 읽을 수 있었습니다. 전교조 문제에 대한 정면대응, 산업화 물신화 되어가는 상황에서 인간존재란 무엇인가, 라는 근원적 물음에 당선된 소설 작품들은 관심을 고조시키고 있습니다. 격변하는 시대상황과 가치관의 혼돈상태를 개인적인 정감과 아우르면서 사회적 현상에도 결코 맹목하지 않는 모습을 시 작품에서 읽을 수 있었습니다. 소설에서 보여주는 현실대응 의지와 인간 존재문제의 천착이란 두 가지 대응되는 항목들은 그동안 우리 문학이 한 곳으로 많이 편향되었던 시각이 교정되고 있다는, 일컬어 열린 사회 속에서의 다원주의에로 향하고 있음을 보여준다고 할 수 있을 것입니다. 시에 있어서 구호적이고 격정적인 어투가 가라앉아 가고 있는 것 역시 이 같은 맥락에 연결시켜 파악할 수 있을 것 같습니다.

누가 뭐라 해도 문학은 인간의 영혼이 삶의 현장인 현실 속에서 어떻게 자리하고 있는가를 언어로 건져 올려 형상화 하는 일입니다. 그리고 그것은 편향된 시각에서 벗어나 열려있는 관점과 다원주의적인 시각을 요구합니다. 그런 의미에서 올해 신춘문예작품들은 긍정적이라 평가할 수 있을 것입니다. 당선자들의 영광에 박수를 보내며 또한 그들에게 이후의 문학적 책무가 결코 가볍지 않음을 꼭 말씀드리고 싶습니다. 아울러 청취자 여러분들에게도 새해에는 더욱 보람한 일들이 성취되시기를 바라마지않습니다. 새해 복 많이 받으십시오.

▶ 1991.1.5. KBS1 방송 칼럼

문학잡지와 원고료 지원

가을이 가고 있습니다. 조락하여 뒹구는 낙엽 위로 싸늘한 가을비가 뿌립니다. 급강하한 기온은 옷깃을 여미게 하고 머잖아 겨울이 우리들 곁에 성큼 다가설 것임을 예고해줍니다. 영국의 시인 셸리가 말한 '겨울이 오면 봄도 머지않다'는 것을 떠올려야 할 그런 춥고 음산한 계절을 맞이하게 될 것입니다. 가을이 가고 있는 이 무렵, 춥고 음산한 겨울을 맞이해야 할 계절의 마루턱에 서서 우리는 7개월 전에 한국문학인구의 저변을 넓히고, 새로운 한국문학의 건설을 내걸면서 창간한 한 월간 문예지가 경영상의 어려움으로 일 년도 채 안 된 지금 계간지로 바꿀 수밖에 없다는 소식을 접하게 됩니다. 낙엽 위에 흩뿌리는 만추의 가을비처럼 차고 쓸쓸한 소식이면서, 한국문학의 현주소가 곧 우리에게 닥쳐올 춥고 음산한 겨울과 같다는 생각을 하지 않을 수 없게 됩니다.

문학이 독자들로부터 외면당하고 있는 것은 어제오늘의 일이 아닙니다. 후기 산업사회로의 이행은 사람들로 하여금 고급문화에 대해 접근하는 일을 꺼리도록 합니다. 좀 더 구체적으로 말한다면 문학을 멀리하게 될 수밖에 없습니다. 보고 직접 느끼는 직정적인 것을 추구하는 사람들의 기호에 애당초 읽고 생각하는 문학이란 골치 아픈 존재일 수밖에 없습니다. 삶을 생각하게 하고, 삶의 터전인 현실을 성찰하게 하며, 그 속에서의 인간 존재의 참모습과 영혼의 진면목을 헤아리도록 하는 문학은 골치 아픈 것일 수밖에 없을 것입니다. 그래서 사람들의 대부분은 찌들은 매일의 일상에서 벗어나고 싶은 충동에서 말초적인 무엇을 선호하게 됩니다. 수필문학의 저질화라든가, 외설적인 만화가 선풍적인 인기를 끌고 있다든가, 따지고 보면 자아의 성찰과는 허무맹랑한 관계인 스포츠에 탐닉하게 됩니다. 다른 한편으로는 벽에 걸어두고 직접 보고 느낄 수 있는 미술품에 이상할 정도로 집착하게 됩니다. 그리고 미술품의 수집은 곧바로 재산 증식의 한 방법으로 사용되기도 합니다. 미술품의 증여라든가 그것의 사고파는 관계에는 세금이 면제될 수 있다는 점이 그것을 부채질합니다. 그래서 그림값이 우리들의 상상을 초월할 정도의 가격으로 실제 유통되고 있는 것이 오늘의 현실입니다.

아무튼, 이 같은 상황 속에서 문학은 날로 일반인에게 그 평가가 절하되고 있습니다. 7개월 만에 문학 월간지를 계간지로 전환하는 것은 머지않아 그 계간지마저 우리들의 눈앞에서 사라질 것이 아닌가 하는 우려를 동반하게 됩니다. 문학작품과 그 발표 지면인 문학지의 관계는 물고기와 물의 관계와 같습니다. 물이 없이 물고기가 살 수 없듯이, 발표 지면이 없을 때 문학작품은 설 자리가 없습니다. 우리가 문학지의 존폐에 관심을 갖게 되고, 문학지의 어려움에 가슴 아파하는 것도 바로 우리 문학의 존립여부를 문학지가 떠안고 있기 때문입니다.

계간지로 전환하겠다는 문학지는 이렇게 말하고 있습니다.

경영주 입장에서 보면 수지가 맞지 않고, 손익분기점이 판매부수 1만 5천에서 2만인데 그 3분의 1 정도밖에 실제 판매할 수 없었다고 고백합니다.

문학잡지의 제작비에서 가장 많은 부분을 차지하는 것은 원고료입니다. 이 원고료는 작가와 시인에게 있어 생존과 다를 바 없습니다. 그러므로 문학잡지의 존폐여부는 문인의 생존과 상관하고 있음을 우리는 지나칠 수 없습니다. 한 잡지가 월간에서 계간으로 바뀐다는 것을 소박하게 따져 말할 때 문인들의 원고료 수입이 3분의 1로 줄게 된다는 것을 의미합니다. 문학이 산업사회에서 어떠한 모습으로 그 명맥을 유지하고 있으며, 문학의 담당자인 문인들이 어떤 상태에 놓여 있는가를 이러한 설명들은 분명하게 말해주고 있습니다.

이와 같은 문학잡지들의 경영난은 문예진흥원이 그동안 원고료 지원을 해오던 것을 부작용이 있다고 판단하여 올해 1월부터 중단한 것에서 비롯합니다. 그동안의 적자경영에서 원고료 지원의 중단은 사실상 문학잡지의 형편을 더욱 말이 아니게 만든 결과가 되고 말았습니다. 문화의 육성과 진흥 그리고 후원을 위하여 문화부가 신설되는 마당에서 문학은 더욱 그 모습이 찌들고만 결과가 되었습니다. 요컨대 부작용을 우

려하여 원고료 지원을 중단한 것은 문학에 있어서는 빈대 잡기 위해 초
가삼간을 태우는 문예 진흥 정책상의 결정적 실책으로 꼽힐 만합니다.
원고료 지원의 중단 이후 창간된 월간 문예지가 경영난의 이유로 계간
지로 전환한다는 이 우울한 소식은 원고료 지원이 중단된 지금까지 수
십 년간 발간해왔던 문학지들의 고충이 얼마나 심각한 것인가를 웅변
으로 말해준다고 볼 수 있습니다.

문예진흥원의 '진흥정책' 입안자들은 국민들의 세금으로 조성된 진
흥기금을 보다 효과적으로 사용할 수 있는 방법에 대한 성찰이 무엇보
다 요청된다고 아니할 수 없습니다. 고급문화인 문학이 일반인으로부
터 외면당한다고 해서 그것을 그들과 함께 짓밟으려고 한다면 문예진
흥책은 문예말살책이 되고 만다는 것을 알아야 할 것입니다. 한 문학잡
지의 어려움을 접하면서 이 시대에 문학을 하는 일의 고통스러움을 새
삼 통감하게 됩니다. 과연 문학이 조락하는 시대에 우리가 살고 있는지
모릅니다. 그러나 삶과 현실을 언어로 건져 올리는 문학의 존재가 없을
때 우리는 형형한 눈빛으로 영혼을 살필 수가 없음을 알아야겠습니다.

어디서 찬비를 맞은 나뭇잎이 바람에 뒹굴어가는 소리가 들리는 것
같습니다.

▶ 1990.11.10. KBS1 방송 칼럼

노벨문학상과 한국문학

얼마간 과장을 해서 말한다면 문학에 대한 관심이 전혀 없는 사람일
지라도 노벨문학상에 대해서 한두 마디쯤 언급 못하지는 않을 것입니
다. 그것은 해마다 이맘때면 노벨문학상의 발표가 있고, 평소 문학 기사

에 대해서 그렇게도 인색하던 대중매체들이 파격적이다 싶을 정도로 이것을 대대적으로 보도하고 있기 때문입니다. 노벨상의 다른 부문 예컨대 의학상의 경우와 비교해보면 그것은 아주 분명해집니다. 신문의 경우 짤막한 수상자에 대한 기사와 더불어 다른 면의 귀퉁이에 작은 박스로 해설을 다루는 것이 상례입니다. 그러나 문학상의 경우는 수상자 결정 소식을 일면에 싣고 문화면 전체를 온통 수상자에 대한 기사로 채워버리는 것이 관례가 되어 버렸습니다. 노벨상의 경우 문학 부문은 우리나라에서는 그 어느 부문 보다 오랜만에 대중매체에서 제대로 대접을 받는다고 말할 수 있습니다. 이러한 현상은 문학을 위해서는 얼마나 다행한 일인지 모릅니다. 그야말로 골치 아픈 것으로 그 가치가 일반인에게 전락되어 가는 문학에 대한 인식이, 이 기회를 통해 옛날의 모습을 되찾을 수도 있을 것 같기 때문입니다. 어쨌든 인간의 삶과 그 터전인 현실 그리고 삶의 주체인 인간존재에 대한 끊임없는 탐구를 언어로서 갈무리하는 문학에 대한 관심은 아무래도 우리들 메마른 정신의 텃밭에 촉촉한 봄비의 구실을 할 수 있다고 믿기 때문입니다.

올해의 노벨문학상이 지난 11일 발표되었습니다. 수상자는 멕시코의 시인 옥타비오 파스였습니다. 그는 1914년에 멕시코시티에서 태어났으니까 올해 76세의 노대가라고 할 수 있을 것입니다. 스웨덴 한림원은 옥타비오 파스를 수상자로 결정한 이유를 그의 시와 에세이류가 "감각적 지성과 인도주의적 고결함으로 특징 지워져 있으며, 폭넓은 세계적 시야에 입각한 감동적 작품세계를 보여주고 있다"고 말합니다. 어쨌든 옥타비오 파스는 멕시코가 낳은 최대의 시인이며, 라틴아메리카 문학에서 칠레의 파블로 네루다와 함께 20세기 가장 큰 영향력을 행사하는 시인인 것이 분명합니다. 그는 국립 멕시코 대학을 거쳐 1945년 파리 주재 멕시코 대사관 근무를 출발로 외교관 생활을 시작하여 68년 멕시코

올림픽 당시 발생했던 학생시위를 정부가 과잉 진압한 데 대해 항의, 인도주재 멕시코 대사를 사임함으로써 25년간에 걸친 외교관 생활을 마감하였습니다. 옥타비오 파스는 "작가는 독립되고 또 자유로우면서 철저히 고독해야 한다"고 말하면서 다시 정부로부터 외교관 생활의 제의를 단호히 거절했다고 합니다. 그는 시인일 뿐만 아니라 문학이론가, 사상가, 예술평론가로서 1933년 멕시코 문단에 등단한 이래 '귀환'이란 뜻을 가진 『부엘타』라는 문학잡지를 내고 있는 지금까지, 멕시코 문명의 전통과 동양사상의 깊은 세계를 초현실주의적 이미지와 언어로서 형상화한 작품을 써온 것으로 평가받고 있습니다. 즉 구조주의, 존재론, 현상학, 기호학, 신화학 등 서구의 현대문학이론에 정통하면서도 동양사상을 두루 섭렵하고 있는 것이 그의 시 세계의 영역입니다. 따라서 난해하면서도 정신과 육체, 삶과 죽음, 사물과 언어를 포괄하는 일원론적 세계를 그의 문학은 지향하고 있다고 말할 수 있을 것입니다. 좀 더 구체적으로 말한다면 그의 문학사상에 대한 배경을 인도의 우파니샤드, 불교 철학, 동양의 주역, 말라르메의 시론, 레비스트로스의 구조주의, 다다이즘, 쉬르레알리즘, 비트겐슈타인의 언어철학 등 매우 다양하다고 할 수 있습니다. 대표적인 옥타비오 파스의 저서 『활과 칠현금』에 이 모든 것을 포괄하는 사상가로서 그의 모습이 잘 나타나고 있다고 할 수 있습니다. 이 책은 고전적 전통과 새로운 문학사조를 잘 조화한 것으로 주목을 받고 있습니다. 1958년 출간된 『태양의 돌』이란 시집은 그의 대표작으로 손꼽히며 그 외에도 62년 『붉은 도마뱀』, 69년 출간한 『동쪽 산기슭』 등의 시집을 갖고 있습니다.

"이번에는 전혀 기대하지 않았다. 특히 멕시코인으로서 최초로 노벨문학상을 받게 되어 대단히 기쁘다. 그러나 나에게 있어 가장 큰 상은 많은 독자를 얻는 것이다. 문필가에게는 독자가 필요하기 때문이다. 노벨상은 독자들의 시선을 끄는 자극제라고 할 수 있을 것이다.”

옥타비오 파스가 자신의 노벨문학상 소식이 전해진 후 멕시코 TV에 출연하여 말했다는 수상소감입니다. 그러나 옥타비오 파스가 말한 ‘독자들의 시선을 끄는 자극제’인 노벨문학상은 그동안 노대가들의 업적을 기리는 공로상적인 성격에서 크게 벗어날 수가 없었으며 구미어권인 서구문학에 치중된 것도 사실입니다. 여기서 우리는 노벨문학상에 대한 끊임없는 연연함 보다는 한국문학의 한국문학다운 모습을 정립시키는데 보다 노력해야 할 것이라는 생각입니다. 이 말은 해마다 법석을 떠는 노벨문학상에 대한 관심 못지않게 우리의 많은 문학상에 대한 조명도 대중매체가 노벨상과 같은 관심을 기울여주어 한국문학의 텃밭을 기름지게 해주어야 한다는 점입니다. 옥타비오 파스의 말대로 문필가에게는 독자가 필요하며 독자가 없는 문필가는 의미가 없어지기 때문입니다. 독자가 없는 한국문학은 결코 발전과 변화를 보여줄 수가 없을 것임을 다 함께 생각해야 할 것입니다.

▶ 1990.10.12. KBS1 방송 칼럼

문예진흥정책의 허실

금년 초 문예진흥원이 그동안 문예지에 해오던 원고료 지원을 중단한 것은 많은 논란을 몰고 왔었습니다. 대부분의 논의들은 어려운 사정 속에서 문학에의 열정과 사명감 하나로 발간해오던 적자투성이의 문학지가 과연 계속 발간될 수 있을 것인가에 대한 우려로 모아졌습니다. 그리고 어려운 경제적 여건 속에서 작품을 생산하는 작가들의 원고료가 필경은 적어질 수밖에 없을 것이 아닐 것인가 하고 염려했습니다.

　그런데 이와 같은 염려는 원고료 지원 중단 6개월이 넘은 지금 예상
과는 조금 다르게 전개되고 있다는 것을 지나칠 수는 없을 것 같습니다.
우선 재정적인 압박을 견디지 못해 발간이 중단될 수밖에 없으리라 예
상했던 문예지들은 속사정이야 어쨌든 아직도 건재하고 있습니다. 뿐
만 아니라 시대적인 분위기에 힘입어 오히려 새롭게 창간되는 문예지
들이 여럿 있어서 문예지의 백화제방百花齊放 시대를 맞는 것 같은 느낌
마저 들 정도였습니다. 그러니까 재정적인 압박도 문학에 대한 열정을
꺾을 수는 결코 없다는 것을 반증하는 것인지 아니면 그동안의 문예지
의 재정적 압박이 엄살이었는지 의심할 정도였습니다. 물론 문학에의
열정이 재정적 압박을 극복하는 경우라고 보는 것이 보다 사실에 입각
한 현상파악이겠습니다 마는 원고료 지원이 중단되면 곧바로 문예지들
이 문을 닫을 것이 아닐까 했던 우려는 불식되었습니다. 요컨대 문예지
들도 이제는 자생력을 가지게 된 것이라고 생각한다면 기쁜 일이 아닐
수 없습니다.

　문예지에서 작가들에게 지급되는 원고료가 지원 중단된 이후 줄어들
것이라는 염려도 생각만큼 심각했던 것은 아닌 것으로 생각됩니다. 물
론 일부 문예지들이 두세 편의 시 작품에 대해 한 편의 시 원고료밖에
지급하지 않는다든가 또는 실제 원고료를 대폭 인하한 것은 사실입니
다. 그러나 그것이 일부에 그쳤거나 작가들에게 그렇게 큰 경제적 부담
으로까지는 확산되지 않는 것으로 보입니다. 이제 한국의 작가들도 얼
마의 원고료 인하나 문예지에 발표하는 작품의 원고료의 과다에 경제
적인 영향을 크게 받지는 않는 수준에 와있다고 볼 수도 있을 것 같습니
다. 이거 또한 얼마나 다행한 일인지 모릅니다.

　그런데, 실제 문예지의 내용에 있어서는 큰 변화가 있었던 것 같습니
다. 제작비를 절감하기 위해 실제 작품보다는 르뽀나 대담 혹은 번역,

재수록 등의 편집을 통해 일부 문예지들은 작품이라는 본격적인 문예지 성격보다는 작가나 그 작품세계 혹은 외국문학의 이러저러한 일들을 소개하는 문학정보지의 역할에 머무르고 있는 것이 사실입니다. 이것은 문예진흥원의 원고료 지원중단 이후 생겨난 한국문학 혹은 한국 문예지의 새로운 모습이라고 할 수도 있습니다.

그런데 이번에 문예진흥원에서 작가들에게 직접 원고료 지원을 하겠다는 계획을 입안하여 문예지 관계자들에게 설명했다고 합니다. 그것은 '문예창작지원금기획안'이라고 불리워진 것 같습니다. 그것은 아마도 문예진흥원이 원고료 지원중단 이후 그 역작용을 보완하려는 의도인 것으로 생각할 수 있을 것 같습니다. 그런데 그 '기획안'이라는 것이 너무 어처구니없는 것이라서 문예지 관계자들이 즉각 반발하고 나선 것으로 알려지고 있습니다.

장시長詩, 중편과 장편소설을 대상으로 해서 문예지들이 작가와 집필 및 게재 약속을 하면 문예진흥원에서 작가에게 직접 창작지원금을 주겠다는 것이 그 내용의 골자인 것 같습니다. 작가와 문예지의 게재 약속이 지켜지지 않을 경우 약속 기일 안에 문예지를 납본하지 못하면 문예지가 그 지원금의 반납을 책임져야 되는 것으로 되어 있습니다. 실제 문학의 장르 중 일부 장르만 국한시켜 지원하겠다는 것이나 작가에 직접 지원하면서 문예지는 그 들러리를 서서 모든 책임을 지라는 것이니 문예지 담당자들이 반발하지 않을 수 없었을 것이라 생각됩니다.

문예진흥원은 문학과 예술의 진흥을 담당하는 곳입니다. 그리고 문예진흥기금이 국민의 세금에서 염출 되고 있다는 것을 좀 철저히 인식한다면 작가와 문예지가 보다 우리의 문학에 기여할 수 있도록 심부름과 봉사를 아끼지 않는 자세가 필요할 것입니다. 원고료 지원중단 이후 한국 문예지의 자생력이 커가고 있다면 그것에 상응되는 조처가 강구되어야 할 것입니다. 한국작가들이 문예지에 게재하는 중편소설 한 편이 같은 예술 장르인 미술에서 유명화가의 한 호당 그림값에도 미치지 못하는 현실을 뼈저린 심정에서 바라볼 줄 알아야 될 것입니다. 어쨌든 문예지를 지원하면서 동시에 작가들의 창작의욕고취에 능동적으로 작용할 수 있는 방법의 창출에 문예진흥원은 적극적이지 않으면 안 될 것입니다. 그것이 바로 문예진흥원의 의무임을 강조하고 싶습니다. 그럴 때 어처구니없는 '창작지원금기획안' 류의 발상은 극복되리라고 생각합니다.

▶ 1990.7.21. KBS1 방송 칼럼

찾아보기

∷ 김 선 학 金善鶴

부산출생.
『現代文學』지(誌)를 통해 등단－문학평론가.
동국대학교대학원－문학박사.
부산여대(현, 신라대학교) 교수를 거쳐 동국대 교수.
『부산여대학보』,『동대신문』주간 역임

『비평정신과 삶의 인식』(문학세계사)

『현실과 언어의 그물』(민음사)

『범부의 문학과 불교주변』(동국대역경원)

『한국현대문학사』(동국대출판부)

『시에 잠긴 한국인의 생각』(국학자료원)

『문학개론강좌』(국학자료원)

『문학의 빙하기』(까치글방)

『안 읽는 사람들과 사는 세상』(동국대출판부)

『환장할 세상의 정감적 담론』(새미)

『현대시론』(편저－리아미디어)

『경주의 소설문학』(공저－경주연구소) 등의 책을 씀

김선학 칼럼 · 산문집

문학적 사유로 본 사회

| 초판 1쇄 인쇄일 | 2012년 5월 8일 |
| 초판 1쇄 발행일 | 2012년 5월 9일 |

지은이	김선학
펴낸이	정진이
출판이사	김성달
편집이사	박지연
본문편집	이하나 정유진 이원숙
디자인	김현경 장정옥
마케팅	정찬용
영업관리	김정훈 권준기 정용현 천수정
인쇄처	월드문화사
펴낸곳	새미

등록일 2005 03 14 제25100－2009－8호
서울시 강동구 성내동 447－11 현영빌딩 2층
Tel 442－4623 Fax 442－4625
www.kookhak.co.kr
kookhak2001@hanmail.net

| ISBN | 978－89－5628－598－6 *93800 |
| 가격 | 24,000원 |